矫　健◎著

金手指

黄河出版传媒集团
宁夏人民出版社

图书在版编目（CIP）数据

金手指 / 矫健著. — 银川：宁夏人民出版社，2015.12

ISBN 978-7-227-06208-0

Ⅰ. ①金… Ⅱ. ①矫… Ⅲ. ①中篇小说—小说集—中国—当代②短篇小说—小说集—中国—当代 Ⅳ. ①I247.7

中国版本图书馆 CIP 数据核字(2015)第 310718 号

金手指 矫 健 著

责任编辑 唐 晴 姚小云
封面设计 马春辉
责任印制 肖 艳

黄河出版传媒集团
宁夏人民出版社 出版发行

地 址 银川市北京东路 139 号出版大厦(750001)
网 址 http: // www.yrpubm.com
网上书店 http: // www.hh-book.com
电子信箱 renminshe@yrpubm.com
邮购电话 0951-5052104
经 销 全国新华书店
印刷装订 宁夏精捷彩色印务有限公司
印刷委托书号 (宁)0000081

开 本 880mm × 1230mm 1/16
印 张 15.75
字 数 200 千字
印 数 3000 册
版 次 2015 年 12 月第 1 版
印 次 2015 年 12 月第 1 次印刷
书 号 ISBN 978-7-227-06208-0/I·1586

定 价 28.00 元

奇谲诡异的经济社会小说

唐　晴

这是一部奇谲诡异的中国经济社会小说集。

我们不妨先看看篇目：《高人》《珍邮》《迷乱之夜》《纸上谈兵》《金融街》《金手指》《命运玩笑》《小虾找地》，涉及炒邮票、炒期货、炒股票、炒地产等等，虽然都是反映经济社会中人物命运的题材，但是，无论故事内容、思想内涵，还是语言表述、结构形式方面，却没有一点点的重复或者雷同，每一个人物都是有血有肉、极富个性特征的，每一篇都让你产生极强的阅读欲望和阅读痛感。

这本书不只是中国改革开放30年经济发展的历史见证，更是一本刻画第一批投身于经济大潮中的勇士们在社会体制变革、观念变革时期，理性与感性、物质与精神、良心与利益之间的冲撞、纠缠、挣扎与蜕变的心理大书。这些小说，称它们为纪实小说也好，非虚构小说也好，它不会像某些流行一时的经管类图书那样昙花一现，也不会像经济类、历史类、资料类图书那样枯燥无味。这本书的文风奇谲诡异，文思不羁，处处充满了富有现代城市气息的黑色幽默、人性挣扎。它既可以让“向钱看”的人们兴致勃勃地从书中寻取“赚钱”与“较量”的经验教训，又可以使“看世界”的人们全面了解经济大潮中人性的种种表现与人物命运的曲折多舛。

这就奇了怪了，这样的小说，为什么没有大红大紫？一是作者的低调与媒体的缄默，二是没有合适的出版时机。改革开放 30 年，人们与媒体都热衷于经济本身，娱乐至死，在出版业一度兴起了经管类图书、通俗荒诞类图书热，从而冷落这样冷眼看世界、鞭辟入里揭示人性的经济小说是令人深思的事。矫健是新时期以来山东文学的标志性人物，是中国文坛的重量级作家。但是，出生于 1970 年以后的人大多不知道他的名字，尽管出生于 20 世纪五六十年代的作者、读者对矫健及其作品至今不能忘怀。其代表作品有：获 1982 年全国优秀短篇小说奖的《老霜的苦闷》，获 1984 年全国优秀中篇小说奖的《老人仓》，获 2008 年山东首届泰山文艺奖的短篇小说《金手指》，获北京市新中国成立 35 周年优秀作品奖的长篇小说《河魂》；电影剧本《阙里人家》、电视剧本《飞越》获影视界优秀作品奖等多个奖项。正当他创作如日中天之时，他却从文坛华丽转身，投身于时代的经济大潮之中，也正是如此，他丰富的商海经历成为了他书写经济小说的富矿，先后创作了获第九届山东省文艺精品工程奖的《楼王之谜》以及《金手指》《命运玩笑》《高人》等等具有现代城市气息的作品。虽然矫健老师最终又回归体制内，担任了烟台市作家协会主席，然而，他天性自由不羁，一副老顽童的模样，并不与媒体人周旋，不玩QQ，不聊微信，甚至连必须要发的电子邮件也委托夫人代劳。这样的时代，这样的作家，其作品又怎么在媒体上火起来呢？

小说集《金手指》从内容上来看，《金手指》应该是非虚构类小说；从写作方式上来看，它又是一种魔幻主义小说；从语言上来看，它似乎又应该是现实浪漫主义小说。作家像一个高超的魔术师，他用一种虚实相生、亦真亦幻的现实魔幻主义写法，将社会现状、人物、情节进行了夸张和虚拟，运用具有黑色幽默、寓言式的叙述方法，最大限度地展示了被现实环境挤压，个人的渺小、无奈，许多主人公似乎都是以一种病态人物或者非现实人物的形象，活动于我们似曾相识的现实中，揭示社会的种种病态，进而对社会与人生、物质与精神进行了“别有一番精神分析学式的病例解剖和精神心理勘探”，让读者感觉到每一个事件就发生在自己身边，甚至就发生在自己身上，所以，主人公的人格分裂、人性挣扎、苦闷与抗争都是那么自然，那么真切，那么合情合理。

如果小说仅仅是讲述故事，揭示社会病态，忽略写作的思想性、现实性，那样的小说则是平庸的、低俗的。鲁迅先生说：“所以我的取材，多采自病态社会的不幸的人们中，意思是在揭出病苦，引起疗救的注意。”矫健小说的主人公似乎是一种病态人物，却无一例外地在骨子里具有一种执着、拼搏、善良、求真等充满力量的性格，向着自己的目标不屈不挠地挺进。作家运用足够独异和强大的语言、故事能力，对生活中存在的种种乱象进行复杂而具体的描述，使之具有极强的当下性，从而使人有所感、有所悟、有所痛、有所思，这使得小说更吸引人，更有力量，更具有社会批评性和思想性。小说集中最具典型意义的是《高人》和《金手指》。

《高人》的主人公作为“脑袋”的我和作为“身体”的米小强之间的合一与分裂，其实就是对现实中追求自我价值与顺应社会安于物质生活之间的矛盾、对立而产生的撕裂与依恋。“脑袋”是复杂的、智慧的，“身体”是简单的、感观的；“脑袋”要追求生存的意义、人生的价值，而“身体”却只需要肉体的满足。“脑袋”深爱雨妹，却要雨妹接受米小强，“脑袋”说：“从我懂事起，就一直处于灵与肉的分裂状态，没办法。再往深处看，世界本来就是一面摔碎的镜子，完美只存在于瞬间。你想，生命美好，却有死亡追踪；爱情纯洁，却难敌俗世污染。你爱的人未必爱你，爱你的人你又未必中意。理想如流星，最终坠落于现实……我们能做什么？只能适应分裂，只能弯腰捡起碎片，为自己拼凑一个完整世界。”“必须拼凑——我和老米拼凑成一个完整的人，你和我再加上他，拼凑成一个完整的家庭。这是绝望的勇气，有了它我们才能生存下去！”“脑袋”需要的是精神、物质和爱情的高度统一，然而现实中往往不可能，当雨妹很投入地把与“脑袋”接吻的热情带到“身体”那里，成功地拼凑起一个大丈夫的时候，“脑袋”却无法忍受爱情屈服于物质和肉体，他“无法控制自己，陷入茫茫黑夜一般的无尽悲哀。……只有绝望。我在黑暗中瞪大眼睛，望着破碎的月亮，望着破碎的我”。因而，“脑袋”在期货世界中，“会抛弃一切烦恼，进入忘我的境地”，“期货是我所遇见的最古怪精灵的东西，它使我陷入一种夸张、变形的生活。期货犹如一面哈哈镜，精准地概括出我们这个世界的荒诞性”。在获得巨大的经济成功之后，身体开始追求物质和肉体的享受，最终“脑袋”与“身体”无法再融为一体，“脑袋”只有跳楼自杀了。小说的结束定格在那一颗格外硕大的脑袋被披风挂住，孤悬窗外，随风飘荡。这是一幅浪漫而悲壮的漫画，披风代表英雄主义和理想主义，脑袋则是人性、精神文明的昭示。巨大的披风托着硕大的脑袋摇晃在空中，是彰显人性和精神文明不会死去，它会冲破一切纠缠与困扰，终究会高于物质文明，高于世界一切。作者通过这种魔幻式写作，直抵人心、令人惊魂地描述了新时期经济社会中种种乱象，这个结尾使作品具有了伟大的现实性、思想性，最终发出呼喊：“谁来救救脑袋！”令人触目惊心，掩卷喟叹、深思。

在《金手指》中，作家更是借一名心理医生也无法抵挡物质世界众多病态人物的思想，最终投身炒汇而获得巨大成功，他说：“我得承认，钱对于我的人生，具有无比的重要性。它保障我独立自由，使我过上有品位的生活。我无法想象失去那本存折之后，如何在这世上立足。”然而，作家细致地描述：“马医生褪下手套，这双手就沐浴在霞光里。天啊！这是一双什么手？指甲被啃得一片狼藉，残破不堪，十指秃秃呈粉红色，有的地方还带着血丝。”这就是人们眼中羡慕的金手指，它追求财富，拥有财富，而它的主人内心却充满了不安和恐惧，所以被主人啃得如同：“刚从狼嘴里夺回。再仔细看：失去指甲保护的手指，就像一群遭到强暴、被剥光衣服的姑娘，呈现出难言的羞涩与痛苦……”心理医生明白：“我并非炒汇高手。我只是面对毁灭、面对死亡的恐惧而下单。”这种物质与精神的撕裂带给他常人无法想象的痛苦，最终他消失在了人们的眼中。

中国基建投资的黄金时代已经过去了，房地产投资的黄金时代已经过去了，住宅热的黄金时代也过去了，那么，有什么没有成为过去？永远也不会成为过去？生活。有人性的生活，有尊严的生活，有意义的生活。目前，集聚财富的能力在放慢，要构建的是经济增长的新常态，是时候冷静下来，认真思考一下经济社会的正常发展和人生的真实意义了。小说集《金手指》不可能是一部点石成金的金手指，但它一定是拂拭人心的金手指。

目 录
CONTENTS

高　人

一

我思故我在。这话说得聪明。不管那位先贤试图说明什么哲理，他首先证明了脑袋的重要性。假如没有脑袋，我们还存在吗？一个植物人虽然活着，却没有任何知觉，能算人吗？疯子傻子满街乱跑，肢体健康而脑子废了，还不如死了！据说，现代医学都以脑死亡为判断病人是否活着的标准，那是非常科学非常英明非常有道理的。脑袋是百官之长，无可取代。

我如此强调脑袋的重要性，因为我本身就是一颗脑袋。没错，我仅仅是脑袋！

你可能有点糊涂，那好，我就把我的状况仔细描述一下。我是一个瘫子，自幼得了一种我懒得称其名字的怪病（那名字太长太长），我的肢体自下而上逐渐萎缩，只剩下一颗大脑袋。我不愿描绘残存的肢体，它完全枯萎了。随便你怎么想象吧：埃及金字塔里的木乃伊，某种植物干腐的根部……但是，我可以夸耀硕果仅存的脑袋，它聪明、高贵，并且非常漂亮！你只要想一想大卫石膏头像，就等于看见了我本人。可以这样说，我全部的精华都聚集在脑袋上，从外表到实质完全经得住考验。我一生的经历证明了这一点，你会从后面的故事得出结论。

身体牺牲了，却成就了脑袋，这也许是一笔划算的买卖。有时候我想，如果反过来，让我长一烂头，天生白痴，那就惨了！许多精彩故事无法亲历，形形色色的有趣人物无法结识，我就算白活了！不思不在，那我等于压根儿没到这世界上来过。

现在我要谈谈身体。众所周知，只有脑袋而没有身体，就构不成完整的人。一颗孤零零的脑袋无法在世界上生存。我是幸运儿，避开了这一可悲的结局。我的身体是另一个人，他叫米小强。我住在Y市一条小胡同里，邻居家诞生了一位与我同龄的男孩，他就是上帝为我预备的身体！我们从小在一起，米小强一直背着我。如今他已是好汉一条，身高一米八五，四肢发达，块块肌肉标致完美，赛过健美运动员。我得承认，作为身体，米小强同志无可挑剔。

把我们联结在一起的工具，是一条宽阔的牛皮带，铁扣牢牢扣在老米的胸前。在他背部，有一巴掌宽的小座，那自然是我的龙墩。皮带下方悬挂着绒布缝制的口袋，我枯萎的下肢就藏在口袋里。一年四季，我总是披一袭黑色披风，领口系紧，将老米裹藏起来。还有一样道具，是特意加长的手杖。我拄着它，笃笃点着路面，徐徐前行。手杖闪闪发亮，披风飘飘洒洒，我显得神闲气定，悠然自得。是的，作为一个完整的人，我有理由为自己感到自豪。

我喜欢在夜间散步。路灯下，我拖出长长的身影。行人吃惊地仰起头，朝我匆匆一瞥，加快脚步逃离。我完全理解他们的心情，以我这样的身高，如果要打劫行凶，必定给对方带来极大的伤害！在小弄堂里行走，两边低矮的老房子更衬托出我的高大。恰巧二楼有窗户打开，屋里女主人和我打个照面，立刻尖叫起来，手中脸盆、茶杯什么的，掉在地板上滴溜溜打转。我摘下黑呢礼帽贴在胸口，低头致歉：对不起，打搅了！

白天，我喜欢出现在熙熙攘攘的人群中。那种鹤立鸡群一览众山小的感觉令我心旷神怡。各种式样、各种颜色的帽子尽收眼底，却看不见行人的面孔。当然，他们迟早会发现我的存在，于是帽子翻为一片面孔，发出阵阵惊呼：哇，高人，高人！他们主动让开一条道，请我先行。我用手杖点着马路，颔首致意，从容走出人群。在我身后，赞叹的目光如胶似漆，久久粘在后脑勺上。这时，我就会在心中轻叹一声：当高人的感觉真好！

有一则小故事。据说，拿破仑曾对一位高个子将军发火：虽然你比我高一个头，但你继续争辩下去，我将立刻消灭这个差别！我想，假如站在拿破仑面前的是我，我就会继续犟嘴，看看他如何消灭我们之间的差别。他用军刀砍去一个脑袋，那显然是不够的，因为米小强同志仍比他高得多。他必须补上一刀。或者，他干脆把我们拦腰砍断。面对真正的高人，事情总有些麻烦。这位性格暴戾的独裁者，也许会气得发疯！我喜欢做类似的联想，它们让我内心产生小小的骄傲。当然，凡事有利就有弊。过高的个子，也常使我遇到一些意外的麻烦。有一次我们乘飞机去深圳，登机时被拦了下来。我努力弯腰，却怎么也进不了舱门。空姐们捂住漂亮的小嘴，眼睛满是惊愕。机长一边朝对讲机喊着什么，一边挤上前来。我明白，如果出现这么高的恐怖分子，其破坏力必定难以估量。我不希望产生误会，主动把两张登机卡递到机长面前。

开什么国际玩笑？机长斗鸡似的伸长脖子，扒开我的黑斗篷往里看——原来是两个人！你给我下来！我向他解释：一个残疾人无法独立行走，你要我怎样登机呢？机长提出无理要求，非得解开皮带，让老米抱着我进机舱。我说：民航有这种规定吗？残疾人只能抱着，而不能背着或扛着登机？机长犯傻了，一时不知如何反驳我。

有些乘客拥到机舱门口看热闹，不怀好意地叫起来：卸开，卸开！抱着进来！机长挺直腰板，指指铁扣，不容置疑地道：必须卸开，本次航班就这规矩！我深感侮辱。卸开，这词选得多妙啊！他们就是要看看，一颗脑袋怎样从身体上卸下来。我必须捍卫自己的尊严，哪怕因此耽误这趟航班！我一字一句地说：听过一句名言吗？士可杀不可辱！我把披风系好，整整黑呢礼帽，从容走下舷梯。中途，我又转过身来，擎起文明棍在空中画了一个圈：一群小人！

我非常重视整体性。作为一个完整的人活着，是我心底最强烈的欲望。我读过许多书，喜欢沉思冥想。在我看来，世界处于分裂状态，你可以把它视作一堆碎片。聪明的脑袋就是要找到方法，把碎片拼成理想的图案。宗教、瑜伽、气功具有共同本质，那就是通过神秘途径，将艰难人生化为美妙境界。我深知其中三昧，也就消解了与生俱来的不幸。没错，我是瘫子，可我把自己视为脑袋，又得到了身体，还有什么可抱怨的呢？高人，由碎片拼出的完美图案，诠释着一种很牛逼的哲学——我就靠它活着。

当晚霞在天际渐渐消逝，我来到海边唱歌。Y 市濒临大海，色彩绚丽，景色壮观，浪花拍打礁石，溅起团团碎玉。我放开嗓门，引吭高歌，清新的气流涤荡着肺部，身心无比酣畅。我随意编造歌词，套入熟悉曲调，用一种奇怪的方法发音。呀哦咦咦——呀哦咦咦——我的声音尖利如母猫叫春，激越如雄鸡啼鸣，穿透海风飞向远洋！我不知道为何发出这样的声音，可一张口它自己从心底冒了出来。词意充满矛盾，交织着对生命的赞美与诅咒。

一位研究声乐的学者跟踪我许久，偷偷在小本上记我的歌。后来我们熟悉了，他告诉我，作为发掘各少数民族民歌的专家，自己从没听过这种发声方法。他甚至断言：一种新民歌诞生了！稍稍迟疑一下，他又补充道：只是，我首先得确定这算不算人类的声音。

海边游人毕竟少真知灼见者。一个黑衣高人吼着独创民歌，在暮色苍茫中慢慢朝你逼近，足以惊魂！人们避之不及，空旷的沙滩成了我的天下。我把手杖当长剑荷在肩上，好像自己是古代游侠，步履蹒跚，衣袂飘飘，狂歌而行。这是我最佳状态，为此瞬间死了都值！人，完全可以获得自由，只要你懂得选择。我的心灵已化作海鸥，在波涛间飞掠盘旋……

二

八岁，我刚上二年级，母亲撇下我走了。这一打击对我是致命的！不仅失去了最疼最爱我的亲人，更重要的是没人背我上学了。父亲懒惰、木讷，除了上班就是喝酒，一向把我看作废人。若不是母亲坚持求校长、拜老师，为我争得一席座位，并天天接送，风雨无阻，我根本不可能进校门。脑袋的求知欲天生强烈，我以优异的学习成绩征服了老师和同学。可是，母亲病逝毁灭了我人生的唯一希望！我躺在床上，脸向墙壁一动不动，眼前是无尽的黑暗。我觉得自己将烂在床上，就这样烂掉。

毛大吾，毛大吾。这是我的名字，有人站在我背后执拗地呼唤。我的同桌米小强来了。我不想见人，不去理他。可他动手了，把我翻过来，背在背上。他说：快走，要迟到了！从那一刻起，我再也没离开米小强的脊背。他父母是慈爱之人，在儿子房间里放一张小床，干脆让我住在他家。父亲每月发了工资，就过来看看我。他总是说：走吧，回家躺着，我养你一辈子。我也总是回答一句：不，我要站着活！父亲无奈地摇头，留下一半工资，独自喝闷酒去了。

学校生活是快乐的，老师同学大多善待我。残疾人有种种不便之处，谁都以体谅的态度给予我帮助。但教体育的朱老师却是例外，他坚持对我来说过于苛刻的要求：你必须上体育课，否则吃零分。我试图开玩笑：好吧，我就用脑袋在操场上滚。朱老师不苟言笑，脸铁板着：不，让米小强同学背着你上课，成绩算你们俩的。

于是，我出现在体育场上。米小强刚开始发育，瘦瘦长长的身子好像一根豆芽菜，背着我跑跑跳跳实在不容易。我们跑步，绕着操场一圈一圈地跑，小强脸上的汗珠啪啪掉在沙土上。我用哀求的目光瞅着朱老师，可他视而不见，仍逼命地吹着哨子，让我们跟上队伍。铁石心肠的家伙，那一刻我真恨透了他！这还不算，我们必须参加短跑比赛。你想想这是怎样的情景吧，起跑枪声一响，同学们野兔似的嗖一下蹿出去，我们却像一只鸭子，歪歪扭扭落在后面。我不是脑袋，而是一只面口袋，在米小强的肩头东倒西斜。跑几步，他就用双手撮一撮我，生怕我掉下来。在同学们的嬉笑声中，我们总是最后一个到达终点。

最悲惨的是跳远比赛。米小强奔到沙坑跟前一个急刹车，不敢跳了。朱老师板着脸：再来一遍！可再来几遍也没用，关键时刻米小强老是悬崖勒马，拿鞭子抽他也纹丝不动。下课铃响了，同学们急得直跺脚。朱老师面无表情，还是那句话：再来一遍。我哭了，用两只拳头擂他的头：你跳啊，跳啊！米小强红眼了，大吼一声：我来啦——他飞一样起跑，到了沙坑前奋力一跃，我就觉得自己腾空了，腾云驾雾似的。接着，眼前一黑，我的脑袋栽入沙窝！同学们一片惊呼：头掉了！头掉了！米小强抱起我，坐在沙坑里哇哇大哭，仿佛自己真的掉了脑袋。就从那时起，我们俩确立了头和身体的关系，一生一世不动摇！

风高月黑，我和米小强又来到操场。我说：丢不起这个人啊，咱们练吧！小强咬牙点头：狠练！我的头脑发挥作用，预先准备好一根尼龙绳，将我和他牢牢绑定。我们一遍一遍地跑，一次一次地跳，终于练得身轻如燕，顺风飞扬！

小学毕业时，体育成了我们的强项。最拿手的是篮球，两人相加，身高优势不言而喻。我双手托起篮球，轻轻投出，每每准确落网。那一瞬间，我体验到成功的欢乐，信心随着落地的皮球，一蹦老高！朱老师让我们在校队打主力，仍板着一张黑脸，逼我们完成各种高难度动作。多年以后，我去看望朱老师，问他：当初你为啥非逼我上体育课呢？上了年纪的朱老师依然不苟言笑，淡淡回答一句：体育精神，重在参与。停了一下，他又补充道：你和所有的孩子一样，需要呼吸新鲜空气。我深受感动。如果一直在教室里憋着，我还真不知成啥样子呢！朱老师的两句话，足以影响我终生。

生存意识一直给我带来压力，残疾孩子总是想得多。屋后有一棵小杨树，每天放学走过那里，我就指指小树：老米，你踢它三脚。米小强虽然纳闷，仍按我的要求踢了三脚。小杨树摇摇晃晃，立不住的样子。时间长了，一向不爱说话的小强忍不住发问：干吗老让我踢树啊？它惹着你了吗？

我笑笑，给他讲了一个故事。有一位武功大师，教了三个徒弟。老三最笨，什么拳路也学不会。师傅就把他领到一棵小松树下，命他每天打树。招式极简单——一巴掌一腿。好，三徒弟就对着松树一巴掌一腿地练，整整练了一生！松树长粗长大，三徒弟也渐渐老去。可只要他一动手，老松就像幼时一样哗哗颤抖。一日，有个武林高手前来挑战，坐在一个悬崖上，声称不管使用什么方法，只要把他打下悬崖，就痛快认输。师傅已经不在了，老大老二为捍卫师门尊严，奋力一搏。他们拿出毕生武艺，使尽各路拳法，高手却盘坐在巨岩上，纹丝不动。老三离开松树林，说我来试试。自然，没有谁看好他。可是他赢了，且赢得惊天地泣鬼神——只一巴掌一腿，就把巨岩劈下悬崖，坐在其上的挑战者，连影儿都不见了！

米小强听完故事，半天合不拢嘴巴。从此，他见了小杨树就一阵猛踢，直把那棵树踢死了。不过没关系，老米见啥踢啥，像一匹烈马，连我都勒不住他。非凡的脚头功夫就这样练成了，我一生的安全也得到保障。

我的担心不是没有道理。我住的小瞎胡同对面，有一幢高楼，名曰红旗楼，尽住着有权有势的人家。红旗楼里有个顽皮男孩，叫林大东，是高我两级的同学。这家伙不知出于何种心理，老拿我恶作剧。他领着一群红旗楼的小孩，放学时把我们堵在胡同口，尽情嘲笑戏弄。他用绳子套米小强的脚，说是绊马索；又往地下吐一口痰，逼我拿帽子擦掉。由于明显处于劣势，我们只能忍耐，尽量拖延时间，直到救星出现。

救星是一位女同学，名叫杨雨妹。她也住在小瞎胡同，是我们的中队长。林大东有点儿怪，见到雨妹脸就红。小姑娘像一只小辣椒，甩着两条小辫冲到他面前，指着鼻尖就骂：不要脸，不要脸！大欺小，多欺少，你还算个男子汉吗？林大东特别在乎男子汉的称谓，蒙着大红脸，带领手下灰溜溜地跑回红旗楼。杨雨妹转过身朝我笑笑，说：走吧，去我家写作业。我们跟在她后面走进小瞎胡同。

我也重视男子汉的尊严，总靠一个女孩子救驾实在没面子。当米小强脚头有了几分功夫，我们决定不再等待小救星。那天，林大东摆出新阵势，男孩子一个背一个，隔着马路冲过来。骑马打仗！骑马打仗！他们喊叫着冲上前，几双手同时抓住我衣服，使劲往地下拽。幸亏尼龙绳已经升格为皮带，我还能抵挡一阵，否则真像林大东喊的那样，我的头要被他们当破瓦罐摔了。这工夫，米小强开始踢树！对方密密麻麻的小腿真像一片小树林，可是远不如小杨树经踢，只三五下子，对方人仰马翻，地上躺倒了一片。老米还不过瘾，照着林大东连踢三脚，踢得他从人行道滚到街中央！杨雨妹恰好赶到，目睹这情景惊得目瞪口呆。我对雨妹一笑：从今以后，再也没有人敢欺负咱们了！我刻意使用“咱们”这个词，将她也包括在内。

总的来说，我们是和平主义者，除了这一仗，再没有与其他男生发生冲突。尤其是米小强，人越长越强壮，脚头越练越坚硬，性格却更加温和。这是天性使然。像他这样的好人，世上罕见！从小学到中学，他不离不弃背了我十多年。许多人为他的事迹所感动，报纸上经常刊登表扬他的文章。读到高中，共青团市委把他树为学雷锋标兵，一时轰动 Y 市！

这家伙，虽然使很多人热泪盈眶，自己却笑嘻嘻地认为沾了我的光！他说：没有你，我能出那么大的名吗？谢谢啦！

三

如果我讲的仅仅是一个学雷锋故事，那就太俗了。信不信由你，在我和米小强之间，发生了不可思议的奇迹！天长日久的背负，竟使我们两人长到一块儿去了——血肉相连，意念相通，真的长成一个人！

首先，米小强越来越不会思考，因为有了我，他脑袋的功能日益退化。他的作业大多由我完成，考试时我想出各种计谋为他打小抄。鉴于我们的特殊情况，老师们也睁一只眼闭一只眼。凡涉及我俩的事务，一概由我处理，他从来没有异议。说句夸张的话，老米的智力从九岁以后再也没有增长过。而我，离开他就寸步难行，这是不言而喻的。

其次，周围人渐渐不把米小强当作独立的人看待，有事情只冲我说。同学们不再分别称呼我们，却把两个人的名字和了起来，不约而同地叫我们“毛米”！当然，谁喊毛米，总是由我回答，他连姓名都取消了。米小强则越来越崇拜我，能与我共用一个名字，他引以为豪。

更重要的是，我们产生了神秘的心灵感应。仿佛有一股电流，打通我们的血脉，将意念、动作完全协调起来。我的脑袋往东一扭，他决不会向西走；他肚子饿了，我必产生旺盛的食欲；我郁闷时，他就蔫头耷脑；我兴奋地引吭高歌，他便和着节拍踏出漂亮的舞步……生物体的奇妙难以理喻，仅靠常识许多问题无法解释。我们渐渐进入一个理想境界：智慧的脑袋加发达的身体。如此，试看天下谁能敌？

现在，米小强已经习惯于躲在长长的黑色披风里，见了阳光就头晕。他走路不必远眺，只需留神脚下的石头，由我把握方向呢！透过披风的缝隙，他可以了解周围发生的一切，什么人什么事他心里都一清二楚。语言的功能肯定是退化了，我讲话他只是默默地听，仿佛我在自言自语。独自负责二人的交流，我的话就特别多。于是，你常会看见高人嘴里咕咕噜噜，踽踽独行，似乎精神出了毛病。睡觉时，他才把我摘下来，放在身旁。一旦脱离脑袋，身体便失去知觉，常常是没等我说完一句话，他已经打起了呼噜。我呢，在黑暗中睁大眼睛，上九霄，落黄泉，追寻天地间无尽的奥秘。当然，没有腿，我只能在梦里神游。

如果你以为米小强同志因此失去个性，成了一块木头，甚至行尸走肉，那就大错特错了！我告诉你，老米调皮着呢！他用特有的肢体语言表达情绪，经常搞得我哭笑不得。前面说过，我在低矮的旧楼房穿行，难免与二楼的女主人打个照面。这本是尴尬事情，老米却不失时机地踮起脚尖，使我面孔进一步接近窗口受惊的女人，好像我是故意耍流氓。

遇到我跟他不喜欢的人谈话，他两只脚就像马蹄一样捯动，逼我显出很不耐烦的模样。对方往往是领导、老板，谈的也是有关我们生计的话题，人家自然要皱起眉头，严肃地打量我脚。米小强更加过分，竟然转身就走，害得我连连摆手：对不起，我想起一桩急事，咱们改日再谈。拜拜！

我说：老米啊，这样不好！我知道你的意思，那人对咱打官腔，求他办事没戏。没戏归没戏，起码的礼貌还要讲吧？你老由着性子来，今后谁还跟我们打交道呀？再说了，外交属于我脑袋的工作范围，你插那么一腿，让我怎么干呢？下不为例，希望你安分守己。

米小强默默地听着，十分谦逊的样子。可我心里清楚，要他安分守己几乎不可能。果然，不出几天，一位脖子上戴着狗项圈一般粗的金链子的大佬正瞪着两只牛眼训我，老米忽然放了一个惊天动地的响屁！大佬往后一跳，惊问：哪里打炮？我只得随机应变：对不起，我想用一下卫生间。

没办法，我只能改变自己性格。一般来说，我比较理智，懂得人在屋檐下，不得不低头的道理。可让米小强搅的，我也变得愤世嫉俗起来。遇到那些人模狗样的大人物，我不再委曲求全，话不投机半句多，干脆挥手拜拜！别人以为我很酷，其实只是抢在老米发难之前行动，免得难堪。这么一来，我倒有了意外收获：敢爱敢恨，快意人生，到底是爽！

说起来，我并不太喜欢自己的性格。身体缺陷，家庭不幸，常使我郁郁寡欢。过多的思虑成为重负，让我过于严肃，过于刻板。说好听点算少年老成，讲得难听便是未老先衰。谁爱老阴天？我心底最渴慕的品质，就是幽默！感谢上帝，米小强带来了幽默。无形之手在背后猛推一把，令我跌入喜剧陷阱。

Y城盛产美女，美女云集在海边。因此，海滨路是个美妙去处。月夜，海面碎银跳跃，我坐在石凳上凝神远眺。其实我在钓鱼，运气好的话会有妙龄女郎在身旁坐下。谈天说地是我强项，三寸不烂之舌常能把姑娘引得心醉神迷。留下电话号码，到路边排档吃烧烤，甚至去电影院看新上映的大片——这就算有大斩获了！进行此类活动，米小强的积极性最高，经常是我心念刚动，他就马蹄嘚嘚，一路奔向海边。青春期，内心难免阵阵骚动。

米小强爱在身上揣一些古怪东西，出其不意地向看中的女性献殷勤。于是，我的披风成了百宝箱，我也不得不充当魔术师的角色。比如，我正舞动双手，滔滔不绝地演讲，他会悄悄往姑娘手心塞一把开心果。姑娘一怔，看看我手，看看开心果，百思不得其解。有次送某位小姐回家，胡同里的路灯坏了，四周一团漆黑。女孩往我身边靠靠，带几分撒娇：哦，我有点害怕。话音刚落，我的腹部突然伸出一支超级手电筒，雪亮的光柱顿时扫除黑暗。姑娘一把推开我，惊叫：你是鬼！你不是人！我尽量温和地笑着：哪里有鬼？我会变戏法，为了你的安全，略施小技尔。她将信将疑地伸出手，想摸摸手电筒。老米及时熄灯、隐匿。我像一个双簧演员，台词立即跟上：请原谅，天机不可泄漏啊！

过后，我和老米笑翻了天。我说你这家伙，怎么想得出来啊？要不是我脑子转得快，人家真把我当成鬼了！老米蹦蹦跶跶，吹起尖利的口哨。

有些时候，他就玩过界了。遇到不喜欢的姑娘，他会偷偷给人家安一条长尾巴，走出老远还不知觉，引得路人一片讪笑。再不然，他在姑娘裙子上别一个小铃铛，走起路来像小狗一样叮当叮当响。层层叠叠的裙子结构复杂，姑娘翻弄半天也找不到那铃铛。

对于米小强同志的这类行为，我很不以为然。每当感觉他要做小动作，我就会咳嗽一声，发出警告：又想捣鬼。这又引起姑娘误会，以为我在说她呢：干吗呀？人家好好坐着，怎么就捣鬼啦？我赶紧解释：别多心，我在说自己呢！她瞅我一眼：最好彻底坦白。我支支吾吾地说：这么漂亮的女孩坐在身边，谁不想捣鬼呀？我怕犯错误，所以就提醒自己。

老米更有惊人之举，百宝箱里变出大物件！有一回，我好容易约到一位靓女看电影，他变出了一只鸭子，差点把人家吓晕。影片正演到情深意浓处，男主人公将爱人放倒在床上，凝视她的眼睛。我的披风里探出一个鸭头，不失时机地挨近姑娘小手。鸭头所处的部位相当不雅，仿佛从我裤裆里钻出那么个东西。姑娘颤声问：你想干什么？我两眼盯着银幕，随口打趣：那还用问？他想干什么我就想干什么。男女主人公的激情戏达到高潮，热吻，宽衣解带。鸭子也玩得兴起，竟用扁嘴轻轻啄女孩的手心。她叫了一声：你那东西，怎么还会咬人？头就歪倒在椅背上，神情迷离。我这才发现鸭子作案，叫苦不迭！这种事情无法解释，我只得逃之夭夭。

应该声明一下：我曾向老米讲过一则外国笑话，情节与此相似。没想到他老人家照葫芦画瓢，真就这么干了！

接触异性是美妙的，尽管我只剩一个脑袋。与可爱的姑娘在一起，我就心跳加快，热血上冲。仿佛春潮卷来，自己变成了一片树叶，随波而去。这使我相信，人的情欲发自头脑，而不是身体。遇到特别喜欢的女人，比方说，那位天鹅姑娘，我竟产生吻她一下的冲动！有了这样的念头，连我自己都吃惊——我怎么了？想干什么？我能算一个男人吗？

那女孩出现在晚霞绚丽的傍晚，落日余晖让她全身散发出迷人的色彩。尤其是脖子，细长洁白，透着软玉似的温润光泽。我晕了一下，紧紧跟上去。我在暗中为她取名天鹅姑娘，并决心一定要搭上腔！老米的心情与我一样，脚步也变得格外绅士。当然，如此身高的男人不难引起女性的好奇心，我没费多大劲就和天鹅姑娘坐在一条长椅上。她从西部来，第一次见到大海，欣喜得像个小孩子。我给她讲 Y 城历史，讲胶东半岛的风土人情。这是我拿手好戏，天鹅姑娘听得着迷，两人的距离很快拉近了。

天色渐渐变黑。几颗大星在空中闪耀，月亮躲入云层里。我比较喜欢这样的夜晚，光线暧昧，女方难以觉察我的弱点。我们的谈话越来越接近私密性质。天鹅姑娘问我，海边的男人为啥长得那么高？我笑笑：你是说我吗？她点点头：嗯，是不是吃鱼虾多了？我在内陆城市从没见过像你这般高大的男人！我有点骄傲地昂起脑袋，道：是的，大海为我们提供了丰富的蛋白质，可以算得天独厚吧。当然了，我在海边男人中也是特例！

这时我的手就挨到了天鹅姑娘的小指，她没有躲避。我的巴掌进一步移动，终于轻轻握住温柔的小手。我们沉默了，似乎能听见对方的心跳。她把头转向东边，看月亮缓缓游出云端，美丽的天鹅脖子扭成一个诱人的弧度。我情不自禁把嘴唇凑过去，越凑越近，眼看就要接触到她晶莹的肌肤了。在这关键时刻，他犯了致命的错误。我永远不能原谅米小强同志！老米早就急不可耐，竟向天鹅姑娘伸出罪恶的魔爪！身体受本能支配，忒俗。我不知道他摸了人家什么地方，反正是敏感部位，且下手很重，情节十分恶劣。姑娘哇地尖叫一声，人从椅子上弹起来，花容失色，满腔愤怒！没等我张口，她就重重打我一巴掌，确切地说，给了我一记响彻云霄的耳光！

我喊：冤枉啊……我！没人给我解释的机会。天鹅姑娘高跟鞋踩着石条铺成的路面，咚咚而去。

这类冤枉气我可没少受。灵与肉的冲突难以避免，人类的错误不都是在欲望驱使下铸成的吗？所以，我也没有过分责怪老米。话又说回来，如果我有健全的下肢，不也一样时时惦记着终极目标吗？我想坏，却没有能力坏，这就是问题的根本！

我们的钓鱼行动总是以失败告终。这是必然的，因为事情本身就不成立。高人是两个男人，尽管有皮带连接，尽管有披风遮掩，在女人面前迟早要露馅。我们对此早有思想准备。说穿了，来海滨不过为了找乐，给我们乏味的生活增添几道色彩。难道谁还真想找个老婆回去？快乐的单身汉，就像铁块受了磁石吸引，总要向美丽的姑娘靠拢。高人也不能例外。

话虽这样说，人生的难题还是浮出了水面：作为一个脑袋，如何面对爱情？如何面对性？女人，仿佛一道横亘的山峰，挡在我面前。我想用碎片拼图，我想做完整的人，就必须攀越这道山峰！

我能吗？

四

父亲死了。他独自死在老房子里，脸贴着掉漆的方桌，两手垂在椅子旁，地下是一只摔碎的酒杯。他不是醉死的，因为桌上一瓶二锅头刚刚打开，而老爸喝半斤八两白酒没有问题。依我看，他是愁死的，为我愁，长年累月地愁。实际上，父亲是因我的病才开始酗酒，年轻时他是一名好工人。唯一的儿子得了怪病，萎缩得只剩下脑袋，对他无疑是致命的打击。从此以后，他就失去了活下去的信心。这事挺奇怪：作为患者的我，一直充满信心地生活着；身体健康的父亲，却因绝望而死！一念之差，竟决定了生命走向，足见脑袋的重要性。

安葬了父亲，我从悲痛中冷静下来。环视着空荡荡的老屋，我对老米说：搬过来吧，我们要独立生活。他诧异地望着我：在我家住不是挺好吗？就咱们两个，怎么过日子？我的语气非常坚定：从今天起，我们不再依赖任何人！你要是不敢相信自己，不敢相信我，那就把我撂在床上，回家去吧！米小强连忙说：你是头，什么事情你都说了算。

我很清楚自己的处境。父亲一走，我就断了生活来源。过去，父亲把工资的一半送给米家，终究是他养活我。如今我不想办法挣钱，难道要在米家吃一辈子白饭？自己不能解决生存问题，还不如死了算了！我没把这层意思对米小强说穿，是怕他伤心。但我心里明白，面前这道坎必须过去，晚过不如早过。我在为自己争取做人的资格！

接着，我又做出第二个决定：辍学。这下老米不干了！还差一年高中毕业，我的各项学习成绩名列前茅，是全校的尖子，老师们认定我考清华、北大没问题。老米喊：多可惜啊！我还想背你上大学，指望跟着你出息呢！我摇头叹息：别做梦了，就算考上，哪家大学肯收我？就算收了，谁会同意你背着我进课堂？住宿舍，还能单为你准备一张床吗？哪怕发生奇迹，大学毕业了还要找工作，我能干啥？好吧，算我有出息，考上了公务员，给某位领导当秘书，你能背着我上班？来这么个高人还不把领导吓死了？更进一步出息，我又当上局长，你还能扛着我向同志们训话？市里开什么重要会议，你躲在披风里偷听，当官的秘密都让你知道了，那还了得？

老米终于沉默了。他跺跺脚，阻止我往下说。

我却要把话说透：还有一条路——咱俩分开，你继续读书。

屁话！没有脑袋，我还读什么书？老米哭了。咱们都这样了，还怎么分？一辈子也别说种话！

我也哭了：不说了，没有身体，脑袋怎么活？离开你，我就死。

哭了一夜，我们就退学，找工。现在回想起来，这真是个笑话——我都把自己想象成秘书、局长了，结论还是没法干，那普通工作怎么会有我的份呢？所以，我们找工的过程出尽洋相，那才叫光着腚推磨，转圈儿丢人啊！

第一份工找的是大酒店。我想，酒店需要许多东西，从客房到厨房，毛巾牙刷、鸡鸭鱼肉哪样不得买啊？我长眼米小强跑腿，当个采购员总能称职吧？我特制一件新披风，把头发梳得板板正正，去见经理。经理徐娘半老，和蔼可亲，见了我含笑点头：真是好小伙子，赶得上姚明了！做采购实在可惜啊。我心头一热，赶紧表态：不一定非当采购员，我愿意服从安排。经理你看我是什么材料，尽管放心使用！女经理略一思忖，拍拍巴掌：对了，我安排你做大堂经理！这么高的个子在总台旁边一站，客人来了眼前还不一亮？时间长了，你准能成为我们酒店一块招牌！我顿感遇到知音，激动地伸出双手：谢谢经理，你是我的伯乐！

米小强乐昏了头，竟也从披风底下伸出手来。女经理正和我握着呢，咦，肚子上怎么又长出一双手？吓得她尖叫一声，跌倒在沙发上。我赶紧说明情况，一面倒水为她压惊。可是女经理挥手打翻茶杯，泼了我一身水。她尖尖的指甲几乎戳到我额头上，嚷：骗子，两个冒充一个，你是骗子！我说：我没想骗你，米小强从小到大一直背着我，你完全可以把我们当作一个人。女经理这会儿已经歇斯底里，仿佛我骗走了她的贞操。她招来一群保安，一边用手绢擦眼泪，一边下达混乱的命令：把他们赶出去！不，打 110 报警……算了，还是赶走！赶走！

结局非常悲惨：如狼似虎的保安将我们架到半空，穿过酒店大堂，在众目睽睽之下把我们球一样扔出玻璃大门。皮带断了，头掉了，高人在光天化日下露馅了！米小强抱起我，狼狈逃窜。

多少年来，每当我们打这家酒店经过，老米总要咕哝一句：当大堂经理，我还以为真的哩。我则以君子报仇的狠劲，对着亮闪闪的玻璃门发誓：总有一天，我要把它买下来！只要你还想当，大堂经理一定是你的！话虽这样说，心里的酸楚、伤痛却难以消除。

从深深的屈辱感中苏醒过来，我得出一条经验：以后找工作，开门见山，主动亮相。要就要，不要拉倒！免得让人家骂骗子。所以，当我们走进苏厂长的办公室，应聘保安职位时，我没开口先敞开披风，把米小强同志暴露出来。然后讲明情况，希望领导照顾。

啊呀呀，你也真不容易，残疾人心红志坚嘛！苏厂长矮矮胖胖，笑眼眯眯，很像弥勒佛的样子。他表达了深切同情，又提出棘手问题：我心里没有数哦，倘如工厂钻进个把小偷来，以你的情况怎么对付呢？

这个问题不难解决，米小强同志的腿功十分了得，你可以试试！我停顿一下，指指厂门口站着的保安：这样吧，我们搞一场大比武，请贵厂保安扮演小偷，苏厂长你就看我怎么收拾他们！

使不得！使不得！伤到你们还要包医药费，搞不好真要养你一辈子呢！苏厂长谨慎地避开我的挑战，听他口音好像是上海人。好了，就算你的朋友真有功夫，我还要提一个问题：究竟是你，还是你这位朋友来应聘保安呢？

我把披风系紧，侧身亮相，显露高人风采：苏厂长，你就把我们看作一个人吧，我这样子站在厂门口，还不体面还不威武还不给贵厂增光添彩吗？

那么，我到底给你们发一份工资呢，还是发两份工资？苏厂长显示出上海人的精明，不受我蛊惑，一下子抓住问题的要害。

我傻眼了，这事情还真没有细想过呢！我咽了口唾沫，可怜巴巴地望着对方：你就看着办吧，我相信苏厂长是个善良的人。

先不要给我戴高帽子，账是一定要算清楚的。喏，你看，假如我给你一份工资，那你就吃亏了。明明是两个人，怎么只挣一份钱呢？假如我给你两份工资，那就更没道理了，你这个头再高，也不过顶一个岗位，怎么能拿两个人的工资呢？嘻嘻，这个问题研究下去，还蛮有意思的！

苏厂长兴趣盎然，米小强却不耐烦地掬动双脚。我赶紧让步：你也甭费心算账了，我就拿一个人的工资，吃亏我也愿意，行不行？

苏厂长扳着手指头，不依不饶：别急，账还是算清楚一点好。如果你只拿一份工资，那干吗还要两个人一起上班呢？叫你朋友自己来好了，你在家里吃吃睡睡玩玩，大家都省点精力体力，不是蛮好吗？他背着你站岗到底吃力呀。

那不可能，我们从不分开！我断然拒绝。要说明我们血肉相连的关系，就得重述全部历史，我懒得费口舌，也没必要。

苏厂长越来越可恶了，他刨根问底，仿佛伸出一根手指头抠人家的伤疤。你总要把道理给我讲讲清楚嘛！我实在搞不懂：只拿一份工资，你们还非要在一起，为啥呢？这明明是不科学的，明明是浪费人力资源呀！你骑在别人肩膀上觉得很好玩吗？不会吧，你总得考虑朋友累不累吧？你们两个到底是什么关系？这里面究竟有什么名堂？我向你讨教讨教！

这时候米小强就自动开拔了，向后转，开步走，径直离开办公室。我扭头挥手：拜拜了您那，此地不留爷，自有留爷处！许多单位等着我应聘呢。

苏厂长还真恋恋不舍，追到门外喊：哎哎，我们再探讨一下嘛，怎么说走就走呢？我还是第一次，第一次遇到你们这种情况哩！

活活叫他气死！回到家，我们躺倒在床上，半天说不出一句话。屋子全黑了，也没心情吃饭，正好省钱省粮。

我说：老米啊，看来让社会接受我们，还真是不容易呢！别人都把我们看作怪物，怎么还肯安排工作呢？我停顿一下，侧脸望望米小强。那个苏厂长讲的也有点道理，你自己出去找工，恐怕要容易一些。

老米睁开眼睛：什么意思？又要说分手的话？

不是，我只想开拓一下思路。那一夜我无法入眠。生存的门缝越来越窄，仿佛要把我挤扁。我一遍遍祈求上苍，给我留一条生路。前所未有的虔诚，前所未有的投入，我甚至流着眼泪祷告：给我一份好工作吧，让我糊口，让我独立，为此我情愿赌上自己的性命！老天你有眼吗？如果有，就求你睁开一只眼睛看看我吧！

冥冥中触动了什么，命运向我投来惊鸿一瞥。

五

现在，我要讲讲发迹的故事。故事从一张钢丝床说起。

我爱看书，也很爱惜书，从小到大积累了许多图书。我在胡同口拉开钢丝床，摆上所有的书，开始书商生涯。说句心里话，卖掉这些宝贝我非常心疼，但为了生存我没有选择。意外的是这条路走得很顺，无本生意，卖一本赚一点。街坊邻居都同情我，很照顾我的生意。有点本钱，我又低价收购别人家的旧书，扩充货源。积累了一定的经验，我再到大书商那里批发一些新书来卖。

生意看起来神秘，其实就像哥伦布竖鸡蛋一样，你啪地往桌子上一敲，那鸡蛋就站起来了！做买卖就跟做任何事情一样，只要你去做，慢慢就上手了。当然，悟性很重要，任何商业都有其模式，秘密就藏在模式里。我干久了，熟悉了模式，渐渐得心应手。从一张钢丝床到一间铁皮小屋，我有了自己的书店，起名为星星书屋。

靠一间铁皮棚子卖书，根本赚不到几个钱。星星书屋只是联络点，生意要到外面做，去远方赚大钱——批发、总发行，这才是图书行业的高端盈利模式！摸清了门道，我就把父亲遗留下来的存款全部投入进去。我们闯荡江湖，发书进货资本像滚雪球似的，超乎想象地积累起来。可以这么说，三年之后我们就告别了生存困境，挖到人生第一桶金。

我们卖书赚了钱，似乎也赢得做男人的资格，婚姻问题便日益凸显。媒人们络绎不绝地出现在我们周围，开始是小瞎胡同的大嫂大娘，后来范围逐渐扩大，书商朋友、老同学、远近亲戚，个个怀着满腔热情，试图把某一位姑娘引入我们的生活。附近比较活跃的女孩们尤其主动，常常来星星书屋泡着，假装翻书，嘴里叽叽喳喳说个不停，竭力引起我们的注意。彩蝶翻飞，炫人眼目，形势一片大好啊！

不过，是米小强形势大好，与我无关。所有人都是冲着他来的，这一点我心中有数。谁会跟一个瘫子谈婚论嫁？这场游戏根本没我的份。若是纯讲爱情，我的口才还派得上用场，可惜婚姻与爱情完全是两码事。一大筐现实问题摆在面前，把仅存的浪漫气息一点一点消灭干净！我早说过了，爱情像雪花，在空中飘舞时轻盈而美丽，落到地下与泥土结合，就变成雪泥，污浊而肮脏——这就是婚姻的本质。

我这样怨恨婚姻是有道理的，因为它排斥我。当我强作微笑，和形形色色的女人谈判时（这项工作仍由我负责），分明感觉到她们没把我当人，尤其没把我当作一个男人。真的，她们根本不把头脑放在眼里，只对身体感兴趣。嘴上莺声燕语和我周旋，眼梢却瞄着我的下半部分。干吗呀？心里总惦记床上那些事情？女人与庸俗是一对宝贝，连等号也无须画！所以，谈对象的过程，也是我受伤害的过程，一场约会下来，我的心就像被小刀划得伤痕累累。

老米很高兴，他喜欢女人。这家伙不哼不哈，一逮着机会就下手，赚足了女朋友的便宜。常常发生这样的情况：我还在百般挑剔女方的缺点，或是一点点剥去她的伪装，使其暴露出对金钱贪婪的真实嘴脸，米小强就在桌子底下摸人家大腿。姑娘在我犀利目光的逼视下陷入被动，紧张，慌乱，甚至狼狈，忽然就扑哧一声笑了。我问：笑什么呢？姑娘挺挺高耸的胸脯，瞟来一媚眼：笑你能装呗，我还真以为遇上不吃鱼的猫儿呢！

但是，老米始终坚守着底线。论起婚姻来，他就毫不含糊地摆明自己的前提：要嫁给我，就得嫁给我的头！谈到这个地步，米小强就露面了，因为双方条件都比较靠谱，由他最后拍板。女方不理解，小心翼翼地探问：那么头也入洞房吗？老米的回答明确而肯定：那当然，我到哪儿头到哪儿。女方进一步问道：我们睡觉时，他就在旁边躺着吗？老米话里显露出嘲讽的意味：废话，为了和女人睡觉，我还能扔了脑袋？连我都不好意思了，在一旁妥协道：也不一定睡一张床，旁边摆一张小床就行。米小强一拍桌子：不，必须睡一张床！几乎所有的女人扭头就走，受到污辱似的满脸愤愤。我是一个休止符号，只要谈到我，婚礼进行曲就此结束！

最接近成功的一次，是和林大东的表妹棉花谈恋爱。那时我的老对头已经做了书商，我们在长沙发书时遇上了。林大东刚入行，啥都不懂，处处央我提携。他为表妹单独开一个房间，就在我们隔壁，我一眼看穿这小子要美人计。那棉花人如其名，绵绵软软，黏黏糊糊，整天泡在我们屋里。她有点像我们初中时代的体育委员，大奶子大屁股，走路一扭一扭，总有一股腥膻之气隐隐发散。老米可乐坏了，棉花正是他自幼梦寐以求的那种类型。不顾我再三劝告，对林大东显而易见的阴谋置若罔闻，米小强与棉花打得火热，迅速滚作一团。

发书这件事情挺有意思，我得仔细说说。当时中国出版界有一怪现象，盛行“买卖书号”，个体书商可以自行出版图书，但你得让出版社审稿。这叫双轨制，这叫中国特色。只要闪开一条缝隙，个体户就格外活跃，如野草，如春笋，立马造出一番声势来。有的大书商渐渐成了气候，每年出版数量可观的图书。他们手中掌握着联络图，一旦新书出版，就打电话召集全国中小书商到某一城市、某一宾馆拿货，快速批发。往往有几个大书商、十几本新书同时发行，所以书商云集，规模浩大，把整家宾馆都包下来。我们所住的蓝天宾馆就是书商窝点，常年不断地发书。在宾馆旁边，有一条黄泥街，窄仄破烂恰如其名。可它在全国书商圈里大名鼎鼎，谁不知道这条图书批发一条街，就甭吃这碗饭了。

书商们喜欢把进货说成开会，仿佛自己成了干部。张口闭口“我们书刊界呀”，如何如何，总觉得从事有关书的生意，便与众不同了。他们基本上比较年轻，有点文化，自认为属于知识分子行列。你踏进蓝天宾馆，就可以看见这群快乐的家伙，大声喧哗，吵吵闹闹，手里挥舞着新书封面，一脸张扬、得意的神情。林大东虚荣心一向很重，混迹于其中，自然是如鱼得水。他不知从哪里招来一只“鸡”，浓妆艳抹地跟在身后，逢人就介绍：这是我女秘书，刚从英国回来。相熟的书商就骂：英国你妈个逼，上星期她还跟我睡觉呢！书商们喜欢找妓女，弄得蓝天宾馆乌烟瘴气的。

正当米小强和棉花爱得死去活来时，林大东找我说话了。一天，他领着女秘书来到我们房间，开门见山道：棉花嫁给米小强了，就这么定了！我笑：嘿，你是谁的爹？老林瞪大眼睛：怎么？不想认账？老毛，你也太大胆了，敢把我妹妹当鸡玩？女秘书立即踢踢他。我说，这事得由他们自己做主，咱俩不能包办婚姻呀。林大东一拍巴掌：好，那就让谈判进入实质性阶段，今天必须搞定！

跟以往一样，一涉及婚姻，米小强就打出他那张无理王牌。棉花一听还要搭上我这么一个脑袋，且厮混一辈子，当然不干！林大东倒十分耐心，努力为二人做调解工作。棉花妹子让了一步，同意协助米小强侍候我，但坚决不让我入洞房！

老米遗憾地摊开双手：我总不能为一个女人牺牲自己的头吧？

林大东急了：谁叫你牺牲头来着？只不过让你们睡觉时，把头放到另一个房间去，懂吗？

老米梗着脖子，说出一生中最精彩的言论：头又不是帽子，怎么能随便乱扔呢？你和你老婆睡觉时，也把自己脑袋放在另一个房间吗？

我在一旁听得哈哈大笑，这段婚事又黄了！

事后林大东跟我说了实话：项庄舞剑，意在沛公啊。我问：什么意思？

他晃了晃酒瓶子，带着醉意道：把老米嫁出去了，也就把你嫁出去了。你嫁给了棉花，就不用惦记着雨妹了。不怕贼偷，就怕贼惦记！我笑得很开心：兄弟，真把我当回事啊？行，只有你还把我看成一个爷们！我从他手中抓过酒瓶，咕咚灌了一大口。林大东两只巴掌狠搓脸，搓了一阵，发出一声长叹：杨雨妹跟我分手了，吹了！我怀疑过你，又觉得不太可能。还是我自己作的。我一口喝干瓶中酒，把空瓶扔到林大东脚下，骂：就是你作的！整天领个女秘书晃来晃去，对得起雨妹吗？我看着都心疼！他往沙发上一歪，手指老远点着我：你，你人还在，心不死呀。我早就知道！我说：那当然，我忘不了你当众跟我打的赌，还押上自己一对眼珠呢！我等着，看你到时候怎么收场。

那天我们都喝醉了。林大东赶走女秘书，在沙发上蹴了一夜。

六

现在你能看出来了，真正和我生命纠缠在一起的女人，杨雨妹。当然，也包括身体米小强。我们仨，这就是事情全部的复杂性。

这段夙缘还要从小学说起。坦白地说，我从十岁开始就暗恋她。那时候我们读三年级，雨妹和我是班上学习最出色的学生。她是少先队中队长，思想进步，心地善良，经常帮助我。说来惭愧，我却对她想入非非。脑子发达自然就不安分，时时转着坏念头。奇怪的是，我闻到她身上的气味就脸红心跳。我无法形容那是什么样的气味，好像是青草发酵，又像是酒缸开封散发出的令人陶醉的气息。半夜醒来，我回想到这种气味，就辗转反侧无法入眠。那时，我竟产生了写诗的冲动，可见诗歌与爱情联系得紧密。怎么说呢，我的整个少年时代，就在杨雨妹身体散发出的香味中苦苦挣扎。

一个出色的脑袋，在此情况下难免诡计多端。那时候兴学习小组，每天放学，我们都上杨雨妹家做作业。我总是最先完成作业，然后就以各种理由闹腾。我最拿手的把戏是犯头痛病，疼得呀，睁不开眼睛，脑袋快要爆炸了！杨雨妹就叫米小强把我抱到她的小床上，让我睡一觉。我把脸使劲贴着她的枕巾，美妙的幽香直渗我的心扉。我还在她床上不断翻滚，企图蘸白糖一样沾满她的气味，带回家去慢慢享用。

过一会儿，头不疼了，心又疼。我眼泪汪汪，唉声叹气，搞得杨雨妹心慌意乱。她不知如何安慰我才好，坐在我身旁，像小妈妈一样用一块手帕为我擦眼泪。她还给我讲童话，那些故事美得让人心碎。我更难受了，哭得更加厉害，终于把她也惹哭了。我的泪水和她的泪水在那块小手帕上混合在一起。那时，我就有一种感觉：我能控制她！

与别的男孩一样，我在少年时代的烦恼根源也是爱情。谁都有青春骚动期，脑袋也不例外。这个问题挺让人迷惑：爱情究竟发于什么地方？情感？思维？还是纯粹荷尔蒙分泌？换句话说，头和身体究竟谁是爱情的主宰？你若问我，我会毫不犹豫地回答：脑袋是爱情的发动机！而且，我还可以告诉你，头脑的恋爱对象与身体的恋爱对象决然不同！我与米小强因此产生种种矛盾，说起来令人啼笑皆非。

米小强十三岁时，也开始追求爱情。他所谓的爱情，完全是性冲动，丝毫不带精神内容。我记得，那年八月十五夜晚，我被大床一阵激烈晃动所惊醒。我以为地震了，想喊，却看见一幅惊人图景：米小强全身赤裸，一炮冲天，正做着那个年龄男孩子经常做的游戏。月光如水，浸润着他小熊般健壮的身体。我作为局外人，默默地观看了整个过程。当他筋疲力尽，浑身松软下来时，我就开始发问：你在想谁？

他不好意思说，吭哧半天，就不肯吐露他的性偶像。我细细盘问，紧追不舍，真正是灵魂拷问肉体。他终于说出一个名字，却使我大失所望。那女孩是我们班上的体育委员，人高马大，过早地长了一脸粉刺。我问老米：你究竟喜欢她什么？他很快就回答：大奶子，大屁股！

我差点呕吐。

为了树立米小强同志正确的爱情观，我可是处心积虑，费尽口舌。我教他如何辨别女人的气味。比如杨雨妹，她身上那种难言的、令人心醉的香气，男人久闻，简直可以长生不老。而那个体育委员，我毫不客气地指出，浑身一股腥膻之气，就像一头刚刚开膛的猪！

老米终于被我说动了，从此把杨雨妹看作天仙。这是必然结果，我是脑袋，容不得他乱拜偶像。

以后，又发生了林大东欺负人、杨雨妹救驾的事情，我和她微妙的感情更加深一层。当然，她自己对此并不清楚，直到我露骨地表明内心企图。

中学时代，我发动了追求杨雨妹的战役。我天天给她写情书，让老米送给她。老米不敢。我说你不要怕，瞅个机会往她课本里一夹就行。老米说：被她抓到怎么办？我说：抓到也不怕，哪个姑娘会反对小伙子给她送情书呢？那时我已经看了大量爱情小说，对爱情心理学自有一番心得。我写的第一封情书只有一个字：爱。以后每天加一个字：爱你、我爱你、我狂爱你……每天一封，句子就越来越长，越来越疯狂！然而，老米这个笨蛋没容我发挥才华，第五天就被杨雨妹抓住了。情书篇幅仅限于五个字，除了犯傻，能起什么作用？

此时的杨雨妹，已是我们班的团支部书记，一身正气，端庄美丽，几乎没有男生敢想她。老米怕她怕得要死，出了这事恨不得扒个地缝钻进去。她倒没发作，只是发出严正警告：下不为例，别再做这种无聊事情了！我脸皮厚，相信滴水穿石，继续让老米往她课本里夹情书——总得让我把话说完，尽情发挥一番吧？杨雨妹忍耐、烦恼、气愤，终于采取了断然措施！她把那些越写越长、越写越无耻的字条一并交给了班主任，要求老师伸张正义！这一下老米惨了，班主任严厉训斥他，并召开班会批判他。老米成了过街老鼠，人人喊打！

米小强的表现可真不怎么样。这里又引出一个问题：电影中那些革命烈士经受严刑拷打，坚决不肯透露组织秘密，究竟是脑袋起作用，还是身体起作用？米小强同志给了我们一个很好的回答：仅仅就身体而言，人是不堪一击的！班会刚召开，班主任叫老米站起来，他就像叛徒甫志高一样，伸出颤抖的手指向我：是他，那些纸条都、都是他写的。

真是五雷轰顶！我两耳嗡地一响，差点把脑袋撞到水泥地上。老师也许是照顾残疾人，这场批斗会草草收场。心中的秘密暴露在光天化日之下，让我羞愧得无地自容。同学们用一种惊奇的眼光看着我，我完全明白其中的含义：一个瘫子，竟敢对团支部书记杨雨妹想入非非，实在是癞蛤蟆想吃天鹅肉啊！林大东专门跑到班上找我，当众下了战书：搞了半天，我的情敌原来是你啊！那么好吧，咱俩正式开始较量，看谁这一辈子能娶杨雨妹做老婆！我还愿意押赌注，如果我输了，你要什么我给什么，要一对眼珠我也给！

说真的，如果不是一个人的眼神支撑着我，我肯定活不到今天。我会选择死亡。在同学们的嘲笑声中，我会毫不犹豫地朝教室中央那根柱子撞去，撞个头破血流！但是那眼神时时刻刻阻拦我，带着安慰，带着温情，甚至带着那样一种信息：请原谅，我不知道这些情书是你写的。

无须多说，杨雨妹的眼神给我带来了希望。她甚至使我产生那么一种信心：和林大东的较量我不一定会输！我不知道未来的路怎么走，也不知道仅剩下一颗脑袋的我，如何才能与杨雨妹结合？只凭那萤火虫一般闪闪烁烁的希望，我活了下来，并长大成人。

七

现在，杨雨妹和我们生活在一起，是星星书屋的成员。

她的性格发生很大变化，这与她遭遇到一连串不幸有关。少女时代，她父亲忽然离家出走，一年多没音信。母亲急疯了，托了公安局的朋友全国查找，最后在深圳找到了。可他已经与当地一个女人同居，死活不肯回家。没办法，只得离婚。这一打击杨雨妹无论如何难以接受！她从小和父亲最亲，一直以为父亲死了，被坏人谋害了，夜里不知偷偷哭过多少回，却没料等到这样一个结果。雨妹不止一次对我说：他为什么没死呢？如果死了该多好啊。说话时一对大眼睛充满迷茫，使我感觉面前站着一个梦游者。

我确信，她从此恨透天下的男人！

祸不单行。高考那一年，她母亲被检查出白血病，泼水似的花费很快使家庭陷入困境。一向被视为学习尖子的杨雨妹毅然放弃高考，进了一家国营工厂当工人。她加班加点，积攒每一分钱挽救母亲生命。可是拖了两年，她母亲还是走了。安葬完亲人骨灰，雨妹就变得抑郁沉默。我怀疑她得了忧郁症，一再劝她去医院检查。雨妹苦笑着摇头：不是病，是命。

只有在热心帮助别人时，杨雨妹的活力才被激发出来。街坊邻居谁家有事，总能看见她忙碌的身影。瞎子、老人过马路，她会搀着人家胳膊送过去。外地人问路，她常常会亲自带人家走几条街。做这些事情，杨雨妹脸庞红润眼睛闪亮，仿佛吃过兴奋剂。有人笑她傻，背地里叫她傻大姐；有人夸她高尚，是当代活雷锋——这些评价都不准确。在我看来，雨妹的行为属于病态，是宣泄内心深处痛苦的一种方式。美丽端庄、精明干练的团支书已经远去，现在的杨雨妹成了一个病人，只是别人难以觉察罢了。

但，这丝毫不影响我对她的感情。相比团支书，病人杨雨妹与我更加接近，可谓同病相怜。她在精神上非常依赖我，藏在心里的话只肯对我说。当她消沉抑郁的时候，我总有办法将她唤醒，使她脸上绽放笑容。我们只需交流一个眼神，就能把彼此的心思说透。她喜欢为我梳理头发，纤细的手指一遍遍在我发间划行。无须语言，万千情愫就在细微的动作中沟通了。这样的融洽，这样的温馨，即使夫妻之间也很少有。

她的形象也与少女时代大不相同，所有特点聚焦于一个瘦字。她双眼深陷，眸子黑亮，颧骨微凸，很像越南姑娘。锁骨耀眼，是男人最想亲吻的地方。腰细，行动起来如一缕轻烟。丰满的女人容易引起肉欲，骨相女人则别有韵味，使人联想到国画中的竹或兰。杨雨妹现在的形象更合我意。

早先，我们拉开钢丝床摆书摊，雨妹可帮了大忙！她把自己的藏书全部贡献出来，还动员同学、朋友把看过的图书送给我。小瞎胡同的青少年都被她拽来买书，我的生意几乎变成一场募捐运动。这还不算，她一有时间就守在书摊旁，搬书，吆喝买卖，算账，累得汗流满颊，嗓音嘶哑。罗锅姥爷来喊她吃饭，总要翻出偌大的眼白狠狠瞪我。我过意不去，想分钱给她，杨雨妹立刻恼了：你把我看成什么人了？我喜欢这样做事，你还不了解吗？是的，她的傻大姐精神总归要发挥出来，没有书摊，她会去找别的事情做。但我宁愿换一个角度想问题，私下对老米说：看见了吧？雨妹把咱们买卖当成自己家的事办呢！

有句老话很不中听：好人没好报。落在杨雨妹身上，这话还真应验了。她就业的工厂生产啤酒瓶，本来效益挺好，忽然要搞改制，三改两改，就被上游啤酒厂的外国老板收购去了。其中当然有不少猫腻，原来的国营厂长摇身一变，成了外资代表，个人得到相当份额的股权。工人们可就惨了，拿一点点补偿，统统下岗重聘。多数工人被淘汰，雨妹就在其中。年纪轻轻便失业了，谁的心中不会蒙上一层阴影？杨雨妹从此愈加闷闷不乐。

我竭力安慰她：坏事变好事嘛，现在你可以跟我一起创业了。如今谁还指望铁饭碗呢？有志者，匹马单枪闯天下！

杨雨妹就成了星星书屋的新成员。恰好我刚买下铁皮棚，装门面，摆柜台，一派欣欣向荣景象。我暗自高兴，人生目标越来越近，成功机会似乎就在眼前了！然而雨妹的热情并不高，倒不如做义务工起劲呢。她经常心不在焉，眼睛望着马路上穿梭往来的车辆走神。我能感觉到，她正为一件重大事情犹豫不决。真相很快显露出来。林大东走父亲的门路，给雨妹在设计院找了一份打杂的活。虽然不是正式工，但在那样的单位待久了，总会有出路的。罗锅姥爷避开雨妹来找我，央求我千万别耽误外孙女的前程。我心里很难受，但又没理由拒绝，只能堆出一脸笑容向罗锅姥爷保证：尽快让雨妹离开星星书屋。

和杨雨妹谈这件事情时，天正下雨，没有顾客光临书屋。雨点敲打着铁皮屋顶，叮咚作响，时缓时急，使小棚变成一个音乐盒子。我刚说个开头，她就打断了：别往下说了！本来我就想找你。知道吗？林大东一直在追我，接受了这份工作，我就要，就要……

我们都沉默了。雨下得更大，街面上溅起水花。对面红旗楼在雨雾中变得模糊不清，过去的记忆隐隐涌上我心头。

我低声问一句：你愿意跟他在一起吗？

雨妹瞅我一眼，嫌我此刻还提这样的傻问题。她深陷的眼睛闪烁着果敢的光亮，显示她决心已定，要把关键的一层窗户纸捅穿。

好多话憋在心里，多少年了，实在不能憋下去了！假如今天还不把话说开、说透，我们恐怕就没机会了！

我有点晕，知道摊牌的时刻到了。暗恋一个姑娘那么久，忽然面临最后结局，谁的心不忽悠一下荡起来呢？除了你，我心里从没装过别的男人！这可能是缘分，也可能是天意吧？

可是我想知道，你怎么安排我们的未来？毕竟不同于普通男女，我们还面临一些障碍。你是男人，有一颗聪明的脑袋，肯定早就有了计划。我一直在猜想，你准备了什么锦囊妙计呢？

我怔了一下。应该承认，我并没做好心理准备，哪里拿得出锦囊妙计？我脑海里翻腾着无数念头：跟雨妹结婚？怎么睡觉？从此让她背着我？老米呢？他在我们的生活中扮演什么角色？

老米不安地扭动起来。一般来说，米小强不参与对话，我常常忘记他的存在。但到了关键时刻，他就会以自己的方式表明态度。他使我站起身，两只脚焦躁地倒腾，仿佛跳一种神经质舞蹈。

我环顾左右而言他，说起老米关于头和帽子的笑话，说起曾经介绍给老米的形形色色的姑娘。现成的方案也不能说没有，别的姑娘嫌弃我，不让进洞房，杨雨妹既然爱我，这矛盾不就解决了吗？当然，新郎不是我，而是米小强！

杨雨妹一点不笑，目光如锥紧紧盯住我。一只小蛾在她眼前飞来飞去，也不能干扰她的视线。忽然，我停下来，要紧的话一句也说不出口。我明白，按这个思路说下去，恐怕会伤害杨雨妹。

你是说，让我嫁给米小强，对吗？你把我和那些姑娘放在一起，只是我肯接受你，因此比较理想，对吗？雨妹一字一句地问我，让我产生无地自容的感觉。

你知道，知道我俩的关系，我是头，老米是身子，根本就是一个人！你跟我结婚，就是跟他结婚；你跟他结婚，也是跟我结婚！这种特殊、特殊、特殊情况你比谁都清楚！

雨越下越大，砸得铁皮屋顶乒乓乒乓响。我不得不提高嗓音，情绪更加激动，好像跟整个世界吵架。杨雨妹却愈发冷静，窗缝渗雨，她拿了一块抹布去擦，脸上没有任何表情。然后是静场，无人说话。除了单调的雨声，书屋久久沉寂着。

我的心一直吊在嗓子眼，呼吸都屏住了。杨雨妹洗抹布，铝盆里的水变黑，她开门泼水，转回身来又擦。这个女人呀，我们的命运就像抹布，掌握在你的手中呢。你究竟打算怎么办？赶快说话啊！

我的身体忽然开腔，连我都感到意外：结婚证上可以写你们的名字，我无所谓！这话听上去有点傻，却是老米的重要表态。只要事情能成，婚姻的主体可以是我。

雨妹苦笑：那么，按照你们的原则，身体也该入洞房啰？

我听得出她话里的讽刺意味，明确说：是老米跟你结婚，他肯定要入洞房。结婚证写谁的名字都行，那不过是一张纸，一种形式。

杨雨妹把抹布放在盆里，正视我身旁的空椅子，仿佛那儿坐着一个人。米小强啊，你是好人，咱们从小在一起，我比谁都知道你的好！可是爱情不能勉强，我对你没有这方面的感觉，答应嫁给你就是欺骗你。说你们是一个人，头和身体，那不过打比方。真要在一起生活，结婚成家，你还是你，他还是他。要我把你们混为一体，我办不到。

至于你——她转移目光，乌黑的眸子手电似的照着我，却说不出话来。最后她叹了一口气，摇摇头，再摇摇头。

我垂下眼帘，低声道：我让你失望了，真对不起。

杨雨妹说了一句令我心碎的话：既然你要我嫁给别的男人，我就遂了林大东的愿吧！她一甩披肩长发，开门冲出铁皮棚子，消失在风雨中。

我追出去。一兜冷雨浇醒了我。仰头看看，漫天飘扬的雨丝，却勾勒出虚幻的女人形象。我笑了，向她挥手致意。

八

杨雨妹跟随林大东没多久，又回到星星书屋。这是必然的，受过父母离异刺激的她，怎能忍受那个英国女秘书？为了生存，她只能回来。

我面临一个严峻问题：如何与杨雨妹结合？头总不能钻进她的身体，而男人女人必须融为一体，才能组成家庭。说实话，我不能忍受她再离开，定要想个办法，一劳永逸地解决这个问题。

我家住在胡同口，离星星书屋几步远，这也算得天独厚，老屋当书库，构成前店后仓的模式。但家就不像家了，到处堆满了书，转身都困难。装书的编织袋一直摞到天花板。我们在书山中挖几个洞，放床，放桌，放橱柜，搞得跟打地道战似的。我和老米睡觉的洞靠北墙根，有一扇小窗；南面一个洞给杨雨妹，有时她在这儿午休。一个大胆的念头在我心中形成，我自己也被这念头吓得一哆嗦！如果乘杨雨妹午睡时，让米小强霸王硬上弓，把生米煮成熟饭，她不就入洞房了吗？

我随即抽了自己一嘴巴：犯罪！流氓！这样做太不道德，绝对不行。可我转念又想，既然老米是我身体，他代替我与雨妹结合，又有什么不可以？连我自己都克服不了心理障碍，又怎么能说服杨雨妹呢？

行动，只有行动才能解决问！我不能让别的男人占有她，既然她爱我，我就有权用自己的身体占有她！

我咬着耳朵对老米说了。老米当时正在摆弄一个钥匙环，手一抖，钥匙环就掉在地下。他瞪大眼睛问：你说什么？动手，什么叫动手？

我严正地说：你代表我，亲她，摸她，跟她睡觉！

不，不！老米连连摆手：要我对杨雨妹动手，打死我也不敢！她是团支部书记，把我告了，我我我就完了。

忘掉团支部书记，你脑子里只想着林大东的棉花妹子。她来了，午睡了，你找个机会，果断动手！她喊怎么办？老米还是犹豫，再说，我干不了这缺德的事情。

她不会喊。我咳嗽一声，把话说得有板有眼：我问你，我们是一个人，高人，对不对？雨妹爱高人，高人也爱雨妹，对不对？我们要结婚，要成立家庭，在一起睡觉，缺什么德？老米啊，我们的未来在此一举，身体必须服从头的指挥！

老米终于理解我的意思，慢慢握紧双拳，与我的拳头用力碰一下。

话虽这么说，我心里仍然忐忑不安。还有隐约的疼痛感，仿佛我要毁掉珍藏在心底的宝物。可除此之外还有什么办法呢？在痛苦与战栗中，我终于等来杨雨妹的午睡时刻。

我和米小强躺在北洞床上，屋内寂静无声。我踢踢老米，他翻身下地，野兽一般钻出山洞。我的身体开始行动，一切无可挽回！我不想描述事情经过，那是可怕的经历。我闭着眼睛，把头顶在墙上，磨，磨，磨……

老米很好地发挥了身体的功能，那一块块健硕的肌肉起到了应有的作用。另一个山洞里，正在一场无声的打斗，持续了相当长一段时间。最后，我听见雨妹压低嗓音叫我的名字，毛大吾，毛大吾！毛……

我流下了眼泪。泪水像冲破峡谷的洪水，顺着脸庞奔腾，打湿了半条枕巾。锋利的小刀把我的心切成无数碎片。只有这时，我才明白自己有多么爱杨雨妹。这爱简直能致命！我恨自己卑鄙，无耻。为了赢得婚姻，竟如此不择手段！

杨雨妹走了。她经过我身旁时，忽然俯下身，在我脖子上狠狠咬了一口。

九

有必要揭露书摊背后的黑幕，你且听我慢慢道来。

我的鼻子一向很灵，这在我上小学时善辨女同学的气味就显现出来了。卖书，靠的也是鼻子。说来你也许不信，面对铺天盖地的各种书刊，我不是用眼睛看，而是用鼻子嗅。做这种生意，进货是关键，进了好书好杂志，卖起来就像发牌一样，很快就发完了。进错货你可就惨了，那书刊堆积如山，不能吃，不能穿，烧火也不是好柴火，你真是欲哭无泪！那么，啥是好书好杂志呢？我的鼻子就在关键时刻发挥作用：进货时，我拿起书来就闻，闻到一股骚乎乎、腥刺刺的味道，我就大量买进。真的，根本不用眼睛看。我的眼睛不行，被那些庸俗不堪、污秽肮脏的文字一刺激，立刻就昏花生疼，搞不好就盲了！所以，我闭着眼睛，由老米把杂志的封面递到面前。我嗅来嗅去，像一条猎犬。每当我摇头，他就把书扔了，再换一本；我点点头，他就把书留下。也真神，经过我鼻子挑选的书刊，买回来准畅销！看来，广大读者的嗅觉有点问题，他们可帮我发了财。

我甚至亲自出版书刊。那也是很容易的事情：首先，购买一部散发着骚味的手稿，要强要猛，嗅一嗅就能看见一只老公羊迎头撞来！你若肯开高稿费，很多文人愿意写作此类文字。再到出版社买书号，也是一个钱字，有钱能使鬼推磨嘛。最后找一家印刷厂开印，事情就成了！聚集在黄泥街蓝天宾馆的书商们都知道，我的鼻子威力强大，选出的书稿部部畅销。

但是，这样干风险也很大，万一被政府扫黄扫着了，可够我喝一壶的。有天夜里做噩梦，一支黑色手枪枪口顶在我的后脑勺上，醒来吓出一身冷汗！我必须退出，常在河边走，哪有不湿鞋？

越怕越来事，我最后一次去长沙，险些回不了家！事情是这样的，我跟湖南书商合作发一本反腐败的书，揭露某贪官包养多名情妇、生活糜烂的内幕。种种细节令人咂舌。我光闻到浓烈的骚味，却忽视了此书稿的政治倾向，我党干部岂敢乱碰？有问题纪委查处，哪轮得到书商插嘴？更何况作者写的竟是真人真事，所谓贪官仍在台上。这下坏了！湖南同伙刚戴上手铐，立马将我供了出来。

出事那天我恰巧感冒，米小强出去买药，我独自躺在床上昏昏欲睡。门忽然打开，闯进几个警察提起我就走。进了局子，见一位长官正在擦枪，满屋凶气。他瞥我一眼皱起了眉头：这就是高人？我怎么看见个残疾人？我鼓起勇气：我是头，有事冲我说吧。他把枪往桌子上一拍：有种！听说你的鼻子很灵，闻闻这是什么味道？我把鼻尖贴近冰冷的枪管：一股死亡之气。他笑：聪明！那就老实交代问题，谁是你的幕后主使？我略一迟疑，痛快回答：钱。他怔了一下：什么？我把声调提高八度——钞票！

审讯。纠缠。他们能拿一个瘫子怎么办？最后罚款，狠狠罚了一笔！扫黄打非通常是这样结局，搞来搞去还是落实在钞票上。我明白，这跟书号费一样，是书商必须预备的成本。

我没受折磨，老米却惨了！买药回来发现我失踪，他发疯一样在宾馆每个房间乱窜。据书商们描绘，当时米小强两眼僵直，双手呈环状举过头顶，好像擎着什么贵重器物，见人就问：看见我的头吗？我的头在哪里？不明内情的客人被他吓得魂飞魄散！

等他得知公安将我带走，费尽周折找到关我的地方，已经是下半夜了。米小强朝紧闭的漆黑的铁门撒野，用脚踢，用肩撞，甚至用脑袋在铁板上死磕！他像一只野狼拖长声音嚎叫：还我头来——还我头来——撕心裂肺的声音划破长沙夜空，搅得四周居民楼的窗户都亮起灯来。

如果说局子里的老大们对我还算客气，老米可就没那么幸运了。同案犯自投罗网，又给机关造成如此恶劣的影响，还不往死里整他？况且该犯体壮如牛，天生的拳击靶子。总之，待我俩劫后重逢，米小强头脸肿如笆斗，我瞅了半天不敢认他！气死我了！不叫老米拦着，我非得打一场行政官司，一直打到中南海！

别啦，找回脑袋比什么都强！他边说边把我牢牢捆在背上，生怕他的头得而复失。

经过这场灾难，我决心金盆洗手，退出江湖。可是，今后的路怎么走？我肩负着生活的重担呢，老米，雨妹，都指望我拿主意，保障一家人过上衣食无忧的日子。经过洞房事件，我们已是一个家庭了，而我是家长。没有牢固的经济基础，家，就如一座白蚁蛀空的旧房子，随时都可能坍塌。我苦思冥想，眼观六路耳听八方，寻找属于自己的机会。

书商朋友送给我一张名片，让我碰碰运气。金运投资咨询公司？我翻弄着名片久久思忖。投资这个词有一股磁力，深深吸引着我。我拿出手机，拨通名片上的号码。电话铃响了许久，终于有人接听。一名刚刚从梦中醒来的女子，打着哈欠说：你好，金运投资欢迎您。我气势磅礴地冒充大老板，口口声声要投资。那姑娘来了精神，话音清脆快速，像清晨树林里一只黄雀。她约我马上来公司开户，现在行情火爆，正是投资的大好时光！

我叫露西，露——西——我决定亲自做你的经纪人！知道吗？公司里的人都叫我金牌露西，我可以让你投入的资金一个月里就翻番！

等等，你们投资什么？怎么能这样快赚钱？

这只名叫露西的小鸟撒欢儿唱道：黄金、白银、铜、铝、铅、锌、小麦、大豆、咖啡、可可、加币、英镑、欧元、日元……

我一阵头晕：你们究竟是什么公司？这乱七八糟的算什么业务？

我们是期货公司，是香港总公司派来大陆的分支机构。全世界的商品期货，在我们这里都能炒。我告诉你，能做外盘期货的公司，中国独此一家！

可是，可是你能解释一下吗？什么叫期货？

露西小姐咯咯地笑起来，接着就撒娇：你过来嘛，过来看看就知道了。在电话里，人家怎么讲得清楚啊？

我得承认，这一刻我已经难以自拔了。不是因为露西的娇声，而是那丰富多彩、神秘莫测的投资把我灵魂勾去了。

金牌露西接待我们。我瞪大眼睛不敢相信——面前这个五十岁左右、嘴角叼着香烟的老女人，就是在电话里发出黄雀啼鸣的露西小姐！我脱口而出：没搞错吧？她明白我的意思：没搞错！如果你要投资，找我就算找对人了。她干练地向我介绍期货交易的种种规则，上了一堂启蒙课。

我立马划款开户，成了金运公司的新客户。对于这种形而上的生意，我无比痴迷，就像与一位寻觅已久的姑娘不期而遇。期货采取保证金交易方式，你买 100 万元的东西，只要交 1 万元保证金就行了。获得资金杠杆，你就可以以小博大，有了一夜暴富的可能性。这太刺激了！我对此类生意天生缺乏免疫力，恰如海洛因，只吸一次就上瘾。

客户第一次下单，由我操作！露西喷着烟圈，双手熟练地敲打键盘。再过 5 分钟，美国公布采购经理人指数，外汇市场肯定大动荡。我帮你捞一网鱼！

我屏住呼吸，看着电脑上闪闪烁烁的外汇图表。我感觉自己身处手术间，正准备接受开颅治疗。露西忽然尖叫：来啦！来啦！快空英镑。她在我的账户打下几个数字，猛一敲回车键。我一晕，颅骨被敲开一道裂缝，昏昏沉沉。荧屏上串串数码飞快跳跃，露西耸着双肩，老鹰似的盯着它们。烟卷早已熄灭，她也浑然不知，拖着老长一截烟灰竟然没掉。

好了！露西拍我一下肩膀，我猛一晃，惊醒过来。买入平仓，交易结束。她说着，把带一截烟灰的烟蒂小心翼翼扔进痰盂，又重新点燃一支。漂亮，真他妈的漂亮！知道你赢了多少钱吗？ 5 手英镑，每手 12 点，总共赚了 60 个点！

我舔舔发干的嘴唇：什么，什么意思？

外盘期货以美元结账。1 个点 10 美元，60 点 600 美元，折合人民币 4500 块，这是你刚刚获得的利润！

真的？

傻大个，你以为我只会用小姑娘声音勾引客户吗？金牌露西，决非浪得虚名！她乜斜着眼瞅我，得意洋洋地吐出一个烟圈。

我几乎发疯！墙上的挂钟表明，刚才那场开颅手术总共进行了 25 分钟，我竟然懵懵懂懂赚进了 4500 元！这是什么生意？天下怎么会有这种生意？

露西走近来拍拍我的脸颊：你怎么了？干吗老翻白眼？

还有一个人与我同样深受震撼——我的身体米小强。他可不翻死鱼眼珠，而是以一种更为激情洋溢的方式表达自己的感情。俺的亲娘！他在我胸部发出一声低沉的吼叫，伸出双手紧紧抱住老露西的小腰。

这回轮到露西晕厥了。面前这位高人怎么忽然长出三头六臂？任她如何聪明也猜不着谜底。不过金牌露西毕竟久经风浪，她只惊得哆嗦一下，把嘴角叼着的香烟掉在地毯上，马上冷冰冰地道：放手。我也大声呵斥：老米，放手！米小强手臂刚松开，露西就一个踉跄跌坐在沙发上。地毯冒起一缕青烟，我急忙拿过茶杯将火头泼灭。

一场虚惊过去，我概略地叙述了头和身体的故事。因为露西刚刚为我们挣了一笔钱，也因为害怕失去面前这张金牌（如以往应聘的经历一样），我的叙述投入格外充沛的情感，竟把自己感动得热泪涟涟。露西倾听，脸上渐渐浮现圣母一般的表情。她招招手，示意我靠近些。我俯身上前，她伸出手掌按住我头顶，用《圣经》上的口吻说：小子，你得救了。

我无法描绘此刻的心情，谋生的艰辛如一组镜头在脑际缓缓摇过。现在一切都过去了，我得救了！我只要敲敲键盘，买卖英镑什么的，几千几万的大钞就会稀里哗啦从天而降。我像快乐的阿里巴巴，偷窥了大盗们的秘密山洞，从此以后一声断喝：芝麻开门——无数宝藏就会显露在我的面前！

当然，今后的成功还得靠你自己努力。按照公司规定，我只能为新开户的顾客下第一单，赢得头彩图个吉利。

一盆凉水浇在我头上：只做一单？你，你以后就不管我了？

哪能不管，我会教你期货知识，及时提供投资建议。但是，投资风险由你自负，这是行业的规矩。她停顿一下，掐灭烟蒂，眼睛流露出深深的同情：刚才听了你的故事，我就想，只要有一分力气，我也会使在你身上。我要像这位兄弟一样，永远背着你！

我鼻子一酸，险些流下泪来。

我把星星书屋卖给林大东，彻底退出书刊界。命运的转折由此开始，找到金运投资公司，遇见金牌露西，一步顺，步步顺。杨雨妹与我办了结婚证，费尽周折，终于建立起我们的仨人家庭。

十

雨妹把镜子摆在我面前。

镜子里的头凝视着我。苍白的面容，深邃而忧郁的眼睛，头发天然鬈曲，整颗脑袋格外硕大。这就是我吗？一种陌生感油然而生。

你原谅我了，对吗？

杨雨妹用行动作答。她为我洗头，就像洗一件无价之宝，小心翼翼，温柔细腻。她用手，用海绵，用毛巾，洗了一遍又一遍，耳朵、眼睛、鼻子每一处都洗得干干净净。她用香膏涂抹我，整个脑袋香气四溢。

洗到脖子时，她轻轻抚摩那道疤痕，说：当时，我真想一口咬死你！

你现在也可以咬死我。但我不能失去你，懂吗？

雨妹沉默了，十指抓挠我的头发。她的乳峰在我眼前颤动，很美。我们之间有很深的情愫，像白雾像棉絮牵扯不清。邻居阳台传来一阵笛声，清亮悠扬，如溪水在我们心上流淌。

你知道，我爱的是你。而你，却要我接受别的男人身体，活生生撕裂我的灵与肉。这是多么残酷啊！这样的日子，你让我怎么过下去？

雨妹的泪水打湿我的脸庞。我仰起头，轻轻吻她眼睛。

我明白你的感受。从我懂事起，就一直处于灵与肉的分裂状态，没办法。再往深处看，世界本来就是一面摔碎的镜子，完美只存在于瞬间。你想，生命美好，却有死亡追踪；爱情纯洁，却难敌俗世污染。你爱的人未必爱你，爱你的人你又未必中意。理想如流星，最终坠落于现实。我们能做什么？只能适应分裂，只能弯腰拣起碎片，为自己拼凑一个完整世界。

我的话打动了她，然而她哭得更加伤心。边哭，边用毛巾擦干我的头发，自己却满脸泪珠仿佛淋了一场大雨。

我的声音变得激昂：我们必须拼凑——我和老米拼凑成一个完整的人，你和我再加上他，拼凑成一个完整的家庭。这是绝望的勇气，有了它我们才能生存下去！你明白吗？杨雨妹擦净眼泪，平静地望着我。吻我，她说，你亲亲我！

我在她额上吻了一下，很轻。她仍闭着眼睛，一层红晕从她洁白的脖颈泛起，渐渐覆盖姣美的脸庞。我又亲了她的嘴唇，蜻蜓点水似的那么一蹭。

她显然不满足，还微闭双眼等待着。

我的吻没有肉欲，因为我不具备性功能。面对雨妹的期待，我迟疑着，不知如何去做。雨妹张开双臂环绕我的脖颈，主动吻我。她把舌尖探入我的嘴里，使我大吃一惊！那是热辣辣的吻，有一种不要命的感觉。她在我口腔中掀起一阵风暴，席卷整个大脑。我晕晕乎乎，直飞九霄云外！

她喘息着在我耳边喃喃：我听你的话……我，我要拼凑一个丈夫！

夜晚，我们同室共寝。老米和雨妹睡大床，我独卧窗前一张小床。窗帘没拉严，一缕月亮呈现在缝隙间，我久久凝视这美丽的碎片。

他们在做爱。我灵敏的耳朵捕捉着细微声音，大床上所发生的一切我当然清楚。雨妹很投入，她把与我接吻的热情带到老米那里去了。这样很好，她终于成功地拼凑起一个丈夫。可是我却无法控制自己，陷入茫茫黑夜一般的无尽悲哀。她把勇气带走了，留给我的却只有绝望。

我在黑暗中瞪大眼睛，望着破碎的月亮，望着破碎的我。

十一

我每天夜里泡在交易大厅一角，眼睛死死盯住电脑荧屏，眼珠仿佛生出长长的根须一直扎入电脑深部。咱这里黑夜深沉，人家那边日在中天，正是干活的大好时光。没办法，做了这一行才明白哪里是世界的中心！

晚上九点半，纽约期货交易所开盘，我迅即买入五手黄金期货。从那时起，我就像守株待兔的傻瓜农夫一样，等待黄金在电脑荧屏上一跳一跳地上涨。电脑后边那根电线连接着香港，全球信息如潮水涌现在我的眼前。

路透社财经快讯传来一条消息：阿拉伯某国王子动用巨额石油美元，大量囤积黄金。我灵机一动：跟着阿拉伯王子走，还怕找不到宝藏？于是，我果断买入五手黄金。我没把这宝贵的信息告诉左边的陈放，也没向右边的赌鬼阿钟透露。我悄悄地下单，好像独吞了一笔财富。

黄金果然上扬，我快乐至极。

几天下来，我已经沉溺于期货世界之中。我得承认：吸毒上瘾，炒期货也上瘾。每当我在电脑跟前坐下，看着荧屏上闪闪烁烁的数码，我的血脉就会唰地通过一股电流，变作“热得快”那类东西。我会抛弃一切烦恼，进入忘我的境地。痴迷，陶醉，疯狂……你用这类词怎样形容都不过分。这简直是一个童话世界，现实变得缥缥缈缈，所有的东西亦真亦幻，犹如精灵在我面前跳跃舞蹈！

金运投资公司是港商与军队某机构合资组建的，背景深远，根底牢固。所以我们能够绕开国家有关规定，参与国际上一切期货交易。客户们在公司盘房下单，报单小姐立即往香港挂电话，单子就下到香港老板开的期货公司里。这样，我们人虽在大陆，投资行为却已融入全球金融体系。我可以跟着阿拉伯王子买黄金，也可以跟着索罗斯沽空英镑。这一点最令我着迷。

我打开电脑，就好像打开通往世界的窗口。屏幕上一排一排地显示着各种商品的报价，天下万物，尽收眼底：铜、铝、铅、锌、白金、石油、大豆、玉米、棉花、咖啡、可可、木材、橡胶……甚至还有活猪、牛腩、乳酪！面对大千世界，我兴奋而又惶惑，总有一种老虎啃天无处下口的感觉。地球上还有什么东西不能买卖呢？只需敲敲键盘，就能炒作整个世界！

作为一个期货投资者，首先要下功夫研究各国的政治、经济、军事等情况，来不得半点马虎。中东炸弹一响，石油马上涨价。有人朝美国总统开枪，不管伤没伤着，马克、英镑、日元准会一阵狂舞。国际财经对时事变化特别敏感，你想干这一行，还真得家事国事天下事，事事关心。于是，我完全进入一种大人物状态：双眉紧锁，面色凝重，终日为军国大事忧心忡忡。我觉得自己挺崇高，甚至有点伟大。这种自我陶醉起到催眠作用，以致于我输了钱也不觉得特别心疼。

金运公司的客户是一群古怪的家伙，每个人脸上挂着一丝神秘兮兮的表情。他们输得手烂脚烂，却都保持自信，仿佛掌握着世界的命运。他们开口说话，总要显示出一种惊人的高度。我与他们交谈，常常会吓一跳！

比如那个赌鬼阿钟，竟眨巴着眼睛问我：下个星期美国联邦储备局开例会，格林斯潘会不会下决心降息？我无法作答。陈放是东北某乐团指挥，长发飘飘颇有艺术家风度。有一次老米把我放在马桶上方便，他也挤进厕所，一边解皮带一边大声宣告：智利铜矿工人大罢工，你赶快买铜！我一紧张，尿不出尿来了。

我喜欢这些人。我们心中都激荡着一股豪情。看看我们的眼睛吧，尽管已经夜深，却贼亮贼亮，好似一群蹲在树枝上的猫头鹰。毫不夸张地说，给我们一个坚固的支点，给我们足够长的杠杆，我们就能把地球撬起来！

期货是我所遇见的最古怪精灵的东西，它使我陷入一种夸张、变形的生活。期货犹如一面哈哈镜，精准地概括出我们这个世界的荒诞性。

黎明将至，天空黑得更厉害。纽约期货交易所快要收盘了，黄金沉沉下跌。我所期盼的金价上扬并没持续，那位阿拉伯王子可能又改变了主意。一夜的守候泡汤，不过不要紧，还有明天。

露西经常来看我，但没有再为我做单。她教我一些技术分析，交易常识，最后拍拍我头道：小子，授人以鱼，不如授人以渔，懂吗？说完飘然离去。

十二

我们的家庭，表面平静，暗中却波涛汹涌。

雨妹和老米爆发激烈争吵，原因是他偷了公司三只烟灰缸。当他从口袋里掏出那几个脏兮兮的东西，还沾沾自喜呢！雨妹顿时变了脸色，要他马上送回公司。老米不干，把雨妹都气哭了。

我批评他：家里没人抽烟，你拿烟灰缸回来有什么用？

雨妹抢过话头：就算有用也不能偷啊！过去没在一起生活，真不知道他还有这样的毛病。让公司晓得，可丢死人了！

米小强显得厚颜无耻：所以，我就更不能往回送了。

雨妹气极，从屋角落翻出许多乱七八糟的东西，丢在我面前。你看看，这都是什么？毛巾一堆，拖鞋无数，还有这些碗、碟、酒杯、打火机……干吗呀？捡破烂吗？我嫁给你，就做一个贼婆娘吗？

我也面红耳赤了：你干吗冲我嚷嚷？又不是我干的。

你是头，你得负责！难道让我跟身子论理，有用吗？

我哑口无言。

杨雨妹出门去，临走下了最后通牒：你们——她特别强调——你们不把这毛病改了，我就不回家！

这下麻烦大了。我知道，这不是道德层面的问题。老米有病，原因复杂。作为身体，老米似乎总被欲望支配着，而欲望往往乔装打扮，变作一些莫名其妙的行为。偷窃，是他最近一个时期的突出表现。我们去饭店吃饭，老米会把酒杯、饭碗揣在怀里，捂着肚子回家。住旅店，他又把毛巾、拖鞋偷偷塞进包里。甚至，他上厕所也要顺手牵羊，把一卷手纸带回来。

我无法控制他的一切行为，就如头脑控制不了身体的下意识动作一样。我为此忧心忡忡，头和身子的分裂，总有一些难以预料的后果。

我说：老米啊，你为什么要偷呢？咱们的经济条件，买啥买不起呀？

他道：老毛啊，我也不知道，就是手痒痒。见到东西，它就变成一块吸铁石，见啥吸啥，甩都甩不掉！我实在没办法控制这双手呀！

你不知道自己在干什么，就像精神病人发病时一样。老米，这病不治好，咱们的日子可就过不下去了。你瞧，老婆也走了。

他不服，偏着脑袋说：过去你也没怎么管我，就因为雨妹，你现在非得治我？

我脸一板：怎么不听话啦？我还是不是你的头？

老米当然听话。只得背上我，拿着烟灰缸去公司。

我的治疗方案很简单：把老米所有偷来的东西，一样一样送回去，并当面向人家赔礼道歉。这可是艰难的过程，我们要忍受羞辱和难堪，要粉碎自己的自尊心。米小强在我指挥下走上痛苦的还债之路。

当他面红耳赤地把三只烟灰缸放在露西面前时，露西哈哈大笑：真幽默！你们是寻我开心吧？

我诚恳检讨：不，这是不该发生的事情，主要责任在我。

老米低着头，羞愧而坚决地抢过话头：是我偷的，跟头没关系！

露西有点不高兴了：这是考验我的智力呢！我还不至于蠢到把客户当成贼吧？哼，就为几只破烟灰缸！

老米很难过。背着我在路上走，他不住擤鼻涕。我明白，他哭了。

到底为什么呢？我轻声问道。我们总得找找病根啊！你回想一下，把那些破东西往口袋里揣，心里究竟是什么感觉？

我不知道，什么也不知道。老米烦躁地跺脚，使我无法问下去。

还债真不容易。遇到露西还算好的，我们把碗送到小饭店，那老板娘干脆破口大骂：怪不得饭碗越来越少，原来有贼！这么大的汉子，连碗都偷，还要不要脸了？

如果能做个大面罩，我们真想永远罩着脸。

经过一系的列强刺激，我相信老米不会再犯顺手牵羊的错误了。但我对他仍不放心，找不到根源，没准又会爆发新问题。我扮演弗洛伊德角色，努力挖掘他的潜意识。

凡事总有原因。你可能在某件事上受到压抑，就用偷的方式发泄出来。好好想一想，你心里究竟藏着什么疙瘩？

米小强坐在我对面，眼神婴儿般的纯洁。没有，我没受压抑。他说，你快饶了我吧，再偷砍掉我的手！

我说：咱们长在一起了，你的病就是我的病。身体发生变化，脑袋能不管吗？来吧，说说你最近做什么梦？

我从不做梦。他似乎抓住我的把柄，开心地笑起来：做梦是头的事情，对不对？

就在我准备放弃的时候，老米忽然挺直身子，把手伸到半空中：等一等！有一个声音，在我肚子里说话。

我眯缝起眼睛：哦，你肚子里长头了？它说了些什么？

老米低头，下巴抵在胸脯上，仔细倾听肚子里的声音。明白了，他说，是杨雨妹。自从她进入我们的生活，我的手就犯贱发痒，总想抓住什么东西。我瞠目。

十三

我慢慢明白了，期货公司其实是一架绞肉机，客户进来少则几天，多则几月，资金就成了肉渣渣。没钱了，走人，所以流动性特别大。我见到的大都是新面孔，熟人站不住。比如陈放，我挺喜欢那位长发飘飘的艺术家，可惜交往没多久，一夜大豆暴跌，到天亮他就挥泪斩仓，黯然离去。

也有例外，比如赌鬼阿钟，他像一只不倒翁晃晃悠悠老站着。这是一个不可救药的赌鬼，输掉房屋财产，输掉老婆孩子，带着最后一笔钱扎进期货世界。他把电脑当赌博机，在各种商品上押注，大呼过瘾。奇怪的是，他竟有赢有输，比玩牌掷骰子强多了。

你知道吗？电脑不会出老千，公平，所以我能赢。金银铜铝，豆麦糖油，都是最好的赌具！他摇头晃脑地对我说道。

我呢，也是一个例外。作为头，我对抽象的商品世界具有某种特异禀赋。很短时间，我就适应了急速波动的市场，那闪闪烁烁的数字仿佛是我的老朋友，时时向我透露出神秘信息。出色的战绩引起露西关注，有一天她请我到办公室喝咖啡，专门询问我的秘诀。

成功的投资家都有一套交易模式，你主要使用哪种技术指标？露西点燃香烟，低声问道。黄金交叉？布林轨道？ MACD ？

不，那些东西我只是随便看看，做个参考吧。

那你靠什么获利？

感觉。

露西惊讶地扬起眉毛：真的？靠感觉就能取得这样的战绩？那你真是传说中的天才了！

还不是跟你学的？你一出手就把我镇住了，25 分钟赚了 4500 元，你是我真正的老师。我诚恳地说。

露西掐灭香烟，坐直身体：知道我为什么只给客户下一单吗？我怕输。今天对你说实话吧，我干这一行半辈子了，胜率只能达到 60%；而你现在已经超过 80% 了！我知道投资界有奇人，没想到就坐在我眼前。你才是我的老师！

这番谈话给了我极大的信心，当晚我就召开家庭会议，主题是：将来钱多了怎么办？

我说，我掌握了一颗原子弹，它的爆炸威力超过我们想象，冲击波必将影响未来生活！现在就要做好准备。

杨雨妹将信将疑地瞅着我，待她终于缓过劲来，便和我展开热烈的讨论。买房子，买一套大公寓。这老房子整个是图书仓库，哪还能住人？买轿车，大奔就算了，买个普桑，让雨妹开着买菜买东西。还有，出国旅游……我做书商并没有发过大财，憧憬暴富的未来，真有腾云驾雾的感觉。

雨妹红着脸，提出略显过分的要求：你那原子弹真的管用，我想开个孤儿院，把没爹没妈的孩子都接来，我养着。

我严肃点头：我看可以。并且，我还要像比尔·盖茨一样设立基金，帮助全世界的穷人！

米小强一直没发言。他仰躺在大床上，反复做一个古怪动作——双手擎在空中，画一个方框。画完了放到一边，又画更大的方框。最后，他画的框框就和装满书的蛇皮袋一样大小了。

我问：你在干什么？

他答：装钱。停了停又补充道，以后把书扔掉，换上一捆捆百元大钞。我们屋里的墙、床、桌、凳子都用钱袋子摞起来！

我哈哈大笑：那么，你打算怎样用钱？

不用，先这么摞着。我要在钱上打滚。滚着滚着，我就会想出花钱的法子，让你们吓一跳！老米兴奋了，翻身下床，双脚跳跃着，一副跃跃欲试的模样。

我望着他，心里隐隐产生不祥的预感。

没等梦想成真，米小强就出问题了。

首先要怪我。这些日子里我赚钱赚疯了，双眼死盯电脑屏幕，忽而买进忽而卖出，像个渔夫手忙脚乱地一网一网捞鱼。干这活用不着身体，老米就把我安放在圈椅里，自己在一旁伺立着。这就带来了问题——我整夜忙活，头和身子长时间分离了。不知啥时老米失踪，我找他总也叫不应。渐渐地，他伸手向我要钱，并越要越多。钱不是事儿，我的账户洪水猛涨，找露西签字就能成捆领出钱来。但他拿钱买名牌西服，钻戒手表，甚至染了一头时尚的黄毛！某一天，我的眼睛脱离虚拟世界，忽然发现老米的巨变，不由暗惊：作为身体，他有必要这样吗？

老米，跟我说实话，最近你在干吗？

他像老鼠偷嘴似的一脸鬼祟表情，不自在地笑笑：既然你问了，我就带你去一个好地方。

我们所在的国际大厦，是Y市最牛的高楼。所有大公司都在其中占有一席之地，以显示自己身份。楼高三十八层，顶层是一旋转餐厅。底楼有威威大酒店，曼菲舞厅，杰克吧……我不厌其烦地介绍这些地方，因为那都是圈内人熟知的色情场所。一个城市的精英在哪里，妓女就如蚊子追到哪里。而米小强同志近来的神秘失踪，也和这些灯红酒绿的去处有关系。

我们来到到旋转餐厅。深夜生意清淡，没什么客人。但有一大群打扮得花枝招展的小姐散落在餐桌旁，她们不吃不喝，专心等待猎物出现。当我们走进餐厅，所有女人的目光犹如探照灯，唰地一下射来。那目光仿佛有质感，舔得我脸上火辣辣的。老米把我放在靠窗的座位，要了两杯咖啡。几个姑娘立即像泥鳅一样滑了过来。显然，她们和老米很熟悉，口口声声叫着强哥，要他多点一杯咖啡。其他女人都朝这边看，脸上浮现出母狼般的微笑。

我从没见过这种场面，心里发慌。妓女！我想，这就是妓女。我想催老米快走，又想再看看，心里有一种怪怪的感觉。正在犹豫之间，一个长得五大三粗、很有些年纪的老妓，一把将我抱入怀里。我惊得差点儿叫出声来！

小弟弟，你脑袋长得真漂亮，招人心疼！她抚摸着我的头发说。

让我抱抱，让我抱抱！

另外几位小姐也叫嚷着，轮番把我搂入怀中。各种各样乳房堵着我的脸，几乎使我窒息。浓香、汗味以及无法形容的腥膻刺激得我直想呕吐。

得到一点儿空隙，我拨露出脑袋大叫：老米，快撤！

老米想把我从女人们手中夺回，可她们嬉笑着把我传来传去，好像传一只篮球。有个调皮的小妓竟抱着我在旋转餐厅飞奔，嘴里说，跟姐姐回家！跟姐姐回家！老米扑上来，她灵巧地一转身，差点把他晃倒。再一扑，再一晃。姑娘不停地灵活转圈儿，像跳舞，又像斗牛……

老米急了，吼道：谁再敢动我的头，我就跟她玩命啦！

年长的妓女把我交回老米手中，笑道：别急，我们不稀罕大头。还是谈生意吧！

老米背上我，急匆匆逃离旋转餐厅。

我真是痛心疾首！堕落啊，米小强同志，有钱就嫖妓？你就那么点出息？

他的回答更令我吃惊：不是嫖妓，我找到了真正的爱情！

那个抱着我转圈的小妓就是他的心上人，名叫梨花，来自安徽大别山区。老米正苦苦追求她，甚至要娶她。梨花却只跟他玩耍，不肯嫁给他。

你疯了！我喊，你已经结过婚了，忘记了吗？

米小强挺直腰板：你结过婚，杨雨妹是你的老婆。

我急得捶桌子：那好，你说你爱她什么？只要有一条摆得上桌面的理由，我就承认你没胡闹。

你知道吗？杨雨妹从不肯和我亲嘴。我夜里亲她，她死命把我往床下踢。梨花不一样，她喜欢跟我——老米放慢语速，斟词酌句　接吻，甜甜蜜蜜地接吻！

我顿时明白，真正的麻烦开始了。

十四

我试图劝说雨妹。为什么不让老米亲吻？你们睡在一张床上，好歹他也是你的丈夫嘛。

杨雨妹的回答斩钉截铁：我只和头接吻，不跟身子接吻。这是我自己定下的原则！

我迟疑地试探：这么绝对，有必要吗？究竟为什么？

舌尖连着心啊！你难道不懂？她眼睛蒙上泪花，说：把丈夫的头和身子分开，多么难啊！我先要把自己切成两半，一半给你，一半给他。这样很痛，可我又有什么办法呢？

我无语。这一切都是我自己造成的。如今怎样挽救呢？

雨妹看透我的心思，拉开抽屉，把一包东西丢在我面前。我定睛一瞧：是避孕套！什么都别说了，老米的行为她全知道。

难为你了，苦苦拼凑一份爱情，苦苦拼凑一个家。她温柔地抚弄我头发，叹息道，为了你这片苦心，我接受你的安排。可是，拼凑的世界你能维持多久呢？

我神情恍惚：危机说来就来，为什么？我哪里做错了？

杨雨妹的回答出人意料：原子弹！我看得很清楚，你的原子弹早晚把头和身子炸开。

你说啥？我和老米分开？不不！我们已经长到一块了。

雨妹的话平静而深刻：头和身体只是一个比喻。把你们连在一起的是那根牛皮带，还有很多看不见的东西：感情、习惯、缘分等等。你想过没有，贫穷也是联结头和身子的纽带，它比皮带更结实——为了生存，你们谁也离不开谁。你那原子弹带来的生活巨变，首先是炸断贫穷这根纽带，接下来会发生什么，你心里还没有数吗？

我歇斯底里吼叫：别说了！我不信，不信——

从此，恐惧和悲伤像两匹恶狼，紧紧追逐我。它们暂时没咬到我，但我已经感到伤口撕裂的剧疼！漫漫长夜，我甚至不敢朝窗外看一眼，恶狼们随时会向我扑来。我只能把目光聚集在电脑荧屏，钻入跳跃的数字里躲藏。

此时此刻，期货成了我的吗啡，我的镇静剂，须臾不可或缺。赢钱的刺激使我忘记烦恼，不断胜利让我觉得自己战无不胜。是的，我渐渐进入一种癫狂状态，见神灭神，见佛灭佛。在险象环生的市场风浪中，我自由穿行。行情只要一动，我就知道它往哪里发展，一网下去准能捞到大鱼！整个公司轰动起来，人人称我神奇小子。可是谁又知道神奇小子心底在流血呢？

我坐在露西面前，申请提款。我要提 200 万，露西惊得眉毛往太阳穴跳蹿。出什么事情了？你得告诉姐姐。我正需要靠得住的倾诉对象，就把米小强的变化，淤积在胸中的苦恼，讲给露西听。

我要用 200 万赎回我的身体，梨花，那个小妓，拿到钱也许会走的。

露西抱着双肩在办公室走来走去。你的思路不错，你能赚钱，利用自己长处解决问题。可你想过没有？金钱要用得巧妙，巧妙使用才有效果。贫穷的纽带既然被炸开了，用钱能弥补吗？我怕你使错了劲，适得其反。

我的声音充满绝望：总得试一试吧，我不能眼睁睁看着自己身体跟别人走了！

可以试，可以谈。你最好跟那姑娘单独见面，不过……她脸上的表情并不乐观，话锋一转：你先把提款手续办好。我告诉你，按照公司规定，这样一笔巨款必须老板亲自批准。杨生，我的老板常住香港，月底才能过来，你恐怕要等几天。

分手时，露西说出真实想法。她把我安放在圈椅上，拍拍我脸颊：有一句老话，天涯何处无芳草。你怎么就苦恋一个人？哦，一个身体呢？你的事业正兴旺，今天的 200 万，明天可能翻成一个亿。成了亿万富翁，找 10 个 100 个身体又有什么难处？你现在把 200 万，未来的种子，送给一个妓女，值吗？听着孩子，米小强只是你的一段记忆，随着生活发展、时间流逝，这段记忆总会淡化，化为一堆碎片。

我尖叫起来，声音尖利吓得露西连连后退：不！绝不——

十五

我拒绝接受任何人的劝说，双手拼命推开黑暗。但一切归于徒劳，摊牌的时刻终于来到。

老米主动邀请我去一间酒吧，这样的邀请是他生平第一次。邀请者并不止他一人，还有梨花，就是说，那个小妓今天以女主人的身份出现在我面前。

天下小雨，窗外雾蒙蒙。一个卖花的小女孩跑到窗前，对着我用力摇晃手中的红玫瑰。她的花格子外衣被雨水润透了，略微发黄的头发也湿漉漉地粘在脸颊上。她把脸贴在玻璃上使劲一挤，鼻子、嘴唇都挤扁了，活像一头小猪。小猪瞪着两只乌亮的眼睛，继续摇晃手中的红玫瑰。米小强跑出去，转眼将一枝沾满水珠的玫瑰递给梨花。她把头一偏，靠在老米宽阔的肩膀上，深深嗅着花香。

我低下头，独自饮酒。

老米咳嗽一声，切入主题：这个，今天请你，是要宣布一个好消息，我们，我和梨花马上就要结婚了。

梨花把玫瑰移到右手，向我扬起左手无名指，亮出一枚漂亮的婚戒。

我控制着震惊，将一杯啤酒灌入喉咙。很好，我把这话当故事听。不过我要提醒你，雨妹听到这故事，会把耳光打到我的脸上。因为我是头，女人只会找头算账。这一点你是知道的。

米小强涨红了脸：我已经说过了，是你和杨雨妹结婚，不是我！

这么说就没意思了，你自己心里有数。谁和她每天在一张床上睡觉？我吗？

我，是我，可我只是身体，听脑袋的指挥，你叫我睡我只能睡，不情愿也得睡。我讲不清楚，跳进黄河也洗不清。

老米语无伦次了，他哪是我的对手。但我发现新情况——另一颗脑袋正在指挥他。梨花捅捅他腰眼，悄声提醒：证据，证据。

米小强急忙掏出结婚证，摊开在桌上：对，这就是证据！上面写着谁的名字？瞧，毛大吾，杨雨妹。

叛徒！我怒火中烧，你真是叛徒，为讨好别的女人，把家中最宝贵的东西往外拿。老米，你几时变成这样的？我都不敢认你了！

米小强赶快收起结婚证，喃喃道：我只是想证明自己清白。

小妖精又一次从我脚下铲球。她把红玫瑰插在老米脖颈上，拍着小手喊：我相信你清白，你就是我的白马王子！别人教坏你，改了就好。谁没犯过错呀，我不会怪你的！

只要这轻佻女子在身边，我对老米的影响力就大打折扣。我冷冷盯住她，决定使出杀手锏。

干吗呀，不就为了钱吗？好，现在我跟你谈判。开个价吧，你要多少钱才肯离开？

你的头太好玩了，想收买我哩。他以为做鸡的只晓得钱，不懂爱情呢！梨花笑得前翻后仰，抱住老米乱晃，插在领口的花枝左右摇曳。这么好的老公上哪找？多少钱我也不卖！

200万。我从牙缝里挤出这个数字，声音很低，很冷，却很清晰。

一瞬间，场面寂静，仿佛射来一枚冰弹，将空气凝固起来。梨花睁圆眼睛，瞳仁猫一样竖立着，深吸一口气，屏住：再说一遍？

200万元人民币，现金。我歪着脑袋，欣赏资本原子弹的威力。

我得承认，我从没见过这么多钱，连想都没想过。她慢慢站起来，身材像小白杨似的挺拔。米小强有些惊慌，拽住她衣角轻唤：梨花，梨花。她甩开他，继续说话：你肯定瞧不起我们性工作者。可我要告诉你，即便是一只鸡，也有自己的理想！我从大别山一个小破村走出来，到了你们这座漂亮的海滨城市，我就发誓要在这里安一个家。我虽然贱，但永远不会放弃这个理想！米小强不嫌弃我，从此我们摆摊蹬三轮捡破烂，过自己的日子。你就是把金山银山堆在我面前，我也不换！

我脸庞一阵火辣，感觉自己成了卑鄙小人。梨花亭亭玉立，通体环绕着神圣的光晕。但我不能放弃身体，还得苦苦抗争。没等我想出新对策，真正的打击轰然而至。梨花款款坐下，像老板娘似的一挥手：分家。

我瞪大眼睛：你说什么？

她转向米小强：当家的，下面的话该你来说了。

老米忽然成熟了，像一个陌生男人，不，一个陌生的当家男人，向我摊开双手：好吧，口不好张也得张。今天找你，除了结婚的好消息，我们还想和你商量分家的事情。咱俩都长大了，各自成家了，日子不能再像过去那样绑在一起过。这些年我们共同奋斗，你动脑我动腿，积累了不少财富，公平分开应该可以的。对吧？哥，你说句话，怎么分，分多少，全听你的。

你能想象我的感觉，我整个儿崩溃了！打死我也没料到，老米是来跟我分家的——头和身子分家，这也太荒诞、太残酷了吧？我实在无法接受！听听他说了些什么？日子不能绑在一起过了，公平分开，怎么分，分多少……我仿佛听见多年牢固的纽带嘣一声断开，脑袋和身体从此天各一方。我什么话也说不出来，泪水慢慢浸润眼眶。

梨花更显示出精明强干：分家得有账，我和老公去公司财务那里调查过了，到昨天为止，你的账户连本带利一共有530万元。根据平分原则，你应该给我们215万——她一停，略带嘲讽地扫我一眼，而不是你刚才说的200万！

我真要晕厥，他们竟去调查我的账户！我只知道炒单赚钱，自己也搞不清账上究竟有多少现金。他们真是煞费苦心，有备而来啊！

我凝视米小强。那已不是我熟悉的脸，眼神里藏着一丝丝狡诈，显露出义无反顾的坚定，竟与梨花有了几分夫妻相。天啊，人怎么变得这样快呢！他们不停地说，两张嘴得啵得啵急速开合，水中游鱼似的。可我听不见他们说了些什么，米小强的脸也渐渐模糊，幻化出一组叠影：他背着我在操场上跑步，我像一只布口袋东倒西歪；林大东骑马打仗欺负我们，老米铁腿横扫，踢得他们人仰马翻；大堂经理没当成，一群保安抬着我们扔出酒店玻璃门，可怜的高人在石台阶下断成两截；苏经理鬼笑着抠我们伤疤：到底算你们一个人工资还是两个人工资？老米梗着脖子朝林大东发表妙论：头又不是帽子，怎么能随便乱扔呢？你和你老婆睡觉时，也把自己脑袋放在另一个房间吗？最让我揪心的是长沙惊魂之夜，米小强在公安局铁门外发疯，用脚踢，用肩撞，用脑袋在铁板上死磕！他像一只野狼拖长声音嚎叫：还我头来——还我头来——

喂喂！你怎么了？说话呀，到底同不同意分家？米小强隔着桌子推我。

幻觉消失了，当啷啷跌在地下，化作一摊碎片。

真是梦醒时分。我望着隔桌那对猴急的男女，无力地点点头：好吧，分家，就按你们说的方案分。

十六

月底，老板杨生从香港回来，这也是我们分家的日子。

公司走廊挂着一排大彩照，我让老米慢点走，仔细看看。彩照的主角是一位麻秆一样细瘦的香港佬，戴着一副金丝眼镜。另一位则是将军，威风凛凛，气度非凡。我注意到香港佬和将军还与公司全体员工合影，像红太阳一样坐在一群白领青年中间。据说，金运投资公司有军方背景，我对将军行了个军礼。

开酒店的梅嫂奔到我们面前，带来一个惊人消息：贝司令被公安局逮捕了，他就在我洪兴酒店被抓的！梅嫂比比画画地述说事情经过：开始我看他面熟，就是想不起来在哪儿见过。他一身民工打扮，要了一碗打卤面，吃得狼吞虎咽！你们说，我能把他和照片上那位将军联系起来吗？一会儿冲进几个公安，把他按倒在地，戴上手铐，拖死狗一样拖走了。

这是一个职业骗子，冒充司令全国行骗，终于落网了。但是，我们的命运会怎么样呢？

人们一窝蜂拥向香港老板杨生的办公室。门紧锁着，老板根本没来。金牌露西主持公司日常事务，她要给个说法！大家又冲进露西办公室，人去楼空，一片狼藉。现在明白了，她为什么千方百计阻挠我出金。上当了！受骗了！这就是摆在所有人面前的事实。

老米解开皮带，把我往窗台上随便一放，跟着梨花到处乱窜。找人商量对策，报警，指天跺地，破口大骂。幡然醒悟的人们你一言我一语，剖析着事情真相：原来，贝司令只是一个小骗子，真正做局的是香港老板。甚至，那个杨生也不过是幌子，叼着香烟的露西才是主谋！赌鬼阿钟最熟悉赌场黑幕，他的说法令人信服而心惊：我们做的单子根本没下到市场，电话线的另一端是老板卧室。露西在跟我们对赌，她料定我们输多赢少，什么英镑马克咖啡小麦，统统让杨生塞进女人被窝里去了。

命运诡异，最后总要露出真相。我并不为失去的财富痛心，因为我彻悟了，这一切本来就是命运安排下的圈套！瞧着面前这群疯子，我笑了。

真静。和煦的阳光笼罩着我，一群鸽子从窗外飞过。我拉开铝合金窗，微风扑面，吹得我格外清醒。远眺海景，月亮湾犹如嵌入陆地的一块翡翠，青山环抱，小岛星落。海浪吐着白沫扑向岸边，撞上乌黑的礁石绽放出大捧雪花。雾气在海湾流荡，如纱如棉如乳，将大海装饰得亦真亦幻。真是美好的早晨！这样的时刻，适合我对人生做一个了断。我想：孤零零一颗脑袋还有必要存在吗？若是纵身一跃，我岂不抛弃所有烦恼，融入窗外的美景中去了吗？我摇啊摇，摇啊摇，身后仿佛有一股强大引力，引我坠入万丈深渊。

窗台离我工作的电脑不远，纽约期货交易所电子盘已开，红色的数字跳动闪烁，像一群小鬼朝我眨着眼睛。我曾以为自己找到一把金钥匙，喊一声芝麻开门，就能赢得整个世界。我还以为自己真是天才，终于寻到属于脑袋的表演舞台。哪知南柯一梦，醒来时发现我早已身陷骗局！快速累积的巨额利润化为乌有，就连我辛苦卖书攒下的本钱也打了水漂。疯狂的世道，疯狂的人，进行着一场充满讽刺意味游戏！哪里有真实？瞧，我整天买卖的大豆小麦黄金白银，它们都在哪里？我连毛也没摸到一根！实物变成符号，商品化为合约，华尔街用这一切虚构出投资世界，使我之类投机者陷入虚无缥缈、不着边际的梦境。真相是颠倒的，所以你永远看不见真相。这样的人间还有什么可以留恋？

最对不起杨雨妹。昨夜她还安慰我，米小强走了不要紧，她来背我，一辈子背着我！可我能答应吗？身体走了，头也走，作为女人她还有希望重新安排生活。让她背我到老，不得耽误人家一生吗？本来就是受了我这颗脑袋的诱惑，雨妹才陷入一段尴尬的婚姻，现在该让她解脱了。

原谅我，雨妹，我不是有意害你，我自己也受到迷惑。我是怎么说的？从懂事起，我就一直处于灵与肉的分裂状态。世界本来就是一面摔碎的镜子，完美只存在于瞬间。我们能做什么？只有适应分裂，只有弯腰拣起碎片，为自己拼凑一个完整世界。我和老米拼凑成一个完整的人，你和我再加上他，拼凑成一个完整的家庭。我还以为真能做到这一点，可是老米走了，镜子又摔碎了，无可弥补的、彻底的碎了。

老米老米，我的兄弟，我的肢体，我不怪你。你有权选择人生，有权选择爱情，因为你是一个独立的人，而不是我的身体！可对我来说，明白这一点太晚了，失去你我已经无法在世上生存。我曾为高人自豪，我们长在一起，作为一个完整的人活着。我们的篮球打得多好啊，谁也不是对手。我们闯荡江湖，高高在上，走到哪里都引来一片赞叹。高人，由碎片拼出的完美图案，消解了我与生俱来的不幸，诠释着一种很牛逼的哲学——我就靠它活着。如今，你的离去摧毁哲学基础，一下子抽掉我的脊梁骨，使我再也站立不住。我倒下了，就像儿时母亲病逝，我躺在床上脸向墙壁一动不动，觉得自己将烂在床上。是你背起我，走向学校，走进阳光！可现在你还肯背我吗？不会了，你长大了，要走自己的路。最叫我痛心的是你离去的理由：钱，为了钱跟我分家！当你把话说出口，我的心鲜血飞溅，致命的伤口永难愈合！现在我已做出决定：结束痛苦，结束生命。老米，如果知道这样的结局，那些话你还说得出口吗？钱没了，头没了，只剩你一具躯体赤条条四下游荡。我为你悲哀，兄弟。高人毁了，我们都毁了！

米小强似乎听到我的心声，在人堆里蓦地回头，朝我投来惊恐的一瞥。毕竟多年心息相通，最后时刻他还是有了感应。他用力拨开身旁的人，朝我冲来。他喊：头！头！你不要晃，我害怕啊——声音悲催绝望，在交易大厅回荡。

我微笑，目光满是悲悯。我要走了，你照顾好自己。想我时，对月亮湾的海鸥说几句话，我听得见。

你去哪里？带上我，别把我丢下！头和身子长在一起啊！老米脸色煞白，嘴唇哆嗦，慢慢靠近窗台。

我一直在寻找一种活法，你知道的。我失败了，也就活不下去了。再见，老米！

我眼中留下最后的镜头——米小强双腿一软，跪下：求你饶恕我，求求你了……

按照预想，我猛地往后一仰，整个人跌出窗口。老米跳起来，向前一扑，却扑了一个空！我听见他凄厉的叫声：我的头没啦——我的头没啦——

失去身体羁绊的脑袋，自由往下坠落。我清楚，几秒钟后一声巨响，将结束我与这个破碎世界的一切纠葛。我在飞翔，飞的感觉真好！人原来可以这样轻松，身轻如羽，在天空飘荡……

忽然，我停住了。高人的长披风制造意外，被窗台下一铁钩钩住，阻止了我的坠落。这就滑稽了，我在空中晃来晃去，像一只吊着的皮球！所有的设想都落空了，怎么办？这就是头的结局吗？孤悬窗外，随风飘荡，上不够天下不着地，狼狈不堪，荒诞之极！金灿灿的阳光照得我晕眩，我只得闭上眼睛。

谁来拯救脑袋？

珍 邮

一

多年以前，一个暴风雨之夜。

秦笙驾驶的货轮在黄海成山角一带遇到七级大风。从驾驶台宽阔的玻璃窗往外望，黑暗如迎面泼来的墨汁，渲染出死亡的恐怖。船长疯子一般在秦笙身旁乱跳，发出一道道挽救货轮的口令。秦笙把着舵盘，脸色苍白而忧郁。浪涛汹涌，海风呼啸，他的心却异常宁静。他在思念一位姑娘。初恋结束了。心破碎了。绝望与黑暗混合在一起，构成他眼前的世界。

秦笙是个出色的海员，但那天夜里他晕船了。过去他从不晕船。船长和其他水手惊诧地看着他呕吐，直到吐出胆汁。他呕吐的冲动都是由一个镜头引起的：珍珍反坐在一把椅子上，双手抱住椅背，目光幽幽射向左前方某一个点。珍珍母亲话里有话地对秦笙说：珍珍将嫁给一个军代表，这个年轻英俊的军官在珍珍厂里驻扎了半年，成为全体女工的偶像。秦笙你从小是珍珍好朋友，应该祝福她。珍珍迅速地瞥他一眼。秦笙木头一般立在饭桌旁。珍珍将下巴搁在椅背上，晶亮的眼睛似乎有些泪水。目光是复杂的，有留恋，有伤感，那双细长而妩媚的眼睛仿佛在说：忘了我吧，忘了我吧。于是秦笙不断产生呕吐的冲动，几乎要将一颗心呕出来！

他不顾危险，长久逗留在甲板上。他抱住一根桅杆，一边呕一边哭，急雨将他瘦长的脸颊冲洗干净。货轮被巨浪抛上天空，又急速坠入深渊。海风喧啸吞没了一切声音。珍珍，他在心底呻吟。他觉得生命到了尽头。就像这只船，它不是随时都可能倾覆吗？秦笙只要松开手，就会像一片叶子飘入大海。失去了爱情的锚链，人就是一片随风飘零的叶子。秦笙真的有几次想松开抱住桅杆的手。他没这样做，他想把自己的感受记录下来，让珍珍获得同样的体验。

货轮绕过成山角，终于驶入渤海湾较为平静的海域。风虽然还在刮，浪却小多了。秦笙在水手舱的睡铺上奋笔疾书。他在给珍珍写最后一封情书。他当然不会知道，这是一封伟大的情书！用生命酝酿的爱，在暴风雨中诞生的激情，是世上任何女人都无法抵挡的。他酣畅地、淋漓尽致地写着，信纸越积越厚。渐渐地，他觉得自己的灵魂也在升华。

黎明时分，货轮在一个海滨小城靠岸。秦笙下船直奔邮局。雨后小城如美女出浴，晨风吹拂她的长发，朝霞抹红她的面颊。可是，谁能想象，昨夜这里曾发生一场血战！Y市两派造反组织为争夺一座大楼展开武斗，甚至把机关枪也用上了。死伤人员尚未点清，战斗刚刚结束。一场暴风雨冲洗掉斑斑血迹，又将小城装扮得如此美丽。真有些不可思议。

这一切都是邮局里一位出售邮票、信封的老头告诉秦笙的。秦笙是第一个顾客，老头是邮局里唯一的工作人员。都去打仗啦，老头叹息道。这是一位童话里才会出现的小老头，戴着一顶皱巴巴的邮政绿便帽，眼镜滑在鼻尖上，而鼻子像一只彤红的圆辣椒。他烤着火炉，不停地对秦笙说话，似乎有强烈的倾诉欲望。秦笙呢，刚经历一场暴风雨，也有急需宣泄的激情。于是，他被邀请到火炉旁，对这个陌生而慈善的小老头讲述自己的痛苦和希望。在这样一个早晨，年轻水手和邮政老人的心融合为一。

秦笙要买邮票。他注意到有一种新出的邮票，放在自己身后一张桌子的抽屉里。抽屉半开半合，新邮票放出一片灿烂红光。秦竹一下子被这红光罩住，心弦一动，便要求老头出售新邮票。老头把帽子捏在手里，有些为难地说：这邮票正式发行日期是在明天，今天不能出售。但是他看见小伙子央求的目光，就不往下说了。他拍了一下大腿，戴正帽子，行使邮政人员的特权。他变得严肃而庄重，老花眼镜后面闪出骄傲的神采。他指出秦笙的信可能超重。老人勾勾的手指变得非常灵巧，熟练地撕下两枚连在一起的新邮票。

珍珍一定喜欢这邮票。秦笙一边粘邮票一边说。

小老头望着他，忽然变得十分忧伤。他终于告诉小伙子：他的儿子昨夜参加武斗去了，一直没音信。他一早就来上班，是为了躲避不幸的消息。

他说，他希望下班回家时，看见儿子好好的，正在桌旁狼吞虎咽地吃饭。他儿子与秦笙差不多大，并且长得有点像。

秦笙离开邮局时，小老头一直送他。邮局门口有一棵大槐树。老人在树下站住，嘴里一再念叨：还来，还来……他把帽子揉来揉去，神情悲哀，老人把秦笙当作自己的儿子了。秦笙大步走向海港，老人的儿子正是这样参加武斗去的，和秦笙一样，船一旦驶离海港，可能再也回不来了。

第二天，邮电局接到上级通知：新邮票停止发行，立即上缴，全部销毁。邮票的名字叫《祖国山河一片红》。

而秦笙那封信已经于当天寄走了。

二

江南古城K市水网密布。街道与河流并行，小船与汽车共驶。近水人家房屋悬挑于河面，过着悠然、秀丽的日子。一对新婚夫妻住进小白河旁边一座陈旧的房子里，建起自己的爱巢。深夜，他们喜欢坐在临河窗台上，看月光下古桥拱起的倒影；看船桨劈开平静的河面，看倏然跃起的银光闪耀的草鱼……

秦笙与珍珍结婚那天，四五位好友聚在屋里喝酒。他们吵着要看那封在小圈子里已经著名的情书。珍珍红着脸拿出信封，让朋友们挨个传阅。自然是赞不绝口，大家对秦笙刮目相看。一个人怎么会忽然生出飞扬的文采呢？秦笙只是望着新娘痴笑。拼命时候你就会长出三头六臂。这并不奇怪。吴阿三指着信封左下角一片细细密密的针眼喊：喂喂，这是什么意思？众人好奇，定要问个明白。珍珍面颊上红晕洇开，更显娇羞。秦笙替她坦白：读过这封信，思想斗争激烈呀。就拿着绣花针，一个劲儿在信封上戳、戳、戳，心里乱极了乱极了……珍珍用一条鸡腿堵住丈夫的嘴巴。

确实，秦笙的信在珍珍心灵中引起强烈震动。当时，由母亲做主，她已经与军代表确立了恋爱关系。要重新选择，必受到社会各方面压力。但是秦笙信中表达的爱情犹如大海风暴，席卷她一切顾虑。在她眼里原是平平凡凡的秦笙，忽然变得天神一般光辉灿烂！珍珍无法抑制喷涌而出的情感，终于投入秦笙的怀抱。

欢乐的婚宴持续到半夜，朋友们醉醺醺地歌唱爱情。小厉忽然怯生生提出一个要求：信封上的邮票挺好看，送给我好吗？他戴着眼镜的白皙脸庞，比新娘还要红得厉害，说完话便把头低到胸前。小厉是珍珍同学，珍珍在幸福中变得非常慷慨：好的，喜欢你就揭去。小厉小心翼翼欲揭邮票，秦笙却伸手把他挡住了。秦笙心里感到难受。爱情必须完整，缺一个小角角也不行。他把那封信藏好，整得小厉很狼狈。那天，秦笙变成小气鬼。

生活宁静而幸福，就像窗外的小白河无声无息地涌动。秦笙搂着熟睡的妻子，听乌篷船桨声咿呀地从窗前驶过，不由回想起成山角那个危险的暴风雨之夜。他觉得幸运往往在你最绝望的关头降临。

珍珍做了妻子无比温柔，烧出一道道美味小菜，使秦笙赞不绝口。新房虽简陋，却被她收拾得一尘不染。她干家务轻捷无声，好像一只小猫在屋里飘忽行走。因为秦笙是船员，在家的日子格外珍贵。珍珍吊在他脖子上缠绵，爱欲永难满足。秦笙点着她鼻子说：现在这样，当初还不要我哩。珍珍亲他，咬他耳朵说：人家以后加倍对你好还不行？

珍珍果然加倍对他好。一个个销魂之夜流逝，珍珍怀孕了。神秘的爱情果实在珍珍腹中成熟。秦笙因兴奋、激动变得更像一个毛头小伙子。仲夏的夜晚，他坐在窗台上畅谈未来。说到激昂之处，他竟一个鱼跃蹿出窗户，扑通一声沉没在小白河里。珍珍趴上窗台叫“秦笙，秦笙”！久久，秦笙在石拱桥下露出脑袋。珍珍骂他，他哈哈大笑。珍珍担心地呼唤：上来吧，河水很深，危险呢。秦笙拍打着水面，溅起朵朵水花，用水手的骄傲口吻说：危险？哈哈，就这么一条小河！就这么一条小河！

夏夜，月色辉煌。小白河两岸人家常看见这对夫妻嬉闹：一个在水中，一个在窗前。他们将幸福毫不掩饰地流溢出来，令人羡慕，令人嫉妒。

他们的孩子诞生了，是个男孩。秦笙为他取名“海望”。尽是小桥流水人家，邻居们抱着男孩“海望海望”地叫着，感到很新奇，也感到一种气魄。

三

生活并不总是平静。

秦笙出海的日子，珍珍孤独而寂寞。离别使她苦恼，也使她脆弱。她伏在窗台上，呆呆地望着小白河。她盼望河水哗啦一响，冒出丈夫的脑袋。然而总是杨柳残月，流水清风。

如果仅仅如此，珍珍也能忍受，丈夫早晚要回来。问题是她还面临着考验。小厉常常到她屋里来，并且在她最痛苦、最难熬的时刻出现。厉宏良在班上最小，读书时像一个小弟弟老跟着她。珍珍从来没有把他当作一个男人，或者说有威胁的男人。但是，秦笙不在家，小厉好像变了。小厉坐在床边，瘦弱的肩膀不住颤抖，脸颊发高烧一样潮红。躲避珍珍的目光，垂着头凝视自己的脚尖。然而他身上似乎有强电流射出，叫珍珍心惊胆战。

小厉你怎么了？

没怎么。

小厉你回家吧，夜很深了。

嗯，再坐一会儿。

那时候珍珍觉得小厉是一只烧红的煤球。假如他跳起来，扑入珍珍丰满的胸脯，珍珍就会烫得尖叫。这种情形延续着，危险渐渐迫近。珍珍浑身燥热，难以抵挡小厉无言的进攻。但她知道自己不能失足，一失足成千古恨啊！她想抓住一件武器，或者抓住一只救生圈，保护自己不被欲望的洪水吞没。

她抓到了那件东西。

秦笙的船每到一个港口，就寄来厚厚一封信。信越积越多，珍珍把它们装在一只孚德牌皮鞋盒子里。主人穿着皮鞋浪迹天涯，寄回来满满一盒子信。珍珍抱出皮鞋盒子，放在桌上打开。小厉你看啊，秦笙寄给我那么多信！珍珍眼睛里放出异样的光彩。我读给你听听，他写得真好，小厉。于是，她捧出扭转乾坤的第一封信，充满激情地朗读起来。读完一封又一封。真挚的爱情在一页页信纸上跳跃起永恒的火焰。

小厉终于走了。他怨恨地瞅着皮鞋盒子，长叹一声。

珍珍扑在床上哭湿了枕巾。

四

终于熬到秦笙下船，调回K市。

珍珍已经生了第二个孩子，是女孩。这回珍珍不同意再用“海”字取名，她害怕听见任何关于海的信息。秦笙说，好吧，那就叫她河灵。海望，河灵，亲戚朋友都说这对小兄妹名字起得好听。

秦笙也许是写信练就了笔下功夫，也许他原来就有些天分，总之他的一支笔得到社会承认。他被安排在K市的工人文化宫工作，并且经常在地方报纸发表散文诗。江南古城狭窄的街道上，人们可以看见他宽阔的背影匆匆闪过。他喜欢穿蓝白相间的海魂衫，让小城人闻到遥远的大海的气息。

珍珍满足了。丈夫天天回家，她还有何奢求？然而天长日久，人心总会生出新的渴望。珍珍觉得自己的小家太穷了。时代风气大变，经商下海成了时尚。今天听说这人发财，明天听说那人暴富，刺激得人们心中麻麻痒痒。秦笙一家依然住在小白河旁的老房子里，只一间，且日益破旧下去。珍珍催他想法换新工房住，他却没有门路。在这方面，秦笙没有特长。

日子渐渐像一杯变了味的啤酒。珍珍的埋怨引起夫妻争吵。虽不激烈，却似石子扔入水潭。涟漪一圈套一圈总难平静。家徒四壁，连彩电也没有。珍珍懒得再收拾，屋子变得零乱肮脏。一家四口共居一室，夫妻做爱就像做贼一般，生怕孩子们听见。新婚时期他们做爱可是惊天动地的！就连小白河也失去了以往的秀丽，机器船轰隆隆驶来驶去，睡梦中总把人吵醒。河水污染得呈酱色，大块油污在河面飘荡。

珍珍33岁那年，与小厉的交往又热络起来。小厉已经是K市有名的厉老板，开了一家“松竹斋”古玩店，生意奇旺。他娶珍珍的小表妹为妻，大她12岁，在小城颇为稀罕。更令小城人吃惊的是，厉老板常常在众人面前指着娇妻赞叹：她长得像珍珍，太像珍珍了！他手指上的钻戒镶着一颗罕见的钻石，足有20克拉重。这就镇住了娇妻与众人。

小厉是个古怪的人。他自幼孤僻，不合群。他的行踪鬼鬼祟祟，老在搜集各种古旧玩意。“文化大革命”抄家风起，他乘乱偷了城西资本家王伯章一只明朝小香炉，被红卫兵发现痛打一顿。这桩丑闻尚未被人淡忘，小厉又出事情：他深夜蹲在周桥乡一座古墓里，让巡夜民兵揪出来，打得他当场吐血。当时大家都不明白，他蹲在坟墓里干什么？小厉瘦弱文静，老是挨揍，珍珍因此同情他。许多年过去，小厉摇身一变成为K市首富，传说他的“松竹斋”什么宝贝都有，人们方悟小厉种种怪异行为的根由。

珍珍与小厉有了一层亲戚关系，走动频繁许多。表妹穿金戴银的富裕生活，似乎对珍珍很有刺激。她忽然非常想要一台彩电，有时竟站在商店橱窗前看得发呆。晚上和秦笙看12寸黑白电视，看完了她总要黯然泪下。人生一个小小的愿望也不能满足，珍珍觉得很委屈。然而人家是怎么对待彩电的呢？有一次珍珍为小厉夫妻劝架，亲眼见小厉砸了一台21寸松下彩电！当时小厉发神经病一样将彩电掀倒在地，彩电竟没有碎。表妹冷笑：你砸，你砸。珍珍喊：不要砸！不要砸！小厉偏偏捡起一把榔头，对准荧光屏狠狠一击！那彩电就像被补了一枪的犯人，轰然坍塌。珍珍心疼得脸色煞白，慢慢地蹲下……

小厉请珍珍到他的店里看看。“松竹斋”在著名的天宝古塔下，游客挤满门前麻石板铺起的马路。店堂摆着各色紫砂壶、玉、瓷、碑帖、古钱等。小厉说，好东西都在二楼。他冲珍珍神秘一笑，领她走上一条阴暗的楼梯。

上得楼来，小厉却没有再谈那些好东西。他坐在自己的老板桌后面，用一只拳头支着下巴沉思。他似乎在总结自己的事业，没头没脑说了一句：珍奇的东西，我会用一生去追求！珍珍感到心慌。

厉老板把一只早已准备好的信封扔在珍珍面前。我看得出你想要一只彩电，他说，拿去吧，信封里就是彩电。珍珍拿起信封一看，那里面装着厚厚一叠钱！珍珍说这怎么能行，我不要，不要！小厉淡淡一笑：算我借给你的，将来还我。

小厉已经成熟，人也开始发胖。他目光幽幽地瞅着珍珍，东拉西扯谈起当今生活种种现象。现在你要会活。爱情不满足可以在婚姻之外寻找，情人已是普遍现象。搞活经济首先要认识自身的价值。你知道吗？你有许多值钱的东西，随便卖掉一件，你就发财了。

珍珍好奇地问：我有什么值钱东西？

小厉沉默着。良久，他语重心长地说：那封信，促使你下决心嫁给秦笙的那封信，你肯卖给我吗？

珍珍浑身一震。当时她脑子里只有一个印象：小厉要她出卖爱情！她已经人到中年了，小厉还这样苦苦追求她。可是她不能出卖爱情，虽然她很穷，虽然她渴望得到一台彩电。她站起来，把装着钱的信封放回小厉手中。

我不会卖那封信。

珍珍离开厉老板的办公室。她觉得自己好像喝醉了酒，脸腮彤红，脚步踉跄。她心里有一种巨大的满足，又有一丝说不出的痛苦。小厉在她身后绝望地喊：我会出最高价钱！她快步走下长长的楼梯。

珍珍一直没有搞懂小厉对她的感情的复杂性质。

五

也许真的这样：爱情其实是一场马拉松长跑，需要夫妻双方以可敬的牺牲精神，以非凡的毅力，坚持跑到终点。这样的想法似乎有点可怕。但假如不是如此，爱情的价值又如何体现呢？唯其艰难，才显伟大。

秦笙与珍珍平稳地生活下去。孩子大了，海望读高中，河灵也小学毕业了。秦笙 42 岁生日一过，家庭有了兴旺景象。他提升为工人文化宫副主任。房子解决了，他们搬离小白河，住进东山脚下新盖的楼房。珍珍也圆了彩电梦，一台 21 寸金星彩电使她心满意足。他们在一条平坦的大道上奔跑。他们的爱情之舟驶入平静如镜的海面。

但是这能持久吗？

珍珍万没想到，乌云会从秦笙那方面飘来。不，不仅是乌云，而是撕裂他们爱情风帆的飓风！秦笙与文化宫业余舞蹈教师武红莲发生暧昧关系，K 市传得沸沸扬扬。最先透露消息的是珍珍表妹。她绘声绘色地告诉珍珍：秦笙如何大白天在武红莲家睡觉，四周邻居如何利用小孩子们摸清种种细节，秦笙如何以出差为借口带着武红莲数次去上海。她提醒珍珍，这位舞蹈教师年轻风流，并且离了婚，是个危险对手。珍珍胸口仿佛被人塞进一团猪毛。但她只是笑笑。她问表妹：是小厉说的吧？是小厉让你告诉我的吧？然而这样具体的描写，在她脑海里勾勒出一副猥亵、丑恶的图画。

珍珍忍了好长一段时间。有一天吃晚饭，她终于笑着对秦笙说，你也真沉得住气，人家还不逼你摊牌吗？秦笙脸刷一下白了，端着碗的手不住颤抖。珍珍没再往下说。

晚上，秦笙让海望、河灵到外婆家睡觉。屋里只剩下夫妻俩。秦笙面对珍珍，嘴唇突突哆嗦，一句话怎么也说不出口。珍珍料想他要说“我们离婚吧”，于是默默地等着。她忽然变得非常平静，一双秀气的眼睛不眨动地凝视丈夫。好哇，我已经老了，我眼角、额头爬满又细又深的皱纹，不是当年你爱得发疯的珍珍了！你把那句话说出来呀，说出来我就走。爱情，到头来竹篮打水一场空，只有我傻得相信。珍珍心里想着，眼睛模糊起来。她竭力控制住泪水，紧紧盯住丈夫叛徒一般颤抖的嘴唇！

秦笙终于吐出唇边的话：我和她断，我和她断。

珍珍让他交代事情经过。其实这没有必要，但珍珍还是落了俗套。也许这是女人巩固自己胜利的方法。秦笙痛苦而狼狈地交代了。珍珍听得并不真切。她被另一种声音扰得头晕。那声音来自遥远的地方，开始含混不清，渐渐地就清楚了——一个年轻的水手在风浪中抱着桅杆，向心上人大声倾诉爱情。他痛苦，他绝望，正因如此他的爱情才真实才致命才具有排山倒海的力量！那声音一遍一遍在珍珍心中回响，又淡远，隐去……

秦笙不知道珍珍将如何惩处自己。珍珍始终控制着感情，显得冷静、冷淡，甚至冷酷。这更使秦笙惴惴不安。天将黎明，珍珍站起来，打开衣橱抱出一样东西。孚德牌皮鞋盒子，就是装满秦笙从各个港口寄来的信的皮鞋盒子。她捧着它走向阳台，神情哀伤，分明下了某种决心。秦笙惶惶地跟在她后面。

珍珍要烧信。她用秦笙的打火机点燃一封信的角角。火烧起来了，她把信擎在手里好像擎着火炬。红光照耀着夜空，也照耀着珍珍泪水长流的脸颊。直到这时她才哭了，她心痛，烧这些信她真心痛！秦笙哀求：珍珍，别烧，求求你，别烧啊！珍珍说：算了，烧掉算了，我什么都没了，什么都没有了。

她呜呜地哭出声音，凄切忧伤。秦笙跪下，撕着头发哭泣。他面前是一堆篝火，火舌正舔着他青春时代写下的爱的文字。他们都很伤心。仿佛随着时光的流逝，爱情真的一去不复返了。青烟弥漫，纸灰飞舞，火光时强时弱地映红黑暗。就这样，他们在黎明前焚烧爱情。

当珍珍拿起秦笙在Y市寄给她的那封信时，打火机忽然落在地面。珍珍跪下，捡起打火机。她的手抖得那么厉害，总也打不出火苗。一切都由这封信引起的，她的一生就被这封信决定了。她到底幸福还是不幸福呢？不知道。可是要她亲手烧掉这封信，毕竟是困难啊！她犹豫着，把信送向火堆。秦笙认出这封信，一把抓住她的手腕。海滨小城带着咸腥味的空气，忽然从远方飘来。火苗变幻出戴着皱巴巴的邮政绿便帽的小老头面容。秦笙抱起妻子，连人带信一同抱回床上。

当他们筋疲力尽地入睡时，珍珍手里还捏着那封信。

六

没法估计外遇给夫妻关系带来的影响。它可能导致家庭破裂，也可能相反，起到某种黏合剂的作用。秦笙与珍珍经过这场风波之后，感情更加亲密。丈夫总想弥补自己的过失，千方百计对妻子好。妻子呢，经此一闹也知道自己离不开丈夫，便对家庭格外珍惜。他们像长途迁移的候鸟，冲过急风骤雨，栖息时紧紧依偎在一起。是啊，人生旅途真够漫长的。

秦笙遭受严重挫折。那个舞蹈教师目的没有得逞，就毒蛇似的反咬一口，弄得秦笙狼狈不堪。他的副主任小官帽儿丢了，自己也觉没甚意思，就调到一家中外合资公司跑业务。男人往往更脆弱，经此一番变故，秦笙便渐渐显出老态。这位水手褪尽海洋气息，散文诗也不再写了。他变成一个温和厚道、与世无争的老好人。

但是，奇迹终于在平淡的生活中露出端倪。

那是20世纪90年代年代初一个夏季，秦笙到大连出差。大海牵动他往日的情怀，归途中他登上一艘客轮。轮船比其他交通工具活动余地更宽广，人们也更容易在水天相连的背景下交为朋友。秦笙与马教授、小滕就是在这艘“海梦轮”结下了友谊。他们同住三等舱一个舱室，马教授年纪大，秦笙把自己的下铺让给了他。马教授是一位历史学家，也是一位集邮家。他对面铺位躺着一个姓滕的小伙子，恰好是倒卖邮票的邮商。一路上他们就大谈邮票掌故。秦笙对此一窍不通，轮到他说，他就讲航海的故事。

一个风和日丽的下午，海梦轮绕过成山角。海鸥在蓝天碧海间盘旋，荒岛巨礁不时从船舷外侧掠过。秦笙对马教授、滕老板谈起1968年冬天他在这一带海面遇到的暴风雨。旧地重游，他显得格外激动。巨浪、狂风、急雨，在他口中描绘得如此逼真。当然，他也讲述了自己对一位姑娘的思念，讲述了自己生平最得意的情书。结局是喜剧性的，这位姑娘成为他现在的妻子。朋友们松了一口气，都向秦笙贺喜，好像这件事情昨晚上刚刚发生。

他们又把话题转向邮票。

1968年12月发行过一枚邮票，叫《祖国山河一片红》。马教授沉思着，缓缓说道。邮商小滕接口道：邮市称它“红票”，近几十年的邮票数它身价最高。现在一枚新红票卖到8万元，不得了！马教授说，至今尚未发现《祖国山河一片红》的实寄封。集邮界一直在争论：这种邮票上缴、销毁前到底有没有被使用过？小滕捏得指关节发出一片噼噼啪啪的声响，脸上浮出贪婪神色。啊，谁发现实寄封，谁就得了无价之宝！

马教授转过身，笑眯眯地对秦笙说：我来讲一段邮票掌故给你听吧。20多年前，造反派砸烂原政府机构，在全国30个省市成立了革命委员会。为庆祝这一新型权力机构的诞生，邮政当局印刷了纪念邮票《祖国山河一片红》。但是邮票尚未发行，中央的极左派就出来挑毛病——邮票画面有一幅中国地图，红光闪耀，色泽鲜艳。地图右下方的台湾岛却是白色。问题就出在这肉眼难辨的一点点白色上。他们问：台湾为什么是白的？祖国山河一片红，台湾不是祖国一部分吗？可是台湾没有成立革命委员会，甚至还没解放，怎么能印成红色的呢？这是一个政治问题，但又无法解决，只好将邮票销毁。通知下达时，有些地方邮局已经出售邮票。这些漏网邮票就在社会上悄悄流传，成为身价昂贵的珍邮。

你说那邮票……邮票上印着红色地图？

秦笙惊异地瞪圆眼睛。一股强大的电流几乎将他击倒。他觉得眼前红光跳跃，仿佛大海上燃起一片火焰！是的，他见到过这种邮票。身后的抽屉半开半合，他一转身，蓦然看见新邮票放出灿烂红光！于是，他央求小老头卖给他两张新邮……一连串记忆镜头，证明一个无可置疑的事实：秦笙追求珍珍的那封情书，贴着珍邮《祖国山河一片红》，这正是集邮家、邮商们寻觅的无价之宝——实寄信封！

真不敢相信……我不知道该怎么说……天下会有那么巧的事？我秦笙会有这样大的福气？真不敢相信！

秦笙像傻瓜一样笑着，翻来覆去讲这几句话。但是马教授、滕老板，还有其他几位站在甲板上的游客，都被秦笙所讲的奇特经历惊呆了。两张红票，双联头奇封。天啊！他们半张着嘴巴，看上去更傻。Y市武斗之后的早晨，童话里才会出现的红鼻子小老头，尚未发售的新邮票……人们仿佛跟在秦笙后面，回到二十几年前那个雨后清晨，重新目睹奇迹发生的过程。大家内心都受到强烈震动：珍邮就在这样平凡的故事里诞生——一个普通水手追求一个普通女工，他们的情书意外地成了宝贝！瞧，人生真是变幻莫测，什么事情不会发生呢？

在海上，你能够看见一个彩色的世界。船，缓缓行驶。绿的海水，红的云霞，黄的岛屿，蓝的天空……这一切旋转着变幻着映入秦笙的眼睛。他与大海有缘。在K市，他的生活像黑白电视机演播的故事。一到海上，他就成了彩电里的主人公。他微笑着，深深吸入海洋的空气。

哦，他真想留住这五彩世界。

七

对于秦笙、珍珍这种平凡人家，突然发现一笔财富，会带来无法形容的惊喜和冲击！这对夫妻终日处于梦幻状态。生活出现如此灿烂的前景，他们不知如何适应，如何把握。他们常常把宝贝情书放在床上，热烈地讨论用它换取一笔巨款后干些什么？夫妻二人长夜难眠。

他们太需要钱了。日子虽然一点一点好起来，但他们始终没有富裕过。儿子海望已经考入大学，女儿河灵也在读中专，很快孩子们又要恋爱、结婚，一个家庭将裂变为几个家庭，正是大量花钱的时候呀！而珍珍因为厂里发生亏损，已经下岗回家，经济重担几乎落在秦笙一个人身上。房子需要装修，儿女需要学费、生活费，储蓄不能中断，物价还在上涨……他们的经济状况好像一间四处漏风的房子，永远有堵不完的窟窿。

卖掉。卖给马教授。马教授肯出25万元！秦笙拍着床沿，下了最后的决心。

可是那个姓滕的邮商，他说出30万元。珍珍表示异议。

马教授人正派，有学问。

做生意管人家有没有学问干吗？

那么，香港张老板的意思，好像出 40 万元他也肯干。

自从秦笙乘船归来，他们的珍贵的信封已经轰动 K 市。上海、南京、甚至还有香港的邮商，都踏进过他们的家门。面对令人咋舌的高价，夫妻俩无所适从。卖不卖？卖给谁？怎么卖？这些问题既折磨人，又使人兴奋。他们坐在床上，无休无止地讨论着。讨论比结果更激动人心。20 万元，30 万元，40 万元……嘴唇轻轻摩擦吐出这些数字，真有说不出的快感！

幸运如何降临到他们头上？这一切究竟是怎样发生的？他们深入到另一层次的讨论问题。幸亏我爱你，秦笙说，真心爱你我才写了这封信。珍珍不服：是我爱你，我把信一直保存着，才会有今天。她说这话时，心中想到了小厉。秦笙感叹：幸亏那天夜里你没把信烧掉，否则……珍珍白他一眼：你还有脸说呢！

是啊，爱情给他们带来幸运，爱情使珍邮保存下来。爱情赋予这只信封价值，这只信封又使爱情升值。真是奇妙的、难以探讨清楚的关系啊！

要卖掉它了，真舍不得。你再读一读吧，你把它读给我听听。珍珍不住地央求。秦笙朗读他在暴风雨中写下的情书。珍珍就抚摸信封。信封左下角一片细细密密的针眼，使她陷入回忆。那天她正在绣花，妹妹拿着信奔到她面前。哦，看完了信，她心里乱极了乱极了，就拿绣花针在信封上戳、戳、戳……珍珍抱住秦笙，脸紧贴着他的胸膛。她听见男人的心脏雷鸣一般轰响。她哭了，泪水滚烫滚烫。秦笙总是不能把信读完，因为青春的火焰在体内燃烧起来。他迫不及待抱起妻子，热烈地吻、吻……

最后，他们终于做出决定：不卖，给多少钱也不卖！

这话是珍珍先说的。那天夜里，珍珍在被窝里不断翻身，怎么也睡不着。窗外伏着一只黑幽幽的怪兽，那是 K 市唯一的山峦——东山。夜深了，不知何时下起雨来，雨丝无声地飘撒在广阔的江南田野。珍珍披衣坐起，望着窗户沉思。我们短暂的一生，到底什么是最可珍贵的？秦笙问她为何不睡，她就把这个问题告诉丈夫。于是秦笙也坐起来了。他们这次并没有讨论，只是各自默默地思考。他们想得很深、很远……

八

小厉最后一次约见珍珍，是在东山顶上。

K市是清初大学者顾炎武的故乡。地方政府在东山建起公园，以顾炎武的字“亭林”为名。亭林公园有顾炎武纪念馆，他们就围着纪念馆转圈儿谈话。这背景倒挺有文化氛围。

小厉已经秃顶，人极肥胖，爬一座小山累得气喘吁吁。出于习惯，珍珍还是叫他小厉。小厉，你到底有什么事情？搞得这样神秘兮兮？小厉脸红了，仿佛又回到青春时代。他想讲一件事情，吭吭哧哧老是不开口。珍珍非常奇怪：已经这样的年纪了，小厉还对她抱着幻想？从纪念馆西侧俯瞰，正好看见珍珍家的阳台、铝窗。珍珍盯着自己的小家，心中涌起无比亲切的情感。她等小厉说话。

我还是想谈那封信。看见珍珍警觉的神情，厉老板马上伸出一根手指摇晃：你别误会，我是纯粹谈生意。我感兴趣的也只是那只信封！

珍珍吃了一惊。她不知道自己为何吃惊，却还是惊得两眼怔怔瞅着对方。小厉有些焦躁，马儿似的不住跺脚。噢，我知道，好多人上你家买那只信封，你们一直不卖。不，是你不卖，你把信封留着，要卖给我。瞧，我心里清楚，所以我来了。你一定在等我，是吗？

为什么？珍珍更加惊讶。现在明白了，她是为小厉这种态度吃惊。她又问一遍：为什么？

你怎么不明白？我真要奇怪了！20多年前你们结婚那个晚上，我就向你讨过邮票，你不是答应了吗？是秦笙小气，不肯给我。后来，我经常找你，我想你会把邮票给我的。你呢，你老给我读那些信。难道我要听另一个男人写给你的情书吗？我走了。又过许多年，我有钱了。我想好吧，我花钱买！我把你请到松竹斋楼上，准备与你商量个价钱，可是你说你不卖。你瞧，我几乎一辈子在追求这只信封！今天你要卖了，能够不卖给我吗？于情于理说得过去吗？所以，你必须卖给我！

听了厉老板慷慨陈词，珍珍鼻子都要气歪了。她盯住他有些发红的眼珠，一字一句地问：你给我说实话，小厉，你早知道这种邮票值钱，是吗？

是的。任何宝贝我一眼就能看出来。

你对我这样、那样，都是为了那只信封，为了不花本钱得到那只信封，是吗？

不全是这样。我对你一直有好感。到了今天，我也不怕对你讲实话了。你是我一生中最喜爱的女人。所以，我曾经两样都想要——你和信封。你别生气，今天只好现实一点了，我只想要信封。

啪！

珍珍打了小厉一个耳光，声音清脆响亮。然后，两人好像都吓了一跳，稍稍后退，互相对望。时间虽然不长，却澄清了一个人生的误会。珍珍转过身，沿着台阶缓缓走下山去。财富和声望达到顶峰的厉老板，摸着脸腮思索这记耳光的含义。

在他们身后，顾炎武高大的石雕像凝视这场戏剧。这位哲人脸上露出意味深长的微笑。

迷乱之夜

有一个时期，我肯定比布什总统更关心美国工人失业率。我在一家香港人开的地下公司炒外汇。海湾战争刚结束，那位美国老兵稳占总统宝座，春风得意。每月第一个周五，照例要公布一系列经济数据，其中最重要的就是失业率，路透社消息及时从香港那边传来。我们挤在一个电脑跟前，人人伸长脖子，恨不得把脑袋钻进荧屏。失业率一公布，我们必须在第一时间做出判断：买进还是抛出美元？胜负就在一瞬间决定。

晚上九点，美国政府权威部门准时发布消息。三十几平方米的办公室一片忙乱，我们在电脑和报单电话之间乱蹿。纽约外汇市场开盘了！全世界都在同一时刻对美国经济数据做出反应。日元、马克、英镑、瑞士法郎……各种货币都像疯子一样上蹿下跳，急急寻找自己的位子。电脑屏幕上飞速变化的数据揪住了我们的心。有人头上冒汗，有人眼睛充血，有人发出尖利的笑声……欲望与恐怖使人变成魔鬼。这情景只有在疯人院里才能看见。

布什总统会有我们这样起劲吗？

有时，我甚至怀着一点唯恐天下不乱的心思。戈尔巴乔夫被几个阴谋家抓起来，马克狂跌八百点，这不是发财的好机会吗？可惜很快就没事了，戈尔巴乔夫又重返克里姆林宫。马克也跟他一样恢复原位。这就使我十分懊丧：我还没看清楚呢，你戈尔巴乔夫怎么就回来了？多扣押你两天，我下好了单子，岂不一举发达？嘻嘻，人生几多遗憾！

我们夜夜聚集在四川大厦 13 楼，公司名字很洋气，叫“克瑞斯投资咨询公司”。我们是克瑞斯的客户，都有些自命不凡。做外汇生意很迷惑人：你仿佛真的汇入世界，因而很牛气，觉得自己很伟大。我当时就是如此，走路吃饭甚至上厕所都在琢磨世界风云。苏联矿工罢工会不会引起政局变动？波黑战火会不会蔓延到其他地区？萨达姆那小子不老实会不会招致美国二次袭击？……所有这些都是外汇市场的神经，稍一触动，各种货币就会跳起疯狂之舞。你必须把整个地球装在胸中。

1991 年春天我来到深圳。我带着刚从上海股市上赚到的 116 万现金，企图寻找进一步发财的机会。应该说，深圳这座新崛起的城市比上海更有现代气息，叮叮咚咚的广东话也更具异国情调。我有些头晕。经朋友介绍，我先到 D 市买了一块地皮，一套公寓。据说那里正在筹建一座汽车城，美国人将对中国做出最大一笔投资。然后我又转回深圳，琢磨如何敲开这座城市的大门。我在国商大厦二十楼租了一间写字楼。地上铺着厚厚的深蓝色的地毯，我在地毯上赤脚走来走去，心想：做外贸？做服装？做……我承认我不太聪明，写字楼有了，生意却没有。我不会做具体事情，喜欢想入非非，最好有一种形而上的、有趣而有意义的生意让我做。

瞧，这种生意就送上门来了！

有一天，我正坐在老板椅上发愣，两位小姐翩然而至。她们热情得犹如有一锅开水，向我介绍一种神话般的生意——炒外汇。这种生意可以四两拨千斤，小本博大利。她们给我一份印刷精美的说明书，我马上被说明书上一串串数字摄去了灵魂。我的脑袋飞快地旋转，计算着一笔资本如何扩张到 100 万、1000 万，甚至 1 亿美金……

我们克瑞斯投资公司在香港很有名气。其中一位姓叶的小姐说，我是经纪人，你肯做我客户吗？

当然，不过……

我确实不能拒绝。这种生意十分神奇，正是我梦寐以求的所谓形而上的生意。不过，我不太甘心让叶小姐做我经纪人。她的喜悦过于露骨，好像吃准我会跟她走似的。可我抑制不住自己的冲动。当两位小姐热情邀请我去参观克瑞斯公司时，我没犹豫就答应了。据说，当场被经纪人带回公司的客户，我还是第一个，堪称模范。

我必须专门介绍一下外汇交易。1974 年布雷登森林会议之后，美国放弃了美元与现金挂钩的固定汇率，使其自由浮动，由市场决定美元与各国货币之间的汇率。这样一来，人类有史以来规模最为巨大的交易出现了：

由于各国经济增长、通货膨胀、贸易赤字等情况不同，各种货币就有了不同的价格。人民急急忙忙地买入上升的强势货币，抛出下跌的弱势货币，以求保值或谋利。这种交易多在银行之间进行，由电话、传真来完成，因而形成一个遍及全球、不分昼夜的无形市场。有数据表明：对 90 年代初，一个月的外汇交易量已经超过全球一年的外贸总额。

不仅如此，人们仿佛嫌外汇交易不够大、不够乱、不够刺激，又推出一种衍生工具——外汇保证金交易。你只要交一笔小小的保证金，就能买入一份合约，它代表 10 万美元或 12.5 万马克或 1250 万日元……一般来说，保证金与合约金额的比例是 1 ∶ 100。这种交易会产生惊人的结果：如果你看对行情，买入的货币只要上升 1%，你投入的本金就会翻一倍。反之，你看错了，行情下跌百分之一，你将失去所有的保证金，正如俗话所说——血本无归。顺便说一句，尼克·里森就是在此类交易上失手，将具有百年历史的英国巴林银行拖入破产境地。

克瑞斯投资公司实际上是一个姓杨的香港经纪人所开，挂靠在背景深远的某集团公司旗下，公司资产寥寥：租了两间高级写字楼，几台电脑、几部电话。杨生（按香港人习惯大家如是称呼杨老板）雇了许多能干的经纪人，将我们这些客户逐个拉来，集合在此做金额巨大的外汇保证金交易。我们在电脑上看行情，用电话往设在香港的外汇经纪公司下单。中国实行外汇管制，个人从事外汇交易是非法的，因而克瑞斯公司有了地下工作的神秘色彩。

有一个词以很高的频率在我耳边出现——“孖展”。香港人把炒外汇叫作炒孖展，连香港报纸也频频使用这个古怪的词。我有相当长的一段时间不知道孖展二字作何讲，源于何处。后来我才了解到，孖展是英文 margin 一词的译音。与许多外来词一样，香港人把它们变成莫名其妙的土话。margin 本义是“边缘”，引申为“保证金”。仔细体会，似乎又有“危险”的意思。英语词义深奥精微，我当然不会知道。但是香港人提起孖展，却是谈虎色变。这种外汇保证金交易，风险极大，使许多人吃了亏，香港人有一句谚语：你和一个人有仇，就劝他去炒孖展！

20 世纪 90 年代初，内地公民对此一无所知。我雄赳赳、气昂昂地跨入克瑞斯公司，像一个送死的炮灰。其实，从我阅读漂亮的印刷品那一刻起，便已处于危险的边缘。

margin，永远记住这个英语单词。

最难忘1991年4月30日那个夜晚。我从罗湖新村的住所出来，闻着南国夜空特有的芬芳，匆匆赶往四川大厦。我丝毫没有预感到今晚将发生的事情。克瑞斯公司的客户们也都情绪高昂，早早守在电脑跟前等待纽约汇市开盘。这几天英镑看涨，单子做得顺手，人人脸上挂着喜气。我们喜欢做英镑，因为它从一英镑兑两美元的高峰跌下来，一口气跌去3000点（即贬值15%），谁都认为它到底了，以后必涨无疑。我们把美元叫作“美军”，见了面互相说一句“美军完了”！仿佛喊出战斗口号，这天晚上，我们大量买进英镑抛空美元。

我和大个子贝宁要好，他是从日本归来的自费留学生。他喜欢靠窗站着，脸上总带着宁静的微笑。我问他：今晚上怎么样，他说：日元再涨一涨，我就解套了。贝宁从日本带回26万人民币，统统套死在日元上。日元和英镑一起反弹，给了他一线生还的希望。海盗艾龙跑过来喊：要开盘了，英镑开始动了！

电脑屏幕显示着一排排数字：英镑1.7650、马克1.6680、瑞士法郎1.5550、日元……这是几种主要货币与美元的比价。美元并不直接出现在屏幕上，它的价值是通过其他货币的升跌表现出来的。现在英镑上升，美元就在下跌。开盘后，英镑那一行红色数字不停跳跃，直冲1.7720的关口。交易室一片欢呼，买下英镑的客户个个喜笑颜开。海盗艾龙跺脚喊：上去，上去！那猴急模样，好像要在英镑屁股上托一把。

老板杨生来交易室转了一圈，他夹着一只黑色公文包，要赶回香港去。我们围住他，问他对行情的看法。他很瘦，一张脸除去皮，刮不出一点点肉来。见人满脸堆笑，自然是皮笑肉不笑。他伸出一根细长的手指，朝天花板上指指：我看1.79，1.79……说完，他匆匆走了。我昨天刚在资金账户加进60万元，子弹还充裕。杨生的话使我心里一动：为什么不再追买一些英镑呢？我的脚就不由自主地往报单电话那边跑去。交易室里唯一的女客户燕燕小姐追着我问：敢不敢买？敢不敢买？我不回答。这种事可要自己拿主意。

我们做单是靠墙角的一个半圆形的小柜台，那里有两部直通香港的电话。报单员是一名中专学生，夜里为杨生炒更。我们都叫他学生仔。学生仔站在一个木箱上，像岗亭里一名警察。他看见我和燕燕奔来，早已拨通香港公司的盘房电话。他冷静地报出我们所需要的英镑价格，当我们再次确认，他就低沉而果断地对着话筒说：“奥着！”我始终不知道“奥着”这个词是英文变种还是香港土话，总之，我们要买的英镑成交了。

学生仔拇指、食指做成一个圆圈，对着我们笑道：OK！

如果英镑真的一直上涨，这个夜晚将多么美好啊！客户们手握数额惊人的英镑合约，期望命运在一夜之间发生转变。谁不希望改变命运呢？我们称之为“海盗”的艾龙，本是汕头一个普通渔民。为了发财致富，他加入走私团伙，开着改装过的大马力渔船，往返于香港、汕头、惠东等地。他们经常遭到深港两地缉私部队的追击，枪林弹雨的场面也曾见过。艾龙几乎夜夜去香港，却并没享受过香港灯红酒绿的生活。他总是在波浪里颠簸。提起走私，他摇头叹息：太累了，太累了。他来这里炒汇，很有点放下屠刀，立地成佛的意味。满面妖娆的燕燕小姐从事不光彩的行业，男人们称之为“鸡”。她并不避讳这一点，到处对人说：我来自深圳，不过是想赚一笔钱，回家开一个小店。她说这话时，眼睛里闪动着一种天真无邪的神采。现在，她找到另一条道路：用脑子而不是用身体赚钱，只要今晚英镑不断上升，到天亮她就可以怀揣一笔体体面面赚来的钱，回家乡开她的小店去了。

客户中多数人文化层次较高：马润明是精神病大夫；贝宁是留学生；尹利平虽当了江南一家镇办工厂的厂长，却仍有高级工程师的职称；还有一个戴黑框眼镜的、神经兮兮的老头，连自己的姓名也不肯暴露。时间长了，人们还是摸清他的底细：他竟是内地某乐团的一名指挥！这些人来此炒汇的动机更为复杂，内心的愿望更为隐秘，但他们改变自己命运的冲动与艾龙、燕燕同样强烈。就说我吧，我是一个作家，我来此地干什么？毫无疑问，我也想迅速致富。但是我内心渴望的不仅仅是钱。当我决心下海时，就对自己说：凭你的本事，去赢得一份真正的自由吧！我不愿受约束，我厌恶从文坛到商界无处不在的人事关系，更想从整个社会早已细细密密布置好的黑色篱笆中一跃而出。那么，有什么比炒作英镑、美元更好的途径呢？这种生意明白、公正，全世界的人们在同一时间，以同一价格进行交易，几近童叟无欺。是的，起码从表面上看，外汇交易更符合自由精神！

十一点钟。英镑停止上升，其他货币也静止不动，整个汇市像一潭死水。窗外天空漆黑，不祥的阴影弥漫开来。全球投机者在观望、犹豫，仿佛一群蹲在起跑线上的短跑运动员，屏息等待发令枪响。汇市发生大变动前总是这样寂静。忽然，似乎掌握在上帝手中的发令枪砰地打响！短跑运动员一跃而起，向着完全不同的方向奔跑——这正如《克雷洛夫寓言》中说描写的那样，天鹅、大虾和梭鱼想把一辆车子拖往不同的方向！英镑巨幅震动，忽而狂跌，忽而猛涨。其他外币也上蹿下跳，荧幕上闪闪烁烁的数据，仿佛是魔鬼不断眨动的眼睛。我们的脸顿时变得煞白，一颗心随着英镑剧烈运动。谁也不知道该怎么办，我们束手无策。

尹工说：不要紧，这是调整。调整完了，英镑还要创新高。

然而情况恰恰相反。经过高位震荡，英镑向下突破，踏上漫漫跌途。1.76、1.75、1.74……英镑好像脱了底，100 点 100 点地往下跌，直坠无底深渊！真的，我们两眼发黑，身体仿佛被尖刀捅开一个大口子，眼睁睁看着自己的鲜血哗哗流淌……贝宁最先倒下，他的血已经流尽。他默默地走向报单台，让学生仔打电话，挥泪斩仓。

我想安慰贝宁。我们站在窗前，相对无言。贝宁脸上仍挂着宁静的微笑。但那笑容像殉难者，像被拉上祭坛的羔羊。他说他想起在日本开加长货车的那些夜晚。他总是打夜班，从金泽出发，沿着日本海走，途经小松、福井、敦贺到京都或大阪送货。他脑袋里印着层层夜色，耳朵里灌满隆隆车声。那时候他觉得公路永远没有尽头，像一条黑色的带子勒紧他喉咙。整整开了 3 年车，他积攒起一笔价值 530 万日元的财富。他离开日本，以为自己从此挣脱了黑色带子。可是他炒了 3 个月外汇，就将这笔财富输尽了……贝宁说着，呼吸渐渐急促起来，仿佛喉咙又被那根带子勒紧。他始终保持着微笑，那微笑令我心碎。

英镑跌势终于渐缓，盘面恢复平静。马医生一抬头，看见墙上石英钟正指十二点半。他轻轻说一句：纽约中午休市，美国人吃饭去了。

我看着窗外漆黑的夜空，想象着美国灿烂的阳光。全球金融中心在纽约，在华尔街，谁都知道这个事实。为了炒外汇，我们昼夜颠倒。当太阳从美国东海岸升起，一群群美国佬精神抖擞地踏上华尔街，深圳这边已进入漫漫长夜。黎明，我们拖着疲惫不堪的身体，揣着一颗破碎的心离开四川大厦，纽约时间正是下午四点。刚下班的美国佬嗷嗷叫嚷着奔向酒吧，庆祝他们一天的斩获。我们的对手是谁？就是那些健康、幸运的美国人以及其他外国人。这是一场不公平的竞争！更令我揪心的是电脑屏幕上找不到人民币，它仿佛被甩在圈外，无缘参与这场游戏。那么，我们只能按美国的时间表工作了。

我想起在胶东农村插队时听到的一句歇后语：家雀跟着夜蝙蝠飞——熬眼遭罪。

电脑传来路透社新闻：接近午时收盘时，英镑遭到一些大基金猛烈抛售。其中最活跃的是量子基金，经理人索罗斯声言他将继续沽空英镑。这是我第一次听说索罗斯的名字。两年以后，他在20000点高位大量卖空英镑，一夜获利10亿美金。英国被迫退出欧洲汇率机制，索罗斯一举成名。6年以后，他又一手制造了亚洲金融危机，遭到东南亚一些政府首脑的咒骂。不过，从炒外汇的角度来看，索罗斯的活儿确实干得漂亮。我相信，在他的巨额盈利中，肯定包含着我们克瑞斯客户输掉的钱。

纽约午后开市，英镑继续下跌。跌势沉缓而有力，越发叫人绝望！我粗略一算，昨天刚加入账户的60万港币，已经所剩无几。我抱着一丝侥幸心理：英镑总会反弹一下吧？只要反弹100个点我就走，坚决走。然而杨生的电话从香港那边挂来，仿佛小鬼摇着铃铛来催命。他要我们追加保证金，否则，他将按照规矩强行平仓。margin最残酷的一面显现出来：如果你不能及时交足保证金，就叫你立即死亡！马大夫、尹厂长、艾龙一个一个走向报单台，主动割肉平仓。这样，他们兴许还会剩些零钱。燕燕把学生仔推到一旁，直接与杨生通话。她苦苦哀求杨生，求他高抬贵手。她满脸绝望，看来这种哀求无济于事。英镑仍在下跌，我努力坚持着。紧张、恐惧已使我产生生理反应：我感到恶心，无法抑制的恶心。心仿佛烂了。

我们的厄运并没有到尽头。下半夜两点，交易室门忽然被人一脚踢开，一群便衣警察冲了进来。为首的大约是队长，他手中竟然擎着一支手枪！手枪抡了一圈，枪口从我们鼻尖前划过。他喊：不许动！经纪人站到这边，客户站到那边……真是神兵天降，吓得我们魂飞魄散。队长大概首次执行此类任务，搞不懂我们深更半夜聚集在此干什么勾当，他从地上捡起一张纸，那是下午从香港传真过来的外汇走势分析。他皱着眉头念叨：美元坚挺，日元疲软……这是搞什么鬼？不等我们回答，他就把我们押到走廊里，命令我们靠墙根蹲下。

克瑞斯的客户们肯定不会忘记这个夜晚。我们好像集体撞上黑煞，灾难接踵而来。挨墙根蹲着的一溜人中间。有医生、有厂长、有音乐指挥……还有我这个作家。我生平第一次被人用真枪指着，这使我意识到我们炒margin原来是非法交易。我们刚刚遭受国际汇市风暴的摧残，转眼又得面对严峻的中国现实。蹲在我身旁的燕燕捂着脸低声饮泣，她在为自己伤心。小店开不成了，美梦破灭了。明天她可能不得不重操旧业，用她熟悉的方式继续与这个世界周旋。看着蹲在地下的一溜人，我忽然有了醒悟：什么投资，什么margin，我们本质是一群赌徒！

我在深圳宽阔的街道上行走。黎明前的夜黑得更浓，东方一颗启明星亮得凄凉。外管局官员赶到现场，释放了我们，并说这是为保护客户利益而采取的行动。不知道英镑跌到哪里，不管了，我要回家。三个小伙子骑着自行车，从我旁边嗖嗖掠过，他们放声高唱，用青春的热情声声呼唤一位名叫耶利亚的神秘女郎，歌声响彻寂静的夜空。我的眼睛忽然被泪花弄得模糊不清……

我相信世上存在一把金钥匙。它藏在黑暗深处，熠熠闪光，诱人去寻找。然而一俟我走近，它却隐遁了。它使我迷乱。人类意识深处始终存在一个愿望：幸运者如阿里巴巴，能够掌握某种秘诀，喊一声“芝麻开门”，世界就会向他敞开全部宝藏。这个幻想使许多人付出沉重代价。

我想起陀思妥耶夫斯基。这位俄国文学大师一度沉迷于赌博。有一次，他在瑞士经过一个赌场，回家后便焦灼不安，难以进行创作。他的年轻的妻子深知丈夫秉性，她就拿出家中仅存的一点钱，让他去满足心中的欲望。陀思妥耶夫斯基竟然接过妻子的钱，径直奔向赌场。他赌了一夜，赌输了所有的钱。天亮时，他回到家中。无比的痛心与悔恨，使这位大师跪在妻子面前，像孩子一样痛哭流涕……然后他安静了，挥笔疾书，创作他的伟大的作品。

人究竟是什么？人心深处的黑暗究竟有多深、多广？陀思妥耶夫斯基在迷乱中探索过这种黑暗，作品才充满痛苦与忏悔。他是有过过失的人，所以对人性的理念异常深刻。我在无人的街上行走，细细品味陀思妥耶夫斯基的心灵经验。他跪在妻子脚边痛哭的情景，特别清晰地在我脑海中浮现。我也渴望像他一样，在妻子，在母亲，在至高无上的神面前跪下，痛苦与忏悔。

陀思妥耶夫斯基阴郁的眼睛在黑暗中注视着我。他仿佛对我说：兄弟，你只要跪下，就接近了真理。

纸上谈兵

20年前夏季的一个夜晚，我独自站在阳台上，手执一份《参考消息》，仰望满天繁星，脑子里胡思乱想。我这人的脑子沟沟坎坎特别多，好似布满电线，稍有引子，便火花乱迸，思绪一下子蹿出十万八千里。在别人看来，我总是心不在焉，迷迷瞪瞪。这回引得我想入非非的，正是手中这份《参考消息》。伦敦路透社讯：近一个月来，深圳、上海股票均有上涨，涨幅在20%左右。据观察，中国有可能形成真正意义上的股票交易市场……

啊，股票！你终于动了！

如果在今天，提起股票我就这样激动，连街边卖大碗茶的老太太也会笑我神经。20年前可就不一样了。我敢说，当我独立阳台、手握报纸，仰望星星的时刻，全中国还没有多少人知道股票。至于说股票能在短期内制造一批富翁，能使个人资产成倍、成十倍地迅速膨胀，那更是天方夜谭！除非先知先觉者，无人能够预见一个巨大的、前所未有的机遇正悄悄地向中国人逼近。当然，我是个例外。我得承认，我在这方面可能有点天才。我只是读了报纸上一则简短的消息，就看见日后将发生的一派辉煌景象！

说几句题外话，我对纸上谈兵这个成语，一贯有自己的看法。人们将它视作贬义词，用来形容文人喜空谈，不切实际等毛病。我却不以为然。其实，这是冷兵器时代遗留下来的对文人的轻侮。纸，就是文人的战场，文人在纸上驰骋，照样创造一个灿烂世界！当我走出书房，奋身跃入商海，我就对自己说：纸上求富贵！我练的就是纸上谈兵。我果真这样做，每走一步都踩在纸上。起先，我做书商，发行了几本书，挖到第一桶金。我又到邮市上混，囤积了一批邮票、小型张。后来我发现国库券利率高得惊人，就动用全部现金，买入大量国库券……一路顺风，我总是赢。有时候，我和一些老生意人交谈，便故意强调：做生意很容易嘛，是不是？我看很容易！气得他们直翻白眼。我是赌气，跟所有小看文人智慧的人赌气！

由于书看得多，我的投资意识一直很强烈。我当然不会放过股票，那可是好东西。我读过许多美国大亨的传记，清楚地知道股票在大亨们飞黄腾达过程中扮演的重要角色。我早就渴望投资股票，可谓梦里寻它千百度。

自1986年试点发行飞乐音响股票以来，上海总共发行了八只股票，人称“老八股”。老八股无涨跌，每年按15%的固定息率分红，过户手续极为复杂。我在西康路证券营业部见到了老八股，没人理睬它们，老八股像乌龟一样趴在那儿一动也不动。有一幕情景令我永远难忘：证券营业部门口站着两个卖股票的老头，一胖一瘦。瘦老头捧着一只镜框，镜框里镶着一张豫园商场股票；而胖老头干脆用细绳把镶有股票的镜框吊在脖子上。他们的形象很滑稽，又有几分庄严，仿佛在展示他们的劳模奖状。我相信这两个老头许久没生意了。这样的股票涨得起来吗？

虽然失望，我却一直关注着中国股票。所以当我读到报上那则消息，脑袋里灵光一闪，就知道机会来了。股票也是纸，我是纸上谈兵的行家里手，这次我赢定了！我站在阳台上，像决战前的将军，镇定而又心潮澎湃。南山顶上有一颗大星，烁烁闪亮，我相信它是我的幸运之星。我盯住它看，那星却颤抖几下，倏地划过夜空，掉到山背后去了。

我的小妹小名叫华华，上海人念作“花花”，我就叫她花狗。叫常了她也答应。就像这个绰号，她总是保留着几分儿童的天真。在我闯荡江湖的生涯中，她是一个重要角色。我动脑，她跑腿。她常自豪地说：我们是黄金搭档！可是这回“黄金搭档”办了蠢事，我让她去买股票，她却买回一沓子国库券。我冲着话筒嚷：花狗，我让你买股票，你买国库券干吗？她向我解释：营业部门口的贩子都说傻瓜才买股票！这些人鬼精，围住她取笑，搞得她没信心。有一个家伙，还用橡皮筋弹她裸露的小腿。上海人叫他们“打桩模子”，专门倒卖国库券。华华竟上了他们的当。我说：你不行，快叫许国平来！

许国平是我大妹夫，原是自来水厂的工程师。我下海折腾，把他也卷了进来。我当书商时，发行的第一本书叫作《奇闻大观》，许国平和华华都是我的业务员。许国平向厂里请了长病假，拿着样书，拿着一大瓶可乐，坐慢车一个小站一个小站地推销《奇闻大观》。他人极瘦，颈椎病严重，转动一下脖子就发出喀啦啦的响声，好像骨头都碾碎了。许国平很听话，办事稳妥，我指东他打东，我指西他打西。我命令他：卖掉国库券、卖掉邮票，调动一切可以调动的资金，全部买入股票！他立即照办。那些日子，我总是对着电话筒疯喊：买进电真空、买进小飞乐、买进大飞乐……买进！买进！

许国平每天顶着烈日，拎一只小板凳，拿一瓶可乐，到西康路证券营业部门口排队买股票。当时营业部柜台里尚有存货，趁此热潮，证券公司将未能顺利发行的股票统统抛售出来。西康路排起长龙，一张张兴奋的面孔汗水横流。有些人经过问一声：这里排队买什么？一些小青年调皮地回答：买钞票！那时股票实行实物交易，每一张股票都要盖上购买者的印章，这使投资人更增添几分自豪感。买到股票的人挤出营业部，把股票捧到面前左看右看，一脸欣喜却又透出困惑。营业部柜台卖出最多的股票是电真空，每股面值 100 元，上面印着公司名称、注册地址、发行总额，并赫然盖着董事长的方印。股票大小若杂志，票面印有暗纹，使人联想到它的防伪功能。围观者啧啧赞叹：像真的一样！许国平以 104 元的价格买回 1000 股电真空，又陆续买到 500 股小飞乐，500 股延中……这些股票后来按 1∶100 的比例拆细，足有 20 万股。1990 年夏季，我们总共投资了 28 万元。在新中国最早的股民当中，算得上名副其实的大户！

我得谈谈另一场战斗。这是我对自己进行的一场可笑的战斗。许国平买入股票后不久，证券营业部柜台内的股票便告售罄。西康路上的长龙不见了，化解为一堆一堆攒动的人头。越来越多的人聚集起来，站在马路上进行股票交易。此时，股票真正开始上涨。浓厚的黑市气氛推波助澜，使买不到股票的人更加惊慌。股价一日三变，蹦着高上蹿。华华不断打来电话：电真空又涨了 20 元！小飞乐涨了 30 元……面对这样的刺激，我的心乱作一团。把手中的股票抛出去吧？已经有了 50% 的利润。但我的直觉告诫我：它还要涨，一定要牢牢捏住它！可是，万一它跌下来怎么办？关于股票暴涨暴跌的故事，我早有耳闻。我可不想让煮熟的鸭子再飞走了！千万种念头折磨着我，使我片刻不得安宁。我真的变成一只热锅上的蚂蚁，在房间里滴溜溜地转圈，一分钟也停不下来。

我蓦地警觉：这样不行！佛家云：戒，定，慧。似我这般心浮气躁、焦灼不安，任何事情也做不好的。于是，我盘腿打坐，调息调心，努力入静。我必须寻找一种力量，遏制股票在我内心掀起的风暴。我甚至开始写一个电影剧本，因为就我而言，写作始终有一种神圣的力量。我在一瞬间有些得意：谁能有我这些招数，用以战胜自我，超越自我呢？然而，我高估了自己的意志品质。上海西康路卷起的阵阵怒涛，越过千里空间，毫不费力地将我的定力一次次摧毁。静坐时，好像有一队蚂蚁顺着我的脊梁往上爬，奇痒难忍。我便浑身扭动，如一条蚯蚓。写作就更可笑了，我那个电影剧本写的什么？如今回想起来竟然没有一点印象，情节、人物荡然无存。耳边只有电话铃响，我神经质地跳起来，拿起话筒一遍遍问：电真空涨到哪里了？小飞乐呢？

这场自我斗争终于失败，我收拾起稿纸赶往上海。这使我明白：在某些时刻，文学是顶不住强刺激的。我有些遗憾，也有些悲哀，心底里埋藏着的神圣感第一次遭受到挑战！在以后的日子里，我越来越明白：这种挑战是严峻的，甚至是致命的。

回到家里，我第一句话就问：股票呢？快拿给我看看！小妹华华、许国平和我老爸一阵忙碌，从箱子里、柜顶上拿出大小几只书包，鼓鼓囊囊地塞满了股票。老爷子是总保管，每次交易完毕，他都要蹬自行车去襄阳南路许国平家，把股票带回来。那时许国平和我大妹居住条件很差，只有一室一厅，房小人杂，很不安全。我老爸对这些股票总有些担心，觉得儿女花那么多钱买回一堆纸来，太闹玄！他小心翼翼地收拾股票，将它们分散装在几只破旧的书包里，东掩西藏，以为这样家里即使进了小偷也不易盗走。股票一叠一叠地拿出来，在圆桌上堆成一座小山。一家人围桌而坐，看看股票，看看我，期待我做出某种决定。

我说：把股票收起来吧，我看过了。

华华性急，对我嚷：电真空已经涨到250块了，你还不卖？

我坚定地说：不卖！它还要涨。

我爸是南下老干部，看问题总带些政治色彩：这东西有没有问题？政策变了怎么办？你心里可要有数。

我站起来，作为长子站在父亲面前。我说，我当然有数！中国在变，变得超出我们的想象。我正是看准了这一点，才会买那么多股票。

那一刻，我心里真的充满自豪！

我来到西康路。

西康路位于北京西路以北，是一条狭窄冷僻的小马路。比起繁华大街，它像躲在名门闺秀身后的毛丫头。它正在创造一段历史，对于中国资本市场，对于这条马路本身，这样的历史再也不会重演。1990年夏天，西康路成为全国性的股票交易中心。我在人群中挤着，夏日的阳光照得万物白花花，人体散发的汗味在空气中弥漫，叫人产生亢奋、狂热的感觉。我目睹人们以最原始的方式进行交易：经过激烈的讨价还价，一方交钱，一方交出股票、身份证，然后共同到证券营业部柜台办理交割手续。热闹、混乱、刺激，我感觉这里更像农贸市场，却很难把人们的活动与“金融”二字联系起来。

西康路南端有一座静安区体育馆，万国证券营业部就是租赁了体育馆的门面房。离营业部不远，朝右一拐，是一个小菜市场。卖螃蟹的、杀鸡宰鹅的、卖青菜萝卜的、斩肉骨头的……毗连相接，吆吆喝喝弄出一片喧哗。据说，西康路上股票生意突然火爆，小菜市场许多贩子纷纷改行，站到街头做“打桩模子”。我认识其中一位，大家都叫他阿四，原先是卖大闸蟹的，现在成了一位活跃的“模子”。他们早上买进股票，下午必然抛掉，赚到一点差价就满足。这叫“打滑板”，既灵活，又短视。阿四身上已经没有了螃蟹味，穿一件时髦的梦特娇T恤衫，腰里别一只拷机，可见股票生意做得不错。

阿四叫我“眼镜”，这绰号从此固定下来。西康路上的人们彼此称呼绰号，大都不愿透露真实姓名。阿四和我一样，曾经是知识青年。提起在北大荒插队的日子，他就不断摇头，重复着同一句话：苦死了苦死了真苦死了！我们的感情一下子亲近起来。他告诉我许多小道消息，使我对西康路股票热潮的背景有了深一步的了解。他说，这次股票起“蓬头”，全是深圳人的功劳。深圳股市先动，发展银行从一块钱一股，炒到70块一股，人人都发了财。你猜为什么会这样？香港老板的钱进来了。香港老板，还有台湾老板，都看中了中国股票！发了财的深圳人又看中上海股票，提着一箱子一箱子钞票乘飞机过来，把市面上的股票统统吃光。他们都住在百乐门饭店，我去送过好几趟股票……

阿四用肩膀碰碰我，表情神秘地说：眼镜，你要当心点，这里有很多“调羹”。

我问：什么是调羹？

他压低了嗓音：便衣警察！

我一惊，忙环顾四周，企图从乱哄哄的人群中辨认出谁是调羹。当然，像我这样的近视眼，恐怕永远也辨认不出来。

西康路上藏龙卧虎，多数人不肯亮出自己的真相。也有人刻意扬名，极力张扬自己。随着时间推移，有真本事的也就成了人物。如今大名鼎鼎的杨百万，当年也在西康路厮混，是一个颇有名气的“打桩模子”。我与杨百万打过一段交道，回忆起来觉得挺有意思。

有一天，许国平告诉我一件事情。杨百万曾经卖给他50股延中，现在每股涨了100多元，赢利不菲。杨百万见了他就开玩笑：小许，我挑你发财，你应该请客。许国平人缘好，和西康路许多人都熟。杨百万说得他不好意思，就来问我怎么办？我说，请就请，我也想多交几个朋友。事情就定下来了。请客那天，杨百万带来好几个男女，许国平说那都是他的跟班。杨百万戴一副宽边眼镜，人略胖，肤色较深，显得壮实。他在跟班们的陪衬下，颇有老板派头。酒席间的谈话我都记不清了，无非是行情分析，称兄道弟。唯独杨百万递给我的名片，使我留下深刻印象。在他的大名“杨怀定”后面，注有一个头衔：个人投资者。当时我内心颇受震动，这样的头衔在中国肯定独一无二！我觉得这个人有想法，有勇气，使我感觉到某种新意。

杨百万对自己的定位是准确的。在计划经济尚占主导地位的中国，冒出这样一位“个人投资者”，不能不引起人们的注意。几天以后，我风闻《华尔街日报》的记者采访了杨百万；国内外许多媒体，也越来越频繁地提到他的名字。我并不感到意外，因为在我看见那张名片的瞬间，就知道他触动了时代的某一根神经。看看西康路上如火如荼的场面吧，这里能不产生一位英雄吗？

我住进永福路52号。在烟台写的那个电影剧本起了作用，上影厂文学部一位编辑邀请我修改剧本。在外地作者云集的写作楼里，我遇见了江苏作家周梅森。这似乎是某种天意，我们哥俩注定要在今后的岁月里有一番折腾。周梅森走进我的房间，长臂往我肩上一搭，一阵哈哈。一九八八年，我们共同参加了在北京召开的全国青创会。已故的文艺界前辈冯牧关爱青年作家，特意召集贾平凹、王安忆、铁凝、周梅森和我举行了一个小型座谈会。我就是那次与周梅森相识。后来，周梅森还参加过几次我的作品研讨会。他是一个热情开朗的人，喜欢交朋友，长臂一搭哈哈哈，你的矜持也就飞到九霄云外去了。这次他到上海，是为《收获》杂志写一个中篇小说。我们相聚在文学部写作楼。

我的心思仍放在股票上，周梅森很快觉察到这一点。我也不想瞒，把我这两年下海的经历一五一十告诉了他。这似乎引起他的震动。我们之间展开一场严肃的讨论：关于时代变化、作家职责、人生选择……讨论的结果是他对股票发生了浓厚兴趣。但他仍坚持道：我要搞艺术，我热爱文学！我颇感委屈地说：难道我不热爱文学吗？问题在于文学是否仅限于写字，不断地、重复地写字？我想尝试另一种生活方式，这需要勇气！

我们在澡堂里讨论这些问题。为了说服周梅森，我请他洗了一次豪华的澡。刚刚出现在澡堂的桑拿浴房，蒸得我们周身赤红。手艺娴熟的扬州老师傅敲背、捏腿、修脚，整得周梅森直哼哼。我问：舒服吗？他无力地点点头。又问：你到底喜不喜欢钱？周梅森睁开两只大眼，不无幽默地说：说实话，我对金钱有着一份非凡的热爱！我直乐：这才是真心话。

我有点儿像拖人下水。商海到处是钱，缺的是精神。我孤独、寂寞，非常需要周梅森这样一位朋友。这次洗澡，为周梅森日后跟我下海奠定了基础，我们开始一段不寻常的友谊。后来，我们屡屡提起这次洗澡，并像评说某次历史转折点似的，将它称之为一次“伟大的洗澡”！

真是激动人心的日子！天热得火爆，股票涨得火爆，二者使我整天大汗淋漓。电真空一路飞涨，300 元、400 元、500 元……我甚至来不及计算自己到底挣了多少钱。计算也没有意义，我总觉得那只是一串串数字，是虚拟的，仿佛在我眼前晃动的幽灵。我决定将幽灵按住，装进自己口袋里。我采取这样一种策略：以 200 元为起点，电真空每上涨 50 元就卖掉 200 股。水涨船高，越涨越卖。我相信这是明智的决定。

我们开始收获。许国平夹着书本厚的那样一叠股票出去，就会背着满满一书包钞票回来。西康路上的打桩模子盛传：襄阳南路有一家人家，房子不像样，股票莫老老，搞不懂是做什么的。这种传言隐藏着某种危险，为后来发生的事件打下伏笔。老爸格外紧张，一趟趟跑银行，默默地将存折藏在不可思议的地方。这位胶东南下的老兵，对于发生在眼前的事情感到困惑，他常独自嘀咕：怪了，股票这东西到底是赚谁的钱？我没有为父亲解惑。他老人家触及了一个挺本质的问题，说实话，我还真解释不清楚。

整个夏天既漫长又性急，不知不觉空气里就有了秋意。10月，北京首次举办亚运会，人人都趴在电视机前观看盛大的开幕式。我就在那一天卖出最后一笔股票。我去襄阳南路大妹妹家，许国平见面就对我说：西康路上的人全都发了神经病，你猜猜，电真空现在涨到多少钱一股？我摇摇头。许国平以食指、拇指做枪状，指着我道：800！一个外号叫猪猡的黑麻皮，听说是走私黄金的，站在证券公司石台阶上哇啦哇啦喊：谁有电真空？800块一股我统吃！我立即站起来：给他，把剩下的电真空全都给他！许国平拿出最后的250股电真空，收进书包，怔怔地望着我。他有些不舍得，我也不舍得。可是我有一种强烈的预感：我们站在陡峭的悬崖顶上，随时都会跌落深不见底的峡谷。我挥挥手说：快去！许国平匆匆地出门。

我预见的画面第二天就真实地体现了。西康路上股价突然暴跌，一夜之内跌去200元！谁也不知道究竟是何原因。一瞬间天崩地裂，鬼哭狼嚎。犹如一场超级地震！我庆幸自己逃得快，保住了胜利果实。7月至10月，电真空由140元涨到800元，3个月内足足涨了8倍！这就是地震的真正原因。算算账，我吓了一跳：7月份我投资28万元，现在已翻成116万元！我很骄傲，一个新的百万富翁就这样诞生了！兵不血刃，胜之于无形，这就是纸上谈兵的妙处。

事情并没有这样简单。正当我沾沾自喜，甚至有点得意忘形的时候，一个意想不到的情况发生了。

一天夜里，黑麻皮领着几个人闯入许国平家，非要把250股电真空卖还给他。他们拿出流氓腔，威吓恫吓，软缠硬磨，通宵达旦地坐着不走。由于这批股票是以我父亲的名义买进的，它侧面上盖着“矫孟山”的印章，身份证也在黑麻皮手里，他们又找到余庆路我父亲的家。黑麻皮炫耀自己的黑道背景，说他做黄金买卖时曾目睹过闹出人命的场面！电真空已经跌到 500 元了，他非要以 800 元一股的价格卖还给我，叫人怎能咽得下这口气？我妈妈向派出所反映情况，所长表示无奈：他搞不懂股票是怎么回事，也不清楚这种黑市交易是否受到法律保护。一时间，我们竟然求告无门，陷入困境。

我们决定逃难。全家人去广州暂避风头，留我与黑麻皮做周旋。我因为住在上影厂招待所，安全是没有问题的。家人不受胁迫，我想我总有办法处理此事。临行一天，我的小外甥许多险些遭遇麻烦。黑麻皮两名手下跟踪许多到向阳小学，就一直守在校门口。幸亏老师机警，将许多打扮成小女孩模样，随大队学生混出校门。有此一幕，更添惊险气氛。傍晚，整个家族登上火车，惶惶南下。

我用电话与黑麻皮保持联系。他找不到我，也找不到我的家人，便无计可施，再也凶不起来。僵持半个多月，双方终于达成妥协：由我以 600 元的价格买回 250 股电真空。虽然西康路上电真空的价格已跌到 400 元，我吃点亏将事情解决，总是好的。交易地点定在哪里又费一番争执，因为双方都怕发生变故。最后，选中一个富有历史性的地点：上海电影制片厂的文学部招待所，一栋普通的、供各地作家、剧作家编制各种离奇剧情的五层楼房。

交易时间确定在一个初冬的黄昏。落日散发着无力的白光，渲染惨淡的氛围。我把周梅森叫来，严肃地说：哥儿们，关键时刻到了。我想请你当一回保镖。周梅森瞪圆双眼，挺起胸脯，显示出为朋友两肋插刀的气概：没问题，你说怎么干就怎么干！我们又叫来山东作家艾平，江苏作家杨江，聚集在我的 502 房间。打开床头柜小门，将先前准备好的一提包钞票提出，倒在床上。当时百元大钞很少见，十元面额的钞票千元一扎，一两万元就可堆成一座小山了。作家们神情肃穆，守卫着这座小山。周梅森事后对我说：他生平第一次见到那么多钱！

黑麻皮领着一伙人来到 502 房间。小小斗室顿时塞满了人，流氓们与作家们对峙，倒也不敢造次。交易顺利进行，黑麻皮将一叠电真空股票交给我，我让他将床上那座钞票小山搬走。货款两清，再无纠葛。黑麻皮临走甚至与我握了握手。作家们长长地松了一口气。

傍晚，我请朋友们在乌鲁木齐路一家饭店喝酒。这样的交易场面他们都是第一次经历，心底深受触动，情绪昂奋起来。我们喝了许多酒，讨论了许多问题，总体有一种感觉：一股时代激流正撞击我们的生活，我们如何面对？如何选择？借着酒兴，我将酒杯往桌上一掷：天地宽广，人生壮阔，写作写得无聊，何不走出书斋闯荡一番？众人莫不称是。

但是，我还是中了黑麻皮的圈套。那 250 张电真空股票之中，竟然有 30 张是伪造的！他们不知在哪个印刷厂印制一些假股票，夹杂在真股票之中，我在忙乱中当然辨认不出。造假功夫，防不胜防。我只得自认倒霉，并不由感叹：秀才遇见兵，有理讲不清。纸上谈兵，毕竟比不得真实世界的兵戎相见。

1990 年 12 月 21 号，中国第一家证券交易所在黄浦江畔成立。这一天海关大钟的钟声，对于金融界来说应该是划时代的钟声。我刚从一团乱麻似的纠纷中脱身，听到这消息，不由感慨万分。知道西康路时代结束了，股票交易从此走向正轨。我们每一个公民从此有了投资机会。在固定职业之外，在规定劳动之余，可以凭自己的智慧和勇气获得额外的财富。这是极其重要的，它意味着本质上的自由。千百年来，中国人就缺乏这种选择并承担后果的自由！学者们喜欢从文化的角度去分析民族素质的形成、发展，但是，我相信经济活动，人们获得财富的方式，可能更深刻地影响着一个民族的素质。中国股市诞生了，它难道不是对我们这个古老的民族注入一股强劲的活力吗？

我又有一种担忧：如果将股市比作新生婴儿，孩子就有点先天畸形。整个社会环境并没有为股市诞生做好准备。这颗来自异国他乡的种子在中国古老的泥土里艰难成长，国有股、法人股、流通股、A 股、B 股、H 股……天哪，哪个国家的股票会有如此的复杂？

黄浦江水静静地流，我在江边漫步，久久，久久……

金融街

一

崔瀚洋闭目凝神，在地下室小床上静坐。这地方唤起他第六感觉，脑子里灵光闪闪。自己就是从这地下室走出，一度成为名震S市金融街的神奇小子。现在，因坐庄炒作股票“红星高科”惨败，崔瀚洋又跌回到起点，像一只孤狼躲在山洞里舔伤口，悄悄地汲取力量，等待机遇降临。

机遇在一个清晨降临。

卢燕红驾车来到青鸟山那座德式老洋房，找到崔瀚洋家。自从炒作红星股票失败，崔瀚洋就卖掉鸿运公寓的豪宅，搬入爷爷故居。奶奶也去世了，老房空着，正可供小两口居住。大门锁着，她有些诧异。刚才与崔瀚洋通过电话，他答应在家等着，怎么人又不见了呢？卢燕红摸出手机，正想与崔瀚洋联系，却见他从楼梯拐弯处露出头来，笑着向她招手。原来楼下别有洞天，崔瀚洋在地下室盘腿静坐呢。

卢燕红开门见山：你打算在这洞里修炼多久？今天我来请你出山，当一个期货公司的总经理，有上亿元资金给你指挥调动，你有没有兴趣？

崔瀚洋摇摇头。卢燕红把自己的构想，新兴投资公司的发展前景，期货业日益繁荣的局面详细地描述一番，并热切地望着崔瀚洋，希望他眼睛里闪现激动的光彩。但是崔瀚洋仍然冷漠地摇头。

卢燕红有些急，但又很快冷静下来。她知道崔瀚洋内心那道深深的伤口尚未愈合。卢燕红环视地下室，阴暗潮湿使人感到压抑，冥冥中又有一种神秘在流动。崔瀚洋盘腿坐在一张单人铁床上，双目微合，仿佛一个得道僧人。天窗射下一道阳光，像探照灯似的照亮墙上挂着的图表。卢燕红一幅一幅地看，这些图表描绘出各种股票的价格走势，也有商品期货的走势图，这说明崔瀚洋一只眼睛正盯着期货领域，卢燕红心中有底了。

她又感受到一种冲击。用红蓝铅笔绘制的一根根日K线，并不是静止不动，它们构成重重波浪，跌宕起伏，汹涌澎湃。这不正是崔瀚洋心态的写照吗？他那颗心永远不会平静。

卢燕红在崔瀚洋对面的椅子坐下，目光坦率而真诚地注视着他。你知道吗？那年在瑞达投资公司炒咖啡，我差点活不下去。卢燕红沉浸在往事的回忆中，语调柔和而低沉。我是总经理，我要对一切后果负责；我又是一个女人，哪里经得起爆仓的打击？那些日子，我整夜整夜睡不着，躺在床上看着天空一点一点发白。个人生活又不如意，精神几乎崩溃，我觉得自己被魔鬼缠住了，真有寻死的心情。她眼睛里涌起泪花，哽咽着说不下去。

崔瀚洋抬起头来，神情疑惑地问，你为什么对我说这些？那段日子我和你在一起，我都知道。

我想告诉你，我和你同样受过打击，知道那种疼痛的滋味。那时候我恨期货，甚至恨咖啡！但是，当我从失败的阴影中走出来，我依然选择了期货。我就不信，这魔鬼一般的东西是不可战胜的！瀚洋，我一个女人都能做出这样的选择，你还犹豫什么？你比我更清楚，期货是金融界的尖端领域，是投资皇冠上最耀眼的宝石。我希望你站起来，勇敢地摘取这颗宝石！走吧，跟我到北海期货公司看一看，我相信，神奇小子的眼睛一定会重新亮起来！

崔瀚洋被卢燕红的激情所打动，从铁床跳下来。你说得对，在我哥哥那帮同学中，你是唯一有过和我同样经历的人。我认你这个姐姐！既然姐姐说了，我就跟你去看看。

卢燕红深深地舒了一口气。

二

S市有一条金融街，濒临大海，风景如画。各家银行、证券公司、保险公司、信托投资公司集中于此，构成S市经济领域的中枢神经。殖民地时代的洋房，新建的银光闪闪的摩天大厦沿海岸屹立，仿佛一群华贵的巨人在海边聚会。

崔瀚洋 20 岁跳离红星木钟厂，在一家保险公司当推销员。他徘徊于金融街总会产生一种感觉：自己全身的血脉天生与这条街联结在一起。金融街就是一根动脉，动脉里流的不是血，而是黄金！崔瀚洋能清晰地感到它的跳动。

深夜，崔瀚洋如入无人之境，使劲甩着手在金融街上走。海风吹乱他的头发，他的细高挑身材在路灯下拖出长长的影子。他向一座座大厦挥拳跺脚，发誓：我要做中国的巴菲特、索罗斯，总有一天，我会征服你们。

华贵的巨人们默默地注视着他，仿佛在掂量这狂小伙子的分量。

崔瀚洋很快展示出才华。他以一种奇怪的方法判断股票走势，算卦。他常常蹲在金泰证券公司石台阶上，周围挤着一堆股民，伸长脖颈，看他摇钱算卦。他说哪只股票要涨，准涨；说哪只股票要跌，准跌。股民们叫他神奇小子，名声传得很快，许多人都来找他算，当然也有代价：他们得买神奇小子的保险。

其实，崔瀚洋每天夜里都钻在地下室刻苦研究各种投资书刊。他把自己绘制的股票走势图铺在地上，打着赤膊，趴在图上嗅，像一条狗嗅猎物的踪迹，庄家的动向从来躲不过他的眼睛。然后，他以算卦的方式将研究成果传达给股民们，卖一些保险，博一片喝彩。

崔瀚洋的行为引起一位大人物的注意。一日，有人拍拍他肩膀，将他领到金泰证券公司超级大户室，结识了南方来的大老板黄旭。黄旭聘请崔瀚洋当操盘手，动用上亿资金炒一只小盘股。此役大胜，崔瀚洋获得丰厚的报酬，挖到人生第一桶金。从此，崔瀚洋扬帆破浪，步步登高。他涉足期货领域，炒国债，炒咖啡，百战百胜，暴利惊人！神奇小子一跃成为金融街上的重量级人物。

直到有一天，他在炒作红星股票的关键时刻，遭到合伙人的暗算，一跟斗从云端栽下来，不得不离开金融街。而坑害他的人，正是最初提携他的黄旭。

崔瀚洋随卢燕红重返金融街，心情难免激动。走进久违的北海期货公司，电梯升至金融大厦三十层楼，他随卢燕红走进公司营业大厅。从宽阔的玻璃窗向外眺望，辽阔的大海豁然展现。星星点点的岛屿犹如棋子，散布在连接天际的棋盘上。崔瀚洋环抱双臂，眯缝着眼睛，在窗前久久站立。

营业大厅显得冷清，与炒咖啡时相比，客户少了许多。卢燕红告诉他，随着网络时代的到来，公司大力发展网上交易，现在大多数客户都在自己家的电脑前下单。别看人少，交易量比过去翻了几番。她一边说，一边领崔瀚洋参观主机房、信息部、结算部……员工们纷纷向卢燕红打招呼，她则把崔瀚洋推到大家面前，以夸耀的口吻介绍：认识一下吧，他就是神奇小子崔瀚洋！

卢燕红的真诚、热情很使崔瀚洋感动，他主动问起新兴投资公司的情况。卢燕红领他走进一间椭圆形办公室，屋中央有一座岛状工作台，一圈新电脑都已安好。屋子一角隔出一间玻璃房，挂着经理室的铜牌，里面的办公设施也已置办齐全。卢燕红一摆手，说：万事俱备，只欠东风啊！

卢燕红拉崔瀚洋走进玻璃小屋，将他推到大班椅上坐好。我们有一个新的客户群，卢燕红说，大多是企业经理，他们掌握着雄厚的资金，需要有人帮他们投资理财。不同的老板有不同的需求：张三谨慎，只要得到高于利息的报酬就行，但他绝不肯承担风险；李四大胆，敢和你二八分成；王五既大胆又谨慎，愿意和你共享利润、共担风险……北海期货公司只是一家经纪公司，无法满足这些客户的要求。所以，新兴投资公司就应运而生了。我想请你来扛大旗，你是独立法人，你与这些企业家打交道，根据他们的要求签订各种合同，制定不同的投资方案。你投资，你收益，你也承担风险。当然，你的行为要合法。我们有权监督新兴投资公司的业务活动，并收取管理费、经纪费。总而言之，这家公司在期货界是创新的尝试，我想你也能预见到，它开张后一定会生意兴隆！怎么样，你有没有兴趣接过这面大旗？

崔瀚洋思忖着，刚想说话，一条壮汉风风火火地闯进椭圆形办公室。

嘿嘿，卢总，你躲在这里呀！他朗声笑着，拉开玻璃门，玻璃小屋顿时挤得满满当当。我的大豆怎么样了？再买一千手行不行？

你问他。卢燕红笑着指向崔瀚洋，这是我给你们请来的总经理，神奇小子崔瀚洋。怎么样，听没听说过这位人物？

大汉热情地伸出双手，握得崔瀚洋指关节疼。他用浓重的东北口音说道：你的大名如雷贯耳，相见恨晚啊！卢总经常说你炒咖啡的故事，我就想，啥时候能请出你来帮我们炒大豆，那才棒呢！我姓彭，叫彭程万。鹏程万里，去掉一个里字。今后咱们就是兄弟。

崔瀚洋立刻喜欢上这条东北汉子，他的热情爽朗富有感染力。卢燕红在旁补充介绍：彭程万是海龙油脂集团的总经理，年加工大豆达百万吨，市场上走俏的“海龙”牌色拉油就是他们的主打产品。彭总精通期货业务，利用大豆合约套期保值，做得非常成功。彭程万被她夸得不好意思，打开桌上的电脑说：得了，别班门弄斧了，咱们还是看看大豆行情吧！

崔瀚洋对彭程万有一种好奇心。在这个行当里，他所接触的人基本都是投机客，像彭程万这样一位大型企业的老总，究竟如何在期货市场活动呢？他侧脸看看彭总，只见他一脸严肃，嘴里低声嘀咕：还跌，还跌……

崔瀚洋忍不住问：你是做多呢，还是做空？

卢燕红明白崔瀚洋心中的疑团，笑着说：彭总上个月在美国买了一船大豆，万吨巨轮横穿太平洋至少要一个月，他担心大豆价格下跌，船靠了岸就亏本，择机卖空 3000 手三月份大豆合约。这一个多月大豆果然暴跌 200 多点，那一船美国大豆亏了，但彭总在期货市场赚得 1000 万元的利润，足以弥补豆价波动给企业带来的损失。

崔瀚洋忍不住赞叹：妙哇！这样炒期货真有意思。

彭程万敲敲键盘，调出大豆一泻千里的走势图，对崔瀚洋说：大豆跌得不像话，2000 元大关也破了，实在过分。再跌，跌到 1950 元一吨的价格，我们海龙集团全盘接单，明年 100 万吨大豆原料就全部从期货市场买进。卢总，你看他们交得出那么多大豆吗？

卢燕红笑道：你呀，想把空头投机客一网打尽。不过你真要动手，态势反转，他们就会斩掉空头头寸，追随你做多头了。瀚洋，近来大豆期货特别活跃，大量游资参与炒作，这就为生产企业套期保值提供了条件。这可是期市新特点，与前几年空对空地爆炒咖啡大不一样。

崔瀚洋诚恳地说：我真觉得自己要从头学起。彭总，既然咱俩交了朋友，你能不能给我提供一个机会，让我深入海龙集团考察学习呢？

彭程万一把握住崔瀚洋的手，用力摇晃：热烈欢迎，待会儿咱俩就坐车去厂里看看！

崔瀚洋忍住疼痛，又提出一个请求：还有，我们的新兴投资公司要搞股份制，我恳请彭总入股，参加我们的队伍。

彭程万一高兴，握手握得更加热情：太好了，咱们取长补短，准能成为大赢家。

卢燕红急忙插话：我也有一个请求，彭总，请你先松开手吧。彭程万手一松，崔瀚洋抖着手腕嘘溜嘘溜转圈。三人大笑。

三

崔瀚洋一觉醒来，时间已过中午。秋天的阳光漫进卧室，映得天花板上一片灿烂。崔瀚洋仰面躺着一动不动，希望保持目前状态任光阴的河水漂流。宁静，安逸，体验着真正的自我，这是一种近乎奢侈的享受。对于崔瀚洋来说，这样的享受越来越必不可少。寻回胎儿安卧母腹的感觉，品味人的原初状态。崔瀚洋朦朦胧胧地感悟到某些哲理，语言无法表达，他却能抓住生命中某一片刻，充分地体验它。

这是红星风暴在他精神世界留下的痕迹。风暴早已过去，他整个人也完全复原，但这种痕迹仍难以消除。就像楼下花园，虽然月季盛开，雪松苍翠，冬青墨绿，但秋意为这幅画卷抹上一层底色，总有几分苍凉之意。这就是人们所谓的成熟吧？成熟了，秋意也浓了。崔瀚洋觉察到自己身上发生的变化，他摇头苦笑。对生命中最可宝贵的东西一定要珍惜，攥紧，片刻不放松；就连宁静中若有所感、若有所思的瞬间感觉，崔瀚洋也不肯让它轻易消失。

但是崔瀚洋仍然困惑：究竟什么是生命中最宝贵的东西？为什么卢燕红一番鼓动，他就跟她去了北海期货公司？为什么他在海龙公司逗留几天，看见刚从德国进口的最先进的压榨设备，看见大豆源源不断地运入巨型仓库，他就忍不住为中国日益强大的压榨企业大声喝彩呢？昨晚彭程万请他喝酒，两人谈到海龙集团的前景，彭总雄心勃勃，豪情万丈，与他连干N杯白酒，终于将他放躺，醉卧到现在。这位东北汉子与崔瀚洋已成莫逆之交，他的火辣辣的豪情仍在崔瀚洋心间燃烧。他的一颗心怎么这样容易燃烧呢？卢燕红请他出山为他提供了一个盼望已久的机会，无疑又开始了一场新的冒险，谁不知道期货业野兽凶猛，惊浪涛天哪？可是崔瀚洋像一匹战马，闻到战场的气味就要嘶鸣，就要跳跃！他永不安分的心，属不属于生命中最宝贵的、最值得珍惜的东西呢？

崔瀚洋坐起来，感到头还有点疼。他穿上衣服，又坐着发愣。他凝视着对面墙上的警示物：爷爷留下的银铃。小英买来一件草编饰品，是一位老人头戴斗笠，叼着烟斗，站在船上钓鱼，造型风趣，妙味横生。小英把银铃挂在草编老人的斗笠上，风一吹铃声悦耳，老人似乎活动起来。崔瀚洋看着草编老人，就觉得是爷爷在海里钓鱼，他甚至听见隐约传来的老人的咳嗽声。爷爷是在警告他吗？老人家肯定反对炒期货。他希望孙子接受教训，不要再拿剩余的资产去冒险。

故世的爷爷是老一辈银行家，当年在S市是呼风唤雨的人物。他娶过两个妻子，各生一子，分别为萧长风与崔瀚洋的父亲。复杂的婚姻关系造成家庭不睦，崔瀚洋父亲甚至改萧姓为崔，离家出走。儿子一辈平庸、平淡，也是时代使然。到了孙子一辈，这个金融世家又崭露头角。崔瀚洋最佩服堂哥萧长风是中央财大的高才生，现任东方银行行长。兄弟俩一个是正规军，一个是野战军，同在金融街叱咤风云。

爷爷去世前，将两只银铃赠予萧长风、崔瀚洋。他说：过去，我睡觉的房间里挂满这样的银铃。门口有，窗前有，帐子上有，箱子柜子到处都有。它们挂在那儿，风吹过，猫蹿过，稍微一动银铃就叮叮当当响起来。崔瀚洋笑道：这倒挺美。爷爷瞪起眼睛：美？我告诉你们，跟钱打交道的人，睡梦里也要睁着一只眼睛！

现在，银铃就挂在墙上。崔瀚洋朝着草编老人做个鬼脸，道：说到底我还是像了某个人，一生偏爱在风浪里闯荡哩。

四

崔瀚洋犹豫不决，面对一大堆锁单难于下手处理。一向果断的他，坐在电脑跟前像女人似的优柔寡断，这样的状态实在罕见。大豆，真是魔鬼大豆，使他的头涨得斗一般大！

半个月之前，崔瀚洋买进500手明年五月大豆合约。这是他走马上任以来第一次下单，也是他阔别期货界四年之后初试牛刀。未曾料想，单子刚刚成交，大豆价格便如落叶似的飘飘而下。这是不正常的。崔瀚洋炒咖啡那会儿，东北大豆被称作“金豆子”，价格是3200元一吨，如今已经跌破2000元大关。根据基本面分析，大豆已经无处可跌，如此低的价格，豆农种豆反而要赔钱。现在买豆应该没错。但是崔瀚洋一贯崇信趋势理论，其价格趋势一旦形成,便会持续朝一个方向运动,不可言底,不可逆势操作。他见大豆阴跌不止，心里发毛，赶紧把那些多单锁住。

所谓的锁，是指一种期货操作方法。你买入500手大豆合约，你又同时卖出500手，那些单子就锁住了。因为无论涨跌，两种不同方向的单子盈亏相抵,结果是零。这么做,反映出交易者内心的矛盾。对行情把握不定,就先把单子锁住，观望一阵再说。崔瀚洋不喜欢这种小技巧，认为这样的交易毫无意义。可是，现在他深感迷茫，有关大豆的种种问题困扰着他，无法辨清行情发展的方向。崔瀚洋真想找个高人指教。

难道你真的不行了？竟然锁单……崔瀚洋敲打着自己的脑袋，喃喃道。

他环视办公室。这间玻璃小房，使他联想起街头交通警的岗楼，有些滑稽。不过，他挺喜欢自己的办公室，玻璃制品总给人一种新奇感，想入非非时会觉得自己身处一个童话世界。

会有童话吗？崔瀚洋复活了，看起来真像是一个童话。正如萧长风所料，沈家姐弟十分支持崔瀚洋做出的新的选择，并且买下他的股份。这样，他愉快地退出红星集团，全身心投入新兴投资公司。现在，这家新成立的公司正式运作，客户络绎不绝地与他签订协议，资金如滚雪球越滚越大，一切顺利。岗楼不错，崔瀚洋将站在这个岗楼里指挥一场新的战斗！

但是，他却不像从前那样志满踌躇，豪情万丈，而是感到沉重的压力，压得他挺不起腰来。大豆的异常走势使他困惑，他小心翼翼、缩手缩脚，找不到奋勇前进的方向。他输不起了，人生不能一次次地把好机会丢掉。他必须等待，等待一个明确的信号，那时，他将一跃而起，使出全部的能量奋而一击，一击而定天下！

那信号是什么？何时才会出现？

桌上电话铃响，崔瀚洋拿起话筒听见黑马熟悉的声音。他一怔，心中激动，一时说不出话来。黑马用带着南方口音的普通话，急速地诉说：我好容易找到你！我打电话问了许多人，找，找，一直找到白帆总经理。这下可好了，你也在炒大豆，咱俩又同行了！

崔瀚洋问：你在哪里？咱俩现在能不能见面？

我在大连，一时还见不了面。不过，我是永生期货公司的首席操盘手，你我早晚要碰头。

有一年多没见面了，真想你呀，崔瀚洋动情地说。我忘不了咱们分手的情景，你不肯要报酬，还帮我收拾烂摊子……

黑马不好意思，赶忙转移话题。那些事就别提了，我们还是讲讲大豆吧。你是高手，一定大有斩获，透点消息给我，你是看多，还是看空？

崔瀚洋苦笑：我哪里算得上高手，大豆整得我头晕，我正锁仓观望呢。

黑马说：你最好到大连来炒大豆，这里消息多，又是东北大豆的集散地。大豆、豆粕都在大连商品交易所交易，来转一转，闻闻味道，肯定会激发你的灵感。顺便也来看看我，嘿嘿，咱们不就见面了吗？

好主意。崔瀚洋连连点头，我得放下手头的事情，专门来大连一趟。争取下个星期吧，来前我给你电话。

崔瀚洋放下电话，看见王宁宁站在玻璃门外，犹犹豫豫地想进来。他拉开门，问：有事吗？怎么不进屋？

王宁宁羞怯地一笑：我看你在忙，不敢打扰。是卢总找你。你这儿老是占线，她就把电话打到我桌上来了。

王宁宁是崔瀚洋手下第一员干将，公司刚组建就加盟了。她善于开发客户，大家都喜欢与她打交道。她学的是国际金融专业，离开校门不久，原先在卢燕红那里搞研究，写市场分析文章。崔瀚洋对她说：我这里风险大，吃不得太平饭，你可要想好了再来。王宁宁长着一对小虎牙，一笑就隐隐显露，很可爱：我寻找风险，就能寻到机会。风险总是伴随机会而行，你说对吗？她的虎牙，她的话，给崔瀚洋留下深刻印象。

我这就上卢总那儿去，崔瀚洋说。有客户来，你先接待着。多谈谈我们公司的投资特点。

王宁宁点点头。崔瀚洋离开办公室。

五

卢燕红把一位大客户介绍给崔瀚洋。他是天宏房地产开发公司的老总，名叫马明远。他原是萧长风、卢燕红的老熟人，见了面就向崔瀚洋诉苦：你那哥哥特厉害！当年，为支付到期债券，硬逼我用国际金融大厦做抵押。我就像杨白劳一样，差点把亲生闺女都卖喽。

马明远早就失去了宝迪克公司总经理的宝座，幸亏经济方面没审计出问题，不至于栽大跟斗。但他离开国营公司，也就告别了光辉岁月，着实失魂落魄一段日子。后来，有一位私人房地产商借重他在市政府留下的种种关系，请他出山当总经理。马明远这才翻过身，重新有了精气神。不过，现在是私人老板聘用他，花一分钱人家都盯着，马明远做事不得不小心谨慎，兢兢业业。卢燕红笑他：和过去比，简直换了一个人！到底是体制的力量大。

马明远说：我的公司有一笔现金，数额很大，呃，在新项目落实之前，暂时用不着。我想做短期投资，又找不到来得快、周转灵的项目。卢总告诉我，你有办法，能够提供多种服务。不过，我首先申明：我的公司不炒期货！我宁愿少得一点，也要保证资金的安全。在这方面我有过教训。

崔瀚洋不喜欢这个人。明明为人打工，却一口一个我的公司。但他知道这类客户的心理，马上提供一个“零风险”投资方案：我们可以满足你的要求。马总，你可以在北海期货公司开一个户，把资金划进去；再由我们新兴投资咨询公司负责操作，亏损全由我们负责……

你怎么负责？口说无凭啊！崔瀚洋笑笑：你听我说完。我们公司会在你的账户划入一笔保证金，

发生亏损就从保证金扣除。卢总负责监管，保证金用完立即平仓，你的本钱非常安全。我们三方签一个合同，把风险责任、盈亏分配全都写清楚。

马明远思忖着点头：你出保证金，这倒是个好主意。那么，我的公司能获得多少利润呢？你要零风险，利润自然就低。我们二八分成，你二我八。

马明远嫌两成太少，经过一番讨价还价，也没从崔瀚洋那里讨得便宜。卢燕红在旁边说：行了，你又不担风险，两成利润就不少了。小崔还有一套方案：他为你操作，风险你承担，那样他二你八。可是你敢吗？万一输

了，你家老板还不打你屁股？

马明远脸上有些挂不住。他做出含情脉脉的样子，看着卢燕红，发出一声叹息：就听你的。唉，我只要遇见你，什么主意都由你拿。燕红啊，我这一辈子，所有的风险事都与你沾边，可是到头来竹篮打水一场空。

好了，别酸了。你不还有事吗？先去忙吧。等三方签合同时，我请客，陪你借酒浇愁，行吧？

送走马明远，崔瀚洋急问：他有多少资金？卢燕红说：3000万元左右吧。崔瀚洋说：真得谢谢你！你在金融街根深蒂固，来我这儿的大客户全靠你牵线呢。卢燕红笑：得了吧你，别给我戴高帽了。我还要对你说件事情，你先坐下。她边说，边为崔瀚洋茶杯里斟满了水。崔瀚洋品着茶，等待卢燕红说出下文。

有一个会议，叫作国际大豆开发合作研讨会。名字好长，听起来麻烦，你有没有兴趣参加？

崔瀚洋挺挺身子：凡是与大豆有关系的，我都有兴趣。只是不知道这个会什么时候、在哪里召开？

卢燕红说：下周在大连召开，国内外许多专家都去。瀚洋，如今期货界变化很大，仅凭技术分析炒来炒去，很难常胜不败。对现货市场的了解，对一个商品的深入分析，将日益变得重要。我想组织一次赴东北考察活动，到农场、商品交易所、油脂企业实地考察，让我们公司的业务人员对大豆有直接的、深刻的印象。参加这个国际研讨会，也是考察活动的一部分。你看怎么样？我希望你也参加。

崔瀚洋扬起长眉，笑道：你真说到我心坎上了！我刚和朋友通过电话，准备自费去一趟大连。你这么一组织，系统地来一番考察，我们这些第一线操盘手肯定受益匪浅。说句真心话，期货公司的经纪人都是城里人，长这么大，还不知道大豆在田里是什么样子，却把它当作营生终日忙碌，实在有些荒唐！期货界要发展，就得做有根有底的事情，免得又变成赌场。

咱们说定了。这次考察就由我带队，我们得带着问题去考察。你说，目前大豆期货面临的主要问题是什么？

崔瀚洋脱口而出：《农业转基因生物安全管理条例》（以下简称《转基因管理条例》）。

卢燕红一拍巴掌：对！国家为何在此时推出这样一个条例？它对大豆市场将产生什么影响？期货界人士各有看法，分歧很大。咱们把这个问题搞清楚了，东北之行也就不会白跑了！

崔瀚洋掏出心里话：真是这样。我最近对大豆走势心里没底，看不清方向，主要原因就是对这个新政策吃不透。多空双方也把它拿来当筹码，斗智斗勇，波浪连天。我锁单观望，心中很烦闷。出去转一圈，也许就开窍了，敞亮了。卢总，你搞这样一个活动，对我来说真是一场及时雨啊！

到了下班时间，两人分手。卢燕红说：你老是卢总卢总的叫我，真不顺耳。你就不能像过去一样，叫我一声燕红姐？

崔瀚洋点头答应，趁机开她一个玩笑：燕红姐，我发现一个秘密。

什么？

刚才那个马明远，过去和你谈过恋爱吧？

去你的！小孩子别乱说。

崔瀚洋捂着嘴巴乐，一溜烟穿过走廊。

就在这一刻，他的心变得坚定起来。先前那种犹豫的、飘忽不定的心情一扫而空。他想，这是黑马的电话、卢燕红的东北考察计划起了作用。他一直在等待的信号出现了。

六

2001年初夏，中国政府公布《转基因管理条例》。这事确实耐人寻味。此前，美国大豆大量涌入中国，势莫能止。美豆大多采用转基因生物技术，高产廉价，竞争优势历然。但是转基因食品对人体是否构成危害，科学界尚未定论，各方争执不休。中国忽然明确立场，要求转基因大豆入口必须贴标志，接受卫生检疫，这事情在农产品市场就变得严重起来。要知道有了这把上方宝剑，美豆进口成本陡增，并且在必要时，找几条食品安全理由就可以把美国大豆堵在门外。中国是世界上最大的大豆进口国，一声咳嗽国际农产品市场都会震动。政府亮出这一招，是何用意？各路商家捉摸不定。

大豆在中国扮演的角色，可歌可叹。早在5000年前，大豆就最先扎根于华夏沃土。古人称这为“菽”，是主要食物。中世纪以后，大豆经阿拉伯传入西方。与许多事物相同，进入近代社会，中国国运衰微，大豆也失去了它在世界上的领先地位。美国大面积种植大豆只有70年历史，却一跃成为头号大豆生产国，2000年产量达7500万吨，占全球大豆总产量的50%。而中国竟要向洋人买豆，年进口量达1400万吨，位居世界第一。

这些数据令国人尴尬，背后更隐藏着豆农的眼泪。有这样一个故事：某次国际会议，美国驻华使馆官员发言，竟代表美国农民向中国人致谢，因为购买美国大豆，中国人每年要支付10亿美元。

加入WTO的中国，面临最严峻的挑战就是农产品贸易。依照入世的承诺，将有更多的农产品涌入中国。由于科技、产销体制的落后，我国的农产品显然处于劣势。面对潮涌而入的美豆，价格低迷，库存积压，农民的日子日益艰难。改革需要时间，振兴需要机会。如何获得时间与机会呢？政府官员、专业人士都在思索这些问题。

所以《转基因管理条例》的推出，更显得意味深长。巧妙运用游戏规则，援引国际惯例与外商周旋，这需要更高的智慧与技巧。欧美诸国擅用“绿箱政策”保护本国农业，“绿”字旗一亮，商家无奈。现代人把健康放在第一位，谁能说得出什么？《转基因管理条例》是典型的绿箱政策。欧洲人吃不得的豆子，中国人就吃得？我们也要看一看，研究研究。当然，并不是不买你的豆，政府官员一再保证“条例”实施不会影响大豆贸易。但是，多一些附加条件，把握进口节奏的主动权，总是可以吧？其中玄机，业内人士至今还在反复揣摸。有一点可以肯定：这是中国政府在WTO框架内首次翩翩起舞，其舞姿优雅，技艺不凡！

崔瀚洋在大连与黑马见面，亲热劲还没过去，两个人就伸长脖子，一脸严肃地辩论起转基因问题。他们在海边漫步，声音洪亮地喊着，大豆大豆，引得时髦的姑娘们投来惊异的眼光。

崔瀚洋觉得，黑马身上有一种明显的变化，言谈中流露出当家做主的气概。他所在的永生期货公司实力雄厚，作为首席操盘手他当然志满踌躇。最近又被提拔为副总经理，足见他在公司中的分量。不过，崔瀚洋直觉到黑马的内心世界似乎萌发着某种新东西，微妙而有力，使他显得朝气蓬勃。

黑马，你胖了。崔瀚洋打量着他，轻声地说。

没有，我老是65公斤体重，一点也没增加。黑马扶扶眼镜。

那么是你的气色好了，满面红光。好像——好像有什么喜事。崔瀚洋偏着头，继续研究黑马的脸庞。

黑马忽然脸红了，仿佛骤然蒙上一层红布。你别瞎猜。不过有件事情我会告诉你的。晚一点，你到我家去吃饭，我再讲给你听。

有女朋友了。崔瀚洋笑道，只有爱情，才会给人带来这种明显而说不清的变化！

你的眼睛好厉害。黑马喃喃道。

这天下午，国际大豆研讨会正式举行。中科院院士郑君益发言，介绍中国大豆的振兴规划。卢燕红、崔瀚洋一行人都去参加会议，认真听取报告。这个规划由农业部牵头制定，着重调整大豆生产的总体布局。东北三省将建设1000万亩高产大豆示范区，推广一种名为曙光一号的新品种高油大豆，使之在产量与含油率均达到世界先进水平。专家们指出，中国大豆产业之所以落后，根本原因在于科技落后。政府正在以空前的力度加强科技投入，采取一系列卓有成效的措施，推进大豆产业的技术革命！

崔瀚洋在听报告时经常走神。不知为何他老在猜想黑马的女朋友长着什么模样。一个又一个女孩的倩影在他脑海里浮现，都似曾相识，却又素不相识。他心中有一种奇特的滋味，仿佛有一队蚂蚁匆匆爬过，麻麻痒痒，难以描述。真是见鬼了！崔瀚洋暗自骂道，狠狠扯着自己头发。

有一段记忆难以抹去。崔瀚洋记得龚晓月离去时，黑马流下了眼泪。黑马怪他不珍惜晓月，并强调晓月是个好女孩。崔瀚洋当时很吃惊，他发现黑马心中深藏着一片情感，一直暗恋着晓月。那么，黑马现在的女朋友与龚晓月有什么关系？时过境迁，他也许已将晓月淡忘？或者，龚晓月和黑马取得了联系？崔瀚洋反复猜想，思绪散散漫漫地在心底流动，如水如丝。

卢燕红用胳膊肘碰碰他：你看，这个大豆振兴规划，与《转基因管理条例》是否有着微妙的联系？

崔瀚洋连忙点头：是的，是有联系。我们太需要时间。

卢燕红注视着他的眼睛：小崔，你的脑子在开小差，想什么呢？

没有。我在想，大豆长线还是要做多头。

七

黑马来到崔瀚洋下榻的宾馆，接他回家吃晚饭。崔瀚洋说，回家干吗？在这儿吃多好，我请客！黑马拽着他胳膊往外走，说，在家里吃有味道。只有你和我，我们喝个一醉方休！

大连是海滨城市，离黑马的住处不远有个菜场，他们买了啤酒、海鲜回家。螃蟹、爬虾、蛤蚌之类蒸蒸，醮着姜汁吃，原汁原味，方便快捷。

崔瀚洋见黑马在厨房里忙碌，便过来帮忙，趁机问一句：怎么，来客人了，女朋友还不来露两手？

黑马把眼镜往鼻梁上推推，纠正道：不能说女朋友，我们订婚了，是未婚妻。她不在大连，帮不上忙。

她在哪里？

在北京。黑马朝他笑笑，好了，别问了，待会儿喝酒我会告诉你的。

崔瀚洋回到客厅，四下看看。这是黑马租的房子，有几件简单家具，衣物零乱，仍是单身汉生活的模样。他的目光停留在床头柜放着的小镜框上。那里面不是镶着女人相片，而是投资大师索罗斯肖像！崔瀚洋心头一震：这肖像原是龚晓月从画报上剪下来、精心置放在自己办公桌上的。当时他问龚晓月让索罗斯每天瞪眼望着自己，是何用意？龚晓月意味深长地朝他一笑。崔瀚洋拿起镜框，感触万千地端详着。

这是你送给我的最好的礼物。黑马在崔瀚洋身后说，他已经把蒸好的海鲜端到桌上。

我送的？崔瀚洋转过身，吃惊地瞅着黑马。

你忘了吗？当时你把办公室里的一切都留给我，独自离开公司。你只把这幅肖像带走了，走到电梯口，你又把它送给我。

哦，那天，天都塌了。那是我一生中最惨的日子，只有你陪伴我到最后。来，为往事干杯！

崔瀚洋和黑马端起满是泡沫的啤酒，重重一碰，激情四溢地痛饮一杯酒。

黑马讲述自己的故事。分手以后，他又回到上海，好长一段时间没有找到合适的工作。黑马这人很有特点，他以投资为职业，却从不拿自己的积蓄去投资。这是我给自己订的规矩，黑马笑着向崔瀚洋解释，就像医生不给自己看病一样。不过有一样好处：我做出了牌子，不为自己开老鼠仓，东家找我操盘都放心。找不到工作，他就常在证券公司门口游荡，忍得手痒。像他这样的高手，高薪高奖金，钱是积攒下很多，怎么也花不完。只是无聊，整天晃来晃去，日子难熬啊。此时，他遇见了一位姑娘，两人一拍即合，共同投入期货界发展。并且，他们很快就订了婚。这姑娘是……

龚晓月！崔瀚洋脱口而出。

是的，是她。黑马点点头，你怎么知道？

一见面，你的脸一红，我的直觉就告诉我这个结果。崔瀚洋停了停，又关切地问：她怎么样？她不是跟黄旭走了吗？怎么又遇见你？

说来话长。龚晓月说过，有一点你对她误会最深，也最使她痛苦。你一直认为她是黄旭的情妇，其实他们根本没那种关系。她是黄旭一个远房亲戚，很小就来投靠黄旭，所以什么事情也要为他做。晓月见到我不久，就把这一层说开，并且问我信不信她。我点点头说：当然信，你的话我怎么能不信？她睁大眼睛看了我半天，说：这么简单就相信我了？你确实和崔瀚洋不一样……话没说完，她就哭了。哭了很久，我怎么也劝不好她。

崔瀚洋心里像被谁揪了一把，一阵疼痛。在他眼里，龚晓月是千面玉人；到黑马面前，一切竟变得那么简单！

她跟黄旭到了深圳，就不肯再走了。她痛恨黄旭利用她当女间谍，玷污了你们之间的感情。她和黄旭闹翻了，独自离开深圳。龚晓月本来不太注意我，这时忽然跑到上海来找我了。她有我的手机号码，却没给我打电话，每天到各家证券公司门口逛。她说她有一种感觉：在茫茫人海中，她将会撞见我。她强调“撞”这个字，人生走到如此地步，她只能用“撞”来解决问题了。有一天早晨，我们终于撞见了。我迎着阳光，她逆光。她说，我在她面前出现时，真的光辉灿烂。

崔瀚洋完全理解龚晓月的心情。他也相信这是天意。黑马为人不显山不露水，可靠，性格深处还有一种可爱的东西。崔瀚洋与他相处也是越来越喜欢他。龚晓月对黑马的感觉，想必与他一样。他承认，龚晓月找到了理想的伴侣，这是最好不过的结局。

崔瀚洋举起酒杯：我祝福你们。这不是普通的祝福，我用我整颗心，用双倍的情感来祝福！黑马，我的好兄弟，对晓月好一些，把我没尽到的那份心意带上。来，干杯！

在家里喝酒确实有味道，黑马有先见之明。他们一次次干杯，直到黎明。两人都喝醉了，放下杯子就倒在黑马的床上。

电话铃响起来，响了很久。黑马抓起电话，咕哝几句：我和崔瀚洋在喝酒。为了爱情，我们都喝醉了，话筒就掉到床下去了。

电话是从北京打来的。龚晓月拿着话筒，久久不放。

八

火车在三江平原上奔驰。崔瀚洋隔着车窗玻璃似乎也能闻到黑土地散发着诱人的气味，秋天赋予田野成熟的色彩，深浅不一的黄色传递着丰收的信息。崔瀚洋喜欢东北，天广地阔，使他产生展翅飞翔的欲望，心中便涌起一阵阵激动。

在大连，有许多参加会议的期货公司研究人员都想去黑龙江考察。正值大豆收获季节，实地了解大豆的产量、品质，对未来的行情发展很有参考价值，大家很快聚集成一支颇具规模的考察队。大一些的期货公司每年都要派人搞调研，向客户提供商品期货的第一手资料，他们与当地的农业主管部门、农场、粮库保持着良好的关系，这次行动的日程，便得到周全安排。卢燕红、崔瀚洋他们倒也省心，跟着大队人马走就行了。

人多影响大，一些证券报刊的记者也追随而来。这两年期货渐成热点，有关报道经常见报，引起读者浓厚兴趣。这样的考察活动很有新闻价值，敏感的记者当然不会错过。崔瀚洋结识一位记者，一路上聊得投机，成了朋友。这人说话直率，有时候显得天真，甚至有些傻。崔瀚洋很快就喜欢上他。他对S市特别熟悉，两个人越聊越近乎，红星木钟厂、胡昆、管为民……最后，这位记者竟滔滔不绝地谈起了林小英！

崔瀚洋吃惊地瞪大眼睛：什么？你对我老婆也这样熟悉？

林小英是你的老婆？那么，你老丈人我也打过交道。他叫林德模，是一位警惕性很高的老工人！记者仿佛刚刚转过弯来，如梦初醒地拍拍额头，郑重地向崔瀚洋伸出双手：如此说来，你一定是崔瀚洋同志了！

崔瀚洋狐疑地问：你究竟是谁？怎么把我的家底摸得这样透？

记者十分自豪地说：鄙人姓巴，绰号傻巴，有时也用作笔名。我曾写过一篇长文，对红星股票的内幕做了些许揭露。崔瀚洋险些跳起来：啊？你就是傻巴！真叫冤家路窄呀。你知道吗？那篇文章导致红星高科崩盘，差点要了我的命！

傻巴笑得很谦虚：一般一般，拙文不够深刻，主要是材料掌握还不全面。我曾经去找你采访，被贵公司一位小姐召来保安，轰出大门。可惜！如果把你坐庄爆炒红星一节也写上，这篇文章定会锦上添花，更加精彩。

崔瀚洋哭笑不得。他理解傻巴的敬业精神，但他似傻非傻，带着嘲讽意味的态度着实气人。好在时过境迁，崔瀚洋对自己的过失也有认识，就不去和他计较了。两个人又谈得热络起来。傻巴对期货界各种情况兴趣正浓，有些观点很尖锐，崔瀚洋听了颇受启发。

火车停靠在一个小站上，兴隆农场来了许多车辆迎接他们。这家大型国营农场，曾是东北农垦战线一面红旗。当年开发北大荒，一批军人脱下军装进入草甸，赤手空拳在这荒无人烟的地方建立起一个现代化大农场。不过，近几年兴隆农场不再兴隆，连连亏损，使老英雄们抬不起头来，生活也变得艰难。但是新任场长的出现，兴隆农场又呈现勃勃生机。

新场长是农业大学的博士生，姓牛，很年轻。主动要求调到北大荒来。牛博士攻读大豆种植专业，而兴隆农场主产大豆，他的新颖思路，不俗谈吐，很快把客人们吸引住了。

你们看，我办公桌上的电脑能够显示大豆期货即时行情。不仅有大商所的行情，还有芝加哥的 CBOT 大豆行情。我每天上班第一件事情，就是打开电脑，研究国际国内大豆价格的变动趋势。从这层意义上说，我们也可以算同行啊，我从心底里欢迎你们的到来！

傻巴又来了傻劲，把袖珍录音机伸到牛博士面前：很荣幸，我们认识了一位期货场长。你也玩期货吗？请你谈谈这方面的感受。

牛博士后退一步，避开傻巴的录音机，笑容可掬地说：我从不炒期货，但是我愿意接受你所赠送的期货场长头衔。因为期货与大豆生产联系紧密，甚至具有指导意义。我在安排农场 180 万亩的大豆种植计划时，一只眼睛始终要瞄着期货市场。过去，兴隆农场亏损有一个重要原因：脱离市场！

只顾埋头生产，结果种了大豆卖不出去。这方面的教训太多了。现代农业强调市场要素，我们怎么能够忽略期货呢？不瞒你们说，我手下有八个农场分部，每个分部场长办公桌上都安着电脑。他们像我一样，时时关注期货市场风云。

在这么偏远的地方，有这样一群人，一边种田一边盯着期货行情。这是崔瀚洋坐在电脑前操盘时从未想到的。他希望知道更多的情况，从另一个高度认识期货的本质。这时，记者傻巴替他发出心中的问题。牛场长，嗯，我更喜欢叫你牛博士。你能不能举一个例子，说明兴隆农场究竟是如何与期货发生关系的？牛博士掠掠挺酷的长发，略作思忖，说道：报纸上经常提订单农业，实际往往行不通。为什么？你和农民签好合同，规定以某个价格收购农民的全部农产品。可是市场价格一旦下跌，你要么赔钱，要么毁约，结果往往是选择毁约，订单变成一纸空文。这里缺乏一个转移风险的机制。兴隆农场有相当一部分土地承包给农民，今年春天播种时，我们与承包者签订合同，以 1900 元一吨的价格收购三等标准黄豆。同时，我们利用期货市场转移风险。今年夏天，大约是 7 月中旬吧，大连大豆冲上 2300 元高峰，我们在 2250 元卖出 11 月大豆合约，卖空 10000 多手，预先将十几万吨大豆一下子卖出去了。那时田里的豆子还没灌浆呢！现在，豆价跌下来了，1700 元一吨也卖不动。我们履行合同，仍以 1900 元的价格收购黄豆。而我们从期货市场赚到了差价，利润颇丰。整个农场丰产丰收，效益也得到保障。外县农民听说此事，都跑来找我签合同呢！

牛博士说得兴奋，在电脑跟前坐下，噼噼啪啪敲打键盘，调出一幅幅大连大豆、美国大豆价格走势图。他说：再往远处看，全球大豆的供求关系都反映在这些图表里。从 1997 年至今，大豆价格一直在做箱型波动，构筑成一个坚实的底部。我预期，一个大牛市即将来临。你们盼望牛市，我也盼望牛市。我趁牛市扩大播种面积，提高大豆产量，打一个翻身仗，让兴隆农场重新兴隆起来！

午餐在职工食堂进行，大家简单吃点饭，就要跟牛博士去大田转转。牛博士和其他农场领导过意不去，客人们打大老远来了哪能连酒也不喝？傻巴说：这些人整天在大款堆里混，哪里会缺酒喝？听你牛博士谈谈大豆，要比喝酒过瘾多了！众人齐声说是，簇拥着牛博士漫步走向田野。

辽阔无垠的黑土地向天边伸展，牛博士眯起眼睛，深情地眺望这片沃土。他说：这是世界上最适宜种植大豆的土地。论自然条件，东北大平原比美国任何一州都不差。我作为访问学者，曾在美国待了两年，去过许多农场。每到一个地方，我都要抓一把泥土，放在口袋里。回国后，我做了化验分析，结论是东北黑土地没有任何理由不生长出品质优良的大豆。我就暗暗下了一个决心：我一生不离开这片土地，哪怕把自己的骨头埋在这里，我也一定要培育出世界一流的大豆品种！当了兴隆农场场长，我才发现问题是多方面的。甚至可以说，是许多大豆之外的因素，导致大豆产业落后的局面。比如：我们的电费比美国贵几倍，同样浇灌一亩大豆，电费成本就要高出许多。再比如运输，铁路部门垄断经营，各种收费名目繁多，结果一车大豆发到广州，竟比美国巨轮越过太平洋的运费还贵！说到大豆品种，其实我国先后培育出几百个优良品种，但是落后的经营方式制约了这些品种的推广。一家一户分散播种，种子混杂，再好的品种也很快退化了。金融意识淡薄，很少有人懂得运用期货工具规避价格波动的风险……诸多因素相加，造成我国大豆成本居高不下、质量差强人意的现实。要提高竞争力，确实非一朝一夕之功啊。

崔瀚洋忍不住问：依你所见，我们有没有捷径可走？

牛博士肯定地说：有。打非转基因牌就是一条捷径！美国大豆占有竞争优势，重要的一点在于他们广泛使用转基因技术；而关于转基因农作物对人体健康是否构成威胁，现在正成为争论的焦点。东北大豆虽然单产低、出油率差，恰恰有一条好处：我们的大豆全部是天然生成，最符合西方人的需要。竞争也充满辩证法，劣势往往能转化为优势。天然大豆应该卖个好价钱，非转基因就应该比转基因农作物高出一个档次！如果我们强调这一优势，广为宣传，在销售方面采取得力措施，是完全可以开创一个新局面的。我们将把东三省建设成世界上最大的非转基因大豆基地。让全球消费者有权选择：想购买绿色大豆吗？请到中国来！

牛博士的激情，点燃每一个人心中的火焰。

傻巴急切地问：你有没有写一份报告，向你的上级阐述这些想法？

牛博士微微一笑：我的想法几年前就写成论文，在国内外学术刊物上发表了。国务院有关部门设立了课题组，专门研究中国大豆的发展方向，我就是课题组成员之一。我坚决主张发挥中国优势，打非转基因牌。这可是一张王牌！

崔瀚洋心中豁然一亮：《转基因管理条例》的出台，也许跟牛博士的思想有着某种联系。国家对转基因大豆做出限制，不是恰好突出东北大豆的非转基因优势吗？打出一张好牌，必须有国家相关政策的支持。在中国参加WTO，面临农业强国挑战的背景下，政府必然推出一系列既不违反世贸规则，又能有力促进本国农业发展的政策。而这些政策，必然对期货市场发生长远的影响！

大豆，做多还是做空？这个困扰崔瀚洋已久的问题再次浮显在他的脑海。他弯腰抓起一把黑土，搓揉着，直到搓成粉末。他抬起胳膊，猛力将粉末扬向空中。他不由自主地喊道：嘿，东北大豆，绿色大豆，当然要卖个好价钱！

从这一刻起，崔瀚洋选定了方向，心中无比踏实。

他发现人们都走了，把他落下好远。他看到田边白桦林里，落日将树梢染得火红。一群喜鹊飞入树林，发出欢悦的鸣叫。独自一人，更能欣赏大自然的美景。他发现，在刚刚收获了大豆的田野里，豆秸像一群群野孩子，倔强地站在原地，不肯回家。而一层薄雾贴着泥土悠荡，仿佛有谁为野孩子们盖上了棉被。

唉！崔瀚洋从心底发出一声叹息。天天炒大豆，当你真正走近大豆时，才发现电脑上的大豆是多么虚幻，多么苍白啊！

九

黑马对崔瀚洋说，龚晓月这两天要到大连来。他劝崔瀚洋多住几天，大家见见面。崔瀚洋却说集体行动，一个人留下不好。他问黑马认不认识大连商品期货交易所（简称大商所）的人，最好是头头。他们想去参观一下。

黑马一拍巴掌：巧，我有一位哥们儿，是大商所的副经理。只要我去说句话，他陪同你们参观没问题！

那就好，我可以多住一天了。崔瀚洋说。

其实，崔瀚洋不想和龚晓月见面，见面难免尴尬，能躲尽量躲，多住一天对他无意义。但是卢燕红得知他找到关系，高兴得眼放光彩。他也只有打起精神，与人家一起参观大商所了。

到了大商所，黑马把他的朋友介绍给大家。这位副经理姓孟，热情爽朗，是一个典型的东北人。有趣的是：他长得与黑马极像，竹竿一样细高挑个儿，戴一副黑框眼镜。走路一抖一抖的姿势，也真像煞。开口就不同了，孟经理一口东北话，诙谐得很：俺们俩准是双胞胎，哪个糊涂神派错了地方，一个投生在南方，一个投生在北方！黑马连连点头：要不，我们怎么会一见面就那么好呢？众人称赞他俩的缘分，气氛十分融洽。

大商所是一家成功的商品交易所，当年在全国试点的十几家期货交易所，把各种期货炒翻了天。大商所一直保持稳健作风，坚持发展大豆期货。国务院全力整顿，保留了三家交易所，大商所就是其中之一。现在，大连大豆仅次于美国芝加哥的 CBOT 大豆，成交合约占世界第二位，争得相当大的定价权。孟经理领着卢燕红等人到各部门参观，一边介绍着大商所的种种情况。

北良港仓库给崔瀚洋留下深刻印象。这座现代化大豆仓库屹立在海港，万吨巨轮停靠码头，可以直接把大豆传输到库内。库容庞大，篮球场一般宽敞的空间，堆放着座座豆山。北良港仓库是大商所指定的大豆交割仓库，期货合约买卖的大豆就存放在这里。像这样的大豆仓库，大商所管辖的有 20 多座。因而具备强大的现货交割能力。崔瀚洋想：炒来炒去，真家伙都在这里！看来，期货与现货的联系越来越紧密了。

期货交易过程是这样的：你在此地期货公司买入 100 手大豆合约，我在彼地期货公司卖出 100 手大豆合约。合约输入大商所，由电脑自动配对成交。如果你我都不肯平仓，合约到期就要交割。我是卖方，就必须搞来大豆（100 手即 1000 吨），存入仓库注册成仓单；你是买方，必须交齐货款，买下这 1000 吨大豆。所以，期货交易并不是云里雾里地瞎炒，它终究要转化为现货。由于双方都有保证金，交易所操作规范，商品质量、资金信用比现货市场的交易更有保障。随着市场经济的发展，商品期货交易所扮演的角色越来越重要。

参观结束，卢燕红邀请孟经理一起吃饭。孟经理却说中午约好了客商，百般推脱不肯去。他又半开玩笑半认真地说：你们这样热情，倒叫我过意不去。好吧，酒虽不喝，我给你们透露一个在酒桌上才能说的小秘密——我们交易所将要推出新合约，名叫黄大豆 号合约。

这又是一条重要信息。此前，用以交割的大豆，可以是国内豆，也可以是进口豆。据孟经理介绍，未来新合约做出明确限制：大商所的一号合约只交易非转基因大豆。换句话说，从美国进口的转基因大豆，将不得进入大商所指定仓库进行交割！这是与转基因管理政策相配套的重要步骤，也可见政府扶持本国非转基因大豆的良苦用心。

孟经理自豪地说：我们也是雄心勃勃啊，大商所要形成自己的特色，力争成为全球非转基因大豆的交易中心！

孟经理将大家送到电梯口。卢燕红执意不让再送，双方握手告别。

崔瀚洋想上厕所，就让众人先走。他在大厅里转来转去，转到一条幽静的走廊，好容易找到厕所，却有了一个意外的收获！他正解手，看见一男子立在水盆前洗手，那背影甚是眼熟。再往镜子里一瞧，那张面孔竟是多次在梦中浮现、几欲捕捉却落空的人——黄旭！崔瀚洋沉住气，挨到他身边去洗手，两张脸在镜子里贴近了。他一声大咳，黄旭猛一抬头，两人便在镜子里面重逢。

怎么，不认识了？崔瀚洋嘿然冷笑。

黄旭这一惊非同小可，脖子一抻，好像喉咙里噎着一只汤圆。脸憋得紫红，却说不出话来。

真不认识了？我来自我介绍一下……

不，不！崔瀚洋，好兄弟，我们又见面啦！黄旭抓住崔瀚洋湿漉漉的手，摇了又摇。

崔瀚洋意味深长地说：我常想，两座山可以不碰头，两个人难道就永远不见面了？世界就这么大，干的又是同一行，你总不能一辈子躲着我吧？

躲？哪里话，真把我想死了！黄旭不失当年风范，煞有介事地往四下瞧瞧，说：有一桩大买卖，我正想找人合作。见得早，不如见得巧，你我碰头，又该轰轰烈烈干一番了！

先别扯什么大买卖，告诉我，你住在哪里？

黄旭见崔瀚洋一副不依不饶的样子，就有些紧张。刚才他握崔瀚洋的手，现在反被对方握住，几次想抽都抽不出来。他冲着崔瀚洋笑：我住富丽华大酒店。本想请你去吃饭，不过我约了大商所的经理。改日吧。

不要紧，我可以等。这么久没见面了，酒是一定要和你喝两杯的。什么事儿这样重要啊？

不瞒你说，分别之后，我又杀回期货界。这圈子里我人头熟，我的能量你也知道。现在他们又给我一个雅号：空军司令。告诉你一个秘密：大豆，我重仓做空！今天我约了孟经理，就是来谈大豆交割事宜。

黄旭找到孟经理，办完事情，只好硬着头皮领崔瀚洋回酒店。

十

穿过豪华的宾馆大厅，崔瀚洋与黄旭踏入电梯。当电梯门自动合拢，封闭成一个狭小的、飞速上升的空间，崔瀚洋体内就涌起一阵莫名其妙的犯罪冲动。他仿佛控制不住自己的双手，随时有可能扼住黄旭的喉咙，直到把他扼死！他的眼神也许走漏了这一信息，黄旭战战兢兢如老鼠，缩在电梯一角，只盼快到所住楼层。气氛骤然紧张起来。

三年前的一个早晨，崔瀚洋接到一份精美请柬，请美隆投资公司总经理崔瀚洋先生参加青鸟山高尔夫球大奖赛。崔瀚洋好生奇怪：他从没听说过美隆公司，自己怎么成总经理了？署名也蹊跷：影子先生。谁是影子先生？崔瀚洋怀着一片好奇心按时赴约。

当黄旭扛着高尔夫球杆，一脸坏笑地走上前时，崔瀚洋方才明白：久违的黄老板就是影子先生。黄旭身材矮小，举止夸张，一贯喜欢故弄玄虚。开了半天玩笑，他才谈正事。

崔瀚洋曾工作过的红星木钟厂改制上市，黄旭准备与崔瀚洋联手炒作这只本地股。他约来红星集团老总胡昆，让胡昆与崔瀚洋当面和解，消除过去的恩怨。三人共谋大事。黄旭要求胡昆发布利好消息，推出优厚送股方案，以配合崔瀚洋坐庄。作为回报，崔瀚洋帮胡昆老婆炒股，保证其获取巨额利润。美隆投资公司就是专为炒作红星股票而成立的，由崔瀚洋与黄旭共同投资。崔瀚洋出任总经理，负责具体操作。黄旭任董事长，为整个行动充当后台。他强调：他这一方的投资，是由一帮朋友共同担当的，这些朋友就是投资圈里赫赫有名的十三太保，尽是些呼风唤雨的人物，黑道白道都来得。有这帮人撑腰，料想不会遇到麻烦。

一切安排妥当，美隆投资公司隆重开张，崔瀚洋就开始入市操作，隐蔽地买入红星股票。但是，不久就出了怪事：不知何方神圣，老是和崔瀚洋争夺股票。有大的卖单挂出，对方就抢先买去。黑马最早发现情况，并为这看不见的对手起了个绰号：大白鲨。崔瀚洋使用各种震仓，洗盘，就是无法摆脱大白鲨。崔瀚洋火了，要砸盘撤庄，不做这只股票了。黄旭闻讯赶来，问清原委，只说了一句话：一个月内，我来搞定大白鲨！

果然，大白鲨很快销声匿迹，再也没有人与崔瀚洋争抢筹码。一天，黄旭来到办公室，把一张南方小报拍在崔瀚洋面前。小报刊登了一个血淋淋的故事：某证券公司一名操盘手，被黑社会剁去十指，警方正在调查此案。崔瀚洋不知所措地望着黄旭。黄老板阴沉沉地说：大白鲨是香港的一个投机商，十三太保要了他最得力的操盘手十根手指，送给他看。他当场吓晕了，大白鲨也就被除掉了。

从此，崔瀚洋一路顺风。后又借机让胡昆更名，把红星股票改为红星高科。时值股市流行高科技概念，凡沾着网络、科技字眼的股票，一律鸡犬升天。胡昆虚报盈利，推出10送10分配方案，更是火上浇油。股民们不知真相，一窝蜂追买红星高科。崔瀚洋头脑发热，不听堂哥萧长风劝阻，一心要制造中国股市第一只百元大股，不停地推升股价。于是，红星高科成了最疯狂，也是最耀眼的明星！

悲剧发生之前，有一段小插曲。黄旭以另有投资用途为理由，抽走了他投资资金，并分得了不菲的红利。崔瀚洋正在兴头上，也不与黄老板计较。走了干净，美隆投资公司完全由他一个人说了算。资金也不缺乏，他以股票做抵押，从证券公司融资投入。轰轰烈烈的炒作，终于使红星高科突破百元大关。然而，大量抛盘涌现，红星高科忽然直线下跌。崔瀚洋奋力抵抗，却无法阻止跌势。

黑马一脸紧张地站在他面前，说出自己的判断：大白鲨又回来了！这下糟了。崔瀚洋不信：怎么会呢？大白鲨不是被十三太保除掉了吗？这时，已经离开美隆公司的龚晓月打来电话，她刚刚得知：黄旭就是大白鲨！他假意与崔瀚洋合作，背地里买了大量低价位红星股票。他编出一套鬼话，使崔瀚洋相信大白鲨已除，放心拉升股价。现在时机已到，黄旭大肆出货，反把崔瀚洋套在高位上。

噩梦开始了。一个记者的文章《红星？黑星？——一个上市公司黑幕调查手记》，在最有影响的证券报上刊登，引起股市震动。胡昆因经济问题被反贪局逮捕，其虚报利润、做假账的问题暴露无遗。红星高科一连串跌停板，使股价跌破平仓线，崔瀚洋用以抵押贷款的股票全部被金泰证券公司强行平仓……呼啦啦如大厦倾倒，崔瀚洋的亿万身家顷刻间灰飞烟灭。

他把破产的公司交给黑马，独自在金融街上踉跄行走。此刻，所有的高楼旋转起来，一座座向他身体压下，仿佛要把这个神奇小子压成齑粉。他支持不住，晕倒在街头……

回忆起当年的情景，崔瀚洋心中不仅是愤懑，还有一种酸楚。他所遭受的打击是全方位的：财产、情感，甚至整个精神世界。他第一次尝到失败的苦果，自信心深受挫伤，伤痛久久难消。还有，他对晓月那段暧昧复杂却又难以抹去的情感……这一切都是因为一个人的阴谋！设计这个阴谋的这个人现在就站在身边，崔瀚洋要用行动讨一个答案。

大白鲨。崔瀚洋自言自语地重复着这个词。黄旭一怔，想做一些解释。但崔瀚洋的表情不容他开口，他只得闭嘴，迂迂磨磨再找机会。

出了电梯，黄旭长长地舒了一口气，他和服务员小姐打招呼，开玩笑；又打电话订餐，让人把酒菜送到房间。他附在崔瀚洋耳旁说：我有许多话要对你讲，真的！只有你我面对面，像兄弟一样喝着酒，才能把话讲明白。

酒菜送来了，服务员退出房间。只有他俩面对面，气氛忽然又紧张起来，仿佛空气里真的蕴藏着尖锐、锋利的东西，锥子一样扎入人心。崔瀚洋感到自己身上放射出一股杀气，正如武侠书中描写的一样。他不知道他将做出什么举动，但肯定不同凡响。他的目光落在一把切牛排的刀子上。

这件事情很难解释啊，我也是被人耍了。黄旭一副有苦难言的模样，掰着手指向崔瀚洋述说。十三太保你还记得吗？有莫奇、钟兆发、马老六、贵仁……他们都偷偷地建老鼠仓，每个人买了几百万元红星股票。合在一起，就成了大白鲨！我被蒙在鼓里，什么也不知道。那十三太保，统统是骗子！我从此以后就跟那帮王八蛋一刀两断了……

崔瀚洋与黄旭并排坐在沙发上，因而很轻易就抓住了他的手。他一惊，手指不再舞动，僵硬地蜷缩起来，像一只鸡爪。崔瀚洋仔细欣赏这只手，仿佛每根指头都刻有一篇文章。他用力捏住腕子，黄旭疼得龇牙咧嘴，静默中，这出哑剧无休止地拖延下去。

我最难忘记十根手指的故事。崔瀚洋终于开腔了。这故事编得好！大白鲨，一个白白胖胖的香港老板，有天早晨打开抽屉，发现一塑料袋血肉模糊的手指头。原来，是黑社会把他的首席操盘手手指剁下，送给他一个警告。

没，没这种事情，我瞎编的。我是看见报纸有一则新闻，才编出这么段故事。当时怕你不做庄了，我警告十三太保不许乱动，又用这故事来安慰你。黄旭说着，企图抽出自己的手掌。但崔瀚洋使着暗劲，他丝毫动弹不得。危险在迫近，黄旭更加紧张。他结结巴巴补充道：这是我对不住你的地方。

当我知道这故事是假的，我感到十分遗憾。这遗憾藏在我心底，无论如何抹不去。今天我有了一个想法：把这故事变成真的。人生不能留遗憾，你说对吗？

你，你想干什么？

留下你的手指头，我们的旧账一笔勾销！

崔瀚洋一把将黄旭的手掌按在茶几上，迅速操起切牛排的银刀。黄旭吓得面无人色，尖声喊救命。崔瀚洋用刀背敲开他手指，认真挑选一番。他似乎在征求意见：先砍了食指，以后你就不能数钱了，反正你数过的钱已经够多了。行吗？

然后，他真的举起了刀……

十一

房门一响，崔瀚洋抬起头，看见龚晓月站在面前。他深感意外，刀子在半空停住。

砍吧，这幕戏应该有我当观众。龚晓月平静地说。

你怎么来了？

我有这房间的钥匙。我们是一起从北京来的。

崔瀚洋抡刀砍下，刀锋切入茶几一角，颤巍巍地立在那里。崔瀚洋哈哈一笑：为他犯罪，值吗？我就想看看他长着几个胆。

黄旭这才回过魂来，哼哼唧唧直甩手。我哪有什么胆？让你吓死了。你这玩笑开得实在过分。

龚晓月冷笑：玩笑？我若不来，说不定他已经把你手指头砍下来了。你自己做的事情实在过分！

黄旭连忙赔不是，千千万万个对不起老弟。又把责任往十三太保身上推，赌咒发誓要找他们算账，讨回崔瀚洋的损失。崔瀚洋冷着脸，一言不发。

龚晓月的目光掠过崔瀚洋脸庞，又停留在窗外的天空，话里有话地说：行了，生意场本来就那么冷酷。受伤害的人，就得学会自己舔伤口。我要是怨天尤人，早打开窗子跳楼了。

黄旭又来了精神：对，咱们要向前看！瀚洋老弟，我有亏待你的地方，一定会弥补过来。现在就有一个机会：你跟我们联手做空大豆！

黄旭透露一个消息：北方有几家油脂企业，在高价位买入大豆，现在深度套牢。作为“空军司令”，他有把握歼灭这批多头主力。据他掌握的情报，多头阵营开始分化，资金严重不足。大豆价格再跌一段，他们将不得不割肉止损。那时，空方的收获大得惊人！崔瀚洋此时加入，放胆卖空大豆，不久即可分享胜利果实。

你可能担心《转基因管理条例》对多头有利。我告诉你一点内幕消息：这个条例短时期内不可能实行，国务院高层正在讨论。因为美国方面严重关注此事，指责中国这样做有违 WTO 原则。作为一个大国，刚刚做出承诺，不得不谨慎从事。你想，我们利用这段空隙，不正好把多头击溃吗？我们一船又一船运来美国大豆，压也把他们压垮了！

崔瀚洋留心听着，脸上却挂着冷笑：你的那些本事我知道。谁在跟着你做空？还是那十三太保吧？

黄旭涨红了脸：不，不是他们，我的朋友多了。晓月也在做空。晓月如今不得了，是北京万盟期货公司的总经理。还有黑马，你的老朋友、老部下，都在跟我做空。就缺你啦，你也加盟，我们又是一个大团圆！

崔瀚洋心里一阵难受。他隐约看见了黄旭新编织的关系网，而黑马扮演的角色与他当年一样。

人不能同时上两次当。无论谁跟你干，我是不会与你一路同行的。我说过，我心底藏着遗憾。今天虽然没砍你的手指头，但是我要换一种方式，比如在期货战场上，向你讨回这笔旧账！

崔瀚洋昂然走出客房。到门口，他回过头看了龚晓月一眼，那女人靠在窗前，脸上漾着神秘莫测的微笑。

晚上，崔翰洋乘船离开大连，随同事们返回 S 市。

海港的夜别具特色。灯光在黑幽幽的水面上跳跃，色彩变幻，扑朔迷离。汽笛长鸣，轮船徐徐驶向大海。码头上人群熙熙攘攘，旅人登船，亲友送别……崔瀚洋与黑马默然相对，衬着这幅活动的背景。

你要走了，不再住几天了吗？黑马喃喃地道。

不了，大家都要走。天下没有不散的宴席。谢谢你来送我。崔瀚洋声音里有着别样的伤感。

黑马掏出一支香烟。他是很少抽烟的，只有心情激动时抽。他说：我不是故意对你隐瞒，那天喝酒没顾得说黄旭。我觉得除了晓月这层关系，我本人和黄旭不搭界，所以没太放在心上。

你别误会，我不是因为黄旭与你们的关系心里不痛快。我只是有些担心。我怕你吃亏！

说到底，你还是不相信龚晓月。黑马叹息道。当年在上海相遇，晓月对我说：我们要利用黄旭，但是永远不跟他走一条路。后来黄旭找到她，万般恳求，要她回去。晓月和他谈条件，他就把北京刚成立的万盟期货公司交给晓月管理。这样，我们就顺利地进入了期货界。大连这家公司老总也是黄旭的朋友，他打了招呼，我就过来了。这是一笔交易，对我们有利，难道不应该做吗？

崔瀚洋点点头：应该。不过黄旭做事总有他的目的，你一定要小心。

黑马推推眼镜，说：你的遭遇我在旁边看得一清二楚，心里当然有数。再说，我还有晓月把舵呢！

崔瀚洋迟疑一会儿，问：你真的那么相信她？

黑马笑了：这就是关键。当初，你如果与晓月一条心，黄旭的阴谋就很难成功。但是你和她既相爱，又提防，反而伤了她的心。我呢，一颗心坦坦荡荡，全交给她了，她怎么会践踏这颗心呢？不可能！

崔瀚洋问：照你看来，我和晓月关系处理不好，过错在我？黑马说得坚决：当然。你从来没珍惜过她，你先入为主，把她看成一个坏女人。晓月对我讲起过林小英，你对她才是真的。晓月看清这一点，就决心离开你。

崔瀚洋承认：是啊，从头我就心不正啊。与龚晓月这段姻缘应该属于你的！

黑马由衷地得意：我是胜利者，是最后的赢家！

崔瀚洋握住他手：真心祝福你。你们打算什么时候结婚？

很快，不会拖过春节。争取元旦吧。

崔瀚洋心中释然。真奇怪，黑马把问题说透，崔瀚洋感到特别轻松。对龚晓月的猜疑，始终是一种压力，巨石一样压在他心头。认识到错误根源，崔瀚洋才真正得到解脱。

卢燕红老远招呼崔瀚洋上船，二人挥手告别。走出几步，崔瀚洋又折回来。

还要问你一句：大豆，你是做多还是做空？

黑马反问：你呢？

崔瀚洋说：这次东北之行，我的感触很多。回去后第一件事情，就是开锁，坚决做多！我觉得已经把握住大豆行情发展的方向了。

黑马说：黄旭的情报也很有价值，老多头主力可能挺不住了。我顺势而为，做空。

那么，我们也要较量一番了。哈哈，战场上见！

崔瀚洋步伐矫健，很快登上舷梯。汽笛发出一声长鸣，机器隆隆响起。黑马频频挥手，崔瀚洋让他回去。船头难以觉察地偏离码头，渐渐向外侧倾斜。崔瀚洋伏在船舷，视角转移，看不见黑马了。他随意眺望，忽然，发现码头另一端立着一个熟悉的女人身影。是龚晓月！她拄着一柄红色雨伞，上身微倾，正凝视着甲板。也许她看见了崔瀚洋，举起红伞，摇了又摇。

天下雨了。崔瀚洋看见黑马走到她身边，两人说了些什么，一同离去。晓月打开雨伞，一片红色遮住他们的身影，渐行渐远。原来，他俩是一块儿来为崔瀚洋送行的，却不知为何晓月要躲在一边。其中滋味，不由使崔瀚洋喟然长叹。

十二

崔瀚洋开始行动。他站在岗楼似的办公室里，望着外间操盘手们在电脑跟前紧张忙碌。开锁，将空单平仓，单向持有多头仓位！这是他刚刚下达的指令，也是他经过长时间的犹豫后，最终做出的选择。开弓没有回头箭，从此，崔瀚洋加入了大豆多空之战的多方阵营。

卢燕红来看望他。得知他已经开锁，卢燕红高兴地拍拍他肩膀：神奇小子终于动手啦！她告诉崔瀚洋：马明远的三千万元刚刚到账，可以放心使用。她又招来几位财神爷，这两天资金源源不断地流入新兴投资公司。放心干吧，她说，我相信你的判断。你准赢！

卢燕红满面春风，喜气洋洋，给了崔瀚洋极大的信心。她走了，还留下一屋子馨香。崔瀚洋笑着摇头：女人结婚大不一样。卢总虽是铁娘子，与过去却判若两人呵！

可是，当崔瀚洋坐下看盘时，惊得嘴巴大张，倒抽一口冷气！主力合约 205 刚才还在缓缓攀升，不知为何突然急跌，几乎触及跌停板。崔瀚洋怔怔地望着电脑荧屏，神情茫然。玻璃小屋空气凝重，卢燕红带来的喜气一扫而空。怎么这样倒霉？一动手就做反了？崔瀚洋心中一阵难受。

要冷静。这是战略性建仓的第一步，也就是说崔瀚洋经过深思熟虑，已在胸中勾画出多头大战役的蓝图。五月合约的 1950 点是关键支撑位，崔瀚洋计划在这一带逐步买入大豆，扩大多头仓位。下跌是好事，正好买进。但是 1950 点关键位不能失守，一旦失守，依据波浪理论，豆价将要跌出一个延伸浪，有可能跌到 1750 点。现在，1950 点正面临严峻考验，崔瀚洋不得不把一颗心提到嗓子眼上。

怎么回事？哪里来的一股抛压？崔瀚洋想起黄旭，莫非他算到崔瀚洋入市，故意打他个下马威？这当然是不可能的，但崔瀚洋总感觉到黄旭的存在。瞧，这家伙又在电脑屏幕右上角出现，挤巴着小眼睛鬼笑："空军司令向你致敬！"黄旭尖着嗓子叫，并向他行了一个美式军礼。崔瀚洋揉揉眼睛，那小人又从屏幕上消失了。

崔瀚洋仰靠在椅背上。好久没打大仗了，今天是红星风暴之后第一仗。期货不同于股票，保证金交易方式将输赢结果成 10 倍地放大，赢了，一战而得天下；输了，光着屁股回家。这一仗，只许胜利不许失败！崔瀚洋早就对自己下了死命令。但期货交易不是靠决心能够解决问题，而是需要精确的判断。比如现在，既是最危险的时刻，又是买入的良机。买？还是不买？胜负悬于一念。崔瀚洋捶打着脑袋，实在难下决心。

5月大豆出现反弹。电脑荧屏上价格曲线缓缓攀升，就如老汉吃力爬坡，一步三喘，走走停停，叫人看着心里也难受。崔瀚洋凭经验做出判断：空方并未刻意打压，多头也没拉升价格，盘面似乎处于无主状态，任其沉浮。但是，当205龙头合约反弹至1980点以上，就有抛盘蜂拥而出，恰似一个巨浪打来，将躬身爬坡的小老头骨碌碌打入深渊！1960、1955、1950……期价又被压到最后支撑位，直逼跌停板。

有事儿。崔瀚洋喃喃道，发生了什么事儿？

电话铃响，黑马及时解答了他心中的问题。你怎么样？老兄，且慢动手。我这里有内幕消息要告诉你！黑马声音压得很低，紧张而又神秘。

崔瀚洋忙说：我正在纳闷，盘面不大对劲儿呀。快告诉我怎么回事！

黑马带来了坏消息。远大期货公司作为多头主力的旗舰，资金链出现问题，今天可能遭到强行平仓。所以，期价稍作反弹，就有多头割肉盘涌现。这家主力从春天起就一直在205合约买入大豆，豆价一路下跌，他们一路抵抗，坚持做多。如今浮亏巨大，力不从心，终于割肉离场。多方阵营一面大旗轰然倒下，对做多者信心是极大的打击。一些大户、散户受惊出局，人气涣散，影响广泛。

黑马说：黄旭预期的局面出现了，多头主力扛不住浮亏，最终要止损。估计这几天还有一些老多头要割肉出局，1950点很难支撑得住啊！

崔瀚洋笑笑：老多头出局，新多头进来，前赴后继嘛！我就不信豆子会跌得比麦子还贱。

黑马苦劝：你要谨慎，要顺势而为。我对你说，晓月主管的万盟期货公司近日调来一个多亿资金，黄旭要把它打造成空方的旗舰。你注意持仓排行榜了吗？万盟的空头位置上升很快。刚才晓月打电话来说，今天他们又做空2000手205合约。另外，黄旭的同伙不断进口美国、巴西大豆，晓月说，本周将有6艘万吨轮到达港口。

崔瀚洋道：黑马，你真以为我与黄旭赌气，才执意做多吗？你把我也看得太简单了吧？

不是，我知道你的思路。你寄希望于《转基因管理条例》正式执行，由于国家干预出现一波多头行情。可恰恰在这一点上我为你担忧。你注意到吗？具体办法早已出台，但是正式执行的日子却遥遥无期。万一有变化，反而成为特大利空，你持多单岂不危险？

这话你说到点子上了。政策定了，却迟迟不执行，究竟为什么呢？崔瀚洋喃喃道，心情更加郁闷。

听说美国农场主反应激烈，他们的大豆协会正在国会积极运动，企图通过一项制裁中国的报复性法案。老兄，中国入世了，再不能关起门来制定政策。问题不是那么简单，你要三思而行啊！

崔瀚洋答应认真考虑黑马的建议。在挂电话前他忽然问道：黑马，你说句实话。是不是黄旭让你打来这个电话？

黑马略一迟疑，忽然恼火起来：你把我看得这样不值钱？不管黄旭打什么算盘，我永远不会成为他手上的工具！

崔瀚洋连忙道歉：我错了，这话算我没说。

崔瀚洋明白：黄旭还想拉拢自己。但黑马谈的是个人的观点。主多斩仓，空方得势，外国大豆长驱直入中国口岸，这些都还不是关键。有一个问题，像重锤一样撞击着崔瀚洋的胸口：中国政府究竟有没有决心保护豆农利益？这个决心有多大？在 WTO 的框架内，管理层的智慧能否斗过各国的利益集团？还有，政策多变曾使国人吃足苦头，这一次会不会又使崔瀚洋栽一个大跟斗？

崔瀚洋闭上眼睛，脑海里掠过纷乱的画面。他想寻找些什么，使脆弱的心灵得到支持。很快，一个镜头从记忆中浮现，放大：东北辽阔的黑土地，一轮落日将桦树林染得火红，一个青年人将黑土搓成粉末，猛力扬向天空……不错，那正是他本人。当时他还不由自主地发出呼喊：东北大豆，绿色大豆，就是要卖个好价钱！做多的决心不是来自于图表分析，而是来自于深厚的黑土地，这是崔瀚洋投资生涯中前所未有的。这个决定给他带来全新的体验，使他感到踏实，自豪！

现在怎么了？你犹豫了？退缩了？崔瀚洋暗暗责问自己。

他恍然看见牛博士走上前来，指着电脑荧屏摇头：这价格不对，不正常！他雄辩地强调：非转基因大豆是一张王牌，迟早会被全球消费者所认识。这是东北大豆比较美国大豆的优势，我们要坚决发挥这一优势。我们需要时间，需要宏观面条件配合。政府深知其重要性，必然出台一系列的政策给予支持。我们有雄心，有抱负，将把东北这片黑土地建成世界上最大的非转基因大豆基地！牛博士很有风度地掠掠长发，总结道：你们不是讲究顺势而为吗？这才是大趋势。

崔瀚洋蓦地张大眼睛：对啊，这才是大趋势！转基因管理政策必然出台，东北大豆必然上涨。或早或迟，这些因素都会在期货价格上体现出来。你怎么糊涂了？怎么会看不见如此明显的趋势？

崔瀚洋心头豁亮，似有一道阳光直射胸膛。他哈哈一笑，站起身来。这时，王宁宁进入办公室，一脸惊慌神情。她说：跌停板了！怎么办？崔总，我们都在等你指示。

崔瀚洋弯腰看电脑，又是哈哈一笑。来得好啊，我正等着你呢！崔瀚洋挥挥手，大步走出玻璃小屋。

给我打开跌停板！他直接对操盘手下达指令。他的手指一一点过成排的电脑，口中念叨：买进，买进，买进！大家齐动手，把空单一扫光！

此时，崔瀚洋胸有成竹。未来趋势已了如指掌，新入的资金丰裕宽畅，他怕什么？新多入场，生气勃勃，一支生力军如龙似虎参加战斗！在目前低位，空方毕竟心虚，抛盘很轻，崔瀚洋刚一动手，跌停板就打开了，期价缓缓扬升。

对手是明确的，他们的语言在盘面上表现出来。205 合约刚一抬头，空方就猛烈打压，期价又被封在跌停板上。崔瀚洋冷笑：来吧！今天你卖出多少豆，我就全部吃尽。电脑荧屏的右下角，显示出买卖双方的挂单数量，1000 手空单正压在 1950 点，犹如一块巨石。崔瀚洋擎起巨石，扔到一边。又挂出来 800 手空单，崔瀚洋再买入 800 手。忽然跳出一串大数字：1500 手，崔瀚洋几口将它吞下……几度跌停，几度开板，成交量急剧放大，多空搏斗异常激烈。

这是一场角斗，崔瀚洋仿佛身处古罗马的圆形角斗场。他知道对手是谁，他扭住对手死死不放。刀光剑影，杀气冲天。双方使出浑身解数，置生死于度外，剑锋直指敌手咽喉。崔瀚洋异样兴奋，养精蓄锐，就为此生死一搏！他双眼灼灼放光，鼻孔翕动，两道浓眉也倒竖起来。资金是他的剑，决心是他的勇力，他向对手发起一次次猛烈的攻击。

期货投资者都能看懂这场决斗，他们在全国各地守着电脑，屏住呼吸观战。并且，他们不仅仅是观众，在一定的时机就跳将出来，变作新加入的战斗者。崔瀚洋并不孤独，他的奋战赢来喝彩，同时传递出明确信息：新多主力杀到，今天这跌停板是封不住了！于是，市场渐渐出现连锁反应，观战者纷纷变成战斗者，有人抄底，有人追涨，割肉者不割了，跟风沽空者平仓观望。这就形成了一种合力，推动期价逐级上升。到了下午，人气大变，大小买单各处涌现，盘面翻红，长阴转阳。205 豆一马当先，各个合约争相上扬。收盘时尽收失地，205 合约甚至登上 2000 点大关！

崔瀚洋长长舒了一口气。员工们下班走了，他独自坐在办公室里。交易所每天公布持仓排行榜，公开多空前 25 位持仓者名单。崔瀚洋在电脑上看见了北海期货公司的名字，他买入的多单都记在北海期货的账上。在这一个交易日里，他买入 205 合约 12000 手，一跃而成为多头持仓第八名。再看看空方排行榜，万盟期货赫然列在榜首，持仓猛增 8000 手。崔瀚洋笑了，他可清楚知道，黄旭这 8000 手空单都是在跌停板附近做的，已有 50 点浮亏。

崔瀚洋一拍桌子：这些空单，你就套着吧，1950 点再也见不到啦！

他又仔细检查资金状况。保证金新占 3000 万元，并有 400 万元浮盈，情况良好。他知道黄旭不会善罢甘休，这几天将有更激烈的战斗。崔瀚洋不想与他硬拼，明日可选高位部分平仓，将盈利兑现。待期价跌落到 2000 点之下，他再买入。从容周旋，等待时机。

天黑了，崔瀚洋打开灯，伏在桌上奋笔疾书投资计划……

十三

崔瀚洋驾车驶向海港。他与彭程万有约，要去迎接一船刚刚抵达港口的洋大豆。彭总经常打来电话，或聊行情，或邀他喝酒，两人关系甚密。昨天，彭程万说起海龙油脂集团订购的一船美国大豆到港，崔瀚洋心念一动，便问：我能不能跟你去看看？彭总就笑：你在海边长大，看船还没看够？崔瀚洋说：我不看船，看豆。干一行爱一行，我天天炒大豆，闻到豆味就兴奋。彭总说：那好吧，明早你跟我去接船。5万吨大豆能让你兴奋得蹦高！

港口在青鸟山以东，始建于1888年，也是殖民地时代的遗迹。当初英国人占领这座古城，看中的正是这片不冻海域，群山环绕形成的天然良港。一道白色挡浪坝横亘在港口，为修这坝，死了许多劳工。本地人传说，一种灰羽黄喙的海鸥就是劳工们冤魂化成的。如今，天晴海静，群鸥掠现，已成为本市一道独特的风景。血与泪的代价，换来中国走向现代化的开端。经过一个多世纪的建设，S市海港已成为北方屈指可数的大港，万吨巨轮日夜进出，带来整座城市的繁华。

崔瀚洋密切关注洋大豆进口情况，这是近期行情的焦点。期货市场的流言蜚语，总是与多少艘巨轮载着美国（或南美）大豆抵达国内港口有关。农产品转基因管理政策至今尚未实施，廉价的洋豆源源不断输入国门，这必然给大豆期货带来压力。有消息说，美国政府派出一支高级别贸易代表团，近日将到北京，专门谈判大豆问题。还有消息传得更凶：美国人准备向世贸组织提出申诉，指责中国政府设置壁垒，不肯兑现入世时所做出的承诺……无论真假，这些传言透露出同样的信息：围绕着转基因问题，中美政府正在进行着较量。这种较量即便算不上掰手腕，也是一系列难消的摩擦。俗话说夜长梦多，大豆期货的多头阵营不免人心惴惴。

崔瀚洋一度取得相当的优势。他像一匹黑马突然杀出，率领多头发动一轮攻势，确保1950点生命线不失，把205合约一直推至2080点高位，获得了百余点反弹的胜利。然而，再欲取得寸进，却比登天还难。行情盘整数日，开始缓缓阴跌，各种技术指标转弱，形势不容乐观。潜在因素总会在期价得到反应，基本面一团迷雾，大豆还能涨到哪里去？无奈，崔瀚洋只得后撤，在2000点一线布防。

尽管他仔细控制仓位，手中的多单仍不断增加。在多空排行榜上，他已经升至第三位。持仓越重，风险越大，可随着行情发展增仓又是必然的。只有摆脱盘局，大势单边上扬，崔瀚洋方能看见胜利的曙光。可是老对头黄旭岂肯善罢甘休？价格稍涨他就拼命阻击，硬是压得豆价步步下滑。这几天利空消息频传，万盟更加活跃，逢高沽空，连连得手。万盟期货公司稳居空方排行榜第一位，持仓高达3万手。创出独家单边持仓新纪录！崔瀚洋心里清楚：黄旭不啻抱着一颗重磅炸弹，一旦行情反转，这么多空单止损也来不及。强烈的上升浪必将引爆炸弹，把这位“空军司令”炸得粉身碎骨！然而，主升浪何时爆发？扑朔迷离的政策面何时明朗？崔瀚洋苦苦等待着。

轿车驶入港区。崔瀚洋把车停在港务局办公大楼前，徒步走向码头。远远望见一艘巨轮，船舷上印着斗大的外文字母，崔瀚洋猜测这便是运豆的船了。走近前去，果然看见彭程万的汽车停在船前。司机认得崔瀚洋，从车内出来，告诉他彭总已经上船了。崔瀚洋诧异：约好了的，彭程万如何不等他？司机说：检验检疫局来了几位同志，彭总陪同他们上船。好像出了点麻烦，彭总一路争辩，很激动的样子。崔瀚洋无话说，独自在码头溜达。

巨轮给人一种压迫感，黑虎虎地兀立，仿佛一座刀劈斧砍的悬崖。崔瀚洋翘首仰望，感到有些晕眩。这家伙，肚子里装着几座豆山？他听说洋豆一般散装，几个分隔的船舱盛满豆子，真如堆山叠峦。卸船时用传输带，豆山便化为金黄的河流，奔流不息，直入仓库。这场面定是壮观。但崔瀚洋难以欣然，面前这座黑色悬崖，仿佛硬生生地压在他心上。

崔瀚洋不单单来此看豆，他心中藏着一个谜团：像彭程万这样的企业家，脑子里究竟在想什么？中国每年消费几千万吨大豆，食用豆（比如做豆腐、酱油）只占少数，主要是用于榨油。也就是说，无论进口大豆、国产大豆，最终是油脂企业消化了。彭程万这班企业家决定大豆的用量、品种的选择，可算是大豆消费市场的主力军！崔瀚洋感到奇怪：彭总一方面看涨，委托崔瀚洋买入 3000 手五月大豆，长期持有，另一方面，又大规模进口洋大豆。他不知道进口豆会压抑国产豆的价格吗？他为什么没有把资金全部投入期市，买入更多的国产豆呢？崔瀚洋不解其中玄机，希望彭程万于交谈中指点迷津。

彭程万匆匆走下舷梯。他夹着黑色皮包，两颊赤红，眼睛圆鼓鼓瞪着，好像鼻孔里随时会喷出烟火来。崔瀚洋本想开两句玩笑，打个招呼，一看他气冲牛斗的模样，赶快把话咽回去。彭总一边走，一边回头对身穿制服的检疫人员发牢骚：打过多次交道，也算老朋友了，怎么一点面子也不给？李科长，我只好去找你们的陈局长了！他看见崔瀚洋，略一点头，两人算见过面了。

戴眼镜的李科长不苟言笑，慢条斯理地说：你找陈局长也没有用，国家检疫局下达了内部通知，对进口大豆暂缓检验。我们也没办法。

理由呢？你们总得给一条理由吧？

李科长说：最近，南方某市进口的一船巴西大豆，发现严重疫情（他顺口说了一串英语），一万吨大豆全部销毁、掩埋。总局要求我们接受教训，并等待新补充的检验标准下达。所以，我们只能暂停一下。

彭程万跌足叫屈：别人家出毛病，和我们有什么关系？我的豆子好不好，你们总得检查一下吧？我那进口榨油设备，一天要吃 2000 吨豆子，就等这船货下料呢！你们叫暂停，损失谁负责？

李科长只说一声对不起，就钻进检疫局的车里去了。这些同志公事公办，彭总再说什么也没用。崔瀚洋看他一脸愁苦，不免有些同情。可是，检疫局的车刚开走，他转身面对崔瀚洋，眼睛里就射出鹰一般锐利的光亮。老弟，看出来没有？他拍拍崔瀚洋肩膀，说：这里面有名堂！

崔瀚洋摸不着头脑：什么？

这是一个信号，国家对大豆进口加强控制了。暂停，等待新标准，这新标准是什么？就是《转基因管理条例》呀！

崔瀚洋眼睛一亮：真的？

彭程万眯起眼睛，打量着万吨巨轮，脸上浮现老谋深算的神情。幸亏我未雨绸缪，仓库里早备足存货。你知道吗？一旦新政策实施，国内大豆就会出现一个断档期，这情况对油脂企业来说十分严重！半年来，我一直不敢掉以轻心，不停地买豆，买豆。现在好了，我不怕了！

崔瀚洋问：那么，你为何不在期货市场上一下子把大豆买足？

彭程万笑了：我要的是豆子，不是合约。虽然期货也要交割，可万一空方到时候拿不出豆子，怎么办？就算在期货上赚到钱，企业无原料只得停产，员工流散，市场份额丧失，海龙色拉油的品牌声誉受损，终归是得不偿失！所以，我们做企业的，要紧抓住实实在在的东西（比方大豆），切不可虚浮。进口大豆一旦断档，全国将会有多少中小榨油企业停产啊！这是有过教训的。

你说这个大豆断档期，真有那么严重？崔瀚洋有些疑惑。

当然。转基因管理政策正式实施，外商就要到农业部申请许可证，又要到卫生部申请许可证。新的检疫标准肯定十分严格，会给外商增添许多麻烦。这些事情岂能一朝一夕办妥？半年，甚至一年，都不一定搞定。你想，中国平均每个月要进口一百万吨大豆，如果几个月没有洋豆进来，国内大豆市场将会出现什么局面？

崔瀚洋脱口而出：货源短缺，价格暴涨！

彭程万笑得更加开心：对了，所以，我请你再买进 3000 手 205 大豆合约。明年五月，我就到大连，向空方要豆子去。我呀，两条腿走路，现货期货一把抓！

崔瀚洋驾车回公司。虽然未能登船看豆，但他得到的收获却比预料中大得多。一路上，他把录音机开到最大音量，随着音乐节拍摇头晃脑，喜悦之情溢于言表。他觉得胜利就在面前，看得见摸得着，像一个小孩正朝他招手！

该赢一次了，好久好久没赢了。崔瀚洋喃喃道。

但是，王宁宁打来电话，却如一桶雪水兜头浇下，浇得他透心凉！王宁宁急切地说：又跌停板了！ 205 开盘时好好涨着，突然出现大笔空单打压，期价跌破 2000 点，一口气跌停。大家都说，肯定有重大利空！崔瀚洋沉默一会儿，道：你别慌，我马上就回来。

重大利空？哪来的重大利空？崔瀚洋脑子飞快地转动。2000 点多方守了好几天，没有特殊原因绝对不会跌破。怎么忽然跌停了？黄旭掌握了什么消息，敢于如此出手？崔瀚洋猜测其中必有文章。他想到了黑马，应该打个电话，问问他到底出了什么事。

崔瀚洋停车，拿起手机要按号码。手机忽然响起，有电话打进来。崔瀚洋万万没想到，打电话的人竟是黄旭！他嘻嘻哈哈一阵怪笑，让崔瀚洋猜猜他是谁。崔瀚洋以为黄旭来奚落他，便口气生硬地道：有什么事儿？我正忙着呢！

黄旭说，我向你透露一个重要消息：昨晚，美国商贸部长和贸易代表，率领一个代表团抵达北京。他们来者不善啊！代表团里有我一个老朋友，名叫史密斯，是美国天堂商贸公司的总裁。我去看他，史密斯对我说，这次来专谈大豆问题，他们将迫使中国政府做出让步。否则中美之间将可能爆发一场贸易战！还有，美国总统布什下个月到上海参加APCE首脑会议，史密斯说，布什肯定会向中国最高领导提出大豆贸易近来出现的摩擦。事情闹大了，农产品转基因管理政策很难出台，搞不好就要流产。

你对我讲这些，究竟是什么意思？

事情明摆着，你我之间总有一人犯了错误，这错误的后果极其严重！念着过去的交情，我不希望出现太惨的结局。所以，我提议双方协议平仓，现在这价位谁也不会输得太多。你看怎么样？

崔瀚洋哈哈大笑：闹了半天，你是劝我投降啊？

黄旭也笑：聪明。说白了，我是在华容道上放你一条生路。如果拖延下去，我刚才说的情况全部浮出水面，你想跑也跑不掉了！多方崩溃，空方追击，跌停板一个接一个。想一想吧，这是多么可怕的局面！

崔瀚洋严肃起来：黄旭，你吓不倒我。从建仓做多那一刻起，我就把身家性命都押上去了。我相信中国政府会朝着既定目标，一步一个脚印前进！我说这话，有自己的体验，我自信抓住了大趋势。你也不必假惺惺地同情我，我不领情。这一仗，咱们就真刀真枪地干到底吧！

黄旭叹息道：话不投机半句多呀，我这电话算白打了。

崔瀚洋说：不，我还得谢谢你透露的最新消息。

放下手机，崔瀚洋仰靠在车座上，双目微闭，凝神静思。他反复对比今上午获得的两条信息：进口大豆暂停检验，美国商贸代表团抵达北京。大豆期货剧烈震荡在所难免了，决战迫在眉睫！

十四

对于崔瀚洋来说，这真是惊心动魄的一天！凌晨五点，小英开始阵痛。轻微的呻吟、不停地辗转反侧，很快将崔

瀚洋惊醒。他打开台灯，见妻子额冒冷汗，脸色苍白，一时慌了手脚。小英的预产期过了好几天，一直未见动静。正纳闷这孩子是怎么回事，忽然就发作起来。幸亏早有心理准备，崔瀚洋每天把公司的轿车开回家，现在正派上用场。他把妻子包裹严实，抱入后车座，往医院疾驶而去。此时，天灰蒙蒙的，正下着一场鹅毛大雪，霞光曙色都不知躲到哪里去了。

把小英安顿在病房住下，崔瀚洋上街吃早点，又捎些豆浆、炸糕回来。医院大厅装着彩电，恰巧播映早新闻。崔瀚洋站住脚，看见美国总统脸上挂着难得一见的笑容，正走下飞机舷梯。他来了！崔瀚洋一怔，马上想到今日大豆期市的反应。APCE 会议隆重召开，各国首脑云集上海，这是我国第一次举办如此重大的国际会议……播音员声情并茂地述说着，崔瀚洋心中却一阵阵紧张。

黄旭肯定会利用这个事件大做文章，今天将有一场恶战！崔瀚洋看看手表，八点十分，只剩下五十分钟，期市就要开盘了。他原本打算陪妻子，哪个做丈夫的会在这种时刻跑开呢？可是，崔瀚洋明白，多空双方的决战就在今日。箭上弦，刀出鞘，形势万分紧急啊！作为一个主角，他怎能离开战场呢？

崔瀚洋回到病房，心中忐忐忑忑。几次要张口，又把话咽回去。林小英握住他手，温柔地说：你走吧，别误了大事，我知道你心里着急。崔瀚洋深感不安：可是，你……

小英摆摆手：医生刚才来看过，我一时半会儿还生不了。再说，爸一会儿就来了。

崔瀚洋低头看表，已经八点半，不能再迟疑了。他把手机放在小英枕边，说：有事就给我打电话。今天的确很关键，对不起你了。

出了病房，他驾车狂奔。穿过几条马路，抵达海滨，沿着金融街南行，终于来到北海期货公司楼下。来不及泊好车，他就一头钻入电梯。在办公桌前坐定，打开电脑，时针正指九点。

自从与黄旭通过电话，双方就断了后路，无声的较量渐趋白热化。空方借中美谈判暂无结果之际，全力打压，大豆期价再次逼近 1950 点。崔瀚洋顽强抵抗，一次次把 205 主力合约推升至 2000 点关口。持续的拉锯战消耗资金很厉害，持仓日益加重。崔瀚洋所在的北海期货公司已经升至多方排行榜第一位，万盟期货则久据空方榜首。崔黄对决引起万众瞩目。双方角力使出浑身解数，却僵持不下，胜负难分。局面呈现微妙的平衡，犹如一架天平，只要加上小小的一块砝码，天平就会向另一方急剧倾斜。这块砝码出现了，并且加在黄旭一方。路透社财经消息在电脑荧屏即时滚动，崔瀚洋凝神搜寻有关美国总统访华的评述。分析人士认为，美国国会对总统施加影响，要求他就大豆贸易问题向中国最高领导层进行交涉。出于国际政治的考虑，中方可能做出让步。此类分析不管正确与否，都会影响大豆行情。毕竟，这种可能性是存在的，哪个国家的领导人不是冲着中国的广阔市场而笑容可掬呢？黄旭得了这块砝码，定要兴风作浪，置对手于死地。崔瀚洋呢？无疑是背水一战，置之死地而后生了！

奇怪。盘面上风平浪静，期价小幅波动，黄旭迟迟未动手。崔瀚洋纳闷：这位空军司令睡觉去了？他少量买入 205 合约，试试盘。盘子很轻，如入无人之境，徐徐升至 2000 点以上。崔瀚洋暗暗诧异，黄旭在耍什么花招？可别中了埋伏。他又部分平仓，让期价回落到 1980 一带盘整。该来的没来，崔瀚洋心中更不踏实。

太静了。崔瀚洋靠着椅背，闭目养神。这样的寂静有一种不祥意味，仿佛暴风雨降临前黝黑的海面。如果判断失误，崔瀚洋贸然发动进攻，突破 2000 点大关长驱直入，黄旭将如何对付他呢？肯定半路杀出个程咬金，突然袭击，高空轰炸，打得他遍体鳞伤，跌回原形。那么，反其道而行之，应该怎么办？加强防守，稳住阵脚。甚至后退一步，守住 1950 点生命线。崔瀚洋一跃而起，唤王宁宁进来。他下达命令：你去，把银行里存着的 2000 万元划入公司账户！王宁宁惊讶地睁大眼睛：这可是最后一笔资金了。你总说这是战略预备队，不到生死关头不能动。崔瀚洋斩钉截铁地说道：现在就是生死关头！你马上去银行，把预备队给我拉上来。王宁宁不再多说，匆匆离去。

果然，空方开始发力。打击来得很突然，沉重而有力。仿佛一人独行荒原，忽遭歹徒袭击，一记闷棍直击后脑勺！黄旭惯用这种手法：集中大量空单，不计价位往下杀，瞬间就封死跌停板。这会造成恐慌，使中小散户以为出了大事，慌忙中割肉平仓。崔瀚洋站起来，眼看价格线笔直下跌，似一把利剑刺向 1950 点。

好家伙，想要一剑穿心啊。崔瀚洋喃喃道。

1950 点在技术分析上很重要，如果守住，则构成双底形态，有利于多方。如果跌穿，图表上显示破位，预示着新的下跌浪展开，投资者就会跟风做空。崔瀚洋最清楚：这是他的上甘岭，打完最后一颗子弹也要守住。一旦失守，胜负立判，他就是砸锅卖铁也挽不回败局了。黄旭来势汹汹，目的是借着利空，借着偷袭，一举击穿 1950 点，甚至封住跌停板，迫使崔瀚洋斩仓出局！

外间操盘手们正紧张地忙碌着，无须崔瀚洋多说，他们都在 1950 点一带买入五月大豆。好像他手下的战士，浴血奋战守卫上甘岭。崔瀚洋走出办公室，在两排电脑之间的甬道踱步，无言地鼓励着下属们。一位老成的操盘手抬起头，低声说：崔总，我主管的账户资金不多了。旁边一位戴眼镜的青年也站起身告急：我的账户只剩下 10 万元，不敢再买入了。崔总怎么办？

资金就是子弹，弹尽粮绝，战斗将无法继续。强烈的不安情绪弥漫开来，屋里的空气仿佛凝结成冰，使人窒息。

这时候，王宁宁拿着支票进门。崔瀚洋接过支票，振臂一扬：2000 万元刚到账，老子有的是子弹！你们给我狠狠地打，一步不准后退！

盘面震荡扣人心弦：空方如战机俯冲，一批批空单炸弹似的撞击着 1950 点。多方摆开高炮阵，连续的买单犹如串串弹火射向天空。期价一次次被砸下去，又一次次拉起来，仿佛安着弹簧，蹦跳不已。成交量急剧放大，创出历史新高。无数投资者从全国各个角落杀将出来，或空或多，恰似无垠的荒原展开大规模混战，人人手持利刃，拼命厮杀。这场面无声，无血，却在投资者心中不停地演绎，仿佛一部无穷无尽的宽银幕电影。

崔瀚洋抽空给小英打电话，手机响了半天，接电话的却是林德模。这位性格古怪的老丈人说：你媳妇刚进产房，还嘱咐我别告诉你。崔瀚洋问：为什么？老丈人嘿然一笑：怕影响你发财哩！崔瀚洋心里很不是滋味，负疚感折磨得他坐立不安。他决定暂且抛开一切，要去医院看看妻子。

崔瀚洋刚立起身，却见马明远推开玻璃门，走进办公室。崔瀚洋忙招呼他坐，问道：马总，你怎么有空来了？马明远板着脸说：出问题了，大问题！崔瀚洋一怔，不知道这位花花老总要搞什么名堂。

马明远说，他的房地产公司一笔贷款到期，新楼盘开工又需要资金；并且，老板得知他把 3000 万元投入期货公司，严厉地训他一顿，要他立即将资金追回。总之，马明远是来讨钱的，3000 万，立刻就要！

崔瀚洋眼都直了，这不是釜底抽薪吗？仗打到这份儿上，命都不要了，哪能抽出 3000 万元给他？崔瀚洋努力保持冷静，为马明远泡上一杯茶，笑道：马总是不是听到什么风声，对我不放心呀？

马明远摇头：那倒不是。期货这玩意儿风险太大，看着都心惊肉跳。不瞒你说，自从把钱投到你这里，我每天晚上都睡不着觉，硬是得了失眠症！

崔瀚洋说：看来马总是内行。你天天看盘吧？要不怎么夜夜睡不着觉呢？如果我没猜错，今天上午你一直在看盘，这行情太凶，吓得你心惊肉跳！你担心爆仓，所以跑来抽回资金，对吧？

马明远苦笑：3000万元一划到你账户，我就不得不变成内行了。今天要跌停板，肯定跌停板！

崔瀚洋说：我在这儿干什么？我告诉你，大豆的底部就在眼前，跌不到哪里去。再说，我在你的账户打入保证金，赔是赔我的，你慌什么？如果你不放心，我多划50万元保证金，确保你的本金的安全，还不行吗？

马明远眼睛盯着电脑荧屏，神经质地摇头：不不不！我要钱，就要钱。一旦出事，老板会炒掉我，我再也没地方当总经理了。

崔瀚洋火透了，恨不得拍桌怒吼。但他明白，马明远已是吓破胆的人，惊他不得。于是，崔瀚洋温和而坚决地说：我们签过合同，一年期约，难道你忘了吗？所以，今天你拿不到钱。实在要撤资，请你和你老板上法院，咱们打一场官司，打到底！

马明远连连摇头：我们不打官司，不打官司。

正纠缠不清，又来一位客人。崔瀚洋高兴地喊道：彭程万，彭总，你来得好哇！

我当然来得好。彭程万风风火火地脱下大衣。你猜我来干什么？送钱来了！他把一张支票拍在崔瀚洋面前。

崔瀚洋简直不敢相信自己的眼睛，抚弄着支票问：这是怎么回事？彭程万说：大豆进口越来越难，外国贸易商都在等待观望。我们董事会分析形势，认为《转基因管理条例》很快就会实施，进口大豆出现断档在所难免。因此，我们把原料采购的重点转向国内，转向期市。这不，董事会决定追加一千万元投资，再买4000手五月大豆！

崔瀚洋激动得两眼放光：太好了！彭总，你真给我送来一场及时雨啊！

我可不会呼风唤雨，不过，我会看行情。现在这种形势，大豆还在卖

1950 元一吨，绝对不正常。这是空头发昏，投机过分，给我们企业造成了机会。我敢说：今后一两年都很难再见到这个价位，我们肯定抄到底了！

崔瀚洋说：那好，我马上在你海龙公司的账户上买入 4000 手五月大豆。

彭程万叮嘱他：我可不搞投机炒作，买入后不得卖出。我要的是豆！明年五月我到大商所办实物交割，让现在卖空大豆的人，把大豆交给我。期货市场本来就有这份功能嘛！

崔瀚洋叫来王宁宁，让她拿着支票去银行办转账。彭总说有事，也告辞走了。崔瀚洋把彭程万送到电梯，握着他的手道：不管怎么说，我还得谢谢你。你够朋友，为我雪中送炭啊！

彭程万爽朗一笑：朋友这一层，我也是放在心上的。

转回玻璃小屋，马明远急急地问：这人是谁？崔瀚洋说：海龙油脂公司的老总。海龙牌色拉油就是他家生产的，名牌，全国超市都有得卖。马明远拍拍额头：呀，这可是真行家，他肯定不会看走眼！

崔瀚洋看出他心思活动，趁机问：怎么样？咱们还要打官司吗？

不必了，我本来也没那意思。只是你刚才说过，再往我账户打 50 万元保证金，让我更有安全感。行吗？

行。崔瀚洋笑道：你这个人呵。回家别再看盘，踏踏实实睡觉。

马明远也走了。崔瀚洋长长地松了一口气。

大豆行情仍在动荡，空方又发动新一轮攻击。崔瀚洋挺直身子，投入紧张的战斗！

十五

下午三时，期市收盘。一天的鏖战结束，日 K 线图留下一颗十字星。所谓十字星，是指开盘价与收盘价处在同一价位，带有上下影线，表明曾经上冲被压制，急速下跌又被拉起。其意义是多空双方势均力敌，打了个平手。任何一根 K 线都有自己的语言，十字星默默述说着一场惊心动魄的搏杀。

崔瀚洋匆匆赶往医院，脑海里总也抹不去这颗十字星。直到收盘前最后一刻，空方还进行了一轮猛烈的空袭。期价瞬间击破 1950 点，触及跌停板。崔瀚洋一颗心堵住嗓子眼，几乎窒息。这时，不知何方涌出大手笔买盘，推动期价急速上扬。崔瀚洋也大力买进，乘胜追击，终于收复失地，赢得了这颗十字星。

明天会怎样？崔瀚洋得不到答案。

林小英进产房三个多小时，孩子仍未出生。护士说她可能难产，要崔瀚洋耐心等待。想象着妻子的痛苦，崔瀚洋焦虑万分，在病房后院来回踱步。一位矮胖青年，也在等孩子诞生，同情地递上一支香烟。崔瀚洋本不会抽烟，此刻也不推辞，皱着眉头吞云吐雾，呛得连连咳嗽。夜幕降临，寒风飕飕，两个准父亲就这么傻站着，面对面默默地吸烟。

胖小伙子比较幸运，护士把他叫去，告诉他生下一千金。他欢天喜地看女儿去了，留下崔瀚洋独自待在后院。崔瀚洋内心充满自责，也不觉寒冷，踩得积雪吱吱作响。他痛恨自己：平时对小英关心不够，连今天也未能陪伴在她身旁，亏欠妻子实在太多！他暗自疑惑，难道真是金钱使人变得冷漠？可又冤枉，他心里其实对小英很好啊！

崔瀚洋深感疲劳，沮丧，心情比夜空更阴郁。他回到大厅，站在大彩电跟前看新闻。APEC 首脑们挽臂而立，身着唐装，花团锦簇，一派喜气洋洋。崔瀚洋盯住美国总统多看几眼，猜测他是否要过某些手腕，向中国领导人施压。这是枉然的，领袖天生会演戏，面对公众永远是不变的笑脸。交易在幕后进行，好像魔术师把手伸进木箱，谁也不知道他会变出什么东西——鸽子？鸭子？或者一个大活人？

他想到黄旭。今天，黄旭的行为几近疯狂，万盟一日内净增空单万余手，总持仓超过空方排行榜前几位的总和。他在豪赌，赌注就押在这位因穿着唐装而显得异样的美国总统身上。万一他赢了呢？崔瀚洋一阵战栗，不敢想下去。他嘴里发苦，又感觉到红星股票狂跌时那种恐惧。他很想扶住什么东西，可是空荡荡的大厅无所倚靠。

似乎出于本能，他想起了远在东北的牛博士，崔瀚洋掏出手机，迅速拨通牛博士的电话。听见牛博士的声音，他急急地说：牛博士，是我，崔瀚洋，还记得我吗？电话那端传来朗朗的笑声：忘了谁也不会忘记你，赫赫有名的神奇小子呀。怎么了，有事吗？崔瀚洋把心中的惶惑，期市的异常波动，自己如何做单统统告诉了牛博士。最后他说：我心里发慌，牛博士。你是专家，又是国家大豆研究小组的成员，能不能给我透个底，《转基因管理条例》还能实施吗？现在可是中美正在为此事谈判磋商呢。

牛博士的声音沉静下来，透出庄重与镇定，使得崔瀚洋的心顿时安稳下来。他说：我不参加谈判，当然不知具体细节，但凭我的经验，我可以告诉你：中国是一个大国，决不会出尔反尔。政府一旦做出决策，并公之于世，就一定要实施！这不是任何人，哪怕是某个强国的总统，所能够影响或者改变的。你要有信心。你当时决定做单方向，不就是基于一种信心吗？坚持下去，信心不可动摇！

崔瀚洋沉默一会儿，道：牛博士，谢谢你！

打完电话，想想牛博士的话，越想越觉得有道理。崔瀚洋仿佛吃了一颗定心丸，身心怡然，周身舒坦。他不由自嘲道：你是怎么了？得软骨病了？大风大浪都没眨眼，回头想想却吓晕了，好没出息！

崔瀚洋相信这个电话就是转机，好事接踵而来。护士笑盈盈地站在他面前，告知孩子已出生，男孩，足有八斤重。崔瀚洋喜得脚下打跌，跟随护士进病房看小英母子。望着妻子苍白而幸福的笑脸，崔瀚洋热泪夺眶而出，扑簌簌打湿脸庞。他又抱起儿子，小家伙单睁开一只眼睛，却似乜斜着瞅父亲，尤显老到。崔瀚洋大笑不已。

一觉醒来，朝阳映红天空。崔瀚洋呼吸着清新的空气，步行去公司。海滨白鸥飞掠，浪花绽开于绿色海面，风景美不可言。崔瀚洋想到儿子，想到自己一夜之间成为父亲，恍然仍在梦中。他心中感慨万分，追忆当年在这条金融街上对小英倾诉雄心壮志，反将小英吓跑；又对幢幢高楼大厦挥拳跺脚发誓，要成为中国的巴菲特、索罗斯，真是傲气冲天，豪情万丈啊！这一幕幕情景宛如昨日，崔瀚洋不禁脸红。他深深叹息：如今成人了，成人了。

走进办公室，王宁宁满面春光迎上前来。我们赢了！她嗓音脆亮地喊道，《转基因管理条例》从今日起正式实施，中央电视台早间新闻刚刚公布了这个消息！崔瀚洋简直不敢相信自己的耳朵，一时竟怔住了。王宁宁推他往玻璃小屋走，说：快去看看电脑，肯定是头条新闻，期货界可要开锅了。

崔瀚洋打开电脑，仔细琢磨突如其来的好消息。中国政府选择这种时刻宣布新政策正式实施，既表现出凛然正气，光明磊落，同时又显得意味深长。中美就大豆贸易问题的谈判，双方做出妥协，最终达成一致，这是关键所在。那么，中国入世后第一次贸易摩擦，就这样无声无息地化解了。这是多大的胜利啊！作为WTO的新成员，中国表现出从容、成熟的大家风范，令世人叹服。想到这些，崔瀚洋感到欣慰，自豪！

黑马打来电话，祝贺崔瀚洋成功。崔瀚洋道：成功？现在说这话为时尚早吧？你谈谈对行情的看法。

黑马说：先别谈行情，我讲我对单子的处理。昨天收盘前一阵急跌，我抓住机会把所有的空单平仓了。你看盘感觉到了吧？

空单平仓必要买进，崔瀚洋顿时明白：在那瞬间破位、触及跌停板时，忽然冒出的强劲买盘，原来是黑马平仓所为。崔瀚洋哈哈大笑：关键时刻，反戈一击！黑马，你可帮我大忙了，我怎么感谢你呢？

别感谢，我是救我自己。我一向注重技术分析，做单不带感情色彩。昨天那颗十字星，是典型的黎明之星，配合前期形成的双底形态，我就认准要爆发一轮多头行情了。我从来溜得快，要不怎么叫黑马呢？

客观上说，你还是帮了我一把，杀了黄旭一个回马枪！哎，我们这位空军司令现在怎么样？

黄旭惨了！晓月昨夜来电话，说万盟资金发生危机，黄旭正到处想法借钱。他空得太猛，谁也劝不住他，简直疯了！这老滑头，过于迷信他的美国朋友，利令智昏，孤注一掷，这回可要吃大亏了！

你分析一下，新政策出台对大豆期货影响有多大？

这股劲憋得太久了，来个火山爆发谁也不意外。还用我分析吗？看，开盘了，涨停板！我得追买大豆，再见了。

果然，全体大豆合约齐刷刷封住涨停板，价格线一字横走，无人卖出，想买的又买不进，交易出奇的冷清。崔瀚洋浑身一松，骨头散了架一般倚靠在椅子上。多少个日日夜夜，他的神经就像绷紧的弓弦，片刻不敢放松。承受的压力犹如太行山，叫他如孙猴子似的不得抬头。现在，一切都已过去，结果出来了：他赢了！

崔瀚洋并无兴奋与激动，倒是冷静地反思：为什么赢了？他想起东北之行，想起彭程万那船洋大豆，想起做多以来反反复复的思想斗争……最后，崔瀚洋得出结论：自己与黄旭一样，都在进行一场豪赌，只不过自己押对了注，押在中国政府一方。说到底，投资或投机，都带有赌的成分，广而言之，人生何处不赌？真实的意义在于：当你下注时，或是你做出重要选择的瞬间，所有的思想、知识以及性格因素都发挥了作用，可以说你这个人，在这一刻得到完整的体现！偶然寓于必然，任何结果都是长期积累而成。仔细体会，其中妙味无穷。

涨停板封得纹丝不动，交易几乎静止。崔瀚洋一跃而起，拍拍脑袋，自语道：我还傻待在这里干吗？胡思乱想什么？赶快陪小英去吧！

他步履轻捷地离开办公室。

黑马的话没错，多头行情真如火山爆发。第二天、第三天连拉涨停板，崔瀚洋大量持有的205主力合约，暴涨近200点，获利之丰厚、之迅速令人咋舌！期货的魅力就在于此，一旦做对方向，利润远大于任何投资方式。王宁宁和操盘手们欢呼雀跃，谁不为这来之不易的胜利高兴呢？可是崔瀚洋却不露面了，那间岗楼似的玻璃小屋很难见到他的身影。王宁宁几次打电话，问他是否获利平仓？他总是咬定一个字：不！大家都笑：崔总要把这些豆子留给儿子享用呢！

崔瀚洋将小英母子接回家，天天陪着他们，恬淡宁静。小英奇怪：你怎么把公司丢下了？崔瀚洋笑笑：难关度过了，我要多用些时间补偿你们。一家人其乐融融。

崔瀚洋表面上平静，内心却激动之极。他对行情自有判断：这仅是趋势发展的初级阶段，暴涨之后，还有漫长的盘升期。此时最忌过早平仓，必得坚忍耐心，才能笑到最后。他怕自己把持不住，急于获利，故而远离市场。宁静致远，崔瀚洋决心长线持仓，赢得完整一波行情。

夜深人静，崔瀚洋经常独自来到地下室，静默打坐。种种感悟在心头掠过，他于冥冥中体会人生真谛。一个投资者走过的路，总是荆棘丛生，坎坎坷坷。回首往事，他就是在这地下室起步，钻研图表，分析股票，痴迷地投身于金融领域。他曾迅速崛起，身家亿万，神奇小子声名远扬。然而红星高科一战，成为他的滑铁卢，几乎输得倾家荡产。卢燕红亲临地下室，请他出山，给他施展才能的机会。他兢兢业业，赴东北实地考察，到油脂企业深入调研，摸透了新政策的根由，最终赢得今天之大捷！以后路怎么走呢？他的人生将绘成怎样一幅图画呢？崔瀚洋深深思索着……

黑暗中，浮现出爷爷的脸庞。爷爷双目灼亮，冲他神秘地一笑。

日子过得很快。儿子满月了。儿子过百岁。大豆行情正如崔瀚洋所料，经过三个涨停板的急升，又进行盘整，然后沿着上升通道一浪一浪地推进。真正的大牛市由诸多因素构成，《转基因管理条例》的实施仅是导火索。国内大豆缺货，美元贬值，阿根廷金融危机，美国大豆减产……一连串利多因素接踵而至，促使国际国内大豆价格同步上扬，创出几年来未见的新高！

这局面却超出了崔瀚洋的想象。他紧抱多单，顺风驶船，赢利竟然连续翻番，把他自己也惊得目瞪口呆！趋势的力量不可抵挡，顺势者昌，逆势者亡。崔瀚洋相信这是期货界永恒的真理。屡败屡战，一战而定天下。此时，崔瀚洋感到自己真正站起来了！

不知怎的，崔瀚洋总是挂念着黄旭，真想见他一面，崔瀚洋心中已全然没有恶意。这位空军司令杳无音信，似乎多头火山爆发，把他炸成粉末，随风而逝了。

一天深夜，龚晓月打来电话，说：你能来一趟北京吗？黄旭想见你。

十六

崔瀚洋驾车去北京。高速公路如飘带向前延伸，两边田野已被春雨染绿，翡翠似的块块镶嵌，将大地装扮出一派新气象。录音机播放着美国乡村音乐，浪漫而忧郁，更令崔瀚洋心旷神怡。

龚晓月的电话促成他此次北京之行。往深远处看，此行可能改变崔瀚洋的人生之旅。龚晓月传来一个惊人的信息：万盟期货公司濒临破产，黄旭突发中风，已半身不遂。由于债务沉重，万盟公司不得不清盘出让，许多投资人正为购并万盟而与晓月谈判。作为总经理，龚晓月受黄旭委托全权处理公司善后事宜。她自然而然想到崔瀚洋，于是就在深夜打来那个电话。她问：你想买下一家期货公司吗？如果想，万盟就是你的！

崔瀚洋十分动心。论实力，经过大豆一役，他已拥有几千万元资金，完全可以独立门户，大展宏图。到北京，到全国的金融中心谋求发展，更是崔瀚洋的梦想！这一重大转折具有戏剧性，竟然是老冤家黄旭提供的契机。崔瀚洋感慨：也许是天意吧。他决心拿下万盟期货公司。

只是，对卢燕红那头不太好交代。新兴投资公司正兴旺发展，老客户获利丰厚，纷纷追加投资；新客户闻风而至，不断申请开户。如此局面，他崔瀚洋若走，岂不泼下一盆冷水？他感念卢燕红在低潮时拉他一把，不忍春风得意便一走了之，显得无情无义。

思来想去，崔瀚洋便打电话与哥哥商量。萧长风毫不迟疑地说：这是好事，卢燕红一定会支持你。停了停他又深情地说：来北京吧，咱们兄弟共同发展。崔瀚洋不禁心头一热。

与卢燕红一谈，果然如哥哥所料，她爽快地同意了。这位女强人脑子动得快，又提出一个附加条件：共同收购万盟，北海期货公司要占有30%的股份。卢燕红精明地笑道：我公司早就计划向外扩展，你也算我们派出的尖兵了！崔瀚洋当然欣喜，这样，他购并万盟实力更壮，更有把握。卢燕红与他议定：万盟重新开业时，可以带去新兴投资公司部分业务，因为有些老客户肯定要跟崔瀚洋走的。卢燕红说：你这神奇小子，可是一张王牌啊！崔瀚洋俏皮地回答：我永远是你的尖兵！

一经安排定当，崔瀚洋直奔北京。兴奋之余，他心情又有些复杂。许久未见龚晓月了，不知她近来怎么样？踩在黄旭这条船上，做空大败，又面临破产，肯定把她折腾得够呛！崔瀚洋忽地忆起往事，与晓月的感情纠葛萦绕心头，挥之不去。他想：入主万盟之后，晓月如何处置？保留总经理的职务肯定不合适，让她离去又不忍心，是一件棘手的事情。

驾车急驶六个小时，下午两点到达北京。崔瀚洋按地址找到万盟期货公司，龚晓月正在办公室等候他。与想象中不同，晓月脸上全然没有憔悴之色，反而星眸闪亮，丰韶灿然，比过去更加美丽。她与崔瀚洋握手，语言爽朗大方：早知道你会来，万盟公司有新舵手了。欢迎你！

谈判进行得很顺利，双方对购并条件、出资额多少并无争议。崔瀚洋有一种感觉，龚晓月处处让步，似乎真的盼望他早日入主万盟。谈到公司原有职员，龚晓月首先申明：我另有去处，你不必考虑。不过，我向你推荐一位总经理人选，你也许会感兴趣。崔瀚洋问：谁？

龚晓月含笑不答，起身打开侧面一扇房门，喊道：出来吧，该你亮相啦！

里屋姗姗走出一个人来。崔瀚洋见到此人，惊喜地奔上前，一把将他搂住：黑马，你怎么来了？太棒了，得你这员大将，我在北京定能一帆风顺！

黑马推推眼镜，兴奋而略有羞涩，喃喃道：我们会师了，终于会师了。崔瀚洋转身对晓月说：你别离开公司，像过去一样，咱们一起干。你说另有去处，什么去处？干脆辞了！

黑马赶忙阻拦：辞不得，这可辞不得！我和晓月后天结婚，就等你来喝喜酒哩。婚后，晓月要留在家里，一心一意相夫教子。你说，这去处怎么能辞？

崔瀚洋拍拍额头：哎哟，我胡说八道了。这等大喜事，怎么不早告诉我？只是晓月离开公司，有些可惜。

龚晓月说：可惜什么？我本来就不是干这一行的料，当这两年总经理，也不过是黄旭的傀儡。我实在累了，只想找一个安全的小窝栖息。现在，小窝找到了，我还有什么奢求？

两个男人默默倾听，非常理解她的心情。她有些激动，又谈起前不久那段黑暗的日子：你们不知道，砍仓的时刻有多可怕！黄旭天天待在这里，人整个儿变成疯子，东蹿西跳，大喊大叫。我的脑子都快让他吵炸了！涨停板一个接一个，那么些空单怎能平得了仓？一天就亏损两千多万，我看着账单手都发抖。割呀，割呀，半个多月才把这堆烂肉割光了，一算总账，黄旭亏了两个亿！他在我面前，就在这沙发上，一头栽倒，中风了。

崔瀚洋瞅着棕色的长沙发，仿佛目睹了当时的情景。期货就是这样残酷，失败犹如死神，片刻间把人毁灭。黄旭是一条大虫，多年来在投资界兴风作浪，如今一步失足，不得不黯然退出这色彩缤纷的舞台。

龚晓月转向崔瀚洋，说：有一件事情应该让你知道，黄旭给我下了指示：只要崔瀚洋有意，万盟就不能转让给其他公司。他一定要让你来接手！当时他已经半身不遂，说话唔唔噜噜。连比画带写，半天我才把他的意思弄明白了。我有些奇怪，他好像变了一个人。我问：你不恨崔瀚洋吗？黄旭指指天，又指指地，慢慢地闭上了眼睛。我至今也不懂他想说些什么。

崔瀚洋默然点头：我能理解。晓月，黄旭现在住在哪里？我想去看看他。

龚晓月说：他住在一家疗养院里，挺远。你还是改天再去吧。

崔瀚洋执意马上去，晓月、黑马就陪他上了轿车。车沿公路向西行驶，夕阳垂垂，西山紫霭缭绕，暮色迷人。来到疗养院，病房中不见黄旭的踪影。一位大夫说，可能到花园散步去了。

他们在一片绿茵茵的草地找到黄旭。所谓散步，其实是黄旭坐在轮椅上，由一名护士推着，缓缓行走。他完全失去行动能力，几乎成了残疾人。崔瀚洋在他面前站住，弯下腰，轻轻地说一句：黄老板，我来看你了。你好吗？

黄旭睁大眼睛，嘴角抽搐，唔唔伊伊地语不成句。他很激动，崔瀚洋也很激动。毕竟，他们在投资界厮混了那么多年，炒股票，炒期货，经历了一次次风浪。虽说黄旭诡计多端，玩弄朋友于掌间，害得崔瀚洋吃了不少苦头，但崔瀚洋还是不忘领路人之恩。当初，崔瀚洋在金泰证券公司门口算卦测市，是黄旭看中他，提拔他当操盘手的。现在黄旭已经落到这等地步，崔瀚洋心酸、怜悯之情远在别人之上。恩恩怨怨，全都一笔勾销。

由于语言障碍，崔瀚洋无法与黄旭交谈。然而失去了语言，两人的交流反倒胜于以往任何一次。黄旭颤巍巍地握住崔瀚洋的手，久久不放。他唔噜着重复一句话，眼泪哗哗流淌。崔瀚洋懂得他的意思，他在说：我对不起你呀，对不起……

过去的事情别再提了。你安心养病，万盟公司由我接手，决不会亏待你！崔瀚洋说完这句话，把头扭向一边，眼泪也夺眶而出。

接下来的日子，崔瀚洋忙于办理各种手续，交接账目，招兵买马，片暇难得。黑马与晓月举行了盛大婚礼，有情人终成眷属，也为新公司开张增添几分喜气。崔瀚洋聘任黑马为总经理，自己当董事长。龚晓月经崔瀚洋诚恳挽留，同意暂任市场部经理。所谓暂任，是因为她有言在先：一旦有了孩子，她就要辞职回家，专心做母亲。

最后，为新公司命名，他们之间产生了争议。崔瀚洋觉得万盟这名字不错，不必再改。黑马、晓月却建议改名为新美隆，以纪念他们在美隆投资公司共处的那段日子。崔瀚洋说：美隆太俗，咱们还是向前看。要改，就改作新万盟吧。黑马、晓月想了想，都同意。

于是，新万盟期货经纪公司就在北京诞生了。

十七

以后的日子，交接、重组万盟公司，头绪繁多，崔瀚洋坐镇指挥，难得片刻闲暇。当一切顺利完成后，崔瀚洋才从心底长舒一口气。

因为事务繁忙，崔瀚洋来北京后还从未迈出宾馆一步。这天晚饭后，崔瀚洋信步走出了宾馆。京城繁华，明灯璀璨，车流如河，人群熙攘。

转过几个街角，一条宽阔的大道豁然展现在面前。崔瀚洋看看路牌，见到三个字：金融街。

他很惊讶，以为自己看花了眼。再仔细端详了一会儿路牌，乐了：嗬，是真的，北京也有金融街呀，我还不知道哩。这真是鬼使神差呀，自己刚从S市金融街抽身来到京城，忙活了半个多月，今晚本是随意走走，放松一下，谁知不知不觉又走进了北京的金融街！难道命运之神冥冥中一直在引领自己吗？

这是一片新建成的街区。大道两旁高楼耸立，中央银行、证监会、保监会、各大国有银行总部全都集中于此，整条大街有一种庄严肃穆的气氛。在古老的北京城里，它仿佛一位新出现的巨人，兀然屹立。崔瀚洋沿街漫步，细细端详街道边每一座大楼，这些闻名遐迩的权威金融机构，曾经是那么神秘，那么遥远，而今又是这样亲近，全部袒露在自己的面前……

默默漫步在金融街，回想自己走过的路，崔瀚洋不由感慨万端：人的一生，总在为自己的目标不断奋斗。有些人成功，有些人失败，无论成败，这一切都构成生命的内容。自己从S市的金融街，走到首都北京的金融街，无疑是成功者，幸运者。而自己的命运，难道不是与国家发展，民族兴旺联结在一起吗？自己一定要珍惜时代赠予的机遇，努力，再努力，完成一代人的历史使命！

一念及此，崔瀚洋就热血沸腾，一种难以名状的力量在胸间鼓荡。他大踏步向前迈进，仿佛要追赶一个目标。

大洋彼岸的华尔街，你听见中国金融街上的脚步声了吗？

金手指

一

马医生总是赢。我们仿佛面对一个神话，全体瞠目！

事实就是如此：他一下单子，总能抓到最低价位。并且，一俟单子下定，他买进的东西（无论马克、英镑，还是日元）便如一群英勇的士兵，高歌猛进，一路攀登，直把红旗插上令人眩晕的顶峰！而我们呢？恰恰在最黑暗的时刻熬不住了，因着这样那样的理由，割肉斩仓，仓皇出逃。我们刚一转身，就看见马医生辉煌的胜利。那份疼痛、懊悔、嫉妒顿时涌上胸口，生生把一颗心搓揉烂了。

等等，我得说一说我们在干什么？还得把这一行的游戏规则介绍一下。我们在炒外汇，进行一种风险极大的保证金交易。一般来说，保证金与交易额的比例为 1 ∶ 100，也就是用一万元去做一百万元的生意！这种交易会产生惊人的结果：如果你看对行情，买入的货币只要上涨百分之一，你投入的本金就会翻一倍。反之，你看错了，行情下跌百分之一，你将失去所有的保证金。这是作生死斗，一夜之间，你可能暴富，更可能倾家荡产！踏入我们这个圈子，你最好长一副钢丝般坚韧的神经。否则，外汇市场上一阵惊涛骇浪，没准你脑袋里咯嘣一响，哪一根神经就断了。

马医生将这种生意的风险性推到极致。他随身带一本活期存折，要下单子时，就把存折交给老板曾生。我们都知道这存折上写有一串天文数字，也知道马医生的个人资产全部都在这本存折里了。他从不为自己留余地，下单就是满仓打，一旦爆仓，那本存折就永远不会回到他的手中。当然，要是他赢了，曾生就会把存折还给他，那串天文数字也有了可观的增长。

不过，按照外汇保证金交易的游戏规则，马医生随时都会一贫如洗。因为像他这样孤注一掷地下单，只要一次走眼，立马就玩完！

他好像怀揣一颗定时炸弹，在我们面前走来走去。可那炸弹又不爆炸，只是不停地长大，长大……我们都被这个巨大的悬念压得喘不过气来。

交接存折的场面有一种仪式感，庄严而紧张，仿佛两国交战前互递国书。老板曾生接存折就像接一件重物，总是用双手托住。我想，他的手腕肯定在颤动。他脸上却笑得轻松，拖着香港人说普通话的特有腔调，祝马医生好运。马医生却冷着脸，一个字也不肯多说。

他们俩在较劲，一个想把存折永远留下，另一个则坚决要把存折拿走。当曾生把存折还给马医生时，脸上就有一种困惑，一种明显的失落感。马医生却迅速地、头也不回地走出曾生办公室。

马医生信不过这家炒汇公司，不肯将现金存入公司为自己开设的账户。深圳这个地方，到处是香港人开的地下炒汇公司，曾经出过不少事情。国家实行外汇管制，隔一段时间来次严打，就有一批黑窝被端掉。也就是说，我们参加的游戏是非法的，投入的资金得不到法律保障。马医生向曾生指出这一点，要求以存折代替现金，每完成一次交易结一次账。曾生盯住他那张苍白的、毫无表情的脸，沉默良久，终于答应了。

马医生是一位难能可贵的客户，他主动找上门来，把存折放在曾生面前。而金人王投资咨询公司（我们所在的这家炒汇公司）为拉客户使尽各种手段，光是号称经纪人的漂亮小姐，就养了一大群。根据过去的经验，客户只有往公司送钱，而鲜有把钱拿走的。曾生翻弄着大班台上的存折，料定面前这个书呆子也不会例外。

结果马医生就是个例外。他大胜特胜，使得曾生这位在香港炒汇圈子里混了多年的老手，也大跌眼镜！曾老板迅速摸清马医生的背景，我们也渐渐知道了他的底细。马医生的私生活并不得意，不久前与年轻漂亮的妻子离婚，独自住在罗湖新村一套租来的民房里。他是一位精神病医生，也是心理学专家，据说经常在国际学术刊物上发表论文。他曾任某市精神病医院的副院长，后来辞职到深圳，开了一家心理咨询门诊部。离婚后，他把门诊部也关掉了，夜夜来金人王公司炒外汇。

听到这里，我若有所悟。我对大家说：马医生把专业上的某种绝招，用到炒汇上来了。我们遇上真正的高人！

二

望海大厦位于福田区，是一座刚刚竣工的新楼，楼道里弥漫着浓重的油漆味。曾生在十三层包了几间写字楼，金人王投资公司搬到此地安营扎寨。为躲避外管局的注意，我们的公司经常搬家。最大一间办公室里安放着几台电脑，客户们就在此地炒外汇。

路透社信息从香港传来，电脑屏幕显示着一排排数字：马克 1.6680，英镑 1.7650，日元 130.85，瑞士法郎……那是几种主要货币与美元的比价，与国际汇市同步显示行情。房间东墙新开一扇小窗，连通隔壁盘房，报单小姐就在窗口笑盈盈地站着。客户们都在电脑跟前看盘，认为自己看准行情，就填写好单子，匆匆向小窗跑去。报单小姐马上拨通香港经纪公司的电话，经过问价、敲价，客户的单子就下到香港汇市里去了。炒汇操作过程大致如此。

每天晚上九点，纽约汇市开盘。这是最紧张、最激动人心的时刻。我们早早围坐在电脑跟前，伸长脖颈似乎要将脑袋钻进屏幕里去。纽约，那可是全球的金融中心！不仅我们在等，世界上所有的投机者都在屏息等待。荧屏上的数码凝固不动，行情静止如一潭死水。我总是在这个时候产生幻觉：我们，还有全世界的投机者，都像跪蹲在起跑线上的短跑运动员，全神贯注地等待发令枪响。发令枪掌握在一位神秘的裁判长手中——那是上帝本人。上帝来到华尔街，立在某座银行大厦的尖顶上，缓缓地举起发令枪……

纽约汇市开盘了。发令枪砰地打响！短跑运动员一跃而起，向着完全不同的方向奔跑——这正像《克雷洛夫寓言》中所描写的那样，天鹅、大虾和梭鱼把一辆车子拖往不同的方向。有人拼命买进，有人猛烈卖出，各种外币巨幅振荡，忽而狂跌，忽而猛涨！电脑荧屏上红色数字闪闪烁烁，仿佛魔鬼不停地眨动眼睛。整个世界陷入疯狂！

上帝意味深长地一笑，隐没在华尔街喧嚣的人群中。

我们必须在第一时间做出选择：买入英镑？还是沽空马克？或者将日元锁仓？……电脑屏幕上飞速变化的数据揪住了我们的心！四十几平方米的办公室里一片忙乱，客户们在电脑和报单窗口之间乱蹿。张三头上冒汗，李四眼睛充血，王二麻子发出尖利的喊声……欲望与恐怖使人变得歇斯底里，整个房间弥漫着疯人院的气氛。

一双眼睛注视着我们，冷峻，犀利。我不用转身，就知道那是马医生的眼睛。他仿佛在观察一群精神病患者，捕捉种种细节以便记录在医案。他坐在一个独特的角落，很少进行交易，就这么长时间观察着我们。

马医生的目光使我受到刺激，我狂热旋转的脑袋忽然冷却下来，转而对他凝视。马医生年近四十，人瘦长，鼻子尖挺，苍白的脸色给人印象深刻。

我的注意力很快被另一种白色吸引过去。马医生总是戴着一副白手套，无论冷热都不摘下。手套质地普通，但那种白色与他面容相映衬，令人过目不忘。已是暮春季节，他为什么还戴这样一副白手套？

我们的目光多次接触，就有一点东西留在彼此的心底。马医生首先转移视线，看看窗外夜色，又将头缩回他的角落里。

他所坐的位置很特殊，窗台与立柱构成一个凹处，马医生恰好将椅子与自己的身体置放进去。面前又有电脑一挡，他便与整个办公室隔离开来。我理解他的选择，身怀绝技的人尽可能慎独，免得让别人把本事偷偷学去。

马医生的存在，似乎是对所有投机者的嘲讽。难道世人皆醉，唯他独醒？

三

那双白手套老惹我做梦。马医生站在我面前，弯下腰凝视我的眼睛，仿佛对我施展催眠术。他竖起一根手指（似乎是右手食指），微微摇晃，我听见铮的一声金属声响，那手指竟金光四射！

我猛地坐起，叫一声：金手指！便从梦中醒来。太阳透过窗帘缝隙，一缕金光照在我的脸上。我仰靠着床头琢磨：马医生明明戴着白手套，我为什么梦见金手指呢？白手套肯定遮掩着什么，又暗示着什么。

我脑海里浮现出与金手指有关的神话：国王迈达斯的双手触摸任何东

西，顷刻间，那些东西就变作黄金。酒杯、玫瑰、骏马……甚至他的女儿，都因他的接触而变成金铸的。作为一个贪婪的典型，马达斯最终向上帝忏悔了。尽管如此，他手指上那匪夷所思的魔力，还是引得不少人想入非非。

金手指点石成金，莫非马医生白手套里真的藏着一个神话？我有一种预感：马医生炒外汇赢得奇迹般的成功，与这副白手套大有关系。

四

与马医生对话是困难的。但我努力建设沟通的桥梁。作为一名作家，我很快找到打开他心扉的捷径。只要谈起精神病的话题，马医生的双眼就会熠熠闪光，苍白的脸颊泛出一层红晕。他乐意将各种稀奇古怪的病例讲给我听，而我则听得入迷，似乎成了他的学生。精神方面的疾病往往与人性的缺陷有着微妙联系，这正是我们共同感兴趣的地方。我们时常展开热烈而深入的讨论。这样，我渐渐消除马医生与人的隔阂，走近他的心灵。漫漫长夜，正是谈话的好时机。我们炒外汇用的是美国人的作息表，个个熬成了夜蝙蝠。行情清淡的日子，谁不想找一个长谈的伙伴呢？

马医生把铝窗拉开，夜色一下子涌进我们的角落。深圳的暮春，湿润的空气总是弥漫着一股花香，很醉人。马医生压低声音，声音里仿佛有一种磁性，滔滔不绝地向我阐述一些独特的观点。他的语言闪烁着深厚的学养，哲学意味很浓。他的声音如花香一样使我陶醉。

马医生说，现代人或多或少都有一些精神病。你看看电脑吧，你看看大家寻求财富的方式吧，人的精神受到多大的伤害？文明与疯癫紧密联系，精神病伴随着现代化的进程而扩展。他甚至认为疯癫不仅是医学现象，而且是一种文明的现象，是人类在某种特定条件下的特殊状态……

我打断他的话：你这样清醒，为什么还来这里炒外汇？

马医生神秘地微笑：我在治病。用它，用这电脑，医治我的顽症。

我惊异地瞪大眼睛：你也有……那病？

马医生点点头：精神病。总有一天我会把病情告诉你。

五

这一天很快来到了。

八月的一个夜晚，路透社传来惊人消息：苏联发生政变，总书记戈尔巴乔夫遭到扣押！这不啻在国际汇市投下重磅炸弹，各种货币急遽变动，汇价如同炸飞的碎片，几欲从电脑荧屏中呼啸而出。德国临近苏联，红色帝国一旦发生大动乱，必将殃及鱼池，使站在西方世界最前沿的德意志蒙受损失。于是，合乎逻辑的结果立时显现：德国马克惨遭抛售，汇价猛烈下跌，犹如一只铅球从半空中笔直坠落……

我至今难忘那惊心动魄的一夜。那天的夜空特别黑，整个一坛墨汁泼在我们头上。出事之前，我恰巧买了一大把马克。不仅仅我，服装厂老板阿坚，开走私船的老虎，洪兴酒家的老板娘福惠嫂……我们这一圈炒汇朋友都在买马克。香港人把“克”念成“赫”，马克就叫马赫。那几天马克走势良好，稳健上升，我们都喊：“揸马赫！揸马赫！”正喊得高兴，戈尔巴乔夫同志就被人逮起来了。

厄运突然降临，短短半个小时，马克跌去800多点。真是前所未有的狂跌、暴跌！我们做的是外汇保证金交易，亏损一经放大，输得我们个个吐血。当时我一抬头，眼前就阵阵发黑。天，怎么会这样黑呢？丝毫不见天光！

我们手忙脚乱地砍仓，就像沸水泼地时四下逃窜的蚂蚁。遇到如此重大的变故，任何人都不敢逆水行舟。此刻，马医生却站起来，手持那本银行存折，缓缓走向老板曾生的办公室。我们都傻眼了：他想干什么？这种时候买马克不是明摆着找死吗？

马医生倾尽全部个人资产，满仓买入马克。他决心拿鸡蛋碰石头。盘房里的报单小姐显然为他担忧，提醒道：马医生你买那么多马克，只要再跌30点，就会爆仓的……马医生一挥手，坚决地说：买！

他从我们面前走过，脸色更加苍白，眼睛里有两朵狂热的火焰。我跟在他后面，他却不想和我说话，径直走入那特殊的角落。

马克跌势减缓，却并没有止住。它沉沉下降，仿佛一座墙壁裂口的大厦，一点一点地倾斜。30点就是3厘，连一分钱都不到。想一想吧，马克只要再下跌三厘（平时谁会注意汇价这微不足道的变化呢？），马医生长期抱在怀中的炸弹便会轰然爆炸！他将一贫如洗，从此一蹶不振，甚至找不到自己在世界上的位置。毕竟，我们所处的世界是以金钱奠定基础的，尽管它外表披着一层层永远剥不尽的美丽面纱。

马医生面临生死抉择——不，我们甚至可以说，他已故意选择了死亡！

5点、10点、15点、20点……只差8点，或者说只差8毫，马医生就要爆仓了。按照炒汇公司的规矩，汇价跌到客户的保证金之下，而客户不能及时补充资金，公司就有权强行平仓，将亏损的单子一刀斩尽！爆仓，这个术语形容炒汇者毁灭的时刻，再恰当不过了。我感到窒息。大家都紧张地盯着电脑荧屏，个个眼睛发直。老板曾生的身影出现在盘房，他像一个等得不耐烦的屠夫，随时准备挥起雪亮的刀。

马医生，世上怎会有这样的人呢？此刻，他竟做起幼儿状：吮吸自己的手指。他把白手套褪下（终于褪下了！），抽出一根手指，含在嘴里慢慢吮吸。我仔细看，才发现他是在咬指甲。这指甲肯定是罕见的珍肴，马医生嚼得那么香，品得那么细。

他并不是一下子将手套整个褪下，而是褪出一根手指，吮足了，嚼够了，小心翼翼地将它装回原来的指套，再抽出另一根手指，继续啃指甲。神奇的手指，它们给马医生带来了什么？

他的神情近乎安宁，比平时更从容。只是脸上那层苍白，已经不是活人颜色。我无法形容，但我直接读到了死亡。心头被某种东西猛一触动，我径直冲到马医生的电脑台前。

我说：你想自杀，你正在自杀！

马医生浑身一震，血液开始回流到脸颊。他缓缓起立，头向前探，几乎与我脸贴着脸。他说：我的秘密，你怎么会知道？

六

让我们先来看看结局：与以往一样，马医生再一次向我们显现神话。他买到最低价，此后马克一路上扬，高歌猛进！我们全体瞠目。

真的，我这篇小说无法再写了，这样的结局过于离奇。仿佛整个世界都在配合马医生，第二天路透社传来最新消息：由于叶利钦站在坦克上振臂一呼，形势突然逆转，戈尔巴乔夫被释放了，而那8个阴谋家却被抓起来。这位大额头上长着一幅地图的同志，真正给我们开了一次国际玩笑。他安然无恙，我们却连钱毛也赔光了！

马克在图表上留下一个V字形轨迹，暴涨800点，从哪里来回到哪里去。马医生是我们所见的这场大变动中唯一的赢家，当他从曾生办公室里拿回存折时，那一串天文数字整整翻了一倍！但他整个人呈现虚脱的模样，连招呼也顾不得和我们打一声，就拖沓着双脚，摇摇晃晃走出门去。

也许，我们再见不着他了。

昨夜，我与马医生在大厦顶上谈到拂晓，已深深理解他。对于一个寻不到出路的人，挣到再多的钱又有何用？我为他的生存担忧。

老板曾生深受刺激，破天荒请我们到他的办公室喝酒。他很快喝醉了，从柜子里拿出来的酒越来越高级：蓝带、拿破仑、马爹利……使我们大开洋荤。他回忆往事，感情激动，平日在我们看来显得奸诈的小眼睛里，竟然闪动着泪光。

他说，他是19岁那年游水（也就是偷渡）到香港的，由亲戚引入金融圈，拜师学艺，炒股炒汇，至今已有31年的历史。他一生追求的最高境界就是处变不惊，人舍我取，宁静致远……总之，就是马医生那种状态。可惜，他是个凡夫俗子，平庸之才，虽苦苦修炼却终不能得道。他承认，自己深深嫉妒马医生，平地里冒出这样一位奇人，对他的投资生涯真是一种讽刺！

曾生把高脚酒杯擎到面前，凝视着琥珀色酒浆。他像是对我们传授经验，又像在自我总结，缓缓说出一番投资哲理：大凡投资市场，无论炒股炒汇炒期货，其实都是一场大鱼吃小鱼的游戏。大鱼必有一些伎俩，方能将小鱼成群吞入腹中。比如，当行情处于底部，机构大户要吸货，总会利用坏消息将行情拼命往下打压，打得散户恐惧、绝望，纷纷割肉平仓。他们就拿足了廉价货，开始拉升行情。所以，道理就这样简单：当所有人都绝望的时候，发财的机会就走到你眼前。

我就差一点点，曾生说，就差那么一丁点！马医生是怎么拿捏火候的呢？怎么拿得这样准呢？他肯定掌握某种程序，或者依照什么指标，否则，他不可能每次做得这样精确。我要是能掏出他的秘密，我就能富过李嘉诚！

我笑了。我想到金手指。

七

我会让你看金手指，不过，这得放在最后。你说我想自杀，是的，我们就先谈谈这件事情。我曾向你承认，我有某种精神病症状，现在我就把我不幸的病情告诉你。你可以把我写进小说，不过最好别写。上帝以各种方法惩罚人类，其中最出色的手段就是使人疯狂！这一点我很清楚。

马医生对我说这番话时，我们正坐在望海大厦20楼顶层。纽约汇市已经收盘，硝烟弥漫的人间喜剧暂时落下帷幕。马医生对这座大厦似乎十分熟悉，拉着我的手从消防楼梯来到楼顶平台。我点破他的心思，引起他很强的倾吐欲望，刚坐下他就开始诉说，一刻也不肯停下。天正拂晓，太白金星硕大无朋，闪烁着令人惊讶的亮光。风，从海面吹来，润润地舔着我们的肌肤。四下静谧，这个躁动的城市尚在酣睡。

马医生在医学院读书时就才华横溢，当他进入C市一家精神病院成为真正的医生，更显得与众不同。他有某种天赋，能够迅速地潜入病人的精神世界，搜寻，挖掘，将隐蔽的病因消除。马医生与千奇百怪的病人打交道，久而久之，他自己的精神世界也发生微妙的变异。

他本人当时并未觉察，直到有一天遇到外号叫“锅巴”的疯老头，情形才急转直下。至今，马医生仍然迷惑不解：究竟是由于他在精神病世界过于投入，潜入太深，以致受到某种感染？还是因为他先天就携带着精神病因子，受到特殊引诱而导致病发？总之，锅巴对他神秘地一笑，他大脑深处喀嚓一响，好似发生了短路，心灵升起两朵蓝色的火焰，从此他整个人、整个生活都改变了。

这个名叫锅巴的病人，主要症状表现为强烈的自杀倾向。他曾三次服毒、两次上吊、两次割手腕，甚至还有一次从三层楼跳下！他每次都奇迹般地得救，因此得以活到今天。他絮絮叨叨地向马医生描述死亡感受，马医生则认真倾听。疯老头神秘的呓语，对马医生产生了不可理喻的影响，仿佛魔鬼撒旦趴在他的耳边传授生死秘密。尤其当疯老头讲到从三楼窗台纵身跃下的瞬间，那种灵魂出窍、飘飘欲仙的感觉直接传到马医生的心底。锅巴停顿，意味深长地看着他，仿佛在观察自己布道的效果。然后，他神秘地一笑，马医生的大脑就发生了短路。

从此，马医生产生一种不可扼制的欲望，总是想从大厦顶层飞身跃下。这欲望埋藏在他的心底，有如鬼胎隐秘地、强烈地膨胀！

人的精神是无垠的沼泽地，表面看去绿草茵茵，哪一脚踏入泥坑，便会陷入灭顶之灾。马医生的人生之旅进入苦难的历程。他的病情间歇性发作，一旦发作，他就仿佛要呕吐一样，立即冲上任何一座大厦的顶层。他在楼顶边缘做出各种各样危险动作，以缓解内心的死亡冲动。

作为一位优秀的精神病专家，他的理性依然存在，千方百计寻找对策拯救自己。这是一场古怪而危险的斗争，就像自己的左手与右手掰手腕。医生与病人同存一体，互相纠缠，难分难解。他常常在楼顶待几个小时，如果不是妻子小兰找来，把他领回家，斗争的结果实在难以预料。如果病人战胜了医生，那将会怎么样呢？也许，我们就不会有今天这番谈话了。

小兰是一位女诗人，敏感而又纤弱。是她力劝马医生辞职下海，脱离那个精神病世界。她最能洞察丈夫的心灵，作为一名诗人，她坚决不相信丈夫是一名精神病患者。在她看来，这是一种原因不明的心理危机。

然而，这场危机太持久、太可怕了，它把小兰折磨得筋疲力尽。终于有一天，小兰对他说：我要走了，否则我会比你先跳下去！

马医生陷入绝望的境地，妻子的离去给予他致命一击。他好几天躺在床上，不吃不喝，居然也没犯病。马医生决心治愈疾病，赢回小兰。渐渐地，一个替代疗法的方案在他心中酝酿成熟。

替代，往往是一种有效手段。但是，谁可以替代死亡？谁可以替代从百米楼顶纵身一跃的感觉呢？

马医生一位过去的病人与朋友向他指点出路：炒外汇。这朋友自己就因为炒外汇而破产，得了严重的精神分裂症，在马医生精心治疗下方得痊愈。无须多言，马医生很清楚外汇保证金交易的风险。他采纳了朋友的建议，将全部资产变为现金，存入一本活期存折。于是，他出现在金人王投资咨询公司，出现在我们面前。

你知道吗？当我把存折往曾生面前一放，就获得了往万丈深渊一跳的那种感觉。我与你们一样，害怕得要命！我知道爆仓的后果，所以才深受刺激。马克狂跌时，我也以为完了。与你们的不同是：你们想逃命，而我想自杀！

你用赌钱方法替代死亡？

是的。我得承认，钱对于我的人生，具有无比的重要性。它保障我独立自由，使我过上有品位的生活。我无法想象失去那本存折之后，如何在这世上立足。你可以把我看作爱财如命的那类人。正因如此，我每一次下单，才能品尝到死亡的滋味。

我们沉默了。我们共同体验生命中难以言传的秘密。

八

东方泛出鱼肚白，天空明暗间夹，构成玄妙的氛围。一只小鸟不知怎么飞到大厦顶上，啾一声尖叫着从我们头顶掠过。此时，我觉得望海大厦的楼顶，就是世界的中心。

马医生站起来，走向楼顶边缘的围墙。他做出一串令我惊恐的动作，无声无息地展现他那难以描绘的内心世界。

他先爬上半米高的围墙，慢慢站立起来。他的腿似乎发软，微微颤动。我相信恐惧已经笼罩着他的心灵。他稍稍向后仰身，仿佛要避开面前的危险。但随即有一股力量牵引着他，使他将上身探出围墙。

我跟着探出头去。20 层楼的高度使我感到一阵头晕，楼下大街也都变形了，狭窄扭曲，甲虫似的车辆匆匆来去。马医生张开双臂，跷起右腿，做蜻蜓点水式。我张大嘴巴，欲喊，却发不出丝毫声音。

晨风吹过，这只巨大的蜻蜓颤巍巍地摇晃。

马医生从围墙下来，跌倒在做过防水层的平台上。他浑身颤抖，整个人都瘫了。但他双颊绯红，眸子闪亮，就像一个吸毒者刚刚过足了毒瘾。他朝我笑笑，无力地说，好久没来这个了，自从炒外汇，我再没有这样干。

我深深地吸一口气：太可怕了！

还有更可怕的东西。你不是说起过金手指吗？现在就让你看看吧。

马医生向我擎起双手，手上仍戴着那副神秘的白手套。

早晨的第一道红霞照射到楼顶。马医生褪下手套，这双手就沐浴在霞光里。天啊！这是一双什么手？指甲被啃得一片狼藉，残破不堪，十指秃秃呈粉红色，有的地方还带着血丝。我觉得，这双手仿佛刚从狼嘴里夺回。

再仔细看：失去指甲保护的手指，就像一群遭到强暴、被剥光衣服的姑娘，呈现出难言的羞涩与痛苦。

这就是我想象已久的金手指。面对它我目瞪口呆。

恐惧，使我拼命地咬指甲——这就是真相！现在你明白了吧，我并非炒汇高手。我只是面对毁灭、面对死亡的恐惧而下单，以此来替代我在楼顶所做的高危动作。可是我赢了，命运真会捉弄人。你瞧，谁知道胜利恰恰躲在死亡的阴影之中呢？唉，我老赢老赢，该怎样结束这场游戏呢？

马医生痛苦地说着，又向我伸出双手。

我赶紧闭上眼睛，使劲儿揉自己的太阳穴。真的，再听他说下去，再看一眼他那光秃秃、肉糊糊的手指头，我自己都快要发疯了！

马医生走了，我也走了。我们离开那个疯狂的炒汇世界，再也没见面。

命运玩笑

水面上浮来个大红球

大阿福是爬洪水来到惶向老街的，所以人们的印象特别深刻。那天，大雨倾缸而下，雨束粗如小指，地面顿时洪水滔滔。老人都说，多少年没见过如此大雨，老街的下水系统无法承受偌大负荷，各家的房屋恐怕难保了。果然，傍晚时分老街变成一片汪洋大海，临街的房屋底层一概被淹没。人们坐在二楼窗口，一边注视着洪水，一边咒骂城建局光收钱不办实事。

这时，人们看见一只红色大球从水面漂浮过来。大阿福人很胖，穿一件红色汗衫，大半截身体泡在水里，所以看上去像一只红球。他贴着街边的房屋走，水太深就扒拉着胳膊游两下，一边还探头探脑往屋里看。这样，他渐渐来到美罗家。

美罗的父亲强发叔有一股与天斗其乐无穷的精神。别人家一楼淹了就淹了，他却不肯，用装尿素的尼龙袋填满泥土，在大门口筑起一道围堰。他还奋力把房间里的水泼到门外，展开一幅抗洪图。美罗很开心，在一旁蹦蹦跳跳，为父亲加油打气，并不插手帮忙。大阿福从门前经过时，强发叔把最后一桶脏水扫拢来，朝外一泼，恰好泼了大阿福一头一脸。美罗笑得前翻后仰。强发叔一边向人赔礼道歉，一边用眼色制止女儿。

大阿福却不恼，趁此机会轻轻一跳，跃入围堰。

大阿福笑眯眯地说：不错，不错，这家人家干净，我就想找这样的人家。

强发叔还怀着歉意，命女儿拿毛巾给客人擦脸。他有些好奇：这样的大水，你来老街干吗？

大阿福说：我想租一间房。人都说惶向老街的房子最便宜，我来看看。

美罗绞了一把热毛巾出来，听了这话，就甩着毛巾笑起来：这人脑筋有毛病，看房子哪天看不好，偏要爬着大水来，还让人泼了一头污水！

强发叔瞪了女儿一眼，但对面前这个胖乎乎的、满脸堆笑的男人智力也产生了怀疑。大阿福赶忙解释：我清早才到惶向，不找个地方安顿下来，晚上就没处睡觉。住旅馆太贵，我又不是老板……

美罗插嘴：你一脸福相，看上去还真像大老板。

大阿福谦虚地说：谢谢。不过，我现在急需一个窝，老伯，我能不能租你家一间房间？我一眼就看中了你们家。

强发叔谨慎地审视这个胖子。美罗就开心地叫起来：好的好的，你住楼下，可以替我们看门。

大阿福说：这位小妹妹真爽气，直接认我做看门狗了。

强发叔见他俩一唱一和倒挺合拍，也只得点头答应了。

当时，他心底闪过一个想法：说不定这胖子是未来女婿。美罗的母亲早就去世，他一直为女儿的婚事操心。虽然美罗长得白白净净，但强发叔心中有数，他的女儿有点缺心眼，就像邻居们闲话所说：十二点加一点——是个十三点。这个胖小伙子与美罗说得来，人也富富态态，一副老板相，若是有缘，倒也不错。他便模棱两可地答应下来。

在房租上面他也没吃亏，厨房隔壁一间朝西的小屋，一个月就收大阿福二百块钱。一切都好，正如美罗所说，这胖子还能起到看门狗或者保安的作用。惶向治安不好，有这样一个胖子把门，睡觉也踏实。

强发叔以他的精明做成一笔交易，从几个方面来看他都满意。从此，美罗家有了一个房客。惶向老街都是二三层小楼，住着本地农民，他们都希望招到房客，得一份收入。但有钱人都住在新城区，肯在这里租房的都是打工仔，因此房租收入有限。见强发叔收了一个老板模样的房客，邻居都好生羡慕，纷纷打听房客的姓名，做什么生意？强发叔含糊其词，不肯泄露。

他只说出自己最深刻的印象：这人福相，日后必发达。姓名也排场，叫作皇甫福祥，看吧，多么吉祥！

瞎道人的预言

强发叔很快就后悔了。他的判断发生重大失误。

俗话说：人不可貌相，这话用在大阿福身上再恰当不过了，只是要把传统含义反过来理解。这家伙是个倒霉鬼，一身晦气无与伦比——贩猪猪贵，贩羊羊贵。咸盐里招蛆，放屁也砸脚后跟。他简直就是个灾星！谁的命运都有起起伏伏，而大阿福一路倒霉，从无喘息机会。

这一切，都是皇甫福祥（多么富丽堂皇的名字啊！）亲口跟强发父女说的。他倒是一个坦率的人，毫不掩饰自己内心的痛苦，就像天真无邪的孩子诉说自己哪里磕碰擦伤一般，对房东父女吐露出他那长长的倒霉史。那天晚上，洪水刚刚退尽，美罗炒了几个菜，让父亲陪客人喝她酿制的米酒。那酒极香醇，强发叔最爱喝，阿福却不胜酒力，很快就脸红脖子粗，絮絮叨叨讲述自己的不幸。爹死娘病、半途休学、求职不利之类事情不必说了，单单瞎子算命所做的预言，就使强发叔心惊肉跳！

大阿福出生于山东蓬莱，七岁那年有个老瞎子坐在蓬莱阁下为游客算命，极为灵验。他父亲领他去算算，希望老瞎子说出儿子有光辉前程。不料，老瞎子一摸阿福的小手，脸上就浮现大惊失色的表情。此人原是蓬莱阁老道，擅长揣骨，“文革”被赶走，便凭这手艺混口饭吃。他一双枯手把福祥浑身骨头摸了个遍，不停摇头，最终黯然挥手，连钱也不收他们的。父亲急问详情，道士说：给你打一个比方吧，这孩子命中有一道宽三丈三的瀑布，越不过去，事事走背字，灾祸连连；越过去了，他所有的福气都攒着，必定大富大贵。三十岁那年，鲤鱼跃龙门，生死全在这一跳啦！父亲急问：那么，他到底能不能跳过去呢？老道士闭目叹息：我只看见他腾空一跃，只看见一线蓝光闪闪……能不能过去我却算不出来，就看这孩子命根硬不硬了。

算过命没几天，他父亲出海打鱼遇到风暴，葬身大海。

强发叔内心的惊吓可想而知。他小心翼翼地问：你今年多大岁数？

大阿福笑容可掬：正好三十。

美罗大惊小怪道：哇，正是跳瀑布的年龄哎！三丈三阔的瀑布，你一跃而过，好酷哎！

她父亲冷冷地说：要是跳不过去，跌在瀑布里，还酷什么酷？

大阿福一拍大腿：就是，跌进瀑布还不淹死了？老道士说得明明白白！我就是害怕今年过不去啊。

美罗为他斟酒，说：这是迷信，你还当真呀？怕，怕个鬼，我看你的脑筋真的有毛病！

大阿福愁眉苦脸地说：可我真是那么倒霉，走到哪儿晦气跟到哪儿，搅得大家都不太平。仿佛为了证明大阿福的话，屋里的电灯突然灭了，一股焦煳味从他住的小房间冒出来。

强发叔喊一声：不得了，房子要烧掉了！

配电盘就在大阿福住的小屋。他摸到手电筒，进里屋查看，发现保险丝烧掉了。奇怪，新买的空气开关应该自动跳闸啊，怎么就没发挥作用呢？强发叔一边骂，一边修理。由于家中没有保险丝，折腾半天也没法子。

大阿福倒很懂事，赶快站起来说：叔叔你等一下，我去电料行买保险丝。

父女俩在黑暗中坐着，久久沉默。强发叔终于开口说：这人留不得，赶快叫他走。

美罗对付父亲一点儿也不缺心眼。她知道父亲最怕官府，就说：你和人家签了合同，又要赶他走，他要是跟你打官司，你就不怕法院来传你？

父亲焦急地说：这么一个倒霉鬼，谁敢沾他？

美罗嚷：迷信迷信迷信……

大阿福拿着保险丝回来了，屋里出现光明。他抱歉地说：对不起，对不起！

美罗瞪他一眼：电表不好，怎么能怪你？不要遇事就往自己身上揽。

大阿福很有把握地说：肯定是我。这种事情以后经常会发生，我有数。

强发叔哼了一声，酒也不喝了，独自上楼睡觉。

灾星

如果说倒霉是一种才能，大阿福无疑是一位天才！他的霉运简直是一种特异功能，凡是沾着他边的人很快就会遭殃。大阿福在惶向老街住下，不长一段日子，他的这种天才或者是特异功能便闻名遐迩。

最先遭殃的是一帮顽皮小孩。他们结识了这位和蔼可亲的、总是穿着红衬衣的胖子，就吊着他的膀子，揪住他的头发，往他身上乱爬。胖子哎哟哎哟地叫唤，一边笑一边求饶。然而，这帮顽皮孩子的灾难接踵而至：作弊被发现；打闹被抓着；回家偷两个小钱玩游戏机，刚坐下，就被母亲揪着耳朵回家；父亲的老拳因这样那样的原因，雨点似的落在他们头上。这帮顽皮孩子鼻青眼肿地凑在一起，稍加分析就找到灾难的根源：沾着那个红衣胖子，这一天准倒霉！他们再也不敢和他疯闹，更不敢往他身上爬。

大阿福不明原因，见到小孩子就嬉皮笑脸往上凑。小孩们一哄跑散，口中高呼：灾星来了！灾星来了！大阿福笑容在脸上僵住，仿佛被人点了死穴，脸色渐渐变得灰白。从此，灾星成了他固定的绰号。

惶向是一座新崛起的城市，不久前仅是海边一小镇。整个城市分为新城老街两个世界。老街都住着本地农民、外地打工仔，是一条穷街，穷人的世界。新城区则住着老板、小姐，是有钱人的天堂。大阿福灾星的名声尚未传到新城，所以他很快找到一份送快餐的工作。他圆头圆脸、肥头大耳的福相，再一次具有讽刺意味地帮了他的忙。

当他跨进鸿运大酒店，老板邓铁树一眼就相中他。邓老板回头对女秘书说：我们就要这样的人。快餐业讲究形象，你派长得像瘦猴似的业务员去送饭，顾客一看就恶心，谁还吃你的盒饭？像这位，红光满面，营养充足，为我们的盒饭无形中打出广告。你，叫什么名字？大阿福庄重地回答：皇甫福祥。邓老板说：好！多么富丽堂皇的名字。比我邓铁树好。铁树虽然万古长青，但太硬。用你这样的马仔，我命中八字一定得到滋润！

大阿福当场被录用，并获得一份不菲的工资。他换了行头，穿一套酒店统一制作的蓝色制服。蹬着三轮为各家公司、企业送盒饭。这下好了，就像传播病菌一样，他把霉运送往四面八方。

我们不能把所有的不幸事件都归罪于大阿福，但许多现象确实难以解释。大阿福走到哪里，不出几天那地方准会出事。比方说，大阿福第一天为一家房地产公司送饭，送去了烧鹅饭、叉烧饭、咸鸡饭，还有一大桶汤，一切都平平常常。飞云房地产公司的老板职员对大阿福印象很好，他慈眉善眼的，就是有人缘。送一次饭，就与大家交下了朋友。可是谁能想到，当天晚上飞云房地产公司遭到一伙飞贼盗窃，而保险箱里恰恰放着十来万元房款。这笔款子是老板一位朋友送来的，时间太晚，银行已经下班，老板就把它锁在保险柜里。结果，保险柜被撬开，这笔巨款不翼而飞。此时，惶向房地产正陷入低潮，收一笔房款何等不容易啊！第二天一早，老板急急赶到公司，看见敞开的保险柜，一屁股坐在地上，放声大哭。

当然，没有人把这一事件归结到大阿福身上。大阿福自己心虚，从此不敢再去这家公司送饭。可是，他那该死的特异功能继续发挥作用，没过多久，他给美眉发廊送饭，这家发廊又遭到匪徒打劫。发廊里的小姐都喜欢大阿福，管他叫肥哥，每次去送饭，她们都把他按在椅子上，免费为他按摩一阵。大阿福怕痒，小姐们纤纤玉手一捏他膀子，他就咯咯咯地笑，人扭作一团。懂事的小姐便说：怕痒的男人怕老婆，谁有福气嫁给肥哥，准能得一个好老公。大阿福虽然对这些暗地从事色情勾当的小姐抱有警惕，但她们那份热情还是叫大阿福心中温暖，如春风吹过。就是这样一群小姐，在一个风高月黑的夜晚，被三个歹徒摸进发廊，一个个裸身缚住，像捆了一串赤膊鸡。发廊被掠得一分钱不剩，小姐们的金银首饰也被扫荡一空。第二天中午，大阿福去送午餐，拼命敲门也敲不开，还是他报的警，才发现这一劫案。当小姐们嘴里塞着的袜子、裤头被扯出来，她们一起朝着大阿福放声号哭：肥哥，肥哥，你怎么才来救我！

大阿福不胜惶恐，无比心酸，陪着美眉们以泪洗面。不过，他做贼心虚，知道这事件冥冥中与自己有着脱不了的干系。所以他趁乱溜走，从此再也不敢去美眉发廊。

阿福心中充满绝望。夜里，他独自在惶向老街漫步。这里的街道很有名，缓缓旋转如海螺，迷魂阵一样令外人迷失方向。据说，这是古人留下来的，隐藏着难解的奥秘。现在，外地到惶向的游客，必来老街转转，体验一下自我迷失的感觉。大阿福没这份闲心，他觉得自己的人生就是一座迷魂阵，自他懂事起，就已经迷失在其中了。这是怎么一回事情呢？上帝给他这样一种怪诞的命运，究竟是想证明什么呢？

大阿福转来转去，钻入螺蛳壳的中央，就是长着一棵古榕树的红土广场，实在走不动了。他在裸露出地面的树根坐下，背靠皴裂的树干睡着了。

他梦见无尽的黑暗。远处一撮跳跃的火光。他向火光爬去，却怎么也不能缩短与火光的距离。

据说，在古榕树下睡着的人，都会做同一个梦。

美罗：你还怕地塌了吗？

美罗对大阿福的看法，与所有的人都不一样。以她的话表达，这个胖男人真是太好了，太好了！从她第一眼见到他，就是父亲把一桶污水泼在他身上的一刹那，美罗就喜欢上他了。她也不知道为什么，见到这红衣胖子，心中就充满甜蜜的喜悦，真想亲亲他。别人都说美罗傻，美罗却认为自己比谁都清醒。在爱情方面，她一直持有与众不同的择偶标准。这标准既复杂又简单，复杂方面你分析三天三夜也说不清，而简单地说，她就是要找大阿福这样一位丈夫！可以这么理解，长这么大她一直在等他。当大阿福面带温和的笑容出现在她面前时，心底里就有一个声音喊：你终于来了！

但是，大阿福是一个真正的傻瓜！他竟然毫不体察美罗的一番心意。美罗悄悄地把他脏衣裤洗掉，晾干后又叠整齐放在他床头，大阿福却没有反应，抓起衣服往头上一套，仿佛那衣服从来就是干净的。大阿福饭量大，美罗常常在桌上留些好吃的，给他当宵夜。为了躲避父亲的眼睛，她甚至把粽子、叉烧包、鸡蛋之类的吃食端进大阿福的小房间，放在茶几上。这家伙真像猪八戒，饿了就吃，也不问问这些好东西是谁给他送来的。对于这一切，大阿福连谢谢都没对美罗说过。

美罗生气了。她决心让大阿福表态。

有天晚上，父亲在外面吃酒，吃到很晚才回来。父亲醉了，躺在自己的床上鼾声如雷。美罗就下楼来，敲开大阿福的房门。大阿福穿着三角裤，上身赤裸，露出一身肥嘟嘟的肉块。他一见美罗，慌忙拿衣服往头上套。美罗噘着嘴说：你不用忙，我问你一句话就走。大阿福拿着那件红短衫，问：什么？美罗说：你是不是觉得屋里有个仙女？老天爷派她来照顾你，你就应该白吃白喝白享受？大阿福一脸迷惑：没有啊，哪里来的仙女？美罗的眼泪就一串串滚落下来：那你的衣服是谁洗的？每天晚上你吃宵夜，是谁做的？大阿福挠挠脑袋，憨笨地说：是啊，我也纳闷，谁在学雷锋呢？

美罗跳到他胸前，两只小拳头擂鼓一样擂他身上的肥肉，一边哭一边笑：你这没心没肺的猪八戒，人家不是要学雷锋，是要做仙女，做你的仙女。

接下来的事情就顺理成章了。大阿福以有力的拥抱感谢美罗，美罗则以温柔的亲吻回答大阿福。他们相拥上床。美罗关闭电灯，却让门敞着。大阿福不解，美罗很有心计地指指楼梯：你听！楼上传来我爸的呼噜声，这声音只要不断，我们就可以放心了。大阿福笑道：你是真心要做我老婆啊！当事情进展到一定的深度时，大阿福忽然住手，猛地坐起来。不行不行！他摇头说道：我不能害你，一定不能。

美罗在黑暗中问：怎么了？你不高兴？

大阿福说：不。我是灾星。你这样美，这样好，我怎么能把灾难带给你。美罗坐起来，钻入大阿福怀里，伸出柔软的双臂环抱住他的脖颈，娇喘微微地说：我是福星，我旺夫！来吧，有我在什么灾祸都解了。

从来没有人如此深刻地安慰过大阿福，他的感动压倒了一切。两手蒙住脸呜呜地哭起来。他说：我这一辈子，直到今天才像个人。

美罗自信地说：有我，你当然是人，一个最棒的男人！她以如火的热情吻干大阿福的眼泪，并使他欲火如炽，重振男人雄风。

这一对热恋中的男女，实在胆大，过于乐观，竟在床上向命运发起了挑战！命运也真不含糊，马上做出反应。当他们进入高潮时，从未有过的幸福席卷他们的身心，大阿福那张小床忽然发出一声巨响：轰！这对恩爱鸳鸯重重地跌在地板上。

床板断了！简直不可思议！

大阿福搂着美罗躺在水泥地上，一动不敢动。楼上的鼾声停了，寂静中黑暗仿佛有了重量，紧紧压在他们的身上。这是命运的警告？幸而，强发叔的鼾声渐渐响起，重又压倒一切。

美罗欲兴犹在，贴着大阿福的耳朵说：再来，别怕！

大阿福惶恐地说：可是，床塌了。

美罗坚定地说：就在地上干。你还怕地塌了吗？

仙阿婆

强发叔不是傻瓜，女儿的细微变化他都看在眼里。洪水退后，他开了个烟杂店，让美罗看铺面，这丫头整天乐呵呵地唱歌，引得一条街的小青年都来买烟。强发叔心里明白，女儿可不是热爱这份工作以至于此，她目光时时随着人阿福肥胖的身影转，已将自己的心思暴露无遗。

这个倒霉蛋早晚是祸害。强发叔暗想。但他苦于抓不到把柄，又怕挑破了美罗翻脸，只好暂忍着。但他脑子里无时无刻不在想办法赶走大阿福。

美罗哪里晓得父亲的心事？她正幸福得要命呢！她撒了个小谎，把铺面丢给老爸看着，自己让大阿福陪着逛街。大阿福不想请假，推推诿诿的。美罗一瞪眼睛：我陪你跳瀑布去呢，你还不赶快走？大阿福立马向邓老板请了一下午假。

他们去了新世界，惶向市的大商场都集中在那里。炒地皮的高潮已经过去，老板们的钞票都套在一块块荒芜的土地上。这座新兴城市出现了明显的萧条现象。车少了，人少了，像新世界这样的购物中心也变得冷冷清清。

美罗在商场里蹦蹦跳跳，娇憨无比。她要大阿福买这样那样的东西，仿佛自己是一位什么公主。大阿福很紧张，因为他口袋里只有十块钱。售货员小姐们再一次犯了错误，认为这样一位肥头大耳、面相富态的大老板肯定出手不凡，一个个笑脸相迎，殷勤巴结。美罗一套一套换试着最时髦的时装，一双脚套着两种品牌的名贵皮鞋。项链手链丁零当啷往脖颈手腕上套，甚至为纤纤十指套满各色各样的钻石戒指。哇，好过瘾！结果当然是什么都没看中，这地方的东西档次太低，没法和香港比。最后，美罗依偎在大阿福臂弯中，扬长而去。

大阿福推推美罗，道：都出来了，你怎么还不睁开眼睛？

美罗说：别说话！闭着眼睛，那些漂亮衣服就还穿在我的身上，金银珠宝也还戴在我的手上。真美啊！

大阿福深受感动，发誓道：总有一天我会发达，我要叫你睁开眼睛在大街上走，让你自己、让行人都看见你一身珠光宝气！

他们走过证券公司，大阿福就站住脚，伸长脖颈看电子盘上闪闪烁烁的股票行情。美罗问：干吗？你也炒股票？大阿福连忙摇头，喃喃道：我哪里有钱炒股票？不过，我有这方面的爱好。美罗双脚一跳拍拍手掌：了不起，你还懂股票！我有指望了，炒股票发财耶！大阿福面红耳赤，倒有些自知之明：我哪行，两手晦气，碰哪只股票哪只股票准跌。美罗信心满满：不怕，有我哩！用我的运气，用你的脑袋，我们肯定天下无敌！

美罗拉大阿福逛了半天街，就是不提跳瀑布的事。大阿福有些沉不住气了，小心翼翼地问：我们不是还有一个重要目标吗？美罗手指前方：到啦！

她引他走进一条小巷，七拐八拐来到一座美丽小院。主人仙阿婆是惶向的神界领袖，不知道多大年纪，如今仍白发红颜，精神矍旺。年轻时她可是一位美丽的巫婆，擅长算卦占相，跳神治病最拿手。惶向人有了大事，都要溜进这座小院求问仙阿婆。美罗和大阿福跨进院门，仙阿婆正拿着喷壶浇花。她斜眼瞅瞅两个年轻人，就兀自笑起来。

她说：来了怪人，今天又拿不到香火钱了。原来仙阿婆有条规矩：为命运奇特的人看相，一概不收费用。美罗与仙阿婆熟悉，凑上前去问：阿婆说我是怪人吧？仙阿婆说：去，去，你是强发家的妹子，怪什么怪？别调皮。美罗将大阿福推到老人面前，央求道：阿婆，我要嫁给这个胖子！你好好给看看，这男人嫁得嫁不得？

仙阿婆放下水壶，不知从哪里摸出一根过滤嘴香烟，大阿福忙为她点着火。仙阿婆吐出浓浓一团烟雾，隔着烟雾说：他刚进门我就看过了，三丈三的水面就看他跳不跳得过。

一听这话，大阿福和美罗都吃了一惊。美罗抱着老太太的胳膊直晃：怎么跳？啊？阿婆指条道，到底怎么跳？仙阿婆摇摇头：天机不可泄露。两个年轻人失望地叹息一声。

不过……仙阿婆似乎过意不去，特地透露一点信息。她眯起眼睛，伸出修长的指甲在大阿福眉心一带画了一个圈，道：妹子你看，他在这地方积攒了多大一块福气呀！它熬、熬，熬成一块宝了。有朝一日爆发起来，赛过一颗原子弹！

老巫婆颇具现代感的语言，大大鼓舞了美罗，她喊：我就嫁给原子弹！

仙阿婆笑：可你先得赌一把。

美罗挥挥小拳头：不就是那三丈三的水面吗？牙一咬，眼一闭，也就跳过去了！

大阿福有些底气不足：只怕没那么简单吧？

美罗一偏脑袋：没出息，人生还不得靠自己？神仙菩萨说到底都是封建迷信，是骗人的把戏。

大阿福急捂她嘴，已经来不及了。仙阿婆淡然一笑，拿起喷壶浇花：话都被你们说绝了，我还是闭嘴吧。

命运在诡笑

美罗像一针强心剂，或者像一支海洛因，使大阿福彻底兴奋起来，以前所未有的勇气与自己的命运作斗争。他早晨起来跑步，晚上做俯卧撑，努力减肥，让自己的外貌变得精明强干。他说话挺着胸脯，底气十足，处处显露自信。有一次，他看见两个烂仔抢一个女人的手袋，竟然挺身而出，挥起钵头大的拳头打得烂仔抱头鼠窜——要知道在惶向见义勇为，可得准备付出生命的代价啊！大阿福不在乎，他处处按照美罗的要求做。美罗从没把这些要求说出来，但他知道得一清二楚。大阿福在战斗，他要通过战斗塑造一个崭新的自我。

命运极狡猾，它像毒蛇一样盘踞在阴暗角落里，静静地看热闹，看大阿福尽情表演。有一段时间，日子风平浪静，灾难似乎真的离他远去。美罗总是碰碰大阿福胳膊，说：是吧是吧，我说过没事的。什么命运，什么三丈三瀑布，都是鬼话，命运就掌握在人自己手里！大阿福举起拳头，慷慨激昂地说：人定胜天！

命运在诡笑。它调兵遣将，把对大阿福不利的因素点点滴滴地汇集起来。比如，邻居桂花嫂把关于美罗与胖子关系的风言风语透露给强发叔，并劝他尽早采取强硬措施。鸿运大酒店管人事的副经理长得竹竿一样瘦长，天生是大阿福的对头。他搞了一份统计，呈递给老板邓铁树，一一指出大阿福送饭与某些遭受灾难的公司、企业之间的相关性。邓老板挠挠光头，心底深处某种忌讳被触动了。阴云悄悄压来，而大阿福全然不知。

出事还是出在送饭上，这一次大阿福可真冤枉！他给新港玩具厂送去快餐，因为量多，酒店里的小伙计栾生跟他一块去了。恰巧美罗往酒店打电话，说家中有急事，约大阿福在希望大道花坛碰头。栾生对大阿福说，我去送饭，你去约会。大阿福不太放心栾生，蹬着三轮把饭菜一直送新港玩具厂门口才离去。那小鬼还向他讨了两块钱小费。大阿福跑到希望大道那著名的花坛，却不见美罗的踪影。这时，他就产生一种不祥的预感，多日来建立起来的信心就像白雪堆积的大厦，被火一烤，迅速融化。

等了一会儿，他的右眼又跳起来。左眼跳财，右眼跳灾，这俗话他从小就记得，并且一辈子总是右眼跳。大阿福心想：坏了，栾生那边别再出什么事情。他顾不得等美罗，拔腿往玩具厂跑。

越怕鬼，鬼越敲门。大阿福跑了一阵，一抬头，就发现新港玩具厂上方黑烟滚滚，身旁有救火车呼啸而过。糟了，玩具厂着火了！可怜的大阿福脸色顿时吓得惨白，两条腿一软一软的再也跑不动了，一身肥肉往下坠，似乎要强迫他瘫倒在地。他不住摇头，就像摇拨浪鼓一样，口中向冥冥中的审判者申辩：不不，不是我！我连玩具厂的大门也没进，怎么能怪我呢？

大阿福完全被击垮了。他不需要申辩，也没有人听他申辩。新港玩具厂的火灾是由于一个工人乱扔烟头引起的，原因很快就查清楚了，与大阿福没有丝毫关系。但是，依照惯例，依照某种奇特的逻辑，也不能说完全与大阿福无关。因为那个工人正是急着用午餐，才匆匆忙忙把烟屁股扔在一堆废料里。而这顿午餐恰恰又是大阿福送的。大阿福惴惴不安，生怕别人也能看透其间的因果关系。

噩运早就暗暗布下另一颗棋子——长着一双毒眼的竹竿经理。他俯在老板邓铁树的耳边絮絮叨叨，添油加醋，终于把老板心里的火堆拨旺了。邓铁树找来栾生，让他讲讲大阿福送饭的情景。那小鬼害怕，就把自己送饭进厂的情节隐去，倒绘声绘色地描述大阿福如何分饭舀汤。

邓老板摸着光头，喟然长叹：福祥啊福祥，你不是一只吉祥鸟啊！

邓老板还算一个仗义之士，他约大阿福到菲菲酒吧喝咖啡，还备了厚厚一只红包，算给大阿福的遣散费。他说话也直率，把竹竿经理所做的统计一条一条向大阿福指出。大阿福低垂着胖脑袋，基本认罪。只是听到玩具厂失火，栾生小鬼证明是他把饭菜送进了厂门，不由抬起头来，两眼顿时涌出泪水，说：邓老板，这可是冤枉，冤枉！那天我，我……他说不下去了。邓老板注视着他，意味深长地一笑：瞧，不是你干的，都记在你账上，不是更说明你倒霉到极点了吗？大阿福怔了一会儿，彻底服了：是，是。

邓铁树选菲菲酒吧遣散大阿福，是怕大阿福把晦气留在鸿运大酒店。他这一招颇有心计，也颇有道理。在分手的最后一刻，大阿福又一次地显示了他的特异功能般的晦气。邓老板与他握手告别，说：人生何处不相逢，等你时来运转，我一定重用你。这份薄礼，算是我一片心意，你就收下吧——他忽然住口，两只眼睛瞪得电灯泡一样，惊叫道：钱包，我的钱包呢？

幸亏邓铁树与菲菲酒吧的老板熟悉，否则结不了账，人也走不脱。他对大阿福说：你行，我真服你了！大阿福憨笑道：这钱，就算给过我了。

邓老板像躲避瘟疫一样，急急忙忙逃出酒吧。晦气却紧追不舍，他出门时被门槛绊了一下，整个人长拖拖地跌在人行道上，引起行人一片惊叫！

大阿福捂住双眼，不忍看自己的前主人被害到如此地步。

私奔

傍晚时分，大阿福回到自己住处。进门，他就看见自己的行李捆扎停当，堆在门前。强发叔坐在他家唯一一把红木太师椅上，身边立着几位本家弟兄，正横眉竖眼地瞪着他。阿福不知出了什么事情，心跳得厉害。

他一张口就提了一个最不应该问的问题：美罗呢？美罗哪里去了？

强发叔咬牙切齿道：你还有脸问美罗？你干的好事！

阿福发蒙：我没，没干什么坏事呀？

强发叔说：我好心收留你，你倒来算计我女儿。你做那些畜生不如的坏事，美罗都对我说了！你赶快走，走慢了，我把你捆起来揍一顿，再送到公安局去！那几条汉子齐吼：滚！

大阿福浑身颤抖，慌不迭地捡起行李，连滚带爬出门。他有些不甘心，回过头哭丧着脸问：我能不能再见美罗最后一面？

强发叔一边关大门一边说：她后悔了，到她姑姑家去了。临走让我告诉你，她不想再看见你了！

大阿福觉得天旋地转，站立不稳。离开美罗，对他来说无疑是致命一击！他人生最后一点希望破灭了。除了美罗，这个残酷的世界还有什么意义呢？他趔趔趄趄地在街上走，仿佛一个醉汉，不知不觉来到希望大道的街心花坛。美罗约他在这里碰头，是要告诉他一个突然变故。大阿福不相信美罗会变心，但究竟发生了什么事情，他却一点儿也猜不出来。现在，大阿福只有一个愿望，最后再见美罗一面，让她亲口告诉他这一切是怎么发生的？

大阿福一直傻坐在花坛水泥台阶上，到了半夜，他迷迷糊糊睡着了。他没有地方去，几乎身无分文，他只能守约，在花坛等待美罗。虽然约会已经失去时效，但除了守约，大阿福还有什么办法呢？

黎明时分，大阿福被人推醒了。他抬头一看，美罗宛如仙女站在他的面前。大阿福揉揉眼睛说：我不是在做梦吧？美罗抱着他头说：我就知道你只会在这里傻等，总算见到你了。她搂住大阿福，两人哭作一团。

这一天的遭遇，美罗比大阿福好不了多少。她胳膊上腿上有一道道紫红杠杠，是父亲用藤条抽的。从早上起，父亲发动突然袭击，强逼美罗与大阿福断绝关系。美罗激烈反抗，父亲找来本家兄弟，要把她捆起来送到乡下，找个主儿嫁人。美罗一看硬抗不行，就假装顺从，答应了父亲所有条件。大阿福被赶走时，她就被锁在楼上房间，哭得死去活来。晚上，父亲请本家叔叔喝酒，感谢他们帮忙把那扫帚星赶走。放松了警惕，父亲喝醉了，美罗才有机会逃出来。

天色已经大亮。美罗怕被人看见，拽着大阿福就走。大阿福问她到哪里去？她也不回答，一径奔往小东门长途汽车站。

到了候车厅，两人找了个僻静角落站定，美罗宣布了她的重大决定：你跟我私奔！大阿福睁圆眼睛：私奔？往哪儿奔？

美罗告诉他，她有一个姑姑住在罗浮山区，自小疼爱她。他们先结婚，再让姑姑做工作，父亲早晚会接纳他们的。美罗说：只要我们俩铁心在一起，我爸拿斧头也劈不开！

大阿福却犹豫了。他抱着头蹲在地下，说：美罗，我只是想见你一面，怎么敢私奔呢？现在见面了，我心里踏实了。你还是自己走吧，回家也行，到你姑姑家住一段也行。总之，我们就在这里分手。

美罗惊呆了：什么？你不肯跟我走？你不肯跟我结婚？难道你一直在骗我？大阿福眼眶里就汪起泪水：不是，我实在不敢再沾你，再连累你。我这样一个倒霉鬼，没有资格和你结婚。我没有信心了，我跳不过那三丈三的水面。

美罗用力揪大阿福的耳朵：你站起来，你这个猪八戒，给我站起来！大阿福龇牙咧嘴地站了起来。美罗双手叉腰道：我告诉你，我就要嫁给你这倒霉蛋，嫁定了！倒一辈子霉我也不怕，我愿意倒霉！我就不信这个邪，让鬼或者神把你身上的晦气都转移到我身上来吧！我扛着，我不怕！皇甫福祥，你听清楚了没有？她又一挥手，像电影里的女游击队长一样果断，大声说：走，私奔！

他们买了两张中巴车票，往罗浮山方向前进。

墨菲定律

孙悟空翻跟斗，翻来翻去翻不出如来佛的手掌，那猴子的心情肯定很沮丧。大阿福和美罗一对恋人，情况也和那位反叛英雄差不多。噩运紧追着他们，像一条恶狼，既无法理喻，又无法摆脱。私奔路上，他们甜蜜而紧张，只怕再发生什么意外。

据说洋人相信一种“墨菲定律”，其定义为：如果一件事情有可能往坏的方向发展，那就肯定会往最坏的结果发展。糟糕的事情总是接踵而来，比如，一只蛋糕掉下桌，你越怕它奶油朝下，它就偏偏奶油摔在地毯上。大阿福现在也被这怪圈罩住了，心中惶惶不安。如果让他猜猜下一次灾难是什么，他肯定会指指屁股底下的中巴。是的，这辆车太破了，四面漏风，浑身颤抖，几乎快散架了。大阿福右眼老跳，只得用手捂紧。

破中巴驶入山区，像老牛一样不停喘粗气。美罗见大阿福老捂着眼睛，关切地问：你眼怎么了？大阿福说：没什么，吹进点灰尘。美罗扒他的眼，要给他吹吹。就在这时候，那辆破中巴不知怎么脱离了盘山公路，一头钻进河沟里！

尖叫。旋转。碰撞。当一切都过去后，大阿福醒来，发现自己躺在医院里。他一骨碌爬起来，大喊：美罗！美罗！护士进来制止他，并告诉他美罗在隔壁病房，伤势很重。大阿福倒没事，只是头部有些擦伤，裹着一头白纱布。

大阿福心中的悔恨无法用语言形容。他最明白，所谓灾星有一重要特点，那就是他总能给别人带来灾难，自己却往往没事。因此毫无疑问，美罗是被他害了。

大阿福下床，想去看看美罗。在走廊上，他遇见哭得泪人儿似的强发叔。两人一照面，老人家就要给他下跪，大阿福扶也扶不起。

他说：求求你，别去看她，别去碰她。你就不肯饶了我们一家吗？我造了什么孽，老天爷要这样惩罚我？求求你快走，要不我就跪着不起来！

大阿福满面羞惭，说：老伯，你起来吧。我只要看美罗一眼，从此不在你跟前露面。我说话不算话，就是畜生！

他在强发叔引领下，终于看见昏迷中的美罗。他站在病房门口，手扭着衣角，嘴里喃喃不知说些什么。最后，大阿福挥泪而去。

外面下大雨，与他来时一样，惶向老街又要发洪水了。大阿福仰望漆黑的天空，喊出憋在心中的话：你要逼死我啊！好，来吧，我死给你看，这就去死！喊够了，大阿福感到无比轻松。他知道自己应该到哪里去，其实他一直无处栖身，只在人间漫无目标地游荡。他不想再做挣扎，也不想进行无谓的跳跃，只想躺下，永远地躺下。

一辆轿车顺着希望大道急驶而来。大阿福几乎没有思量，奔到马路中央蹲下。轿车直向他撞来。这样的雨天很难看清前方，幸亏大阿福穿着那件红衬衫，像一个红色大球蜷缩在地下。司机急忙踩刹车，雨天路滑，轿车仍撞在大阿福身上。这只大红球滚动起来，缓慢地滚着，滚到路边停下。

大阿福坐起来，扭头冲着司机喊：干吗不用点力？寻死也得花钱吗？

司机跑到他面前，一迭声说：对不起，对不起！

灾星就是灾星。大阿福没事，轿车却坏了。那可是辆昂贵的宝马车，撞了大阿福一下，不知什么地方出了毛病，司机再也无法将它发动起来。车后坐着一位大老板，他让司机先去救人，自己打电话再招一辆车。司机打着伞，把大阿福扶到车上。大阿福不停地哀叹：世界上怎么会有我这样的倒霉鬼？想死也死不成，还把别人的车撞坏了。先生你说，一个人晦气到家，究竟怎么处理他呢？我实在是没辙了！

老板给他一瓶矿泉水喝，颇感兴趣地说：我们等车，就听你讲讲倒霉的故事吧。大阿福摇头：太多了，时间不够用。喘口气，我还要去寻死呢！

大老板说：倒霉鬼也得负责任吧？你撞坏了我的车，总不见得拍拍屁股就走人，是不是？大阿福叹息：明明是你的车撞了我，还得我负责。罢罢，我就用倒霉故事作赔偿吧！

于是，在这样一个雨天，在熄了火的高级轿车里，大阿福讲述了他命中那三丈三的瀑布以及一系列不可思议的遭遇。

大老板听得眼睛发亮，闪出绿茵茵的光芒。

山本龙太郎

我不信神，我要改变这个人的命运。大老板说道，他伸出一根手指，轻巧地勾着：实力悬殊的两个人，强者改变弱者的命运，只消动动小手指头就可以办到。所以我要看一看，我的干预，会对这个倒霉鬼产生什么影响。

大老板是在装修豪华、仿白宫的椭圆形办公室里说这番话的。他虽然不是中国人，但普通话说得比惶向本地人流利百倍。那铿锵有力的声音在大阿福脑海里嗡嗡回荡。大老板当着他在中国的代理人宣布：大阿福正式被聘为公司高级职员，头衔为投资经理。后边的丁香别墅供他居住，吃喝玩乐只要有单据，都可拿到公司报销。工资是年薪，暂定 100 万，根据业绩年底至少有翻倍的奖金。

一项项有关大阿福待遇的指示，使得在场的人目瞪口呆，更别说他本人了。大老板戴着一顶小圆帽。此时他取下帽子，露出一颗刮得精光的脑袋，因灯光照耀，头皮发出刺眼的光亮。在大阿福眼中，这闪亮的圆球可是他生命中的大救星啊！

大老板的做模特出身的中国妻子，公司总经理冷艳，点燃一支细长的香烟，声音轻柔地问：他的具体工作是什么？

你不是掌管着公司在股市的投资吗？交给他，今后买卖股票由他全权负责。大老板他对艳美而冷若冰霜的妻子说。

大阿福一阵激动，有些忘乎所以地说：我就喜欢炒股票！

冷艳冷冷地问：你炒过股票吗？大阿福摇头：从来没有。

副总经理丁浩从北京来，是大老板的侄子，一口京片子带着冲劲儿：我就奇了怪了，没带金刚钻他怎么敢揽瓷器活？叔，对这位新来的投资经理，必须确定工作目标，咱总不能听他用嘴胡侃吧？

大阿福一脸真诚：是，我需要目标！

大老板脸上浮现高深莫测的笑容，轻轻吐出两个字：赔钱。

丁浩说：我耳朵没听差吧？他的工作目标是，是赔钱？

大老板脸一板，果断地说：我就是要他赔钱！只许赔，不许赚，赔得越多越好！你们听明白了吗？

不等众人回答，大老板就迈着颇具军人气概的步伐走出椭圆形办公室，笃笃的皮鞋声仿佛甩下一串问号。

大阿福如同腾云驾雾，迷迷糊糊地被送入丁香别墅。赔钱，嘿嘿，我找到的工作是赔钱，真他妈的物尽其用啊！大阿福反复咕哝着，渡过难眠的一夜。

不久，大阿福知道了有关大老板的一切。他是日本人，有一个很长的日本名字：山本龙太郎。山本有四分之一的中国血统，他祖父是中国人，早年东渡日本做生意，娶了日本老婆安家立业。山本一直把中国视为第二故乡，等他长大成人，继承了丰厚的家产，就到惶向这片热土来投资。可以说，他是惶向投资最多的一位日本商人。这个山本有些不务正业，把公司丢给妻子、侄子管理，自己常常到香港、澳门去赌钱。也许他真正的长处在于赌博，因为他是常胜将军，过一段时间就满载而归，皮箱里总是满满地塞着现金。那个名叫吉野的投资公司却经营得很不理想，买的地皮，盖的别墅，随着房地产低潮全被套住。他又想入非非投资中国股市，用他中国妻子的名义开了户，也是屡战屡败，一套再套。他似乎还嫌赔得不够，竟把大阿福这颗灾星请来，似乎要加速灭亡。

按照山本大老板的指示，公司以皇甫福祥的名字重新开户，所有的股票投资就在这个账户运作。大阿福无权提现金，但是买进卖出的指令非得由他一个人下。他要单独设置密码，公司其他人无权下单。换句话说，冷艳总经理也被排斥在外，大阿福一跃成为公司举足重轻的人物。

无论山本大老板的想法有多么古怪，一个卑微的小人物的命运就是改变了。大阿福决心好好干，报答老板的知遇之恩。同时，他打算挣到一笔钱（比如领了年薪），混出个人样子再去找美罗。大阿福脑子里不时闪过一个念头：那三丈三的瀑布，莫非已经跳过去了？

有天晚上，冷艳幽灵一样来到丁香别墅。此刻的冷美人使大阿福感到恐惧。她围着他转圈，上下左右反复打量大阿福。她问了大阿福一串问题，想知道他与山本龙太郎是否早有关系，此番来公司怀有什么目的。大阿福憨头憨脑，说话驴唇不对马嘴，冷艳实在找不到破绽。

她牙缝里抽着冷气：奇怪，就因为你是个倒霉蛋，他就收留你？他在你身上看中了什么？

大阿福说：是啊，他看中我什么？我身上能有什么？实在不明白啊！

冷艳说：我们都是中国人，今后要常常打交道。其他事情不明白倒也罢了，谁是真正的主人你心里可一定要清楚！

大阿福满腹狐疑。冷艳姗姗离去。

灾星炒股

阿福第一次走进大户室，激动的心情无法形容。他早就梦想炒股票。在他看来，这是一种游戏，你做着游戏就能发财，是何等惬意的事情？他以敬畏的心情抚摸电脑，那闪烁跳跃的数字，那蜿蜒伸展的曲线，使他感到神秘而激动。他按键盘时手指颤抖，久久不敢用力。他的新生就在这个环境里开始了！

公司里一帮老客户消息灵通，猴精马怪。他们见新来的胖子一脸福相，又打听到他开户就入金300万，不由肃然起敬。追风杨最爱跟风，老在大阿福身后转悠，看他买什么股票，自己好跟进。可是大阿福两眼盯着屏幕，老不动手。周师爷摇头晃脑地评价：沉着。冷静。稳。一看就是高手。花狐狸宁翠花立刻粘了上去，扭动着腰肢为大阿福斟水泡茶。大阿福受宠若惊，起身道谢，险些把茶杯碰翻了。

惶向炒地风潮一度风靡全国。这些人都是炒地皮的老手，现在地皮套牢了，他们把剩下的钱拿来炒股票。大阿福很快和他们混熟了。他们各自感叹何处何处有一块地套着，假如能出手，这些资金杀入股市抄底，定能一举翻身……当然，这都是白日梦。可投机者哪个不做白日梦呢？

议论之际，追风杨乘机探问：这位老板，你买了哪里的地？

大阿福摇头：我不是老板。我刚来惶向，也没有钱买地。

花狐狸尖声笑起来：不买地你到惶向来干吗？全国的老板都来炒地皮，你不见得是来讨老婆吧？

大阿福想到美罗，红着脸道：我还真是想来讨老婆的。

周师爷推推老花镜，高手！在惶向安营扎寨，娶妻生子，一边炒股票，一边等着地皮往下跌。跌到我们受不了，都割肉了，这位老板才抄底买进。现在，他手里当然没有地皮，他等着买便宜货呢！

大阿福对这些高论似懂非懂，不知如何作答，只说：不敢当，不敢当。

大家以为他谦虚，更加高看他。

大阿福一旦动手买股票，大户室的人又傻了。他挑来挑去，挑了一只ST股票，大把买进。这只名叫福祥纺织的股票，连年亏损，官司缠身，欠了一屁股债吓死人！据说，这股票今年年底就要被摘牌，从此彻底消失。ST福祥可算是股市里最烂的货色，人们都像躲避瘟神一样躲避它，因此股价不断下跌，跌到2元一股，几乎是最便宜的股票。

大阿福选中ST福祥，可是下了很深的功夫。他仔细研究这家公司的情况，为它一连串不幸遭遇而难过。他用拳头揉揉眼睛，喃喃道：我就不信咸鱼不能翻身！它跟我一样，一定会渡过难关的。

接着，他咬咬牙，化悲痛为力量，大笔大笔地买入福祥股票。

追风杨眼珠子都快瞪出来了：有没有搞错？这只烂股你也敢碰？

他这次无论如何不敢跟风。这帮人都是股市老手，每只股票的家底他们都知道得一清二楚。但是，他们又不禁疑惑：这位相貌堂堂的大老板，一来就猛买ST福祥，莫不是得了什么内部消息？

周师爷是上海人，当过小学校长，早期炒股票发了大财，到惶向来投资房地产，又被套牢，成为长期居民。他一向矜持，这时也忍不住踱着方步来到大阿福身边，不耻下问地弯下腰：请教，请教。这位先生你买股票是依据技术指标？或是依据基本面？如此大手笔买地进ST福祥，你的依据究竟是什么？

大阿福傻乎乎地问：你在说什么？我怎么听不懂啊？

周师爷绕到桌子另一面，说：我们共处一室，也算有缘，希望能分享你的高见。追风杨、花狐狸一迭声地响应：是啊，你就向我们透点儿风，为什么要买这只股票？

大阿福似乎有点羞怯，说道：我叫皇甫福祥，这只股票也叫福祥，我们同名，又一样倒霉，所以我一眼就看中它。众人差点被噎得背过气去！

你真幽默。周师爷说了一句，就愤愤回到靠窗口自己的座位上。

ST福祥成交稀落。大阿福连续买进，使那股票的曲线昂起头，走势图变得漂亮起来。追风杨沉不住气，心想：这胖子装疯卖傻，肯定有内幕消息。我且跟进，不久就会见分晓！他以年轻人的鲁莽与魄力，满仓追进ST福祥。

花狐狸宁翠花也不甘落后，急急忙忙追买ST福祥。她暗自打着主意：

只要把这胖男人花倒，早晚能掏出他一肚子秘密。花狐狸炒股票屡战屡败，对付男人可从没失手过。

经验老到的周师爷当然不会跟发财机会赌气。股市里掌握内幕消息的人都是这样，虚虚实实不会给你说一句真话。越这样，越说明这家伙真有料！一贯强调谨慎二字的周师爷，终于走出一步险棋，将固守多日的资金全部投入 ST 福祥。

灾星降临这家证券公司。像以往一样，沾着他的人无不大倒其霉。ST 福祥爆出猛料的消息一传十、十传百，散户大厅的人们也纷纷跟进，一时间这只即将谢世的垃圾股成了明星，像模像样地拉出一根根漂亮的阳线。但是不久，一阵抛盘将它砸回原形。

什么消息也没有，烂股票就是烂股票。接着它又加速下跌，竟封到跌停板上。周师爷、追风杨等人慌忙割肉，短短几天工夫损失惨重。

他们朝大阿福翻白眼，恨不得在他肥壮的胳膊上咬两口！

印堂，的确鼓起来了

美罗拄着双拐，在证券公司走廊上找到了大阿福，哇地哭出声来。

她张口就骂：你这丧尽天良的猪八戒，把我扔在医院一走了之，也不管我死活。你还躲着不见我，害我拄着拐杖大街小巷到处找你！

大阿福脸色大变，连人带拐抱住她：你的腿怎么了？还能不能好？你别吓着我，咱们还得过日子呀！

误会很快就消除了。大阿福把自己的奇遇告诉美罗，他发达了，再也不是过去那个大阿福了！但他决没有变心，差不多每天夜里都会梦见美罗。他打算领到第一笔工资（高得惊人！），就买上各种礼物到美罗家正式求婚。他认为去早了没用，徒然招强发叔生气。待条件成熟，水到渠成，强发叔会接受他这个女婿的。大阿福说话时充满自信，面上润着一层红光。

美罗也知道了父亲以下跪的方法赶走大阿福的情节。不过，父亲当时对她说大阿福害怕，独自溜了。美罗当然不相信。她找他找得好苦啊，最后是从一位炒股票的邻居口中得知大阿福的消息，才找到这里来的。她告诉大阿福，那次车祸，造成她两条小腿粉碎性骨折，打了石膏才拄得起双拐。

不过不要紧，医生说拆了石膏腿就好了。两个人说不尽地关切，恨不得把心都掏出来赠予对方。

大阿福领美罗参观大户室。美罗见他坐在电脑前敲打键盘，佩服得不行，差点儿要亲他一口。她说：我早知道你会有今天的！美罗拄着双拐在大户室走来走去，热情地向每个人打招呼。她问：大阿福棒吧？你们也觉得他很棒，是不是？周师爷、追风杨、花狐狸气得鼻子也歪了。

周师爷用上海普通话说：你老公棒是棒，就是名字起得不好，起码不太准确。他怎么能叫大阿福？叫晦气星还差不多！

大阿福并不生气，笑哈哈地向众人告辞，带美罗去丁香别墅。丁香别墅位于马连洲，面对鸥歌湾海域，风景极美。那是有钱人住的地方，在惶向投资的外商、老板都集中在海边别墅区里。大阿福很有气派地招了一辆出租车，把美罗扶了上去。不一会儿，出租车就驶进漂亮的童话般的别墅群。

美罗看得眼睛都直了，她小声说：不会吧，你不会住在这里吧？我以后再怎么见你呢？大阿福把美罗抱下出租车。就这么抱在臂弯上，直接走进他所住的那栋别墅。别墅内的大厅、旋转楼梯、带卫生间的充满阳光的卧室，无一不叫美罗发出惊叹。精美的装潢，华贵的家具，墙上的油画，各种古玩更使美罗张大嘴巴，不停地吸气。哇！这都是外国电影里才能看得到呀！美罗惊叹道。大阿福把她放在席梦思床上，深深地吻她。美罗眼睛里涌出泪水，哗哗地流淌。

大阿福问：你怎么了？看我住别墅你就激动成这样？

美罗轻轻摇头：不，我不是为别墅流泪。我是因为你终于……终于跳过来了！大阿福心中一阵激动，紧紧抱住美罗，在她嘴唇上吻了又吻。

山本龙太郎突然来了。他刚从澳门回来，脸上还带着通宵不眠的疲倦。冷美人、丁峰跟在他后面。他用异样的目光打量着两个年轻人。大阿福对美罗说：就是这位大老板改变了我的命运。

山本听大阿福介绍美罗的情况，点点头，说：既然是你的未婚妻，就让她搬来同住吧。他往客厅真皮沙发上一坐，摘去灰色小圆帽，露出铮光闪亮的秃头。美罗见这大秃头不由心惊肉跳。

山本龙太郎让大阿福与他并排坐下，询问股票投资情况。大阿福狼狈起来，口中呜咽，将他买 ST 福祥的经过述说一番。大老板问：套住了？

大阿福说：套住了。大老板又问：300万元资金全用完了？大阿福点点头：全用完了。大老板一回头，对丁峰下答指示：明天往他账户再划500万元，明白吗？丁峰迟疑一下，马上说：明白。

山本龙太郎，这个谜一样的日本人又转过头，操着流利的京片子对大阿福说：很好，你的任务完成得很出色。你甭怕，只管往里赔，赔得越多越好，越赔我越高兴！

大阿福迷迷蒙蒙地说：好吧，那我就尽量，尽量多赔钱。美罗嘴快，忍不住追问：什么？你赔钱？这样干活，对得起你的老板吗？

山本大老板很有礼貌地对美罗点点头：是的，他的工作就是赔钱。为此，我要发给他一笔奖金。你可能不理解，但我自有一本生意经！接着，他又问起大阿福几次算命的故事。当他听到仙阿婆说，大阿福的运气攒在眉心间，几乎成了一颗原子弹时，这位大老板忽然站起来，冲大阿福鞠一躬，伸出手指小心翼翼地触摸他额头。良久，他喃喃道：印堂，的确鼓起来了！

山本大老板一行人走后，美罗对大阿福说：快走！这工不能打了。我怎么老觉得不对劲？大阿福问：为什么？美罗说：他让你赔钱，天下哪有这种事情？哪天你把他赔急了，这日本人会一刀砍了你！大阿福说：不可能。他说过要改变我的命运，还说他喜欢这样做。人家当大老板，思想深远着呢。你没看他那颗光头，里面装满智慧！

美罗在厅里转了两个圈儿，摇头道：就是不对劲，我看见他那光头就心惊肉跳。我觉得，那是魔鬼的脑袋！

大阿福把美罗抱起来，一边吻一边说：魔鬼我也不管了，等拿到年薪，先娶了你再说。大阿福一路亲吻着，把美罗抱到楼上卧室。

赌神

山本龙太郎宽敞的书房里到处堆放着书籍，闲暇时，他躺在一张造型奇特的躺椅上，一边摇晃一边看书。读完一本随手一扔，抓起另一本再读。他读的书大都属于博弈论，涉及数学、经济、游戏、哲学，是一种神秘深奥的理论。世界各地出版的有关博弈理论研究，他都搜罗来放在这间书房里。他精通许多国家的文字，读书的态度既随便又认真，几分像学者，几分像文士。读到兴奋处，他就从躺椅上跳起来，用力拍打精光闪亮的脑袋，在书房里来回踱步。

冷美人从来不明白丈夫那颗光头里装着什么。以她的理解，博弈论也就是关于赌博的理论。这世界好荒唐，居然从赌博中抽象出一门学问！山本龙太郎肯定获益匪浅，才能在赌场赢回大把的钞票。冷美人对丈夫的学问没多大兴趣，但她对这个日本人深藏的城府却怀着一份警惕。她担心大阿福的突然出现，是丈夫从她手中夺回掌管公司权力的一个步骤。在此之前，吉野投资公司基本是由她和丁峰掌控，而丁峰对她唯命是从。

冷艳结束模特生涯，在惶向开了一家小公司。公司即将倒闭，山本龙太郎出现在她面前，她委身下嫁，公司发展成今日的吉野投资公司，这家公司是她的，是她以青春、以肉体换来的。所以，她必须提防一切外来入侵者，当然也得提防着丈夫那颗深不可测的、水晶球一般的光头。

冷美人来到山本龙太郎跟前，为他沏上一杯香浓的巴西咖啡，放在红木茶几上。她俯身向前，似乎在看丈夫手中的书，一对高耸的乳峰紧紧贴在他光秃秃的脑袋上。山本龙太郎把书按在胸前，闭着眼睛，口中自言自语：赢时加码胜率高？还是输时加码胜率高？这可是永恒的难题啊。冷艳说：好容易休息一天，你就别费脑筋了。我相信你永远是大赢家！山本仍然闭着眼睛，独自咕哝：概率、概率，概率是真正的魔鬼！

丁峰夹着几张报纸进来，一脸惊慌失措的神情。山本叔叔，他叫道，ST福祥又出事了！公司董事长、总经理因贪污被逮捕，整个公司都被他们掏空了！证券报刚刚公布这消息，股市开盘ST福祥就封在跌停板上。昨天划入大阿福账号的500万元，又给统统套死了。

山本龙太郎忽地坐起来，嘿嘿一笑：这个大阿福真能干，赔钱速度比我预想的还快！

冷艳说：灾星降临，我们的公司十分危险。这场游戏应该停止了！

不，山本龙太郎一摆手，坚定地说：再划给他700万！让他赔，让他发挥所有的能量，使劲儿赔！

冷艳眼睛里冒出火星，再也无法保持冷漠的态度。她喊道：不！我们没有钱了，再也赔不起了！我们的地皮、房产全被套住，银行整天逼债，现金流已经枯竭，吉野公司面临破产，这些情况你还不知道吗？

山本很冷静：知道。我所做的一切，就是让公司迅速摆脱危机。冷艳神经质地大笑：迅速摆脱危机？就凭大阿福？哈哈！我就不明白，在这样的时刻你让一个白痴去炒股票，还要拿出钱来一个劲儿让他赔，究竟有什么目的？

山本大老板站起来，冷冷地看了妻子一眼，却不回答。他一边挠着光头，一边在书房里转圈，声音清晰地对丁峰下达指示：我会打电话，马上让香港汇丰银行汇 700 万元到公司，你把钱兑换成人民币，立即划入大阿福股票账号。一刻也不得耽误，明白吗？

丁峰迟疑地看了冷艳一眼，点点头：明白了！丁峰转身离去。

冷艳紧逼老公：我再也无法忍耐了，今天你必须给我一个答案！

山本龙太郎狠狠抽了妻子一个耳光：巴嘎！这个公司，还有你这个人，都属于我的，明白吗？山本龙太郎回到躺椅躺下，又抓起一本博弈论。

冷美人含着眼泪说：你好冷酷！你正在押赌注！我不知道你又要赌什么，可你这个人骨子里就是赌徒！

山本大老板把书放在胸口，纠正一句：不是赌徒，是赌神！

情敌的图谋

山本大老板以强有力的臂膀接去所有的灾难，落在大阿福身上的当然就只有幸福了。

他口袋里装满钞票，买好各种礼物，就去探望强发叔。而美罗早已把大阿福发达的奇迹告诉父亲，她甚至领父亲到丁香别墅转了一圈。眼见女儿从丑小鸭变为白天鹅，强发叔还有什么话说？今日大阿福进门，他怎么看未来的女婿就怎么像一个大老板，不免诚惶诚恐。他为自己过去的言行羞愧，想表示点歉意，又张不开口，吭吭哧哧憋得满脸彤红。大阿福张口叫阿爸，表明了要娶美罗为妻的决心，感动得老人差点儿流下泪来。他抚摸着女婿肥硕壮实的身躯，喃喃道：我好福气呀，后半生就靠你了。

美罗就要张罗结婚。大阿福说：你别着急，等股票涨起来，我向大老板有了交代，他肯定会给我一大笔奖金。到那时，我们再排排场场举行婚礼！

美罗说：你买那只股票老是跌，它若涨不起来，我们还能一辈子不结婚？

大阿福有些不高兴：乌鸦嘴！谁说它涨不起来？我皇甫福祥已经翻身了，ST 福祥翻身的日子还会远吗？它一定会涨，涨上天！

美罗喜欢看未婚夫信心满满的样子，就不再和他争辩。

大阿福在大户室的表现，更令周师爷那帮人头晕目眩。他明明选错了股票，却毫不担心，整天乐乐呵呵的。ST 福祥坏消息不断，跌了再跌，似乎一直要跌到地狱里去；大阿福则买呀买呀，无论跌到哪里，他都只管买进。仿佛有天兵天将助他，资金源源不断注入他的账户。大家都纳闷，难道这胖家伙开了个银行？

当第三笔资金，700 万元巨款划入他账户时，大户室里的人都震惊了——大阿福已经超过了所有的人，成为惶向证券公司头号大户！他们对大阿福的判断又动摇了。追风杨说：不得了，这可不是一般的老板，是大亨啊！周师爷不得不点头：看来，他背后有整整一个大财团支持着。别瞧他装得像白痴，他比我们谁都聪明，装疯卖傻在耍我们呢！

ST 福祥破产退市几乎已成定局，若不是大阿福不停地买进，股价早已跌穿两元。大阿福坐在电脑前，熟练地敲打键盘，一边哼哼小曲，一边成千上万股地买进。他神气活现地嘀咕：老子有的是子弹！他一点也不害怕，心态极佳。他甚至满心喜乐，见人就想道谢，却又不知道谢谁。与此同时。他头上的光环越来越大，人人看他神奇，当他那肥硕的身躯从营业大厅穿过，散户们都会产生一阵骚动。大阿福成了真正的明星！

花狐狸骨头缝里都痒痒，使尽浑身解数勾引大阿福。无奈大阿福无动于衷，一副曾经沧海难为水的样子，根本不把花狐狸放在眼中。花狐狸磨磨细牙，恨恨地说：别太得意，走着瞧！

美罗以女人的敏感，当然注意到花狐狸的存在。不过，她没太把这骚娘们放在眼里。做情敌她还不配！倒是大阿福的顶头上司冷艳冷总经理，使美罗隐隐感到不安。

美罗后来才知道，整个丁香别墅小区都是吉野公司投资开发的。起初别墅卖得很好，香港人都乘船过来买。惶向房地产陷入低潮，丁香别墅也就卖不动了。剩下东一栋，西一栋，吉野公司的管理人员自己住。丁峰住

5 号楼，冷艳与大老板住豪华型 8 号楼。大阿福也有幸住进简易型 3 号楼。由于不景气，业主都离开惶间，整个小区冷冷清清。在花园小径晃来晃去的，多是吉野公司的人。

美罗喜欢在花园小区散步，她早已扔掉拐杖，双腿就像小鹿腿那样灵巧。弯曲的小径连接一个个精巧花园，美罗一边跑一边看，总也看不够。有娇美奇特的花朵特别引人喜欢，她就会跨过低矮的围栏，偷偷穿过草坪，把那花掐到手，一边闻一边溜走。有时恰逢业主在屋内看见，她就红着脸，像小偷一样飞也似的逃跑。如果不是那个冷美人存在，美罗差不多认为这里就是天堂了。可是，冷美人经常提醒她注意，谁是丁香别墅的主人。美罗非常亲热地叫她大姐，冷艳则冷冰冰地纠正她：冷总，你要叫我冷总。美罗好容易才改过口来，叫一声冷总心中就冰凉冰凉的。

这位冷总，随时随地闯进他们所住的 3 号楼，直奔卧室。在小两口睡觉的床前，她笔直站立，整得他们很狼狈。冷总却板着脸，对大阿福下达命令：你，到 8 号楼来一下，公司有一个重要会议！大阿福马上跟着冷美人走了，屁股一撅一撅像条哈巴狗似的。美罗恨恨地把枕头扔到墙角落。

老是重要会议。要不就是商量工作。有时候，大阿福半夜才从 8 号楼回来。这个女人对大阿福越抓越紧，似乎有什么企图。她那个日本男人总不在家，据说他在天上飞来飞去，到世界各地参加赌博。美罗很奇怪，难道赌博也像举行重大国际会议一样？总之，大老板很忙，惶向这个小小的公司根本不放在他心上。大阿福得意洋洋地说：大老板把现金都给了我，让我炒股票。丁香别墅这样缺资金，山本就不肯追加投资。整个公司的钱都在我手里！

美罗撇撇嘴，说：你别臭美，人家与你非亲非故，为什么这样抬举你？我看里面有文章。大阿福说：当然有文章。可是山本那颗大光头里想些什么，谁也不知道。这不，冷总绕着弯儿在我这里探听秘密，仿佛我和大老板有什么私下交易似的。嘿，我能有什么秘密？真见鬼。

美罗有些放心了，搂着日益显耀的未婚夫说：别理她，咱们也别想那么多，享一天福是一天。睡觉！

然而，冷美人的目的似乎更为复杂。美罗隐隐觉察到，她注视大阿福的目光有些异样。晚上找他去商量工作的时候也越来越多，时间越来越长。

周末，她还开着宝马车，单独拉大阿福去豪华酒楼用餐。美罗闻到未婚夫口中的酒气，就愤愤地责问：这也是商量工作吗？大阿福倒在宽大的席梦思床上，沉沉睡去，鼾声如雷。美罗告诫自己：男人有钱就变坏，女人变坏就有钱。瞪起你的眼睛，别让那女人把你嘴边的肥肉叼走了！但是，美罗无法控制事态发展，形势日益严峻。

有一天，冷总开车把大阿福带到绿心岛去玩，绿心岛处于鸥歌湾中央，风景优美，地势独特。岛上开着许多度假村、桑拿城，是惶向著名的地下色情场所。游客在海中游泳，在沙滩晒太阳，就有穿着泳装的小姐像蚊子一样成群飞来，陪伴他们，诱他们堕落。大阿福打来电话，高兴地嚷嚷：我现在躺在沙滩上，舒服极了！你真应该到绿心岛上玩玩，天下会有这样美的地方。听他的声音，肯定喝多酒了。大阿福酒量不行，喝一杯就脸红，喝三杯准醉。现在他恐怕十杯八杯也喝了，要不不会打这个电话。

美罗闭上眼睛，就看到一副图景：大阿福穿着小小的游泳裤，肉球似的赤身裸体躺在沙滩上，冷总当然也是袒胸露脯，像一条美人鱼，紧紧挨他躺着。哟，她可真美！叫她冷美人，这会儿也不冷了，借着酒劲与大阿福嬉笑疯闹！哦，她为什么让大阿福打这个电话？分明她把自己的手机借给大阿福，这是要把这幅图景传送过来，刺激美罗的神经！这女人太狠毒！

美罗决定向冷美人摊牌。她趁大阿福去证券公司上班之际，独自来到丁香别墅8号楼。她站在冷美人面前。冷美人正在涂指甲油，涂着一种透明的指甲油，涂上后几乎看不出来，长长的指甲透出一种肉色。冷美人撇了美罗一眼，不动声色，继续涂她的指甲。美罗一开口，就显得很没有水平。她数落总经理老是借工作之名，把老公从她身边夺走。昨天竟把大阿福带到绿心岛，在那种地方还能干出什么好事？为了表示愤怒，美罗很想拍一下桌子，但她把小拳头举得老高，终于没敢乱拍。她只是发狠道：你休想打我老公的主意！你知道女人为了男人有时候也会拼命的！

冷艳一直摆弄着她的指甲，精心细致，一丝不苟。美罗讲完了所有的话，她把十指擎在空中，仍在欣赏自己的指甲。冷场。过了许久，她才缓缓地道：咱们合作吧。美罗一怔：合作？我和你合作？笑话！冷美人从办公桌抽屉里摸出一盒细长的摩尔香烟，自己点上一支，吐出一连串的烟圈。美罗不甘示弱，也抽出一支烟叼着，但不会点火，她摆弄不开打火机。

冷美人说：是的，我们合作。我对你老公本人不感兴趣，但我希望他卖掉股票。干脆对你说吧，公司里所有的钱都在你老公的股票账户里。我有权提钱，他有权买卖股票。我们合作，他把股票卖掉，我把钱提出来，事情就成功了。你帮我做他工作，只要他把股票卖掉，我就会给你们50万元奖金。那时候你们远走高飞，到某个城市开个店，建设你们的小家庭，岂不过上幸福生活了？

美罗明白了，这女人原来另有图谋。她有点动心，感觉到一个好机会就摆在自己面前。冷美人打着火机，为美罗点上烟。她语重心长地说：怎么样？既拿到钱，又除掉情敌，这可是两全其美呀！

好吧，我们合作。美罗吸了一口烟，呛得剧烈咳嗽起来。

绑架

美罗活泼的声音在证券公司大户室里回荡。她搬把椅子坐在电脑跟前看大阿福工作。其实，她是来督阵的，经过一夜的纠缠，大阿福终于让步。现在，他哭丧着一张肉嘟嘟的脸，开始卖出ST福祥股票。他小笔小笔地挂着卖单，就像不肯吃饭的孩子故意不把嘴巴张大一样。

大阿福脑子里放电影似的回放着昨晚的镜头——

美罗揪着他的耳朵说：你听我一次，就听一次！赶快卖股票！胖子从床上跳下来，努力挣脱耳朵：士为知己者死，我不能做这种事情！

美罗说：你别傻，那日本鬼子不是什么好东西！哪有拿自己的钱让别人去赔的？他肯定在搞啥鬼名堂！咱们拿了钱，赶快脱身。就像老人常说的：三十六计，那个，溜之大吉。

大阿福揉着耳朵，恨恨地说：冷总没安好心，真是一个叛徒！

美罗连忙道：对呀，人家连自己的老公都叛，你有什么不能叛的？山本龙太郎又不是你爹！

大阿福眼圈红了：我忘不了那个大雨直下的夜晚，我想死，是山本大老板救了我。救命之恩还没报，我怎么能，怎么能出卖他？

美罗又来软的，她把大阿福拉上床，一边吻他一边说：你别难受，我知道你是好人。可是你运气不好，一买股票就套。你已经让你的恩人赔了那么多钱，还要继续赔下去吗？再赔，你负得起责任吗？我和冷总的意思一样，是要你悬崖勒马！是为你好……大阿福一拧脖子：它马上就会涨起来的！

美罗不愿和他争辩，斩钉截铁地说：你要爱我，明天就去抛股票。你要不爱，我现在就起身，咱俩拜拜！

大阿福软了。他为爱情出卖了自己的主人。

他慢腾腾地、极不情愿地卖出ST福祥。福祥股价无人照应，沉沉下跌。大阿福心里明白，他一撤退，这只股票不知要跌到哪里才能止住。最近，债主连连将它告上法庭，董事长总经理携款逃跑，至今没能逮捕归案。现在，大阿福突然出货，在它背后加上一刀，这只破船肯定要沉底了。阿福心疼它，只希望它沉得慢一些，再慢一些。他是在葬送自己的老朋友啊！

美罗坐不住，电脑荧屏上鬼脸一般闪闪烁烁的数字，一会儿工夫就使她头晕目眩。她满屋子溜溜达达，很快和周师爷一班人熟悉了。花狐狸是唯一女性，美罗就和她格外热络，三句话一说就以姐妹相称。花狐狸说：妹妹你好福气呀，嫁个老公又疼你又会赚钱。美罗谦虚地说：傻人有傻福呗，我也是瞎猫碰上了死老鼠。花狐狸道：哪能这样说。喂，你老公好像在出货？美罗大大咧咧地说：是啊，赚一点算了，炒股票没什么意思。花狐狸问：那么多资金，从股市里撤出来，往哪里投资？美罗说：开一家厂吧，对，开一家皮鞋厂。我叔公在香港，就要我们生产大陆的皮鞋，还是开厂保险。

美罗在那边与花狐狸胡扯，大阿福忽然改变方向，大笔大笔买进ST福祥。他炒了这么些日子的股票，对福祥的股性深有了解。今天上午的盘面不对头，大阿福发现有一只无形的手，把他抛出的股票都捡了去，他卖出的越多，买盘越强劲，股价不仅不跌，反而缓缓上涨。过去可不是这样，ST福祥交易冷清，要不是大阿福给托着，几千股抛单就能把它往跌停板上砸。今天出现的新情况，分明有人在大笔买进ST福祥！这说明什么？有主力机构看中这只倒霉股票，它咸鱼翻身的日子快到了！

大阿福热血冲动，不肯让别人抢去胜利果实，反手大笔买进，与对方抢夺筹码。他两眼霍霍放光，额头冒出一层汗珠，脸颊火烧似地彤红。买进！买进！一会儿工夫，他就把子弹打完了——满仓持有ST福祥！

美罗走了过来。她伸出小手摸摸大阿福脸颊，惊讶地问：你怎么了？发烧？大阿福摇头：没什么，有点累。

美罗怜惜地说：炒股也好辛苦啊，回家我煲一锅好汤，给你补补。她又把脸凑近屏幕，问：卖得怎么样？

大阿福说道：正在卖呢，这事不能急。

美罗左看右看也看不懂，伏在他耳边说：快点卖，卖完早早回家！

大阿福把心提到嗓子眼上，他第一次对美罗说谎。

一连两天，大阿福吃不下饭，睡不着觉，时刻盼望奇迹出现。他相信，有一条大鳄鱼游进股市，ST 福祥马上要涨起来了！大阿福不是傻瓜，他选这只倒霉蛋股票时怀着一种信心，国家不会扔下一家国有控股公司不管，不会扔下广大股民不管，所以问题再多总能得到解决。利空出尽是利好，咸鱼总有翻身日。大阿福认准这只与他同名的、最烂也是最便宜的股票，咬定青山不放松，一直熬到云开日出。

关键时刻到了！这天上午，ST 福祥发疯似的，股价大幅震荡，成交量急剧放大。大阿福明白，这是庄家翻江倒海，呼风唤雨！他心脏狂跳，血压升高，整个人快要爆炸了！不，是印堂要爆炸，他感到眉心处胀得难受，真像有颗原子弹进入倒计时，随时会腾空起爆！

大阿福上街吃午饭。他沿着证券公司后门的小巷走，低头疾步，只想吃碗牛腩粉快快回去。

美罗天天询问出货情况，他天天撒谎。他在等待一个最理想的结局：ST 福祥大幅上扬，他前期被套的股票，赢利解套，来一个胜利大逃亡！那时候，他向恩人山本龙太郎就有了交代，不必偷偷摸摸听冷艳的指挥。并且他相信，由于他的出色表现，老板会给他一笔不菲的奖金！大阿福渴望胜利。虽然，山本大老板明言，他的任务是赔钱，赔得越多越好。但他始终认为，那是老板的用人策略，让他减轻压力，调整心态，以便在股市取得更大的胜利。

大阿福从来没有打算赔钱，一分钱也不能赔！因而，他不能接受美罗的建议。不管冷美人处于什么目的，让他割肉卖掉股票，然后拿着 50 万元昧心钱，像小偷一样逃之夭夭，实在是耻辱，不可想象！大老板去英国赌马，还有两天回来。这两天之内，股票能涨起来，他顺利平仓出局，就可以画上一个圆满的句号了。

大阿福走到小巷口，迎面来了两个人。他低头沉思，并没在意。忽然，那两人挤住他，腹部就有一把匕首刺来，刀尖触到肌肤停下。

两个人一高一矮，高个子持刀，矮个子提问：这是什么？大阿福吓出一身冷汗：刀。他点点头：刀，捅在什么地方？大阿福老实作答：肚……肚皮。小个子严厉地说：错，是肝部！肝部懂吗？一刀捅进去，你马上大出血，上医院也来不及。老实听话，跟我们上车！

大阿福这才看见，巷子口停着一部白色面包车，门敞开着，正等着他呢。

大阿福被蒙上眼睛。面包车兜了几个圈子，跑了许久，使他完全丧失方位感，终于在一座盖了半截子的大楼跟前停下。他们推着大阿福上楼。

惶向房地产不景气，到处都是这种烂尾楼。无门牌，无标志，无人居住，警察也很难找到。大阿福被推到一间无门无窗的房间，被按倒在草垫子上。小矮个子说：肥佬，你就躺在这儿享福吧。你老婆一天不送钱来，就一天别吃饭。大阿福手脚被尼龙绳捆绑，眼睛仍蒙着黑布，只能哼哼着哀求：你搞错了兄弟，我还没结婚，哪来老婆？我也没钱，我是给人打工的，我的老板是日本人。

矮个子冷笑：骗鬼去吧！你的股票账户有1000多万元，股票刚刚抛掉，想开个皮鞋厂，是不是？别小气，拿出300万给弟兄们花花，保你没事！

那高个的匪徒用透明胶粘住大阿福的嘴，又用匕首在他肥脸上来回划了几道，低声说：老实，你敢耍花招，一刀捅穿你的肝部！

绑匪出去。在外屋小声说话，商量什么事情。听他们的口音，似乎是浙江一带的人。他有些纳闷，这些歹徒怎么会知道他抛股票的事情？显然，他遭人暗算了！

大阿福连连叫苦，那三丈三的瀑布到底没跳过去。下周就过生日，原以为没事了，却在30周岁最后的几天里遭到厄运！此番在劫难逃了。美罗上哪里搞300万元？那匪徒即便不用匕首捅穿他的肝部，恐怕也要活活把他饿死了！大阿福胡乱想，渐渐睡着了。

他梦见股票狂涨，自己笑呵呵地坐在一座金山上。这梦很灵验，当天下午，ST福祥以涨停板报收。

救赎

美罗的手机响起来。那手机是冷艳借给她的，要她随时报告大阿福卖出股票的情况。手机小巧玲珑，漂亮的橙黄色，是摩托罗拉新出的产品，美罗很喜爱。她光顾拿着玩耍，给七七八八的朋友打电话，却很少向冷总汇报工作。每次都是冷美人打电话来问，她快快乐乐地叫嚷：快了，股票卖得差不多了，大阿福好辛苦哟！

所以，下午三点多钟，当手机又一次响起来时，美罗还以为冷美人又来催。她照例嚷嚷，为大阿福吹嘘，手机里居然无人应答。美罗有点奇怪，喂喂几声，以为断线了，刚要关机，就听见一个男人低沉的声音：你的老公在我们手里。股票不是卖了吗？赶快准备300万元赎你的老公！

美罗说：打错电话了吧？你找谁？对方说：就找你，美罗。

电话挂断了。美罗看着手机发愣。

父亲走过来，问：谁的电话？你怎么啦？没等美罗回答，电话铃又响起来！她急忙打开手机，问：你是谁？请你把话讲讲清楚。

手机里传来冷艳总经理冷冰冰的声音：你别耍小聪明了！说吧，大阿福为什么没把股票卖掉？你究竟是怎样和我合作的？

美罗瞪圆眼睛：不可能，我亲眼看见他坐在电脑跟前卖股票呀！

冷美人说：少废话，我现在正在证券公司，你和大阿福马上过来！

美罗哭丧着脸说：大阿福不在这里，他好像……好像出事了！

你又要搞鬼？赶快过来！冷美人咔地挂断电话。

美罗背起挎包，匆匆往外走。她老爸追到门外，问：大阿福出了什么事？女儿一甩手说：现在还不知道，你就别烦我了！

强发叔望着女儿的背影，摇头叹息：发达发达，有什么好处？还不如过自己的小日子太平。他回到小店，在柜台后面坐下。

事情的轮廓渐渐清晰。大阿福失踪了，在此之前，他不仅没有卖出股票，反而满仓持股。这倒不是坏事，ST福祥暴涨，他的账户反亏为赢。可是他人不在，赚钱的股票抛不掉！

美罗赶到证券公司，冷美人正与郑经理洽谈。她出示了许多证据，证明资金是吉野公司划入大阿福账户的，请求郑经理容许她卖出股票。证券公司的老总一个劲摇头：大阿福设有交易密码，谁也不能代他下达指令。

冷总问美罗：你知道交易密码吗？美罗摇头。冷美人狠狠地说：你整天坐在这里，瞎看些什么？

郑经理问：你为什么这么急？明天让皇甫福祥同志来平仓不就得了？

仿佛要回答郑经理的问题，美罗掌中的手机又响起来。这回，冷美人毫不客气地收回手机。她刚听了一会，嘴巴就慢慢张大，惊讶地道：什么？你们绑架了大阿福？要 300 万？

与上次一样，绑匪说几句话就收线，不留蛛丝马迹。郑经理明白情况严重，说，这事非同小可，赶快报警！

冷美人眼含泪水，恳求道：不行，报警会伤害大阿福性命的！只有满足绑匪的要求，卖掉股票，付上赎金，才能把大阿福救出来。

美罗哇地哭起来，抓着经理的手直摇：郑经理，求你了求你了，让我们卖掉股票，救救大阿福吧！

郑经理被两个女人哭得心烦意乱，挠着头说：我得请示，容我想想办法。

出了证券公司，冷艳的神情又冷若冰霜，美罗还在哭哭啼啼。

她们上了轿车。冷艳拿出手机，按了一串号码，说：公安局吗？给我接刑警队。

美罗睁大眼睛：你干吗？

冷艳说：报警。你以为我真会为他付出 300 万元的代价吗？

美罗尖叫起来，小母狮一般扑上前，抢过手机，扔在车后座角落里……

若不是山本龙太郎提前回来，两个女人不知道会把事情闹到什么地步。

当山本大老板坐在大班桌后面，听她们诉说完事情的经过，就伸出一只手来：手机呢？给我。冷美人扭动腰肢将手机交到丈夫手里，山本意味深长地瞥了她一眼：从现在起，谁也不准插手大阿福的绑架事件，我亲自处理这事。他又做了两点指示：第一，不准报警；第二，大阿福买进的股票不准平仓。他问：谁有权力动这些股票？连我也没有！这是他的杰作，自始至终要由他来完成——用他的手下单，用他的手平仓！玄妙之道，玄之又玄。这其中的意义，你们永远不会懂得。

两个女人让他给说晕了。

山本龙太郎真是一个奇特的人。他从此不再提这件事，就像什么也没发生过。傍晚，他与冷美人携手在丁香别墅散步，享受着晚风落霞。他讲在英国赌赛马的故事，赞美他选中的貌不起眼的黑马在关键时刻如何往前一跃，飘逸，神采飞扬，一举超过所有的骏马，为他赢得巨额彩金。他又讲述下一个赌博计划：足球世界杯就要开始了，他将飞往西班牙，进行一场前所未有的豪赌！谁也不会猜到他赌哪支足球队赢，赌哪个球星进球最多！

山本龙太郎总是出人意料地下注，并常常赢得大满贯。他是奇才，是赌王！他喜爱在各种领域里，以各种方式进行赌博。他赌的对象，往往是人。他甚至认为人是最好的赌注。人，多么奇妙啊！在平凡的外表下，有着难以想象的潜能，所以人最能创造奇迹。赌博赌什么？不就是赌奇迹吗？

冷美人依偎在丈夫的臂弯里，静静地听他发表宏论。她那样温柔，那样安静，像一位十全十美的好妻子。

在这段日子里，ST 福祥像一匹脱缰的野马，天天涨停板，股价很快翻了一倍。一天，证券报刊登出惊人的消息：ST 福祥被国内一家著名的电脑生产商兼并重组，摇身一变，由一家落后的纺织企业变成为高科技公司。这真是母鸡变凤凰啊！先知先觉的庄家早已得到消息，捷足先登了。可是，他们都快不过大阿福，他在最低价买入 600 万股 ST 福祥，真正抄到大底。大户室里每个人都说：庄家为大阿福抬轿呢！

然而，大阿福在哪里？谁也不知道他的情况，因为与绑匪联系的手机掌握在山本龙太郎手里。美罗常常去找他，坐在他面前掉泪。山本龙太郎温和地、彬彬有礼地安慰她，却不肯透露大阿福半点消息。

他躺在堆着博弈论书籍的躺椅上，一边轻轻摇晃一边问：你有没有觉得你的未婚夫有些奇特？美罗茫然地望着他，不知该如何回答。山本摸摸光头，道：我是说，其实他是一个福气很好的人。

美罗用力点头：对，我就相信他是有福的人！山本龙太郎坐起来，严肃地说：恐怕这世上只有我们两个人相信这一点。所以，你不要紧张，大阿福会逢凶化吉，平安回来的！

经过这次谈话，美罗的心忽然平静下来，夜里再也不做噩梦了。

一天，山本龙太郎向大家宣布：他已经与绑匪达成协议，付 100 万元赎金，救出大阿福。他一直在与绑匪谈判，直至他们让步。这是一个艰难的过程。若不是担心大阿福饿死，他还会逼他们让步的。可是大阿福每天只喝水，不能再坚持了。

听到心爱的人如此受苦，美罗的眼泪又涌出来。大老板从大班台下拿出一只黑色皮箱，打开，满满一箱百元大钞耀人眼目地呈现在大家面前。

冷美人牙缝里丝丝地抽着冷气。她不明白，这光头魔鬼怎么肯为大阿福付出如此大的代价！

山本龙太郎对美罗招手，美罗慢慢地走上前。山本龙太郎温和地说：去吧，带着这些钱，去拯救你未来的丈夫。

千万别沾我

美罗站在望蛟山下的风雨亭中等待。她眼巴巴望着公路，希望绑匪如约出现。手中的黑箱分外沉重，仿佛她提着大阿福一条命。随着时间的推移，这条命如悬丝线越来越玄。

约定上午九点见面。匪徒还威胁说：如果发现有警察跟着，我们立即撕票！山本龙太郎彬彬有礼地笑道：请你们放心，我不会做这样的傻事。山本把手机交给美罗，亲自开车把她送到望蛟山脚下。这中间不会发生任何意外，大老板是个细心周密的人。可是，绑匪不知为何就是不露脸。已经十二点多了，美罗在风雨亭站了三个多小时，除了路过的进山游客，什么人也没往亭子这边来。美罗心急如焚。

这究竟是怎么回事？土匪变卦了，想改变交易地点？那总该来电话呀？美罗捏着漂亮的手机，手心都捏出汗来，电话就是不响。难道他们发现某种危险，提前开溜了？这100万元钞票他们就不要了？大阿福呢？他们果真撕票了？美罗猛一哆嗦，不敢再想下去。

秋意浓了，山间有一股萧瑟之气。树木、灌木叶子绵绵卷起，绿色渐褪，风一吹飘飘而下。美罗记起今天就是大阿福的生日，心头一酸：难道，他真的跳不过那三丈三宽的瀑布？手机突然响起。美罗浑身一哆嗦，慌忙接听，是山本大老板打来的。他问：事情办得怎样？他们还没来吗？美罗连连摇头：没有，连电话也没打来。大老板十分意外，咕哝一句日语。美罗忽然提高嗓门喊道：我们必须报警！这是唯一的希望了！山本严厉地说：不行。你必须听我的命令！他挂上手机。

美罗呆呆站着，心里的反叛意识越来越强烈。到这时候了，还听那日本人摆布？大阿福的生死悬于一线，是公安局可靠，还是山本龙太郎可靠？千万不能走错一步棋啊！美罗汗珠大滴大滴从额头滚落。从小受的教育起了作用，她一咬牙，拿起手机，果断地按了110号码。

听了美罗讲的案情，警察让美罗按绑匪的要求前去赎人，以便引出绑匪。美罗有些心惊胆战，特别是她手中提着100万现金。警察告诉美罗，不要往两边看，什么也别管，警察会在暗中保护她的。

美罗依照指示，提着小黑箱离开风雨亭。她心里踏实了，仿佛有天兵天将护卫左右。她缓缓穿过许坑街道，这里本是惶向最大的村庄，现在已经改建为新居小区。村口原有一棵老榕树，现在村口改为十字路口，老榕树也不见了，代之以一盏红绿灯。美罗不由回想起小时候在老榕树下玩耍的情景……

忽然，一个穿着三角裤头、几乎赤身裸体的男人朝她狂奔而来！美罗吓坏了，不知往哪里躲好。裸奔的男人嗓子粗哑地喊：救命！一头扑倒在美罗脚前。美罗定睛一看：竟是大阿福！

她急忙蹲下，抱住他的脑袋摇晃：阿福阿福，你怎么了？

这时，几名便衣警察钻出来，手脚麻利地给大阿福戴手铐。美罗急跳起来：不对，他是人质，是好人！

大阿福几近虚脱，人瘦得不成样子，胡须头发长得老长，美罗都认不出他来了。他好像上了岸的鱼，大口喘气，断断续续地说：救人，赶快救人！

一名便衣警察把耳朵贴近他，问：你说救谁？在什么地方？

大阿福费力地举起手，指着A区几座尚未竣工的烂尾楼，说：那里……快去救绑匪，他们不、不行了。

以后说起这段故事，就像一场梦。当然，对于那两个绑匪来说，绝对是噩梦——他们怎么也没想到，自己绑架了一位什么样的人物！灾星，以其不可思议的方式，证明了自己的神圣不可侵犯。两个倒霉的绑匪，如果预先能知道命运奥秘，哪怕一点点，打死他们也不敢碰大阿福一指头！

自从他们把大阿福藏在许坑小区一座尚未完工的综合楼里，厄运就接踵而至。几乎每天都出事：先是小个子夜里下楼一脚踏空，皮球一样骨碌碌滚下楼梯，差点跌断了腰；接着大个子踩在一块烂木板上，铁钉穿透鞋底扎到他的脚板，发炎化脓了；第三天他俩去大排档喝酒，与一帮喝酒的烂仔莫名其妙发生冲突，被人打得鼻青眼肿……

大阿福眼睛蒙着，耳朵还能听见。叹息、呻吟、抱怨不绝于耳，便对他们的不幸遭遇心知肚明。喝水的时候，匪徒把他嘴上的胶带撕去，他就点明了原因：我是灾星，谁沾着我谁倒霉，一辈子都这样！你们还是放了我吧。那小个子没等他喝完水，就打他一记耳光：迷信！又把他嘴封死。

他们也真不顺利。自从山本龙太郎接手谈判，他们就碰见了对手。那家伙精通此道，比两个绑匪更为专业。他指出大阿福的真实身份，让他们明白绑错了人，然后就一步一步挤压赎金。两个绑匪几番争执，不得不一次又一次让步。最后，他们终于接受100万元赎金的条件。他们相信对手不会报警，因为他是行家。

今天早晨，大个子拿出几罐八宝粥，切片面包、火腿肠，都是头天晚上他从小超市买回来的。他们准备吃饱早饭，上山拿钱。事情毕竟成功了，两个人很兴奋。他们打算拿到钱，就直接从望蛟山逃走。然而，厄运此时向他们伸出了魔爪！当小个子打开八宝粥罐头，有滋有味地喝了一口，忽然发现坐在对面的大个子脸色变得青紫，两眼发直，整个人向后翻倒在地。原来，他已经把那罐八宝粥喝下去了。小个子一阵恶心，丢下八宝粥，前去摇晃他的同伴。大个子已经死了。他中了剧毒！罐头八宝粥怎么会有毒呢？没等小个子想明白，就身子一软，在同伴尸体旁边昏迷过去。

大阿福耳朵听得真切，知道两个歹徒出事了。他想：机会来了，跑吧！可是手脚被尼龙绳绑得结实，嘴也被透明胶封着，身上又没力气，如何跑得了？他身体扭来扭去，半天也没弄开尼龙绳。他心头一阵绝望：搞不好，我要在这里饿死了。

幸而，那小个子绑匪醒过来，爬到他跟前，说：兄弟，我放开你，你可要救我！大阿福点点头。小个子费了九牛二虎之力，用刀割断他手臂上的尼龙绳，自己又晕过去。大阿福摇摇头：说我是灾星，你还不信！

大阿福解脱了。他拼足最后的力气跑出烂尾楼。先前，绑匪把他的衣服扒光以防他逃跑，现在大阿福也顾不得遮蔽身体，就演出了一场裸奔。

刑警很快找到两个绑匪，案子顺利地破了。大个子命归黄泉，小个子经医院抢救，保住性命，他主动交代了幕后指使人。原来，这小个子是花狐狸的表弟，偷鸡摸狗，不务正业。花狐狸得知大阿福卖出股票，美罗又说要开鞋厂，就动了邪心。这出绑架戏的导演花狐狸也被警察逮捕，在证券公司大户室引起轰动！

最奇的还是另一个案件：许坑小区有两家小超市为争夺生意，一家老板把毒鼠强注射进两罐八宝粥罐头，派人悄悄放到另一家的货架上，那大个子绑匪偏偏把两罐八宝粥都拿了。这案子也很快破了，下毒的老板被逮捕归案。惶向人喜欢刺激，这案中案使他们激动了很长一个时期。

大阿福声誉日隆。人们把他遭遇的倒霉事汇集起来，公认他是惶向空前绝后的灾星！只是有一点不好解释：山本大老板的阳光怎么会照耀到大阿福头上呢？而他亲手买进的神奇股票，又怎么会给那日本人带来如此辉煌的回报呢？

活人赌具

大阿福像英雄凯旋一般回到大户室。美罗陪同他，受到周师爷一班人的热烈欢迎。连郑总经理也来看望他。大阿福这天正好过生日，要请大家吃面。每个人都说他命大福大造化大，经历一场劫难，毫发无损。而且土匪只给他水喝，为他免费减肥，人显得精神潇洒许多。

周师爷指出：关键是他守住了股票。若没被绑票，大阿福恐怕早就把那些股票抛掉了。众人无不赞同，都说人算不如天算！

大阿福问：ST 福祥涨起来了吗？郑经理亲自为他打开电脑，调出 ST 福祥的 K 线图，说：你自己看吧。

一连串涨停板使 ST 福祥飞入云端，K 线构成一副令人难以置信的狂飙图像！大阿福揉揉眼睛，把脸贴到电脑荧屏跟前，看了又看：ST 福祥站在尖峰上，似乎向他招手微笑呢！大阿福头一晕，软瘫在圈椅上。

大阿福共持有 520 万股 ST 福祥，他开始平仓。不要了！他一边按着电脑键盘，一边喊道：这么大的福气够我一辈子用的了！人千万别贪，再涨我也不要了。他不断地卖出，欣喜若狂地卖了整整一下午。到收盘前，终于将手中的股票卖清了。这一战役，他总共赚了4300万元。最奇的是，他出货以后ST福祥又进入漫漫无尽的下跌通道。

周师爷激动地说：谁说你是灾星？你是我生平所见的头号大福将！

大阿福过30周岁生日，美罗与他共进晚餐。这是一个重要日子，按瞎老道预言：大阿福30岁鲤鱼跃龙门，命中那道三丈三的瀑布能不能过去，全凭这一跃了！他安全进入31岁，从各方面看，他已经迎来了幸运的曙光。回想起30年来命运多舛，两人都感慨万分。美罗抓住大阿福一根手指头，说：好了，你终于过生日了，你越过危险，迎来富贵，今后我能跟你享福了！

手机铃响，是大老板打来电话。他祝大阿福生日快乐，并请他们吃完晚餐到丁香别墅8号楼来一趟。他强调道：有一件重要事情我们必须谈谈！

合上手机，大阿福和美罗隔桌对望，摇曳的烛光使他们的瞳孔着火似的闪亮。他们都在想同一件事情：奖赏。今天胜利大平仓，又是大阿福生日，应该论功行赏了！美罗忍不住问：大老板会给你多少资金？

大阿福摇头：不知道。不过，比冷美人许诺的50万一定要大，幸亏没听她的。

美罗说：大得多！想一想，你为他挣了4300万呀！只要给一个零头，就够我们三辈子用的了。

他们举杯，为迟到却终于来临的幸运干杯！

大阿福走进那间仿白宫椭圆形办公室，得到一个完全意想不到的结局。

你，被辞退了！山本龙太郎直截了当地说。大阿福不敢相信自己的耳朵：什么？辞退？那，那是为什么？

山本龙太郎在办公室踱步。他西服革履，戴一副金丝眼镜，仿佛出席正规会议。冷艳、丁峰坐在沙发上，惊愕、又有些喜出望外地望着大老板。他们与大阿福一样，突然被召集来开会，事先不知道大老板要说些什么。所有人的目光都集中在山本龙太郎身上，而他沉默着，来来回回在办公室转圈。他的光头在水晶大吊灯照耀下精光闪闪，上身笔挺，步伐机械，小牛皮鞋发出咯吱咯吱的声响。这时候，他变成一个地道的日本人。

他在大阿福面前站住：你应该记得我们的约定。我给你的任务是什么？赔钱，不断赔钱，对不对？可是你呢？你却去赢钱。你犯规了！

大阿福结结巴巴道：难道你真的，真的要我赔钱？大老板铁板着脸：

当然。这就是我们的游戏规则，你不应该违反它。所以，我必须辞退你！

山本龙太郎回到办公桌前，拉开抽屉，拿出一只牛皮纸袋。牛皮纸袋里装着5万块钱，他把钱倒出来，一叠一叠摞起来，对大阿福招招手，又指指这堆钱，说：这是你的遣散费。很遗憾，我不能给你奖金，因为你犯了错误。我承认，做这样的决定我心里也很难受。

大阿福咧着嘴巴，真想大哭一场！可他哭不出来，整个人仿佛被抽干了，连一滴泪珠也挤不出来。他走到办公桌前手指哆嗦着把五叠百元大钞装回牛皮纸袋，推到山本龙太郎面前。他说：如果你容许，我就用这些钱再买一次机会。你让我赔钱，我一定彻底赔干净！

山本龙太郎面无表情，略一摇头说：不，不会再有机会了！游戏结束了，那就是结束了。我从不出卖机会。希望你在人生旅途上走得更好！

大老板双手捧起牛皮纸袋，一哈腰，递到大阿福面前。大阿福苦笑，也来个日本式的鞠躬，夹着钱袋走了。

山本龙太郎来到冷美人跟前，望望她满是迷惑的脸庞，笑了一笑。他伸出右臂，邀请妻子散步。

果然好月夜。银色月光洒满花园，丁香别墅上空弥漫着清逸的香气，山本龙太郎眯起眼睛，深深呼吸，似乎完全陶醉在夜色里。冷美人倚在他臂弯里，温柔顺从，却又不时从侧面瞟他两眼，透露出满腹狐疑。山本龙太郎呵呵一笑，笑声古怪，冷美人知道丈夫允许她提问题了，不由长长舒了一口气。亲爱的，告诉我吧，你在做什么？

我在赌博。山本龙太郎得意地说，我进行了一次生平最有意思的赌博！

冷美人更加惊奇，在丈夫面前站定：你和谁赌？

大阿福的命运。从我第一次见他，听他在汽车里诉说一连串不幸遭遇，我就明白我遇上了一个奇特的人。山本龙太郎停顿一下，不住地抚摸光头，似乎在寻找正确的表达方式：关于命运，我是这样想的，从概率上说它应该是均衡的。你可能遭受一两次挫折，就长期而言，命运不会失之偏颇。这就像抛硬币一样，你抛的次数越多，正反面的概率就越是相等。我们的世界就是建立在这样一个概率的基础上。

冷美人说：你别给我讲理论，亲爱的，我听不懂。我就是想知道，你究竟怎么拿大阿福的命运赌博？

山本龙太郎点点头：这个人的奇特，在于他总是倒霉。这有些不可思议，他的另一半好运到哪里去了呢？他既然活着，并且还要活下去，那么他的好运迟早一定会爆发出来！他就像一座金矿，金子埋在深处。于是，我决定赌一把，赌他深埋的好运气。我让他炒股票，让他赔钱，让他把所有的不幸全倒出来。他越是输，我越是加码，按照博弈原理，我只要赢一次，就会全赢回来！我不相信一个人会倒霉到底，我赌他是一匹黑马，一定会奔腾跳跃甚至飞起来！就像我赌足球、赌跑马、赌梭哈一样，我最终赢了！只是，这一次特别有趣，我赌的是一个人的命运啊。这，真是太奇妙了！

冷美人问：你可真行，拿大活人当赌博工具！那么，你又为什么炒他鱿鱼呢？

大阿福精华已尽，已经是一颗弃子了。山本龙太郎摇晃着光头说道。

冷美人眼睛里闪烁着警觉的光亮：你这人好冷酷，以后不知道会怎样对我。

不是冷酷，是理性。哦，我正想告诉你：不要再担任吉野投资公司的总经理了。以我的观点看，你获得的幸福太多，应该提防灾祸了。

冷美人牙缝里抽着冷气：如果我不同意呢？

你必须同意。因为你别无选择！

冷美人脸色惨白。山本龙太郎横起右臂：来吧，让我们携手同行。

冷美人略一犹豫，终于依偎在丈夫的臂弯里。她又变成一名温柔顺从的妻子。

山本龙太郎发出咳勒咳勒的笑声，咳嗽似的，仿佛黑暗中飞来一只不知名的怪鸟。

跟你开玩笑

以后的日子，大阿福一直处于蒙眬状态。仿佛后脑勺挨了一棒，眼冒金星，晕头转向。

一天，他和美罗在街上偶遇仙阿婆。老太朝大阿福脸面一瞧，顿时大惊，眼睛睁圆，满脸的皱纹都扯直了！哎呀，你遭人暗算了，完了！

两个年轻人吓坏了，忙问怎么回事？仙阿婆用小指点着大阿福前额道：这地方原来鼓鼓的，好像长了一个包，那是他攒了半辈子的福气。我原先说他过了三十岁大福大贵，就是应了这块福气。现在没了，额头平塌塌的，福包不见了！怎么回事？一定是遭人毒手，把那块好运偷走了！

大阿福拍拍脑袋，恍然大悟：山本龙太郎！

仙阿婆摇着头，仍是迷惑不解：那福气好大的能量，我说是颗原子弹哪，怎么会被人偷走呢？

美罗说：原子弹爆过了，他为别人赚了4300万元，能量耗没了。她就把大阿福为山本龙太郎炒股票的事情说了一遍。仙阿婆不停摇头，连连惋惜。

这个打击对阿福太大了，他蔫头耷脑的，几乎没信心生活下去。美罗反倒清醒了，走到希望大道花坛站住，一脸严肃地问：你说，什么是福？大阿福木然，这问题广泛而深刻，他一时不知如何回答。美罗接着说：发大财就是福吗？那4300万都归你就是福吗？我看不见得。还记得那天晚上我们在这里碰头，决定私奔吗？我们求什么？不就求永远相爱，永远在一起吗？大阿福一拍脑袋：对啊，有你就是我的福！

这时，一辆宝马车在他们身边停下。车门一开，戴着墨镜的冷美人探出头来。她对大阿福说：上车，我会给你一个东山再起的机会！我制定了一个完美计划，咱们联手对付山本龙太郎。

美罗看着大阿福，说：往哪去，你选择吧。

大阿福原地转了一圈，朝冷美人挥挥手：你走吧，我要过自己的日子！

冷美人冷笑一声，关上车门，驾车驶去。没走多远，砰一声巨响，车胎爆了！美罗和大阿福哈哈大笑。

接下来的日子，两个年轻人忙得不可开交。他们登记结婚，举行婚礼，把惶向老街的亲戚朋友请来热闹一番。然后，他们用五万元的资本把楼下小店大大扩充，挂出招牌：阿福士多。转过年，美罗就生下一对双胞胎，大阿福一手抱一个小胖孩儿，里外忙活，乐得整天合不拢嘴。这日子就和和美美地过下去。

吉野投资公司不久就结束业务，山本龙太郎准备带冷美人出国。可是一天夜里，别墅忽然起火，把山本烧死在床上。有传言这事是冷美人干的，大阿福和美罗都信。据说，山本的光头在熊熊烈焰中爆裂，精华四射！

大阿福的倒霉经历演变成传奇，悲剧色彩淡化，笑料成分加重。惶向人茶余饭后讲一遍大阿福的故事，总要捧腹大笑。他们断定，若不是遭到日本鬼子暗算，大阿福留着运气慢慢受用，现在说不定已经成了股王！

说得起劲，人们都想看看大阿福。于是，一天到晚有人探头探脑来阿福士多。他们想和大阿福谈谈，又怕沾了晦气。美罗热情上前招呼生意，来者便支支吾吾买两盒烟，拿两瓶酒。回去没事，便自认为运气好，欣喜万分。这样，去阿福士多买东西的人越来越多，生意竟日益兴隆。

大阿福的后半生平安而又平淡，全无离奇事情发生。

有一天午睡，他梦见了自己的命运。那是一个穿着花花绿绿衣裳的小男孩，出奇地调皮，从大床这头蹦到那头，还抓挠大阿福的胳肢窝。

大阿福好歹抓住他，严厉责问：你害得我好苦！你究竟想证明什么？

男孩朝他挤挤眼睛：你苦吗？人生不过一场玩笑，你要放声大笑才是！

说着，他又在大阿福肚皮上蹦跳，直到大阿福笑醒。

小虾找地

一

小虾到主管办公室领受新任务。他不打算多说一句话。耳朵眼没被驴毛堵塞，你就一个字也甭问。公司里有不成文的规矩：员工不可多提问题。小虾绝不是惹事的人。

他溜着墙根嗖嗖疾走，自认为像一只老鼠。公司强调打领带，一条紫色领带终日扣住他的脖子，又使他感觉自己像一只瘦狗。但是，他没能准确地把握自己的形象，同事们送他的绰号小虾，倒是更为贴切。他瘦小羸弱，苍白得几乎透明。两只眼睛略微鼓凸，总是一副受惊的模样。当部门主管传唤他时，领带似乎会自动收束，勒得他喘不过气来。临近中午，电话铃响，一只无形的手拽拽绳索，小虾躬躬腰，一弹而起，悄然无声地迅疾地来到主管办公室。

主管的脸像一团棉花，温柔而无实质性内容。小虾从不指望在这张脸上看到任何征兆。主管发出指示，无论多么不可思议，小虾也得一挺胸脯，精神抖擞地喊道：Yes, sir！这是规矩。迟疑，犹豫，问这问那，往往使你失去再一次踏入公司大门的资格。小虾懂得怎么做！一股真气凝聚在丹田，随时准备发力。

可是，主管的指示太奇怪了，好像用太极功夫软绵绵地戳来一指，点中他的死穴。小虾顿时瞠目。即便派他打劫银行，也不会如此吃惊。他无法理解自己的使命。主管似乎格外体谅小虾，破例将指示重复一遍。他说：公司丢了一块土地，你马上出发去惶向，查明真相，把它找回来！

小虾脑子发懵。你可以丢钱包，丢孩子，甚至可以丢脑袋，但绝不可能丢土地！地，就在我们脚下，怎么会丢呢？往哪儿丢？

小虾往四下看看，仿佛要抓住某种可靠的东西，以定心神。但主管办公室里空空荡荡，连一根钉子也看不见。白的墙，白的灯，白的窗帘，像精神病医院的单人房间。每次站在这里，小虾都觉得自己赤身裸体地接受检查，灵魂也无处藏匿。

白色，逼人发疯的颜色！

主管进一步细化指示。他从文件夹拿出几张纸，说丢失的土地叫 A-84 号，这是它的原始发票、建设许可证、红线图……他把这些证件交到小虾手中。小虾觉得，主管好像把一个人的身份证、户口簿交给了自己。证件都在，人失踪了，小虾走遍天涯海角，也要将 A-84 号逮捕归案。喔，这种拟人化的联想真叫小虾受不了！究竟是怎么回事儿？

他不能问，可又不能不问。如果问题不恰当，诸如地是怎么丢的？谁把地丢了？我该怎样去寻找这块土地？主管肯定面无表情地回答：不知道不知道不知道。公司正是通过一连串的不知道，确立起不提问原则。小虾有数。公司庞大无比，深藏无数秘密。这些秘密又牵涉巨额利润。回答员工任何问题都蕴藏着风险——谁敢保证秘密不会被一点一点地泄露呢？然而在某些情况下，不提问员工们就无法执行任务，这也是公司现行体制的弊病。如何解决这一矛盾，就体现出一个员工的智慧、潜质，甚至会关系到他的前程。

主管在摆弄一把剪刀。他剪碎一些纸片，又对着日光灯检查锋刃。在白炽的光芒照耀下，剪刀银光闪闪，透出一股寒意。主管的手指白而肥腻，像几条大蚕在蠕动。他捏捏剪刀，剪刀在空中咔咔作响，似乎在将一团看不见的乱丝剪断。

这些动作，总算让小虾抓到一些东西，思维得以集中。他想到，他的几位前任走出主管办公室就完蛋，仿佛中枢神经被剪断了。可以肯定，他们在主管面前犯了不可饶恕的错误。主管如同医生，用这把剪刀为他们做了一点小小的手术，从此，公司里再也见不到这几个人的踪影。

小虾后脊梁阵阵发凉。他需要一个答案：怎么样才算完成任务？总得有一个标志吧。不问清楚这一点，他就是跑遍世界，也不可能到达目的。

小虾终于开腔了。他向主管说了一套公司流行的豪言壮语，以表示完成任务的决心。他采取迂回战术，故意用夸张的口吻讲述最终解决方案，而这方案显然是荒唐的。他企图诱使主管纠正自己的错误，从而获得某种启示。

我找到 A-84 号，就把它带回来。虽然有些困难，我也要想法克服。我可以托运，或者干脆把它拴在我的裤腰带上，直接带到主管面前！

夏佩儿，你挺幽默。棉花脸直呼他的大名，又翘起一根食指，微微一摇：不过，公司不喜欢员工们开玩笑，请你保持严肃！

小虾挨了当头棒喝，狼狈而慌张，尾巴也夹不住了。对不起，我糊涂了，我实在不知道该怎么做……希望主管明确指示。

嗯？你认为我交代任务不够明确？

不不！小虾努力表达心中的困惑：一块土地不翼而飞，我该怎样理解这道难题？

难题？你企图理解难题？主管意味深长地瞥了小虾一眼，嘴角浮现嘲讽的笑意。假如我们能够理解这个世界的难题，哪怕只理解那么一丁点儿，还要上帝干什么？

小虾一个字也说不出来。领带越勒越紧，脖颈似乎被勒成一根面条。

主管啪地扔下剪刀，斩钉截铁地说：不，公司不需要员工理解什么！你只需行动，只需执行任务。公司关注着你每一个举动，随时会给你最新指示。当然，如果你懈怠，拖拖拉拉找不到那块地——主管停顿一下，小虾的心脏随即停止跳动。出于求生的本能，他抢着喊道：我就不回来，永远不回来！公司交代的任务，我要以自己的生命去完成！

主管沉默，任何话语都是多余的。小虾该走了。他立正，鞠躬，唰地转身走出办公室。

在以后的日子里，小虾一直很后悔：为什么多话？为什么多想？要知道，你只是一颗永不生锈的螺丝钉啊！

二

小虾老是口渴。

有时候他想：我一生能饮尽一条河流——至少是一条小河。这样想象使他颇感自豪。小虾终日东奔西跑（业务性质决定），所以很难有机会坐下来静静地品一杯香茗。不过不要紧，他可以喝矿泉水。出发前，他买一瓶最大号的矿泉水，一只手托着，就像托一颗迫击炮弹。另一只手则提着一个小黑箱，最小号的那种。小虾本人也属于最小号的：瓜子小脸，白净，女气。五官紧凑而标致。有洁癖。小手小脚小头小脑——整个儿一个精致小人，仿佛白瓷烧成。小人提小箱，却托着炮弹似的一大瓶矿泉水，在人群中匆匆行走，真有点滑稽。坐上车，小虾就开始喝水，小口小口地、不停地喝，十分享受。喝完水，目的地也就到了。水，在他体内变成一条小河，正如他想象那样，缓缓地静静地流淌。

牧云说：你口渴，属于一种神经官能症，反映出你内心的极度焦虑。欧阳牧云是心理医生，也是小虾最初的、唯一的恋人。牧云嫁给了别人，正如生活中许多事情一样，小虾总是扮演失败者的角色。

焦虑什么？我挺好，没什么可抱怨的。我一点儿也不焦虑。小虾喃喃地辩解道。

欧阳牧云是一位优雅聪慧、风韵迷人的女子，长期使小虾处于一种离奇的生活状态。只要不到外地出差，每逢周末，小虾都要到牧云装修一新的家中坐坐，或帮她干点小活，或听她那位刚提副处的丈夫高谈阔论。作为前情人，小虾唯唯诺诺，似乎要在这个幸福家庭里借得一点儿温暖。牧云以高度的热情接待他，指挥他干这干那，好像他从来就是家庭中的一员。开饭时不许小虾告辞，并连连往他碗中夹菜。转身回首之际，她常常投来含情脉脉的一瞥，使小虾心醉神迷。

就这样，一年又一年过去，小虾再也遇不上可意的人。已经年满三十了，他仍是孑然一身。牧云也许是可怜他，也许是需要他，无论如何，她使小虾陷入情感迷阵不能自拔。星期天早晨，他必换一套整洁的衣衫，提一些鱼肉蔬菜，准时来到牧云的厨房。夜晚，他顶着满天星斗回到单身宿舍，默默体验着甜蜜的痛苦。这滋味多美好？谁能理解小虾的精神享受呢？

今年春天，牧云生了一个大胖儿子，小虾自告奋勇当这孩子的教父。喝满月酒时，他像孩子真正的父亲，幸福的泪水溢出眼眶。他生平第一次喝醉了，醉得不省人事。牧云的丈夫彻底地被这矮小而执着的男子感动了，破例批准他在客厅沙发上睡一夜。他指着小虾猫儿一般蜷着的身躯，对妻子说：这是怎样的一个人，怎样的一个人啊！我真服了！他们认为小虾永远不会离开这个家。

所以，当小虾在一个不是周末的夜晚出现于牧云家的客厅，结结巴巴地述说即将开始的远行，着实使这对夫妻吃了一惊！惶向，他们不止一次听人说起过，那是南方沿海正在崛起的一座城市。大开发大建设大混乱，全中国的冒险家、投机者蜂拥而至，追随着他们的则是一群群小偷、妓女、民工……铺天盖地，犹如蝗虫。人们都说，那是一座魔城。小虾要去那群魔乱舞之地，去那遥远的炎热的诡异难测的南方，岂非过于冒险？

久久的沉默。张处，小虾习惯这样称呼牧云的丈夫，他首先表态：也好。你性格中缺一些东西，历练一番会有意外收获。牧云则向小虾伸出两手，问：为什么非要你去？公司不能派别人去吗？

小虾不说话，只摇摇头。他不愿意在牧云面前谈论公司，这话题太敏感，太沉重，像梦魇一样压在他心头。他的表情告诉牧云：公司的决定无人能够更改。

牧云单独送小虾出门，送了很长一段路。两人默默行走，却有浓浓的惆怅在心间弥漫。银月如钩，撒下一片清辉，渲染出凄凉的美。这个夜晚很特别，不时有流星在夜空划过，一颗、两颗……小虾的心中留下一片绚丽。

牧云站住脚，嘴唇微微颤抖，半天才说：你这一走，恐怕再也不会回来了。

小虾纳闷：怎么会呢？我办完事就回来，那鬼地方我一天也不愿多待！

我有一种直觉，很灵。我想，你的生活也许应该改变一下了。

改变？为什么改变？不不，我就愿意像现在这样生活。

你应该结婚。和一个女人生活在一起，可以缓解你的病症。要知道，你一直患有心理疾病，我观察你多年了。这种病在医学上尚未定论，暂时被称作……

小虾打断她的话：现代人谁没有心理疾病？你就没有吗？我也观察了你许多年，你有一肚子话无法诉说。有时，你也很苦闷，对吗？

牧云惊讶地望着小虾，发现他小小的、鼓凸的眼睛里，竟闪烁着睿智的光芒。他仿佛变成另外一个人，不，干脆就变成了刚刚划过天空的流星！医生的外壳被粉碎了，她一下子又变成普通女人。泪水夺眶而出，在她秀美的脸颊上小河似的蜿蜒流淌。

欧阳牧云当年与小虾分手时，可没掉一滴眼泪。她很潇洒，甚至没有寻找这样那样的借口。她只是反复说：我要走了，再见。小虾肝肠寸断，伤心傻了。他按字面意思去理解“再见”——牧云既然说再见，那就可以再去见她。于是，小虾一如既往地看望牧云，直到她结婚，成家。牧云也不烦他。连张处，她那位骄傲的丈夫，都容忍了小虾。同情失败者，包括失败的情敌，可以充分表现强者的绅士风度。小虾如此渺小，如此猥琐，简直是赖在别人家里。然而，他的坚韧不拔，他的真诚，却十分感人。

今天，即将分手之际，牧云忽然哭了。小虾深感意外。在他看来，这只是一次平常的出差，毫无生离死别的感觉。牧云一哭，似乎意味着某种珍贵的东西将要失去。

有一句话，我一直想对你说。你要走了，今天我就说出来……

小虾竖起耳朵，等待着。

我，我……

牧云竟泣不成声。这个谜一样的女人，心中藏着多少东西？小虾从未见过她如此伤心，自己也很难受。他捧起她的脸颊，在她额头上轻轻地、圣洁地一吻。牧云深受震动，一双泪眼直勾勾地注视着小虾。

她终于没能说出那句话，一转身，消失在黑暗中。

小虾仰望夜空，深深地吸一口气。我喜欢这样的生活，真的。他一边自言自语，一边漫步走向单身宿舍。我喜欢荒诞的事物，这往往是世界的本相。我喜欢灰色调子，灰色人物，比如我自己。这也许是天生的，也许是公司造成的后果。我们伟大的公司笼罩在云雾中，这片云雾也使我的视线模糊起来。我的鼻子里总是积攒着一些灰尘，可能是云雾作怪。这样很好。在一般人看来，我的处境比较糟糕：主管看不上我，同事们也经常欺侮我。我木讷，孤独，且软弱。不过，人们只注意现实处境，往往忽略了哲学处境。是的，每个人都有自己的哲学处境，只是他们没意识到罢了。从这个层面考察，我的处境还蛮不错。我以自己的方式对待世界，体验着常人体验不到的东西。所以，我内心保持着平衡，甚至有一点点儿优越感。

小虾被什么东西绊了一下，踉跄几步。路人投来诧异的目光，以为遇见一个醉汉。小虾却不在意，仍然咕咕哝哝，踽踽独行。我喜欢追踪，寻觅。

追踪不可企及的目标，寻觅不可获得的东西（比如爱情）。一块土地竟然不翼而飞，多好的题目！寓意深刻！你能飞，我就能把你找回来，我不怕挑战。真的，牧云可以为我做证。我要出门，我要远行，我要迎接挑战！

就这样，小虾走进破旧的宿舍楼，走进散发着馊味的小房间，走进他那灰色的梦境。他的自言自语，也直接化为一串串时断时续的梦呓。

三

小虾到达惶向，饮水量急剧上升。这鬼地方太热，他老是处于晕眩状态。太阳轰轰烈烈地照耀万物，眼前白花花一片，什么东西也看不真切。哟，太阳！那是太阳吗？分明是一颗原子弹。坐中巴前往惶向的途中，小虾把右臂搁在车窗外，只打了一小会儿盹，肤色就变得血红。晚上，胳膊开始爆皮，蟒蛇似的吓人。小虾惊叹：再晒一阵，整条胳膊恐怕都炙熟了！

惶向是一座魔城！他感到恐惧，又有些好奇，一刻不停地喝水。一块丢失的土地，引他来到一座魔城，未来还会发生什么事情？小虾模模糊糊地产生一种宿命感。

速战速决，此地不可久留！小虾在心中对自己喊道。

公司在惶向设有办事处。小虾没去办事处报到，径直去找那块地。他知道，A-84 号位于许坑小区。惶向这地方很怪，说是一座城市，新建小区却仍然沿用原来的地名：浅塘、许坑、草屋、石灰窑……透出浓郁的乡土气息。有几座高楼，当地人为便于记忆，就称呼它们为：浅塘大厦、许坑大厦、草屋大厦、石灰窑大厦。听上去有点不伦不类。不管怎样，有个地名就行。小虾决定先去许坑小区看看。

惶向的交通工具也颇有特色。城区初具规模，公共汽车、出租车、三轮车一概没有，单靠摩托车载人。驾驶摩托的多为当地农民，人称摩托佬。其风格剽悍，车速极快，嗖一下从眼前飞过，好似警匪片中的暴走族。小虾站在街口，欲打听去许坑的路，立即有七八辆摩托从各处蹿来，将他团团围住。小虾一惊，以为出了什么事情。等他搞明白了，就指定一辆黑色摩托车，其他的摩托佬悻悻离去。

使用这等交通工具，对小虾来说真是严峻考验。摩托车发动，风驰电掣，腾云驾雾，小虾的心脏立即冲上嗓子眼。他的两只脚没有踩到踏板，往里怕卷入车轮，只好用力外扒，呈八字状，痛苦而狼狈。小虾大叫：啊——他的手一松，半瓶矿泉水掉在街上，砰一声水花四溅，真像扔下一颗炸弹。

好容易到了许坑，小虾回过神来，看看小黑箱尚在手中，心里才算安定。沿街前行，奇异光景映入眼帘：这地方城乡混合，街西是一排排新建的楼房，街东仍是古朴的村落。一头老牛慢悠悠穿过街道，去小区花坛寻花拈草。运载建筑材料的卡车排出刺鼻的尾气，与农家屋顶袅袅升起的炊烟混合，在灼热的空间弥漫。前方有一棵老榕树，树冠巍峨，绿叶婆娑，投下好一片阴凉。小虾急行几步，躲入树荫喘息。气根倒悬，如老人须，小虾好奇，拽一根下来仔细研究。树下散坐着些婆娘、孩子，一齐望着他笑，又热烈发表议论。乡音难懂，小虾只听得其声叮叮咚咚，如泉水在耳畔流过。

榕树南侧有一家小店，小虾口渴难忍，赶去买矿泉水喝。小店门面宽不过五尺，与其说店，不如称其为售货亭。但是，店门前赫然立着一块黑板，上面有彩色粉笔书写的大字：本店出售大量地皮，欢迎选购！小虾哑然失笑，暗想，不知道店主还做不做矿泉水生意？他把头探进小店橱窗，看见成箱的矿泉水与肤色黧黑、头型似萝卜的店主。

我买矿泉水，要大瓶的。小虾对店主说。

店主默默无语，递上一个大本子。小虾翻开看看，张张尽是红线图，标志着惶向五花八门的地块。他把大本递还店主，说：我不要这个，我要矿泉水。

店主晃了晃萝卜头，斜他一眼：总要看一看吧，看过了再说。你不看图，我就不卖矿泉水。

咦，真的碰上怪人了！小虾无奈，只得装模作样地翻弄大本。对于红线图，他已十分在行，为了完成使命，他曾反复研究过A-84号红线图。小虾发现，大本子上的红线图都是复印件，假的。也就是说，店主并没有一块真正的土地。小虾脸上露出不屑的神情。

我也有一块地皮，你想看看吗？

店主深陷的眼睛射出狼一样的光亮，舌尖不住地舔着厚厚的上唇。小虾打开小黑箱，取出红线图、建设许可证、原始发票——一色正品，货真价实。刹那间，小虾竟产生几分自豪：这才是一块真正的土地！

店主笑了，第一次笑，献媚地笑。土地毕竟是土地，力量深厚。他说：我叫阿钟，老板用得着我，只管说话。

小虾不失时机地、很有气魄地伸出手：拿水来！

阿钟立即从货架取下一瓶矿泉水，将盖子拧开。可他并没把水瓶递到小虾手里，而是试探着问：老板是要委托我卖这块地吧？我只收3%的佣金。

不，我没打算卖地。我只是拿红线图给你看看。

店主的脸马上冷了下来，说话又像先前那般不客气：那么，这瓶水我不卖了，我也只是让你看看！

小虾傻眼了：可是，可是你把瓶盖都拧开了。

拧开了怎么样？拧开盖子我自己喝。

萝卜头店主果然举起瓶子，往嘴里倒水。他似乎故意气气小虾，有滋有味地喝着，水在喉咙里弄出很大的咕咚咕咚的声响，一边还斜眼瞅着小虾。

天下竟有这样的店主！今天晦气，什么怪事都让小虾碰上了。他舔舔干裂的嘴唇，强忍口渴，决心与萝卜头店主论论理。这家伙老把卖水与卖地往一块扯，行为乖张，逻辑荒唐，简直是对消费者的极大污辱！

我倒要问问你：既然开了店，你摆着烟酒糖茶都不卖，只顾做地皮生意，世上哪有这种道理？

阿钟扔掉空瓶，抹抹嘴旁的水珠，侃侃而谈：这你就不懂了。在惶向，人人都炒地皮，这是天经地义的事情。你去看看，写字楼里成千上万家公司，打着各种各样旗号，其实都在做同一桩生意：炒地皮。老百姓把机关干部叫作三皮干部，哪三皮？上班吹牛皮，下班炒地皮，晚上吃鸡皮。喏，当官的也在炒地皮！老百姓呢，三百六十行，行行炒地皮。像我这等买卖地皮的小店，惶向城里到处都是。做成一笔地皮生意，至少赚5000块钱，谁还有心思卖矿泉水？摩托佬拉客，转来转去，就把客人拉去看地皮。今天你算运气，没让摩托佬拉到荒郊野外，把你丢在那里。做鸡的小姐们也炒地皮。你和她干那事，干着干着，她就会从乳罩里拿出一张红线图给你看。你烦了，就说：完事再谈，完事再谈！你不幸得了淋病，去找老军医打针。老军医一只手翻弄着你那宝贝东西做检查，另一只手就拉开抽屉，拿出一把红线图递到你眼前。他会说：你中毒中得很深哟！别急，我慢慢看你这个，你慢慢看我那个。哈哈！

店主摇晃着萝卜头，笑得很开心。小虾也笑了，仿佛在听一段传奇，渐渐竟着了迷。他暗自承认阿钟还有点儿水平，几句话就把一座魔城的轮廓勾画出来。

阿钟继续发挥，越说越精彩：我告诉你一个秘密，惶向的土地全是活的，它们都成了精！它们飘起来了，飘呀飘呀，全都飘上天空。就像你们北方的大雪，满天飞舞。知道了这个秘密，你才有资格做一个惶向人！

阿钟的手在空中画圆圈，一个圈套一个圈。最后，他的食指一点，定定地指住小虾的鼻尖。

小虾心中顿悟：原来如此，难怪公司土地会失踪！

小虾服了。他甚至喜欢起阿钟的发型：头颅四周的毛发剃得干干净净，仅在百会穴附近留一撮毛，看上去挺酷。小虾暗想：假如我要做一个惶向人，首先就剃这样一个萝卜头。当然，我宁愿让人家把脑袋打扁喽，也不会待在这个鬼地方！

四

小虾在许坑小区寻找丢失的土地。

这可不是简单事情。小区很大，新建的楼房成群连片，小虾绕来绕去，仿佛走入一座迷宫。这里的房子千篇一律：外墙贴白瓷砖，铝合金窗，墨绿色防盗门。没有门牌，没有标记，小虾分辨不出楼与楼之间有任何区别。

惶向的楼房形状古怪。地基狭窄，底层仅 80 平方米；往上放粗放大，竟盖到六层楼高。这里流行一个建筑术语，叫作“飘”，即以建阳台的方式，往空中扩展建筑面积。前后飘，左右飘，四周飘一圈儿，这楼就上粗下细，像蘑菇，又像碉堡。这样，房子面积就大大扩展。按红线图规定，楼与楼之间应有两米间距。你也飘，我也飘，两米间距自然消失，楼和楼几乎连到一块了。相邻的两家若是关系亲密，打开窗户，探出上身，便可以握手言欢。小虾感叹：真乃建筑奇观。

小虾手持红线图，企图核对每座楼房的位置。他想按图索骥，总能找到 A-84 号地块。可是，面对一模一样的小白楼，他无从下手。哪座是 A-1？

哪座是 A-2？神仙来了也搞不清楚。小虾甚至无法确定自己的位置。他从一座小白楼出发，绕了许多圈子，总是回到原地。他向另一个方向前进，走了半天，又来到先前那座小白楼前。他又回到原地了吗？没有坐标，没有方位，小虾丧失了判断空间关系的能力。他觉得自己渐渐消失，溶解在白色楼群里，被这些蘑菇形状的白妖精所吞噬。

小虾感到恐惧。北方有鬼打墙的传说：漆黑的夜，一个人在坟地里走，转来转去总是撞到坟头。你越急，走得越快，越是走不出那片坟地。小虾现在就处于这种境地。虽然是大白天，虽然面前是一座座新盖的楼房，他却不可避免地沉沦于一个噩梦。

人呢？为什么没有人？整个小区空空荡荡，幢幢楼房不见一个人影。无人居住的新楼比坟地更可怕！小虾想喊：有人吗——但舌头紧紧贴着上颚，干渴使他无法张口。真要渴死了！小虾在心中骂娘：那个萝卜头店主真他妈的绝。他的嗓子开始冒烟，五脏六腑即将燃烧起来。身体内的那条小河肯定已经干枯，他快完蛋了！烈日更加肆虐，团团天火直接泼在他身上，烧得他真想在地下打滚。小区没有绿荫，新铺的水泥地热浪蒸腾，比沙漠还烤人。小虾的视线模糊不清，幢幢白楼扭曲变形，雪糕一样融化了，黏黏糊糊地朝他压来……

如果不是后面跟来一个人，小虾很可能精神崩溃。店主阿钟像一条狼悄悄地尾随着他。在这种地方，要谋杀一个人很容易。小虾的小黑箱里藏着一块地，这可能成为歹徒行凶的诱因。尽管脑子里有种种闪念，小虾还是松了一口气。就目前处境而言，有人就好，即使来了敌人也没多么可怕。店主摇晃着萝卜头，渐渐走近。小虾整整领带，挺起单薄的胸脯。

我能找到那块地，A-84 号。小虾神情坚毅地说。

阿钟嘲笑道：这是 B 区，楼都盖起来了，你怎么能找到 A 区的地？

小虾明白了自己的失误，不禁脸红。没有人……有人我就可以问问。

阿钟指着自己的鼻子，笑道：我不是人吗？许坑的地皮我都炒过，哪一块我都清清楚楚。我们谈生意，谈得成，我就帮你找地。

我不能卖地，地是公司的。小虾喃喃地道。

没关系，你只要把红线图复印一份给我，卖不卖再说。怎么样？

小虾知道，店主要把 A-84 号的红线图复印件夹入那个大本，以扩张小店的买卖。事已至此，他只好妥协。小虾点点头：可以。

阿钟马上掏出一瓶矿泉水，递到小虾眼前，像变戏法一样，小虾快幸福晕了！他连谢谢也顾不得说，一口气把一大瓶矿泉水喝个精光。阿钟看着他的可怜相，满意地说：这瓶水我请客，你就不要付钱了。从今以后，你是我的客户，生意做得成，我们赚大钱。

真是峰回路转，柳暗花明，阿钟带领小虾穿过几条小巷很快找到了那块地。A区在B区南边，与B区不同，这里整个儿是大工地，到处堆放着沙石、砖块，民工们在脚手架爬上爬下，蚂蚁一般忙碌地建设尚未完工的小楼。杂乱，喧闹，却有一股热火朝天的气氛。小虾变得兴奋起来。

店主阿钟拿着红线图，跳入一座小楼向工头打听情况。这里的人都和他熟，他如鱼得水，呜呜呀呀地讲着当地话，老远就向别人打招呼。工头朝工地后方指指点点，阿钟不住点头。分手时，他拍拍工头肩膀，开了一句玩笑。那工头朝他屁股踢了一脚，他却灵巧闪过，一边笑一边跑了。

小虾松了一口气。他知道只要有阿钟在，什么事情都能搞定。阿钟朝他挥挥红线图，喊道：开路开路！他马不停蹄，一溜烟往北跑去。小虾紧紧跟上。地，就在前方，小虾已经离胜利不远了！

这是一块三角形地皮。红线图上标明，它位于小区北端，仿佛为整个小区戴上一顶三角帽。这是地形使然，再往北有两条道路，构成人字形，夹出这么一块三角地来。其他的地块全是长方形，整齐划一，排列有序。面积也一样，都是80平方米。与它们相比，三角地似乎是另类，孤零零地被扔在那里。小虾重任在肩，夜夜揣摩图纸，这些特征早已烂熟在胸。当他来到三角地边，一眼就把它认了出来。

喂，这就是你的地！阿钟跳到地中央，冲小虾喊道。

他却有些迟疑：是吗？

肯定是啦！喏，你看前面正在盖的那排楼，80、81、82、83……排到这里正好是84号。我都问清楚了！

最好能量一下，面积对了才敢肯定。你能不能问他们借一卷皮尺？小虾显得过分谨慎。

哎呀，借什么皮尺，我用脚给你量量就行了。干我们这一行，脚步最准！阿钟有些不耐烦，嘴里咕哝着，脚踩着三角地边大步迈进。203平方米，你看好，不会错的。

小虾不敢相信自己已经找到丢失的土地。公司交代的任务就这样轻易地完成了吗？他铆足了心劲儿，准备像唐僧取经那样受尽千辛万苦，却不料来得全不费工夫。店主阿钟对他哇哇啦啦喊着一串数字，以证明面积完全正确。他却没有回应，梦游一般摇摇晃晃地走进三角地。

小虾弯下腰，用手指在地上挖，挖出一抔泥土，放在鼻尖嗅。他仿佛闻到什么味道，将泥土往空中一扬，哈哈大笑。他欣喜若狂，摘去紫色领带扔得老远，又脱去皮鞋、袜子，赤脚在地里走。他两只脚拼命跺地，仿佛要试试这块土地是否牢固。最后，小虾一屁股坐在地上，不肯起来。

我早就说过，土地不会丢。地就在我们脚下，永远在我们脚下！

五

惶向的夜幕迟迟不肯降临。太阳虽然沉没在西边的大海里，但余威尚存，熊熊烈焰将满天晚霞烧得彤红。晚上七点与早晨七点似乎没有区别，路上照样熙熙攘攘，行人摩肩接踵，来去匆匆。店铺为招徕顾客，一律将音箱拖到街旁，音量调到最大，让港台歌星没命地唱。满城嘈杂，处处热闹。南方城市人气就是旺，这大概与太阳不无关系。

小虾寻到公司办事处，安顿住下。虽然他归心似箭，拔腿就走毕竟不太合适。再说，他要等待公司进一步指示。小虾很想听听棉花脸主管现在说些什么。地没有丢，它静静地待在原处。小虾到达惶向的当天，就找到了 A-84 号。这说明了什么？说明某些真理是不可动摇的。小虾倒不想（也不敢）与主管怄气，但在完成任务的同时，又能证明自己观点正确，总是一件惬意的事情。小虾虽然是个小人物，对一些形而上的问题却十分执着。这很可笑，他自己也知道。

办事处位于石灰窑小区，也住在那种上粗下细、似蘑菇似碉堡的小白楼里。小虾刚进小楼，就遇到一场尴尬。楼梯极狭窄，光线昏暗，碰见人都要侧身而过。每层楼只有一套房屋，空间珍贵可想而知。办事处在二三层，其他楼层都住着外人。小虾爬上二楼，就看见一对男女挽着胳膊从楼梯下来。楼梯塞得满满的，小虾让也没法让，只得一步一步退到拐弯处。男的是个胖子，趾高气扬，看也不看小虾一眼。女的年轻许多，似乎有些过意不去，与小虾贴身而过时，朝他莞尔一笑。

小虾惊呆了，楼梯小窗射进微弱的光线，使他看清那女人的脸：她的长相竟酷似欧阳牧云。如果不是过于丰满，穿得过于暴露，她简直就是牧云本人！

真像啊！天下太大了，什么人都有。

小虾自言自语道。办事处的情况很令小虾失望，一进门就感觉到冷冰冰的气氛。没有人欢迎他，没有人问候他，甚至不知道有谁管事。小虾提着小黑箱，站在客厅里，有点儿不知所措。同事们刚刚用毕晚餐，匆匆从他身旁走过。有的出门去，有的回到自己房间，居然无人与他打招呼。态度最好的一位，也不过向他点点头。那人戴着啤酒瓶底般厚的眼镜，瞎瞎蒙蒙，小虾怀疑他是看错了人。公司冷漠的气氛在这里达到顶点。

厨房里走出一个姑娘，丑陋无比，朝着小虾笑。小虾心头一阵温暖，急忙问：办事处主任在哪里？我刚来，要向主任报到，麻烦你找找他。

办事处主任？没有哇，我们这里没有专职主任。这样说吧，公司派到办事处来的人都是主任，高主任、王主任、李主任。您贵姓？

我姓夏，夏佩儿。不过你可以叫我小虾。

那么，你就是夏主任。

小虾不胜惶恐，他的姓第一次与主任之类的官衔连在一起。他问：那么你呢，你也是主任喽？

姑娘笑得更厉害，下意识地用手捂住鼻孔。她丑，就丑在鼻子上，一对鼻孔朝天长，像猪，像猴。丑归丑，人倒热情大方。她说：整个办事处就我不是主任，我是公司请来煲饭的，你们北方人叫炊事员，叫保姆也行。我是本地人，姓周，你叫我阿琴好了。楼上有一间朝西的小房间，没人住，你可以搬进去。要吃饭，你来找我……

等一下，我还有个问题。小虾敲敲脑袋，办事处的情况实在出乎他的意料。我们，这些所谓的主任们究竟接受谁的领导呢？到了惶向，公司就消失了吗？

当然不会。每个主任直接接受公司领导，公司会来电话，给他们具体指示。对了，我还负责接电话，负责叫人。

丑姑娘阿琴的话马上得到验证，办公桌上的电话铃忽然响起来。阿琴往前一跳，敏捷地拿起话筒。啊，你找小虾吗？夏主任——

小虾赶忙接电话。可不得了，这一声夏主任若被公司的人听见了，肯定会笑掉大牙。是棉花脸主管找他。真神，他好像料到此刻小虾已来到办事处。

我找到那块地了，主管，A-84 号还在原地。小虾有些激动。

知道了，我知道你去过许坑小区。话筒里传来主管软绵绵的声音，这声音总是令小虾紧张。但是，你并没有找到那块地，你只是触及到土地的表象。你离它还很遥远，很遥远。

主管的话仿佛是一段隐喻，一段启示录。小虾深感敬畏，甚至有些毛骨悚然。

我……我该怎么办？我如何行动？

明天早晨，你去土地规划局盖章，你将到一系列行政部门盖章，直至拿到正规的土地使用证。最后，你把 A-84 号过户到公司名下。主管有条不紊地做出指示。

小虾明白了，他在惶向还要走很远的路。

棉花脸又说：你把传真机打开，我让办公室传给你一份重要文件。那是 A-84 号原始主人的身份证复印件，办过户时就要用它。你已经进入实质性找地阶段，进展较快，我在这里祝你成功。

这是含蓄的表扬，是一种信任。主管难得开金口，小虾受宠若惊。

传真机在哪儿？如何操作？小虾一窍不通。幸亏阿琴插手，熟门熟路地把传真机打开。小虾连忙道谢。过了一会儿，身份证复印件传来，小虾拿来一看，是一位七十多岁的老太太，名叫穆阿花。小虾对着老太太摇头：原来都是你惹的麻烦。

他提着小黑箱上楼，找到那个朝西的房间。天黑了，他打开灯，日光灯放出刺眼的白光。这里处处保留着公司的风格。房间很小，却安着两张单人床，还有一张桌子，几个板凳，塞得满满当当。看来，业务繁忙时，公司会派不少人来。惶向，这座新兴城市肯定引起公司很大的投资兴趣。

窗外，相邻的楼紧贴过来，有一种压迫感。那座楼尚未住人，铝合金窗被小偷偷光了，所以，窗户像一张没牙的大嘴，黑乎乎，空荡荡。小虾感到恐惧。没有窗帘，屋里又热，不得不开着窗。小虾只有直面这黑洞洞的大嘴。他干脆把日光灯关掉，眼不见为净。

小虾锁上门，倒在床上。奔波一天，实在是太累了。可他无法入睡，心底阵阵不安。主管的话是什么意思？表象，只触及到表象。难道他亲手挖出的泥土，赤着脚踏过的土壤，都不是土地的本质？那么，究竟什么是土地的本质？土地的存在究竟以什么方式证实？

小虾越来越困惑。

六

没有，没有你这块地。规划局曾科长肯定地说，许坑 A 区最后的地块是 A-83 号，根本不存在 A-84 号！

小虾坐在办公桌对面，接受这个天方夜谭式的答案。曾科长年龄与小虾相仿，浑身透出精干的气质，专业，权威，一句话就否定了小虾的幻想。这个结局太意外了，小虾半张着嘴，躬着腰，真像一只上了岸的虾。即便是虾也要蹦跳几下，小虾又把手中的红线图摊在曾科长面前。

可是，你瞧，这儿明明有 A-84 号，是一块三角形地皮，面积为 203.16 平方米。

曾科长还算耐心，打开文件柜，取出一卷图纸。这可是官方的、正规的红线图，蓝色晒图纸标出整个许坑小区的每一地块。他用手指点着图纸道：喏，这是 A 区，你自己来找找。哪里有 A-84 号？这里的地块统一规划，是批给当地农民的宅基地，面积全是 80 平方米，长方形，你看明白了吗？好了，你现在把那块三角地指出来，让我看看。

小虾傻了。哪里有什么三角地？他手指颤抖地指着自己的红线图，说：怎么，怎么我的红线图上有？

曾科长忍不住嘲笑他：你的红线图可靠，还是我的红线图可靠？

曾科长迅速地卷起红线图，放回文件柜。小虾无颜待下去，其他办事的人也催他快走。他茫然地走出办公室。

走廊里挤满了人，嗡嗡嘤嘤，一片嘈杂。那么多人来办手续，可见惶向土地生意的红火。小虾知道，要办理正规的建筑许可证，红线图须经规划局确认。建筑用地不存在问题，符合规划，才得以盖章通过。这一环最关键。现在，他手中的红线图合法性遭到质疑，要完成公司的任务可就无从谈起了。怎么办呢？空气浑浊，小虾透不过气来。他脸色惨白，阵阵晕眩，急忙在长椅上找个空位坐下。急火攻心，小虾觉得自己快要垮了。

旁边坐着一位姑娘，炫耀地翻弄着一张红线图。她忽然对小虾说：这块地好靓，你要不要？小虾惊愕地望着她。姑娘忧郁地说：我老公跑到香港去了，撇下我一个女人家，还盖房子干吗？这块地皮就卖给你吧！小虾站起来就走，一边回头对漂亮小姐说：对不起，我看见红线图就想吐。

小虾遁入走廊尽头的厕所，趴在马桶边干呕。一个老头替他捶背，小虾回头说谢谢。老头道：不用谢，我这里有一块地皮，每平方只赚你一百块钱。你把红线图拿去，不用走出这座大楼，转手炒掉，保证你再赚一百块钱！小虾不呕了，飞快逃出厕所。

看来，萝卜头阿钟说得没错，惶向人炒地皮都炒疯了！把地皮当作股票乱炒，还能不出事？小虾认定，他那块地，肯定在某个环节出了问题。他已经走出规划局大楼，在石台阶立定，对自己说：不能走，我一定要查个水落石出！他喝掉一瓶矿泉水，把空瓶扔进垃圾箱，又紧紧领带，挺挺胸脯，英勇地返回大楼。

擒贼先擒王，小虾决心去找规划局局长。他伸长脖颈，挨着门看牌子，一层一层地找，终于在三层楼的尽头看见了局长室的铜牌。别看小虾人长得小，魄力还挺大。他凝神静气，右手握拳，礼貌地叩叩门。

一位女同志开门，小虾说要找局长。女同志就笑：门牌上写着局长室，并不等于局长就坐在这里。规划局局长可不是一般人能见的，他工作太忙，所以不得不常常使用空城计。小虾说：用空城计也不要紧，只要有这座城，我就坐等。女同志和蔼地说：那就随你便了。门又被轻轻地关上。

小虾原地站着，一动不动等了半个多小时。等人他有耐心，在牧云家他已经练好了功夫。不过，他担心站在这里时间长了，惹人讨厌。那女同志像个老大姐，对人和气，小虾不好意思找她麻烦。

小虾在走廊里来回踱步，办事员出来进去老碰见他。时间久了，他们注视他的目光都变得怪异起来。这样也不行，若是惹他们产生了怀疑，叫来两个保安，恐怕会像拎小鸡一样把自己拎出这座大楼。

小虾在洗手间发现一个拖把，眼睛一亮，有办法了！他把拖把洗净，拧干，到走廊拖地板。他拖得很慢，很仔细，没有哪个清洁工会比他更认真。他在局长室门前逗留的时间最长，把那一截走廊擦得特别干净。地板砖明晃晃的，镜子一样映出他苍白的小脸。局长室那位大姐出来解手，惊讶地哟了一声，高跟鞋几乎不敢踩地。小虾看着她小心翼翼地走向女厕所，暗想：她至少是局长秘书，弄好了可能还是办公室主任。那就让她向局长汇报去吧！他弯下腰，更加努力地工作。

小虾擦呀擦呀，直到下班时间。办公室都有空调，走廊里温度也不算高，但小虾干得过于卖力，汗水滴滴答答地淌下来。汗水跌到光洁的地板砖上，摔成几粒晶莹的珠子，很奇特，很美。到后来，小虾就在擦自己的汗珠。下班的办事员们很感动，猜测他是刚分到局里来的新同志，正在学雷锋哩。小虾有些得意，暗道：我迟早会感动上帝。

上帝终于被感动了。局长室的门打开，那位女同志请他进去。她请小虾喝茶，小虾连忙摆手：我喝凉水就行了。他拿过纸杯，自己在饮水机上放水，一杯接一杯，不停地喝。女同志一边笑一边摇头。

问清楚小虾的要求，女同志拿起电话，要曾科长马上上来。不一会儿，曾科长推门进屋，道：秦局长找我，有什么事？小虾惊叹：哇，闹了半天她就是局长！要不是碰上我小虾，一般人就让她蒙混过去了。

秦局长与曾科长再一次研究小虾的红线图。他们用客家话交谈，小虾一句也听不懂，但可以猜出他们正认真地分析着各种情况。小虾的心提到嗓子眼，这可是最后的判决！

秦局长回过头来，温和而严肃地说：当初往上报规划时，基层的同志可能出了错误。许坑属于惶向老镇，你可以到镇政府去查一下。

曾科长则讲出了最坏的可能性：惶向的土地交易不太规范，很乱。有不少骗子浑水摸鱼，你买的这块地可能是假的，红线图也是伪造的。

小虾浑身冰凉。他结结巴巴、近乎绝望地问道：那么，A-84 号这块地究竟有没有呢？

秦局长回答与曾科长一样：没有，A-84 号根本不存在。

七

惶向流传着一段传奇：几年前，一个老瞎子来到此地，衣衫褴褛，蓬头如草，却又白须飘飘，仙气逼人。他赤着脚在惶向老镇的石板路上跳跶，嘴里念叨：嗖，嗖嗖！地火好旺……仿佛他踩的不是青石板，而是烧红的铁板。他从镇北走到镇南，引得一群孩童闹哄哄跟在后面。有人就问：阿公，你的脚板烫吗？老瞎子掰起脚让人看，脚板上竟然真有一排火泡。大家知道来了高人，好茶好饭款待他，请他算卦。老瞎子捻着长须，颔首微笑：不必再算，如此旺的地火，土是压不住了。日后，这地方只怕要飞上天！

当时的镇长躬身求教：惶向以农业为本，一向贫穷。水田飞走了，叫农民如何种稻？瞎子拿水烟袋敲了一下镇长的后脑勺，道：木脑壳，香港也种稻吗？

惶向与香港隔海相望，常常有农民结伙偷渡，去过不必种水稻的生活。镇长大惊：此地前程远大，莫非要赶上香港？

日落霞飞，暮色苍茫，老瞎子离开惶向，径直朝镇南走去。镇长此时已经顿悟，命令手下人：快快跟上！那老瞎子兀自在田野里蹦跳，口中“嗖嗖”不已。跟踪他的人发现：从惶向到海边的一片旷野，瞎子的跳跃达到非凡的高度。显然，这一带地火最旺。手下人向镇长描述：嚯，他哪里是个瞎子？活脱脱一只老蚂蚱！镇长则审慎地把老瞎子跳过的地方画成一张图。

后来，国家把惶向划为开发区，其版图与镇长绘制的地图完全吻合。不久，一个国际财团决定对惶向进行大手笔投资：要建立一座汽车城，生产大批高级轿车直接出口。汽车城选址，就在老瞎子跳得最高的地方。惶向自然条件原本优越，鸥歌湾是难得的深水港。开山放炮，修建码头，世界各地的万吨巨轮就可以开到惶向的大门口。惶向升格为市，地位日益显要。人们如梦初醒，发现了一块未开垦的风水宝地，纷纷前来抢滩。地价飞涨，炒地皮又成了最热门的行当。土地就像股票一样，一日三涨。老瞎子说得对：土是压不住了！惶向人眼红脸绿，怀揣自家土地证满街乱蹿，几近疯狂。古老的小镇膨胀、膨胀，仿佛一个橙色巨型气球，冉冉上升……一切都被老瞎子言中。如今，惶向人都津津乐道地传扬这个故事，以此预兆自己的未来。他们说，看看那个镇长吧，神仙用水烟袋轻轻一敲，他立马开窍了。从此他大刀阔斧搞改革，勇当对外开放急先锋。从此他也官运亨通，一路平步青云，从镇长当到市长。瞧，每晚在电视上亮相的曾市长，身着西装，手端洋酒，不时还讲两句英语。你能想到，他就是当年那个木脑壳镇长吗？

那么，老瞎子的预言最深一层含义，迟早也必定实现。人们不把话说透，但肚子里都藏着一个秘密。想到这层含义，他们就怦然心动。互相交流一个眼神，也显露出意味深长的微笑。纸包不住火，心里有事总要漏出口风，连市长大人曾阿水也不例外。在某次全市干部大会上，曾市长激情上来，就喊出这样的口号：80年代看深圳，90年代看浦东，新世纪曙光在惶向！他差点儿泄露天机。惶向人是如此解读老瞎子的预言：惶向，必是未来的香港。根据他们的历史性经验（此经验来自许多乡亲的成功偷渡），香港即天堂。同义转换，惶向必是未来的天堂！什么深圳、浦东，靠边站去吧。

阿琴总是喜欢在餐桌上讲这段传奇。说到这里，她两只眼睛放出异样的光彩，激情澎湃！显然，她是老瞎子的忠实信徒。阿琴是整个餐桌最活跃的人，办事处的主任们埋头吃饭，只有她说东道西，唱独角戏。一张圆桌挤得满满，她常常站着吃饭。这并不妨碍她的谈兴，端着碗，舞着筷，用蹩脚的普通话讲着精彩故事。人们表面冷漠，实际上听得津津有味。吃完饭，有事的走了，没事的坐着喝茶，继续听她讲。眼睛深度近视的老刘是最热心的听众，总要挨到最后才走。小虾也留下来，当然，他是另有企图。

阿琴接着说：神仙阿公讲，这地方只怕要飞上天了。什么意思？就是讲今天的地价飞涨，一口气涨上天！你们看，两年前，一般的宅基地只卖四百元一平方米，托托关系，三百元也能买到。农民把自己的宅基地都卖出去了，你们外地人买去就炒。地皮好像着了魔法，日长夜大，五百，一千，一千五……就这么连续翻番！我要是有一块地皮就好了。可惜，我是个女的，没份分宅基地……

小虾见缝插针，把话题引向自己感兴趣的方面：阿琴，你真是见多识广，什么事情都知道。你能不能给我讲讲，我的前任从谁手里买来的那块地？人家有没有骗他？

阿琴看看老刘，不说话。老刘也知趣，见话题涉及公司业务，咳嗽两声，端着茶杯就走了。阿琴故意大声说：我不好说。我一个煲饭的，怎么可以乱说公司的事情。

小虾恳求道：阿琴姐，就算你帮帮我的忙。你又不是公司的人，说错几句也不怕。

阿琴捂着朝天鼻子笑：你的嘴巴好甜，还叫我阿琴姐，我们两个谁大？好吧，我就给你说说。陈主任，就是陈兵，从一个警察那里买了这块地。不晓得出了什么事情，他又要把地退掉。一趟一趟退，就是退不掉。本来嘛，你买了东西怎么可以随便退？更别说那是一块地皮！后来，公司就把他调回去了。他临走，就坐在我这里流泪，断断续续讲了这么几句，也没有把事情讲清楚。

一个警察？小虾沉吟道。你知道他是谁吗？

当然知道，他叫许震霆，就是许坑本地人。阿许可是惶向有头有脸的人，在公安局做治安科长，专门抓小偷、妓女、骗子。你刚才问他会不会骗人，我告诉你，肯定不会！阿许是惶向的英雄！他呀，最会抓鸡，外地来的小姐装得再正经，他一眼就能看出来。所以，鸡们见了他就发抖。今年春天扫黄，他抓了近千只鸡，惶向地面一夜之间变得干干净净。当地妇女解了恨，叫许科长抓鸡大王，都感谢他呢！不过……

小虾见阿琴开无轨电车似的又把话题扯远了，赶紧起身告辞。

小虾没有放弃找地的企图。他也不能放弃。如果棉花脸主管来电话，他能怎么说？他说规划局红线图上根本不存在A-84号这块地？说他到现在还没弄清楚公司的地到底是怎么丢失的？说他一筹莫展，束手无策，要求拍拍屁股回家？这是不可能的。说了这些话，你就永远甭想跨进公司的大门。小虾对主管拍过胸脯，找不到这块地，他就不回来。现在已经没有退路了，他必须兑现自己的诺言。

小虾心里还憋着一股不服输的劲头。他就不信，那块三角地明明摆在那里，怎么就会没有了呢？曾科长说，红线图可能是假的。可是原始发票、建设许可证，还有那个穆阿花的身份证都是假的？况且，听了阿琴的介绍，小虾不相信许震霆会伪造红线图诈骗别人。不论遭受多少挫折，他一定要查出事情的真相。小虾拿定主意，公司要是来电话，就说一切顺利，暂且把规划局的结论隐瞒下来。他独自明察暗访，继续追踪A-84号的下落。

小虾回宿舍拿穆阿花老太太的身份证复印件。他不知道那个警察与穆阿花是什么关系，决定去找找他。A-84号怎么会到许震霆的手中，又由他转卖出来？规划局不承认这张红线图的合法性，而红线图又出自他手，无论如何他是有责任的。小虾估计会得罪那位许科长，心里有点害怕。但事到如今，只有从许震霆身上寻找谜底了。

不知什么缘故，小虾的钥匙就是打不开防盗门。他吭哧吭哧用力，屁股翘得老高，把楼道挡得严严实实。半天，他直起腰来擦汗，忽然听见身后有人扑哧一笑。回头一看，楼上酷似牧云的女邻居正等他让道。小虾涨红了脸，说声对不起，连忙收起臀部，紧贴墙壁站着。

女邻居很大方，说：怎么，打不开门了？把钥匙给我，我来试试。

小虾像个听话的孩子，乖乖地把钥匙给她。女邻居很有经验，拧了几下，就说：这门在里面锁上了，你敲敲门。她把钥匙还给小虾，自己上楼去。

小虾呆呆地望着她。她蓦地转回身，对小虾说：你怎么老盯着我看？

小虾口吃地说：你，你，太像我一个朋友了。

是吗？我叫霏霏，细雨霏霏的霏。你可以把我当作朋友，有空上来玩。她潇洒地一甩长发，拐了一个弯，只闻脚步声，不见其身影了。

小虾敲门，敲了许久，门终于从里面打开。办事处最年轻的成员李蒙领着两条大汉走出来，狠狠瞪他一眼，飞快下楼。他们似乎在进行秘密约会，被小虾冲撞着了，恼惺惺的样子。小虾有些莫名其妙。

小虾打开小黑箱，把A-84号全套文件装入上衣口袋，匆匆出门。

八

惶向有一条漂亮的大道，高楼林立，装潢豪华，体现出大城市的气派。两边人行道种着棕榈、香樟，街心花坛美人蕉妖艳疯狂，渲染出亚热带的迷人风光。这里可看不见连接成堆的蘑菇状小楼，看不见城乡交融的土气。它像一件西装，套在惶向的肩膀上。大道的名字也漂亮：希望大道。的确，小虾来到这条大道，才感到一点儿惶向的希望。

惶向市公安局与规划局紧挨着，院子很大，停着很多警车。公安人员或穿制服或穿便服，大步流星，来去匆匆，到处洋溢着紧张严肃的气氛。

小虾被这威严之气震慑，畏畏缩缩地跨进公安局大楼。

小虾找到治安科，看见一个惊人场面：三个男子打着赤膊，双手被铐，一排儿跪在办公桌前。一个面如张飞、高大威猛的警察在他们身后踱来踱去。他声如雷霆地说：想在我许震霆面前蒙混过关，白日做梦！你们这几个烂仔早在我掌握之中，老实交代，昨晚上你们在美美发廊干了什么坏事？

小虾吓了一跳。他急忙退到走廊，背靠墙壁，对自己说：乖乖，这就是许震霆啊！别说妓女，强盗见了他也要发抖哩。千万不可造次，我就在外面等着，等他办完公事再说。小虾不敢乱走，一直贴墙根站着，好像他也犯了事。不过他忽发奇想：真的找不到A-84号，就来公安局报案。这种事不知道该哪个科管，大概不会落在许科长手里吧？

走廊渐渐昏暗下来，早已过了吃晚饭时间。小虾肚子饿得叽叽咕咕响，审讯却还没有结束。做警察也很辛苦，哪一行都不容易干。又挨过一个时辰，那三个嫌疑犯总算被押走了。小虾敲敲敞开的门，怯怯地问：许科长在吗？

许震霆正坐在办公桌后看审讯笔录，蓦地抬起头来：你是谁？找许震霆干吗？

小虾受惊似的退了一步，用蚊子般的声音说：我找他……找地。

许科长反应敏捷，听到找地两个字，马上站起来。哦。他扫了小虾一眼，冷冷地点头。对于这个敏感的话题，他表现得很谨慎，一个字也不多说。他把案卷锁好，走到小虾面前，头一偏，简短地说：走吧，我们出去谈。

他们来到希望大道。华灯初上，景色繁华。许震霆黑着脸，迈着大步疾走，小虾一溜小跑才能跟上他。默默地走一阵，到了老街。街边上出现大排档，人越来越多，也越来越乱。小虾拽拽他，慷慨地说：你还没吃饭呢，我请客！

许震霆说：公安干警不吃请，你我各吃各的。

他们找了个摊位坐下，要了牛腩面、炒河粉，各自埋头吃起来。小虾说：真对不起，给你添麻烦了。公司派我来找地，好多情况我都不清楚，只好找你请教。

你们公司是王八蛋！许震霆忽然粗鲁地说。前一段日子，那个陈兵天天来找我。现在又派你来找我。你们公司到底想干什么？我真烦透了！

小虾忙说：我不知道，我刚来……所以才想问问你，那块地究竟是怎么回事？

怎么回事？这块地我本来不想卖给陈兵，可是他通过中介老来找我。算了，我很便宜就卖给他，每平方米只卖八百块钱。可是过了一天他又来找我，非要把地退还给我。这怎么可以呢？做生意还有没有规矩？幸亏我是公职人员，碰上烂仔，打他个半死也没话说。

许科长，是这样的，A-84号地有一些问题，规划局不承认这张红线图，说是假的。

假的？！许震霆几乎跳起来，看来他也非常吃惊。不可能！我许震霆堂堂一个治安科长，会干诈骗犯的勾当吗？

小虾把去规划局的经过从头到尾说了一遍。最后道：你看，地是从你手里卖出来的，怎么说你也有责任吧？

许震霆要了一瓶啤酒，一边喝，一边发怔，显然，他也被这意外情况弄蒙了。小虾猜测，陈兵可能碍于面子，没有把实情告诉他，或者，陈兵自己也没有搞清楚怎么回事，只因规划局不给盖章，就急忙把地退还给许震霆。现在，问题摊在许科长面前，这位警察英雄也犯难了。

许震霆苦涩地摇头，叹了一口气。又呵呵冷笑，说：好，那很好。既然你认为我有责任，就去告我，去法院起诉。我等着法官发传票。

小虾忙说：别别，我不是这个意思。我只想找地，搞清楚问题究竟出在哪里。你，就一点儿也不知道吗？

许科长凶气消失了，两只手苦恼地抓着头皮：我不是炒地皮的，我是一个警察。我哪里有心思打听这些事情。告诉你吧，惶向市大开发，治安很乱，全国有三千多个被通缉的要犯都逃到这里来了。三千！你说吓不吓人？我们睡觉也瞪着两只眼睛，手枪从来不离身。我管治安这一摊，还是个模范警察，哪敢分一点点心？所以，我把你拉到这里来谈，就怕在办公室谈这种事情，把脸面丢光了。

小虾深表同情：我相信你。可是，你为什么要卖这块地皮？为什么会卷到这桩麻烦事里？

许震霆说：那是我姑妈的地。她儿子把她接到香港去了，托我把地卖掉。老人家从小对我好，我能不帮忙吗？哪晓得还有这七七八八的事情。你真要打官司，还得把老太太从香港揪回来。我只是为她代理，卖地的钱全交给了她，我一分钱没拿。从法律角度说，我还不是真正的被告。

小虾急忙摆手：别价，这种事我明白，告也没用。我只想问问你，A-84号这块地究竟有没有？

许震霆眼睛一瞪，又来了虎气：怎么没有？当然有！我是许坑人，什么事情都清清楚楚。前几年规划农民宅基地，卖得很便宜，家家都有份。分地的时候，我还帮姑妈去看过。当时，红线图就挂在村委会办公室。那块三角地不规范，面积大，价格便宜，还是我做主让姑妈买下的。我看，问题还是出在规划局。

小虾心头豁亮，说：有你这番话，我心里有底了。从今以后我再也不来打搅你。

许震霆一挥手，豪爽地说：那好，今天我请客！

九

小虾怀疑办事处的房子闹鬼。

子夜刚过，小虾受到一种奇异的刺激，蓦然惊醒。周围特别黑，醒与非醒很难区别。迷迷糊糊中，似乎有某种动物在他脸上嗅来嗅去。他看不见它，却感觉到它的气息。那动物几乎要压到他的身上。小虾想喊，想跳起来，却丝毫动弹不得，也发不出一点声音。他着了魔法，魇住了。那动物并无伤害他的意思，倒有一种缠绵劲儿，似乎贪恋他什么东西。他直觉到那动物是雌性，仿佛是一个女人。这样持续一段时间，那怪物反反复复嗅够了，飘然离去。

小虾终于透过一口气，忽地坐起。刚才的情景就在眼前，似幻似真。他怀疑自己做梦，掐掐手背却很疼。铝窗开着，相邻的空楼很容易跳进人来，莫非是贼？这时，他敏感的耳朵听见客厅里有窸窸窣窣的声响。接着，外面的防盗门轻轻一碰，表明那怪物是从房门出去的。小虾极度恐惧，无力下床。浓浓的倦意又攫住他，他就这么坐着，进入梦乡。

这种神秘事件有过一两次。到了白天，又像什么事情都没发生过。小虾有些迷惑，又从心底不愿承认，就以为自己做了噩梦。夜里，老刘常常坐在客厅，独自躲在黑影里吸烟。小虾想，也许是老刘弄出的动静。

办事处总有一种诡秘、奇异的气氛，弄得小虾心神不安。老刘、李蒙，还有办事处其他人，各有各的业务，但互相保密，小虾从不知道他们在这里干什么。每个人鬼鬼祟祟地忙自己的事情，从不交流，从不谈心。谁都怕自己被别人抓住把柄，汇报到公司，遭受严厉处罚。所以，人人显得乖张而古怪。

公司本身就是最大的神秘。小虾不知道公司的业务范围有多广，究竟从事哪个行业。它似乎什么生意都做，在黑暗中攫取着巨大的利润。公司无所不知，无所不在，所有的人都被它紧紧控制着。它是庞然大物，一架神秘的机器。别说小虾，任何人都无法认清它的庐山真面目。

三楼住着小虾、李蒙、老刘，各居一间屋子，他们彼此很少说话。小虾忍不住猜测：他们都在干什么呢？也在买卖土地吗？当然，他永远不会提出这些问题。他和老刘的关系亲近一些，李蒙却对他怀有敌意。这小伙子身材挺拔，肌肉健硕，与小虾恰成鲜明对照。他显然瞧不起小虾，总是斜眼看他。小虾明白，那天敲门，不知冲撞了他们什么事情，得罪了李蒙。本来关系就疏冷，再加上一点儿敌意，同住一套房子就更不好过了。

小虾的老毛病又犯了。他老是想洗手，一时不洗就难受。他总觉得手上沾满了污垢，手心手背痒得要命。夜里，他待在小屋没事，每隔十来分钟上一次厕所，打着肥皂一遍又一遍地洗手，小虾自小就有这毛病。他怪妈妈起名起坏了：夏佩儿，女里女气的，所以招致怪癖。

欧阳牧云说，小虾有心理疾病，洁癖可能就是一种表现。他长大后很少犯病，但精神过度紧张，或心情郁闷，就忍不住想洗手。这几天，他就处于这种状况。看来情况确实不妙。

与许震霆一番谈话，小虾似乎得到明确结论：A-84 号肯定存在。然而回来一想，他的信心又动摇了。许震霆提供的情况即便是真实的，规划局不接受又有何用？毕竟要规划局盖章才能解决问题。小虾进一步想道：许震霆代姑妈卖地，没有直接法律责任，那么，谁该为这个事件负责呢？谈话的结果，是失去了一位直接责任者！能不能找到 A-84 号，与许震霆没有任何关系。也就是说，现在，小虾连这块地的真正卖主也找不到了。它离目标非但没有接近，反而越来越远了！

随着事态发展，小虾似乎身陷一片黑沼泽，越是挣扎，陷得越深。黏黏糊糊的泥泞困住他，从脚到胸，从胸到颈，一步一步将他淹没。小虾害怕了，第一次从心底感到害怕。黑暗从四面八方向他压来，他努力抵御，却无能为力。漫漫长夜，小虾翻来覆去睡不着觉，洗手的欲望就不可扼制地翻腾起来。

水，晶莹凉爽，哗哗地冲洗着他的肌肤。丝丝凉意沁入心扉，小虾感到说不出的爽快。洗手与喝水有某种共同的功效，小虾体内那条小河又欢乐地奔腾起来。他暂且忘记烦恼，与水化为一体，自由地流淌……

砰砰砰，卫生间的门被人擂得山响，小虾开门，李蒙正横眉竖眼地瞪着他：喂，你打算在卫生间里过年啊？我一泡尿憋了仨小时，人都要给活活憋死了！李萌一边说，一边冲进卫生间，门也不关，掏出那家伙哗哗放龙。小虾说一声对不起，轻轻地为他带上门。

老刘坐在客厅里吸烟，目睹刚才那幕情景，对他笑笑。虽然没有言语，小虾也感到一丝安慰。

天很热，小虾到后半夜才睡着。他开始做梦。那东西又来了。它的鼻子慢慢凑上前，在小虾脸颊上嗅来嗅去……

小虾想：我不醒，我就留在梦里，看它究竟想干什么？梦境就变幻了，小虾感觉自己在飞，飞入一片茂密的树林。他躺在林间空地，一个女巫走来，口中念念有词，施展神秘的法术。女巫脱去他的衣裤，将他抱起，托在空中。月光照亮他的裸体，他浑身透明，反射出银色的光亮。小虾第一次以旁观者的视角观看自身，不由痴迷、陶醉。

防盗门咔嗒一响，小虾蓦地惊醒。它走了！小虾套上汗衫，穿上拖鞋追了出去。他觉得自己的头脑非常清醒。

楼梯间亮着灯，空无一人。小虾往下走了几步，发现二楼饭厅仍亮着灯。他举手欲敲门，又怕是阿琴粗心忘了关灯，把大家吵醒反而不好。正在犹豫之际，一楼响起脚步声，小虾探头一望，只见楼上那个酷似牧云的女人，穿着睡衣，正缓缓地上楼。

女邻居霏霏看见小虾，有些意外，问：你怎么还没睡？失眠吗？

小虾不好意思地说：天热，睡不着。

我总是失眠。到楼外走走，呼吸一点新鲜空气，才能好一些。既然睡不着，你跟我来，咱们聊聊。

小虾鬼使神差地跟着那女人走。走到四楼，却又不肯进门：算了吧，这么晚上你家，不方便。我也没穿衣服。

霏霏已经打开房门，拉他一把，说：没关系，家里只有我一个，老公到香港去了。

小虾坐在布置豪华的客厅里，心别别跳。他似乎仍处于梦境之中。霏霏从厨房取出一瓶饮料，倒在小虾面前的杯子里。她老说生活寂寞，老公在香港开公司，难得回来一趟。人生有什么意思呢？女邻居长吁短叹。她催促小虾喝饮料，小虾顺从地喝了。

霏霏像女巫一样施展法术。她按一下隐藏在沙发扶手旁的机关，屋里的灯忽然灭了。间隔几秒，她又让各种灯具亮起来，黑暗的房间顿时色彩缤纷。这样忽开忽关，灯光明灭变幻，女邻居就变成欧阳牧云。她向小虾走来。她把手上的结婚戒指取下，又戴上；戴上又取下……一不小心，结婚戒指掉在地下，滴溜溜转了一个大圈，滚到沙发后面去了。

欧阳牧云眼神暧昧地瞅着他：你帮我捡回来。

小虾趴在沙发跟前，伸长手臂，只差一点儿够不着那戒指。戒指在黑暗中闪亮。他努力张开五指，却仍然够不着。欧阳牧云弯下腰，两只丰满的乳房在他头顶蹭来蹭去。小虾的脑袋爆炸了！他想起在黑暗中嗅来嗅去的东西，那原来不是动物的鼻子，而是女人的乳房。小虾激动、紧张，呼吸急迫。那饮料里肯定有问题，小虾体内忽然大火熊熊，烧得他不能自已……

就这样，小虾落在霏霏的怀里。女邻居把小虾抱在沙发上，褪去他的衣裤，丰腴的身躯像大水母一样紧紧地裹住小虾。她发出一声心满意足的长吟。

十

店主阿钟找到小虾，摇晃着萝卜头说：那块地我帮你卖了，人家出价每平方米一千五百元。在许坑A区，这可是天价哟！

小虾在人行道上走，头也不回地说：我跟你说过，这块地我不卖。阿钟骑着一辆红色摩托车，轰轰油门，赶到小虾前面，拧头喊道：喂，我已经收了人家五千元定金，这可不是开玩笑的！

小虾提着小黑箱，两只小脚撩得飞快。我可没让你收取别人定金。你又不是不知道，这块地我无权卖，它属于我们公司的。

阿钟控制着摩托车速度，与小虾并肩而行：你回去跟公司老板讲讲嘛，价钱好，能赚钱，为什么不卖呢？炒掉这块地，我再帮你买一块更好的。你们老板就不想赚钱？

小虾着急办事，阿钟又纠缠不休，他有些烦恼。当初把红线图复印件留在小店，就应料到少不了这样的麻烦。干脆，把事情真相告诉他，让他死了这条心。小虾索性站住脚，对萝卜头店主说：我喝过你一瓶矿泉水，咱俩也算朋友。是朋友我就不能骗你。我向你交个实底：这块地是失踪了！失踪？阿钟细长的眼睛睁得老大，十分惊奇。

小虾就把找地的经过从头说了一遍。说完，他有一种说不出的轻松感。阿钟皱着眉头思索，似乎在解一道解不开的难题。小虾很欣赏他的表情。

你瞧，我这就要去镇政府查红线图，真的没工夫陪你了。小虾与阿钟握手告别，急匆匆赶路。

阿钟的摩托车又追了上来，他朝小虾喊：我知道了，这件事就交给我办！

小虾愣了：你怎么办？

阿钟掉转摩托车头，说：跳楼降价，尽快出手！在惶向，管它真的假的，只要是地皮都能炒掉！他加大油门，轰然而去。

小虾摇头苦笑，这萝卜头真荒唐，却什么事情也难不倒他。如果小虾也能像阿钟那样行事，一拳头砸碎所有的规矩，那他就是天底下顶有福气的人了。可惜，他只是玻璃缸里一条金鱼，永远游不出这个貌似透明的世界！

惶向市分为三个部分：北部老城，中部新区，南部汽车城。小虾一直在新区活动，今天，他要去惶向镇政府办事，首次踏入老城的地盘。这是一座古镇，地方志上出现惶向地名，至少追溯到千年以前。可是在小虾眼里，老城街道狭窄，房子破旧，人多杂乱，仿佛一下子倒退二十年。他不喜欢这地方，甭管它有多少美丽的历史传说。

小虾找到镇政府。这倒是一个漂亮的院落，两座别墅样式的小楼耸立，有鹤立鸡群之势。院内停满高级轿车，尽是世界名牌（惶向也是传统的走私据点），你到中南海恐怕也见不到如此排场。与周围环境相对照，难怪当地农民抱怨镇政府不知把卖地的钱花到哪里去了。

小虾真正体验到衙门难进的滋味。没有人搭理他，他想说什么，刚开了头就被人粗暴打断，叫他上一边等着。等了半天，他们又打发他去另一个部门。小虾变成一只皮球，在各部门之间被人踢来踢去。他从楼上跑到楼下，从东楼跑到西楼，就是找不到能管他事的领导。

这个最基层的政府部门有一种排外气氛。大大小小的官员一律说客家话，相互间亲密、热情，外人却泼不入水，插不进针。小虾讲北方话，他们的眼神就流露出明显的歧视。虽然他只是一个小人物，一向卑微，此时也有些忍无可忍了。

秦局长说：错误可能出在基层。果真如此可就糟了，这些芝麻绿豆官哪个肯认错？当小虾终于找到镇国土所所长，把问题全部摊开时，他就明白自己已经走入绝境。

国土所长姓吴，是个胖子，脑满肠肥，肥得流油。生活中真有这种脸谱化的人物，叫人一看就怀疑他是个贪污犯。吴所长哼哼呀呀说话，小虾兔子一样竖起耳朵，还是很难听清他在说些什么。其实，吴所长是个好脾气的胖子，可能是整个镇政府最有耐心的官员。他艰难地说着国语，一遍又一遍解释小虾的问题，小虾差不多要感激他了。然而，他语焉不详，词义含混，有些话你似乎听懂了，却没有抓住任何意义。小虾仿佛在猜谜语，又好像在做一场晦涩的文字游戏。他从未经历过这样的交谈，越谈越糊涂，越谈越不得要领。

最后，小虾决心紧抓主题，死死不放。

你是说没有这块地？

不能说没有。你的发票盖着国土所的图章，可以证明这块地确实由本镇售出。虽然我没有经手此事，也不太了解具体情况，这个图章我还是认得。

那么，你承认有 A-84 号这块地？

我可没这么说，你千万不要误会嘛。市规划局说没有，那就没有。他们的红线图最权威。一块地皮究竟存在不存在，最终由那张红线图决定。你我说了都不算！

我真的糊涂了。发票证明我有这块地，市规划局的红线图又否认这块地的存在。既有，又没有，这不是互相矛盾吗？

世界本来就充满矛盾，所以需要辩证法嘛。毛主席教导我们说……

小虾快要发疯了！他发出一声尖叫，急促而锐利，锥子似的几乎刺穿人的耳膜。吴所长吓了一跳，小虾自己也吓了一跳。两人惊恐地对峙着。

你可不要乱来，我们再想想办法嘛。

吴所长捏住小虾的手，他的肥厚、柔软的手掌微微地颤抖。他显然害怕了。坐在这个位置上，每天要和各种人打交道，吴所长必须提防不测。他捏着小虾的掌心，轻轻地揉，揉了又揉，似乎要把两难矛盾揉开、化解。

小虾完全没料到自己会发出这样的尖叫。从跨进镇政府的院子，他就一直憋着，实在是憋急了，憋炸了！他下意识地一叫，却收到预想不到的效果——吴所长态度大变。他轻轻揉他掌心，揉进了信心，揉进了勇气。小虾真想再叫一声！

吴所长说：A-84 号这块地确实存在问题。问题出在哪里？究竟是怎么发生的？他也不清楚。现在，人们都在炒地皮，把地皮都炒乱了，什么事情都有可能发生。吴所长只是一个凡人，又不是神仙，岂能通晓一切？不过，吴所长还是为小虾指出一条路：他劝小虾到村里去查一查，因为最初的规划是村委会做出的。他们有一张原始红线图，最为可靠。村报乡、乡报市，红线图就是这样一级一级报上去的。如果有错误，肯定出在基层。错误永远在下边，这是规律。你现在就像杨子荣寻找秘密联络图一样，一定要找到原始红线图。有了这张图，一切问题都清楚了。如果小虾查出错误根源，拿到可靠证据，他吴所长还是愿意帮忙的。不过你不要叫，不要像刚才那样叫。我知道你不是恐怖分子，你长得这样瘦小，掀不起什么风浪。可是我有心脏病，你的叫声太尖、太响了，千万别叫！

也许是真的控制不住自己，也许是恶作剧，小虾临走时又发出一声尖叫。那声音犹如金刚石猛地划过玻璃，吴所长的脸色顿时惨白。

十一

小虾的尖叫可不是随随便便就能发出的。这是一个标志，显示小虾正在发生某种根本性的转变。无须过多分析，这转变是楼上那位女邻居给他带来的。床上疯狂淫欲几乎掏尽小虾的五脏六腑，又塑造出一个新人。这个过程小虾自己意识不到，他只是隐约想起欧阳牧云的话：你的生活应该改变，和一个女人在一起也许会使你发生变化。

欧阳牧云已经离他遥远了，霏霏却是眼前活生生的现实。她的白细丰满的身体不时地在小虾眼前翻动，犹如白色的浪涛一次次将小虾卷入吞噬。这女人的肉欲如此强烈，每次做爱小虾都有一种被她生吞活剥的感觉。她在床上想出各种游戏，荒唐神秘而又令人兴奋不已。小虾进入一种全新的生活，兴奋刺激又带着一点恐惧。他猝不及防，被霏霏推入一条爱河，从此随波逐流，痴迷不悟。这是爱河吗？他自己也不能确定。肉欲压倒一切，爱已经变得模糊不清。小虾处于极度亢奋状态。

霏霏像一只猫咪，更像一只老虎。她对自己的猎获物心满意足，常常眯缝着眼睛，仔细地研究小虾每一寸肌肤。真白，洁白无瑕。她美美地说。她喜欢全身赤裸，叼一支细长的香烟，在小虾面前走来走去。霏霏逐渐走向中年，精力特别旺盛，欲火如炽。捕到小虾这样一个情人，她内心的空虚得到满足，就像溺水者抓到一根稻草。她真的很爱小虾，常常把他搂在怀里，久久不肯放松。小虾几乎被她巨大的乳房窒息。我的小宝贝，我的小宝贝，她叫喊着几乎流下眼泪。她好像搂着自己的孩子，为他哺乳。

你好像一直在找我，对吗？找你？

小虾有些迷惑。

是的，你一直在寻找，找了很久很久了。我有这样一种直觉！霏霏把小虾的脸搬到自己的眼前。

小虾望着她的眼睛。这双眼睛如弯弯的月牙，可爱，迷人。她一笑，眼睛就更加特别。正是这双眼睛，使她与欧阳牧云如此相像，几乎从一个模子里刻出来。小虾心中一动，明白自己正把霏霏当作欧阳牧云爱着。他点点头说：是的，我已经寻找很久很久了。他俯身吻那双弯弯的眼睛。

霏霏推开他：我知道，我只是替代品，你爱的不是我，而是另一个女人。

是啊，不，我也不知道。

什么是爱情，你恐怕一直都没弄明白。你的女朋友只是一个幻影，她只存在你的想象中。如果你和她真的结婚了，或者上床发生性关系，你就会发现她和我、和别的女人没有什么两样。你在寻找什么？其实你就在寻找一具女人的躯体，乳房、大腿，还有屁股。

小虾心灵受到震动：是啊，我在寻找什么？

你那位女朋友叫什么名字？噢，欧阳牧云，你对我说过一次。你想象一下，此刻你与欧阳牧云躺在一起，像我们一样做爱会是什么滋味？一样，一切都一样。

小虾冲动起来。抚摸着霏霏的躯体，腾身而起，猛地刺入霏霏的身体。他大汗淋漓，坚持不懈地干着。他脑子里模模糊糊地想到，我究竟在寻找什么呢……

霏霏很快达到性高潮。她一边号叫，一边搂着小虾在宽大的席梦思床上打滚。最后，她喘息着说：别看你小，你可真厉害！如果你早下手，也这样干欧阳牧云，她早就是你的老婆了。

小虾忽然感到一阵沮丧。

霏霏是某个名牌大学的大学生，对文学艺术很有造诣。在小虾眼里，她简直才华横溢。她有一些奇特的观点，新颖的思路，常常使小虾目瞪口呆。她叼着细长的摩尔烟，在地板上走来走去，高耸的乳房，丰腴的屁股不停扭动，逗得小虾眼花缭乱。她又评析小虾找地：你呀，总是抓不到问题的本质。你为什么要一条道走到底，非要去找那块地呢？还是那个问题：你到底在寻找什么？公司要求你办好正规的土地证，你应该在这方面做文章，你需要规划局盖一个印，而不是证实那块三角地存在不存在。那就好办了，我给你出一个主意：你去刻个假印，盖在你的红线图后面，再到国土局去申领土地证，规划局这一关不就过去了吗？惶向这么乱，谁去仔细辨别图章的真假。我认识一个老头，专刻假印，巧夺天工。你要国务院哪个部门的图章，他也能马上刻出来。只要花两百块钱，这问题就解决了。瞧，多么简单？

小虾目瞪口呆：怎么可以……这样做？

世界上所有的事情，其实都是一张窗户纸蒙着，你一指头把窗户纸捅破，其实就那么简单。你还傻头傻脑地去找地，找啊找啊，究竟在找什么？就像你寻找欧阳牧云，在我身上不一样找到了吗？

小虾内心受到猛烈的撼动。霏霏锐利的言辞正像小刀一样一点一点削去他意志，他想抗拒，又无力抗拒。他感到真正的危险。

与霏霏的幽会也很危险。小虾总是害怕她老公半夜从香港回来。她老公名叫吴雄飞，是香港人，开了一间外贸公司，很有钱。这栋小楼就是吴雄飞买下的。自己住一层，其他房间出租。霏霏很大胆，甚至把小虾介绍给老公认识。吴老板很傲慢，咿咿呀呀讲着香港话，也不管小虾懂不懂。小虾为霏霏感到惋惜：这样一位才女，竟嫁给了粗俗家伙，真是鲜花插在牛粪里。

霏霏经常与小虾幽会。小虾怕办事处的人知道，不敢从楼梯走。他想了个出进的办法：从自己房间的窗户跳到对面空楼的窗户里，上楼，再从楼上阳台爬入霏霏家的阳台。没有间距的楼房帮了小虾的忙。这样，深更半夜，神不知鬼不觉，他就与霏霏躺在一起了。小虾很高兴，说：你老公回来，一按门铃，我就可以从阳台溜走了！霏霏却有些担心：你从阳台爬进爬出，恐怕有危险。小虾拍拍瘦骨嶙峋的胸脯：不要紧，我人小，可机灵着呢！

而办事处无人知道小虾的行径。他很少与别人见面，只有吃饭时大家坐在一起。阿琴又在讲她的故事。阿琴讲的都是惶向当地掌故，有些事情是她的亲身经历，很有意思。她喜欢讲偷渡香港的故事，十几岁，她就加入逃港的人流，先后三次都没成功，为此还遭到过拘留。惶向与香港隔海相望，过去很穷，所以逃港是当地农民最好的生活选择。阿琴那个村子有三分之二的人偷渡香港，并成功地留在那里成为永久居民。

天不亮就有人叫，家家户户都出来人，排着队往山里走。我也跟着队伍跑。好多人呀，哪个村子的都有，进了青龙山，队伍就越来越长。有小贩蹲在山口卖茶，一碗茶卖到两块钱！还有卖饼干的，一包要卖十块钱……过了边界，大家都趴在树林里等天黑。前面有一片水，游过去就是香港。晚上，蝙蝠在头上飞，男人们就开始游水。看看对面没警察，女人小孩都往水里跳，就像你们北方人下饺子一样。水性不好，淹死的也有。我就不会水，在水里走几步害怕，又回到岸边。我一边哭一边喊我哥，我哥心狠，头也不回游了过去。现在，人家发达了，跟着一个大老板当马仔。

老刘听得入迷，咧着方阔大嘴，双眼眯成一条线，小虾则感叹：太危险了，被边防部队抓住怎么办？

阿琴说：我就被抓住过，抓住进看守所，也没啥，又不是杀人放火。那时，看守所里塞满了偷渡的人，婆娘孩子最多，我们又哭又喊，吵得领导脑子疼。没过几天，我就给放回去了。又没过几天，我又跟逃港的队伍出发了。没办法呀，乡下太穷了。现在惶向开放了，有钱赚，像我这样的人就不会逃港了。

老刘用衣角擦擦厚眼镜片，又戴好，教授似的发表评论：香港居民有一半以上是偷渡过去的，粤东贫穷的农民为香港繁荣做出了巨大的贡献呀！

阿琴话锋一转，对小虾说：你好像和楼上吴老板一家认识？

小虾连忙否认：也不算很熟，只是在楼梯上经常碰面，打个招呼而已。

我告诉你，吴雄飞可是游水去香港的！他是本地人，就是石灰窑村的，他逃港资格还没有我老呢，三年前才逃到香港，投靠他叔叔。现在人家发达了，香港有一个大老婆，又在老家包了一个二奶。

包二奶？小虾吃惊地瞪起眼睛。

当然，你看那楼上女人漂漂亮亮、斯斯文文的，其实是做妓出身的，被吴老板敲下来了。一个月一万块就搞定了，现在的女人为了钱什么事情都肯做。

小虾脸色煞白，一句话也说不出来。

阿琴瞟了他一眼，神情怪怪地说：怎么？你和她有什么关系吗？

小虾忙说：没有没有。

阿琴一向对小虾很好，煲汤常常给小虾留起一碗，像大姐姐一样照顾着他。此时，她的语气有些严厉，一字一句地说：楼上那狐狸精会把人的魂勾去，你可要小心哦！

十二

请你帮帮我，我要找一样东西。

什么东西？

一张图。

图？

一张原始红线图。

不知道，不知道……

小虾一遍一遍重复这段对话。它好像是遥远年代一出样板戏的台词，小虾本人则像那个鬼头鬼脑的小炉匠。他向坐在老榕树下的一群阿公阿婆提出问题，却无人能解答。其中一个老者，吸着长长的旱烟袋，对小虾说：你要找柯西金，许坑村的事情都在他肚子里装着。

柯西金？小虾十分惊讶，这个苏联的领导名字隐约出现在小虾的脑海里。他搞不清许坑怎么会出现一个俄国佬。

老人告诉他：柯西金原名叫许康发，是许坑村老党支部书记。这人非常有水平，做报告一做一上午，稿子也不用拿。人们就给他起个外号叫柯西金，当时，那位苏联总理也给人很能讲话的印象。

小虾急忙问：柯西金，柯老，现在住在哪里呢？

老人说：他的老屋在村东头，去望蛟山的路就从他家门前经过。可是柯西金现在不住在那里，他交游广，面子大，蹲在什么地方享福我也不晓得。

小虾告别了老人，直奔村东。前方出现青翠的山峦，这是惶向唯一的山地，临海崛起，风景雄奇。据说登上峰顶可望见大海蛟龙，故称作望蛟山。在上山的路口，小虾很容易找到一座小瓦老屋，房子歪斜，即将倒塌的模样。他想找人问问，这是不是柯西金的故居，路上却无人影。

小虾转到老屋后边，看见一片开阔地搭着帐篷，许多人忙忙碌碌在挖掘一个大坑。小虾上前询问，得知他们是省里派来的考古队，正在挖掘一处古代遗址。小虾问及那座老屋，他们都叫起来：小许小许，有人找你！

土坑里爬上一个年轻人，手里拿着一架袖珍录音机，模样斯斯文文。小虾与他握手，说明来意。年轻人说：柯西金是我的伯父，你跟我来吧。

他们来到老屋。那位年轻人名叫许征，有一种极特殊的气质，眼睛细而长，微微眯缝着，过一会儿，又渐渐睁圆，放出柔和而具有渗透力的光亮。小虾突然从他的眸子里看见了太阳，温暖的阳光一下子射入他的心扉，使他产生信任、折服的感觉。这是一位奇异的人！小虾呆呆地望着他，忘记了说话。

许征对小虾的出现也颇感兴趣，仔细地打量着他。老屋光线晦暗，散发着经年尘埃的味道。两个年轻人默默对视着，久久没有说话。他们好像神交已久的朋友，忽然见面了，一时不知说什么好。

你在找什么？许征轻声地问。

一块地。小虾回答。他接着反问：你在找什么？

我在找人。许征说，找一支失踪的民族。

小虾心头一动，问道：那是什么人？怎么会失踪了呢？

惶向这地方曾生活着鸥人，他们是我们的祖先。据说，鸥人是一只巨大海鸥的后裔，来自太平洋深处某一个岛屿。他们善于航海，善于寻找财宝，以海鸥为图腾，是一个非常奇特的民族。

你怎么能找到他们？

凭我的信仰。我慢慢地找，不停地找，通过一块砖一片瓦，甚至通过我的梦，我的感觉，总有一天我会找到他们的足迹。小虾陷入深思：信仰……许征问：你呢，你为什么来此找地？小虾摇头：我不知道，也许是一种宿命。

许征意味深长地说：在惶向找地，可不是一件容易的事情。大家都说惶向是一座魔城。

小虾点头：这一点我已经深有感触了。你能告诉我惶向的秘密吗？我觉得，你一定知道许多别人不知道的事情。

许征柔和地笑了，他眼睛里又闪现出太阳的光芒：是的，惶向是一片神奇的土地。你去过老镇吗？你一个人顺着镇子的老街走，走着走着，你就会发现惶向的秘密。

那是什么？

这个镇子的建筑隐藏着古人的智慧。它的街道遵循着奇妙的 0.618 黄金分割率，呈螺旋形环环展开。外人在镇子上走，不知不觉就会迷失方向。这可比八卦阵更为高明，并且古老得多。我认为这是鸥人留下的遗迹。正因为这个特点，我们的老镇才被称为惶向。

小虾听得痴迷，叹道：早知道，我就去老街转一转了。

你要夜晚去。你不但会迷路，还会陷入一个大梦，无边无际，纯黑色的梦境。这梦会唤醒你对远古时代的记忆。好了，不必多说，你很快将去惶向老镇。你会在那街道转来转去，寻找一个人。那时你就会体验到一切。

你怎么会知道？

你不是要找我的伯父吗？他现在就住在惶向老镇。

你能不能告诉我确切地址？

不，我也不清楚。柯西金，我那位伯父，是一个古怪的老人，他现在完全隐居起来了。

小虾告辞。不知怎么，他非常喜欢许征。他走到街上，又转回来搂抱许征，他脸颊贴着对方的脸颊，在他耳旁低声说：帮我，你要帮我。

许征同情地望着他，没有表态。

十三

办事处出事了！

那天夜里，小虾准备上楼与霏霏约会。刚跳上窗台，忽然听见防盗门被擂得轰轰山响。停了一会儿，有人把门打开，人声嘈杂，吆喝声不断，仿佛有人在打架。小虾急忙躺回床上，犹豫着是否开门出去看看。这时，他的门也被人猛烈敲打，同时伴有野蛮而粗鲁的喊声：开门开门！

小虾慌忙跳下床，扭开门锁。几个警察冲进来，迅速地搜查他的房间……

小虾被带到二楼餐厅，看到办事处全体成员都聚集在那儿。他惊恐而又懵懂，浑身瑟瑟颤抖。站在旁边的阿琴拽拽他衣角，小声说：李萌出事了。警察问什么，你都说不知道。阿琴很有主心骨，小虾守她站着，心里渐渐安定下来。

过了一会儿，许震霆陪同公安局一位领导来到餐厅。小虾与他目光接触，他冷然一笑。小虾吓得心别别跳。

公安局领导问：李萌涉嫌汽车走私大案，你们知不知道？大家皆摇头不知。领导把目光停留在小虾身上：你，过来回答问题。公司派你来办什么业务？有没有指示你参与汽车买卖？

小虾战战兢兢地回答：公司派我来找地，一块土地不见了。

许震霆在一旁插话：他说的是实话，我知道情况。

小虾非常感激许震霆，没想到他在关键时刻肯为自己做证。小虾回到队列。过一会儿，李萌戴着手铐从楼上下来，他以好汉的口气从容说道：

走私汽车是我个人行为，与公司无关。

众警察将他押走。许震霆叫大家明天去公安局做笔录。

这一场惊吓闹得办事处惶惶不安。小虾不敢再爬楼去会霏霏，独自坐在黑暗中发呆。真没想到会出这样的事情！小虾记得那天门在里面反锁，小虾敲了半天门李萌才与两条大汉匆匆出来。现在想来，他们正在密谋走私汽车，被小虾无意撞着了。

小虾心底有一层疑惑：这真是李萌的个人行为吗？难道不是公司的生意？凭李萌一个毛头小伙子，怎能搞起走私大案？

公司总是蒙着神秘的面纱。小虾想起棉花脸主管，也怪，他竟没来过一次电话，没询问一次小虾的情况。莫非他对小虾一举一动真的了如指掌？他知道小虾正在苦苦追寻那块失踪的土地？谁把他的情况向主管汇报？难道他身上暗藏着跟踪器之类的东西？

小虾穿过客厅。忽然，他发现客厅一角有一点火星，仔细看是老刘的烟头。小虾走近前去，发现老刘歪倒在沙发上，跟死了一般。小虾急忙打开电灯，伏在他耳边喊：老刘老刘，你怎么了？

老刘脸色惨白，嘴唇乌紫，断断续续地说：快，把我床头，那个药瓶拿来……

小虾飞奔到老刘的房间，很快找到小小的药瓶，一看，是心脏病急救药。小虾回到沙发旁，在老刘跟前跪下，掰开老刘的嘴，按药瓶上的服用方法取出两片药，填入他口中。老刘缓缓苏醒，小虾又倒了一杯水给他喝。过一会儿，老刘渐渐恢复，脸上又有了血色。

你救了我一条命，要是等到天亮，我死定了，老刘感叹地说。小虾扶老刘回他的房间，在床上躺下。小虾刚要走，老刘叫他在床边坐下。老刘握着他的手，说：你是一个好人，心太善良。有些话我要对你说，我们的公司呀，你要小心。今晚这个事你怎么看？

小虾把自己对公司的猜疑告诉老刘：我觉得，公司派李萌来就是执行特殊任务。

对，我们每个人都有特殊任务。李萌走私，你知道我的任务是什么？告诉你，我来惶向做资金。

做资金？小虾十分不解。

惶向地价飞涨，就是大量的资金所推动。资金是一种稀缺商品，谁能借到钱谁就发财。做资金就是在银行和公司之间牵线，谋取暴利。惶向这样一个地方，光湖南省就有十几家银行常驻这里。这是金融领域非常复杂的生意，说白了，也是贴着犯罪的边缘走。假如明天我被捕了，也要说是我个人行为。这是公司的规矩。你还年轻，对于公司交代的任务，别死心塌地地去做，要留一点儿心眼。

小虾感激老刘的点拨，回到房间久久不能入睡。

第二天早饭开得很晚。阿琴去公安局探望李萌，并找熟人打通关节。她把带回来的早点往桌上放，一边说：我是本地人，公安局里尽是老乡，李萌出了事，也只有我这个煲饭的出头了。大家狼吞虎咽地吃饭，阿琴照常演说。她说，惶向刚破获一个走私大案，牵扯到不少当官的。李萌没事，被别人瞎咬咬出来的。过一段日子，活动活动，就能把他保出来。

阿琴今天说话的内容很有分量。她嘱咐大家不要出去乱说。并且，这段时间每个人办业务都要小心一些。只要李萌出来，危机就算过去了。阿琴倒像一个女主任，指挥料理一切。那些所谓的主任们，埋头吃饭，默默地听着阿琴的训导。

阿琴把目光停留在小虾身上，语气变得严厉：我发现，办事处个别主任夜出不归，这样很不好。在这个特殊时期，每个人的行为都要谨慎、检点。我一个煲饭的，在这里瞎说说，要是被公司知道了，谁惹的麻烦自己就要吃苦果！

小虾浑身发烧，恨不得把脸藏在盛豆浆的大碗里。他心想：糟，阿琴怎么会发现我的行踪？

办事处的人都走了。阿琴追到门口，将几只特意留下的叉烧包塞到小虾手里。她的眼睛很亮，望着小虾笑。小虾惭愧地垂下脑袋。

十四

天淅淅沥沥下着小雨，惶向老镇涂抹上一层灰色的调子。雨水沿着小瓦屋檐滴流下来，在人行道沿下汇成涓涓细流。小虾穿着雨衣，缓缓行走，用好奇的目光打量着老街上的一切。

小虾来寻找柯西金。这事情有点荒诞，在这样一个雨天，在一个陌生的古镇，他逢人就打听柯西金住在哪里，显得神经兮兮。街两边开着士多，这是香港人叫法，其实是夫妻老婆店。小虾去店里打听，遇到有学问的就嘲讽他：柯西金？你还想找勃列日涅夫吧？你找错地方了，应该到克里姆林宫去找。

很多人分明知道柯西金，他毕竟是许坑村有名的老支书。这一点小虾能从对方的眼神中看出来。他们对陌生人怀有敌意，或者说，一种很深的戒备，小孩也是如此。一座老屋大门敞开，两个衣服肮脏的小孩正在玩耍，小虾掏出早已预备好的糖果，一人一粒分给他们吃。他问：小朋友，你们知道柯西金爷爷住在哪里吗？小孩嚼着糖，挤眉弄眼朝他鬼笑，然后一哄而散。

街上都是老屋，也有几栋新盖的小楼。小楼都安着防盗门，看来是有钱人家，戒备森严。有一扇防盗门后面站着位老太太，双手抓住不锈钢栏杆，像囚犯，又像关在笼子里的老猴。老猴瞎了一只眼睛，另一只眼睛闪亮如炬，目光烁烁地凝视着街道。小虾走入她的视线范围，那目光便如机关枪洞穿小虾的身体。小虾情不自禁站住，走到她的面前。

开门！老猴声音低沉嘶哑地命令道。

小虾怯怯地说：我想找柯西金，他住在这座楼里吗？

老猴不耐烦地道：开门！他不在这楼，你给我开门，我领你去找。

小虾为难地说：你在里面，自己不能开门吗？

那老太太说：我儿子把门锁住了，不知道搞了什么鬼，我开不开。

老太太暴躁起来，瘦骨嶙峋的手抓住栏杆，摇得防盗门轰轰直响。小虾吓了一跳，急忙逃之夭夭。

天黑了，路灯发出昏暗的灯光。小虾沿着老街走，渐渐地迷失了方向。

他记起许征的话，仔细观察惶向街道。那街道始终弯弯的，不知不觉中你老在拐弯。许征说过，整个镇子的布局像一只螺蛳壳，由核心向外一圈一圈扩展。圆的扩展也是按照 0.618 黄金比率，真是奇妙无比！但是，在小虾眼里，惶向老街破旧、阴冷，到处弥漫着鬼气。这里的人相貌也有些古怪，鼻子尖尖，像鸟嘴，似乎证实了关于鸥人的传说。

小虾转来转去，没有多少寻古访幽的心情，他急于寻找柯西金。真怪，小虾本来是要寻找一块地，现在转而要寻找一个人。某种绝望情绪，在他心间一点一点地弥漫开来。初来惶向时，他信心十足，坚决不相信一块土地会不翼而飞。现在，他开始服了，在惶向什么事情都可能发生。小虾找了很多人，找了很多线索，却离 A-84 号这块土地越来越远了。他仿佛是一片叶子，在水里漂着，被一股潮流带着越漂越远。

小虾怀疑一切，他开始怀疑自身的存在。夏佩儿，绰号小虾，这个人究竟存在不存在？在找地的过程中，他渐渐地迷失了自己。他与霏霏的事情就像是另一个人做出的事情。过去的信条全都摇摇欲坠，他还能抓住什么？他还能信任什么？他曾强调一个人的哲学处境，并有些自鸣得意。现在，他恰恰陷入哲学的危机。他不知道该怎样理解周围世界，该怎样理解身边发生的事件。他不断问自己：是我疯了？还是世界疯了？

夜深了。小虾不想回去，也无心寻找柯西金，就在惶向老镇螺蛳壳一般弯弯的街道上行走。无所谓方向，无所谓目标，就那么漫步走吧。他想，你要认真寻找，追根寻底，最终可能什么也找不到。就像一张桌子，它真的存在吗？不，从本质上说，它只是一堆木头。可是木头就存在吗？不过是各种分子构成的。分子是一些原子的组合。原子又是电子、夸克构成的……你可以无限分割下去，最后，你却不知道这世界究竟是什么？

小虾越想越苦恼，这些问题像一团团绳索勒着他的灵魂，要把他的灵魂绞杀。他想呼救，却发不出声音。

惶向老街弯来弯去总也没有穷尽。对于小虾来说，这并无关系。他只想走走，但是，脚步越来越沉重，他终于走不动了。此时他已来到惶向老镇的中心，那是一个小小的土广场，广场中央长着一棵老榕树。这棵老榕树古老庞大，七八个人手拉手也抱不过来。树影婆娑遮蔽了整个广场，气根飘飘散发着灵气。广场上有一些石台石凳，小虾找一石凳坐下。他几乎立刻进入梦乡，脑子里闪过最后一个念头：来了，许征讲的那个大梦……

黑色，无边无际的黑色。人类最原始的记忆在小虾大脑深处泛起，他好像在无边无际的原野中奔跑，总也跑不出黑色的包围。恐惧混杂在黑暗中，挤压他的灵魂。他挣扎，他呼喊，呼喊一个个神的名字。前方出现一堆篝火，光明在黑幕撕开一条裂缝。小虾拼命奔向火光，却总也达不到目标。他筋疲力尽地倒下，匍匐在地，一寸一寸地朝前爬。火光仿佛在后退，他尽了一切努力，也无法缩短与它的距离。

他永远无法摆脱黑暗，但他的眼睛里却永远燃烧着那堆篝火！

十五

惶向的地价一直在上涨。小虾找地的过程中，炒地热潮达到最高峰。希望大道两侧土地炒到天价，据说已经超过北京、上海，令人瞠目。但是它还在上涨，惶向人都相信它最终会赶上香港的皇后大道！激动的人们互相传递着最新土地行情，比赛胆量似的争相喊出最高价。鸡鸣狗盗之辈、引壶卖浆之流无不怀揣红线图复印件，逮着机会就向人推销他们自己从未见过的土地。这一切，真像有神仙吹了一口气，惶向的土地飘摇上升，变成精灵，雪片似的漫天飞舞——正如萝卜头阿钟对小虾所说。

阿钟一趟一趟来找小虾。许多人要买A-84号，手续存在问题，那没关系，打点折就行了。阿钟开始报价一千元，后来一百一百地往上涨，竟涨到三千六百元。就像一个有缺陷的姑娘，照样嫁得出去。

小虾千方百计躲避萝卜头，萝卜头则骑着红色摩托到处找小虾。找到了，阿钟就朝小虾发急：人家催着我要买这块地，我小店的玻璃窗都被挤碎了！小虾也发急：我说过不能卖，这是公司的地，打死我也不能卖！小虾瞅个空子，噌一下逃个无影无踪。

真的不能卖？我看不一定。霏霏凝视着小虾的眼睛，意味深长地说。

不经公司同意，我怎么能把它卖掉呢？我没这个权利。小虾不解地对霏霏说。

这位女邻居已经脱光衣服，照例吸着细长的摩尔烟，裸露着丰满美丽的躯体，在房间里走来走去。小虾则正襟危坐，穿着短袖衬衣，打着永远不懈的紫色领带。霏霏弯下腰，眯起眼睛仔细打量小虾的领带。她翻弄领结，似乎研究那里面藏着什么秘密。多可怜啊，这么热的天你还打领带。霏霏一边说一边动手，解散领结，将它从小虾的脖颈抽去。它老拴着你，让你像牲口一样生活。你还要它干吗？你怎么能忍受它？霏霏挥舞领带，在小虾面前转着圆圈。丢了它，你把它扔到窗外，喊一声去你妈的！

小虾被激起一股豪情，他拿过领带，走到窗前，骂了一声：去他娘的！

一扬手，把领带扔了出去。

霏霏笑了，搂住小虾给他一个长吻。瞧，你做到了。你什么事都能做到。为什么不能把地卖掉呢？红线图、原始发票、建设许可证，还有那个穆阿花老太太的身份证复印件。所有的文件都在你手里，这块地就是你的！想想吧，你把这些文件交给阿钟，再在合同上随便签个名，如果需要盖什么图章，我也能想法帮你解决。买地的人一手交钱，你一手交货，买卖不就完成了吗？

那，那公司怎么办？我先斩后奏，棉花脸主管不知道会怎样惩罚我。

棉花脸主管再也见不到你了。一个女人将伴随你走到天涯海角，开始全新的、自由的、充满爱情的生活！

逃跑？

准确地说是私奔。霏霏站起来，又在房间里走。我坦白地告诉你，吴雄飞不是我的老公，他有家有室，在香港过好日子。他从未打算娶我，只把我当金丝鸟养在这个笼子里。当然，我也不是什么鸟，这两年我攒了一笔可观的私房钱。我已经为未来的生活打好基础，只等一个人，来和我共享幸福生活。这个人终于出现了，他就是——你！

小虾仍处在惊恐之中：那就是说，你要我拿着卖地的钱，跟你一块逃跑，哦，私奔？

不是我要你如何，而是你自己的选择！你拿不拿钱不要紧，反正我要拿着钱，拿着我的身体，伴你度过一生。你可能不知道，我是多么多么的爱你。

霏霏抱着小虾，在宽大的席梦思床躺下。她疯狂而热烈的爱伴随着性欲，将惊魂未定的小虾卷入痴迷的旋涡。

天将亮，小虾穿越阳台，在空楼里摸索着前进。没有以往的迟疑，只有惶恐、紧张。他下楼，摸到窗前，轻轻一跃，跳进自己房间。这时，日光灯忽然亮了，雪白的灯光像探照灯一样照住小虾！

小虾惊呆了，好像一个窃贼刚跳进窗户就被人家拿获。他看见自己那张小床上坐着一个人，目光雪亮地盯住他。

阿琴……你，你怎么在这里？小虾的牙齿在打架，几乎说不出话来。

阿琴冷笑：你以为我真的只管煲饭，别的什么都不管？我在这里等了你整整一夜！

你，你是怎么进我房间的？

这不是你的房间，是公司办事处的房间。我有钥匙，每个房间的钥匙我都有。公司主管半夜常常来电话，我有责任开门进屋，把你们叫醒。

小虾的眼睛又鼓了起来：以前，你来过我的房间……是吗？

阿琴不置可否，拽着小虾的胳膊让他在身边坐下。她的难看的朝天鼻子在小虾脸颊上嗅嗅，说：有女人气味。你不该这样做，她会毁了你。

小虾一跳，离开阿琴躲入房间角落：原来是你，半夜进我屋，对我做下流动作的，原来是你！

阿琴的面容变得狰狞起来，不错，是我！你以为办事处没有主任啊？现在我可以告诉你，真正的主任就是我！我们来谈公事吧，你的主管让我监视你，发现你图谋不轨就及时报告。你自己说吧，跳窗偷情，算不算下流行为？

小虾只感到惊恐，身子瑟瑟发抖说不出话来。

显然，你睡到别人床上去了！这就危险了，公司利益可能受到损害，现在，请你把 A-84 号的所有文件交给我。阿琴伸出手，一步一步向小虾逼近。

不，不！小虾极力反抗。我以办事处主任的名义命令你！如果你不服从，我马上向公司汇报，

你将受到更严厉的处罚！阿琴弯下腰，丑陋的脸庞贴近小虾，她眼睛里凶光毕露，黑幽幽的，像森林中某一种野兽。

小虾拿出绝望的勇气：我只听命于我的主管，别人说什么，都不能让我放弃我的使命！

那么好吧，你穿好衣服，提着小黑箱，带走一切属于你的东西，跟我下楼。这个房间你再也不能进来了。

小虾按阿琴的命令，拿着东西下楼。天色已经大亮，老刘坐在餐厅，正等着开饭。他瞪大深度近视眼，怔怔地望着小虾。

阿琴迅速拨通电话，只低声地说一句：他来了。就把听筒递给小虾。

小虾听见棉花脸主管阴阳怪气的声音：你解决难题了吗？

小虾急急地说：我马上就要找到那块地了，我离 A-84 号只有一步之

遥……

主管毫不容情地说：立刻把你的工作移交给办事处主任，我指的是A-84号的所有文件！至于你，可以回来，也可以不回来，这已经与公司没有关系了。

小虾叫道：为什么？我做错了什么？

阿琴把一样东西扔在办公桌上。小虾一看，正是他扔掉的紫色领带！话筒里传来主管嘲讽的声音：你自由了，不是吗？

小虾手一松，听筒掉在桌子上。

十六

小虾坐在A-84号那块三角地中央，像庙里的一座泥胎，一动不动。他已经在这里坐了一整天，不觉得饿，甚至不觉得渴。离开办事处，他漫无目标地在街上走，不知不觉就来到这里。他想：找到这冤家了，我再也走不动了。就一屁股坐在泥地上，把小黑箱扔出老远。晚霞如他刚来时那样美丽绚烂，满天空飘飘游游。三角地长满青草，草汁被太阳蒸腾出来弥漫在空中，令人陶醉，令人心伤。

小虾领口大敞，满面汗迹污垢，有点像野人。除去紫色领带，他的呼吸前所未有的畅快。但是，又有一种失重感，身心飘荡，不知所归。真没想到阿琴是如此人物，给他凌厉一击，改变了他生命的方向。公司是回不去了，他丢了饭碗。今后怎么办？小虾心中茫然，脑海里一片空白。

一阵摩托车轰鸣，阿钟找到这里。他停车，熄火，摇晃着萝卜头吵吵嚷嚷地向小虾奔来。

喂，我给你找到一个大买家，每平方米一千八百元，这价钱买块好地都不成问题，你别再犹豫了！

小虾茫然地望着他：这块地，A-84号，到底有没有？

你屁股底下坐的什么？不就是A-84号吗？

小虾摇头：不，红线图上没有，我还没有找到它。

阿钟摇着萝卜头冷笑：像你这样找，永远也找不到。他转了个圈，又耐心地说：什么是土地？对于我们来说，那就是红线图、原始发票、土地建筑许可证，有这三大件，我就可以炒，我就可以卖，我就真正拥有了这块土地。没有这些证件，土地又有什么意义？望蛟山上的地可倒多了，谁要？喜马拉雅山上的地更多，你爬也爬不上去。没有人要，没法炒，那还算地吗？不算，肯定不算！

小虾抱着脑袋：我被搞糊涂了，真正的土地不是地，红线图上画的方框框倒是地！这世上的人是不是全疯了？

阿钟指着小虾的鼻子说：是你疯了！你为什么那么较真呢？

小虾执拗地说：只要找到柯西金，就能把问题搞清楚。就算你找到柯西金，他不肯告诉你真相怎么办？他可以把问题推给下一个人，就像你前边经历的一样，让你再去找某某某，你找到某某某，他又往下推……你在惶向找地，不就是经历了这么一个过程吗？只有把这块地卖掉，你才能走出怪圈！

小虾摇头：晚了，公司已经炒我鱿鱼了。

阿钟吃了一惊：你干吗不早说？害我白费半天口舌。

小虾离开三角地。夜晚，他在一家商场门口遇见霏霏。霏霏衣着华丽，光彩照人，在人群里显得鹤立鸡群。小虾看见她，仿佛遭到雷击，木头人一样呆住了。霏霏朝他姗姗走来，脸上露出迷人的微笑。

怎么见不到你？忘记我们的约定了？霏霏责备道。

我没有忘记，我不知道该怎么办。

我们不是计划好了吗？卖掉那块地，你我远走高飞！你已经把事情办得差不多了吧？

小虾垂头丧气：我被公司炒掉了，办事处主任阿琴收去了所有文件。所以，我没来找你。

霏霏睁圆眼睛，定定地望着小虾。那神情、那模样太像欧阳牧云了，小虾不禁回想起临分手那个夜晚，牧云凝视他的表情。他等待着，霏霏的态度可能决定他的未来。

霏霏慢慢地说：高，真的很高！你比吴雄飞高明得多。我真没有看出来，你是一位高手。

小虾莫名其妙：你在说什么？我哪里高了？

霏霏冷笑：骗吴雄飞的钱难，骗你更难！你看起来挺纯洁，甚至有点傻气，到头来却被你骗了，白白把我玩了。

小虾吃惊地弓起腰，眼睛都鼓凸出来：你说什么？我骗你？玩你？

霏霏恼怒地说：当然了！你别装蒜，你已经把地卖了，自己独吞了那笔钱！这两天，你们办事处那个保姆到处讲你的丑闻，每一层楼的邻居都知道了。你，带着那块土地所有的文件失踪了。她说：你私下卖掉公司的地，卷走地款，带着一位小姐逃之夭夭。

小虾气急震惊，浑身颤抖，一句话也说不出来。

霏霏逼近一步：分钱，你若不拿出一半钱给我，我立刻报警！

小虾一步一步后退，忽然一转身，挤入人缝中。他听见身后一片喧闹，似乎有人在喊抓贼。他从商场的边门窜出，像一只受惊的兔子飞快地逃跑。

小虾停不下来，一直向南跑。他跑出新城区，穿过汽车城宽广辽阔的土地。当年老瞎子就在这片土地上蹦跳，像一只老蚂蚱跳得又高又远。小虾耳旁风声呼呼，他也跳了起来，一蹦一蹦地跳向海边。